세리나

리리

까악! 이게 뭐야!
미나는 가볍게 피했지만 세리나는 피하지 못하고 반투명한
흰색의 액체를 뒤집어썼다.

에로 스킬로
Record of Erotic Warrior
이세계 무쌍

: 마사난
일러스트: B-은하

Contents

동정들에게 이 글을 바친다.

제3장 (숨겨진 루트) 귀부인

제1화

돌을 파는 사람들

운명의 장난으로 이세계에 떨어진 나는 현재 모험가가 되어 있었다.

중세 유럽풍의 이 세계를 지배하는 것은 검과 마법, 높은 신분이었다. 지상에는 위험한 마물들이 우글거리고 있었으며, 보물과 죽음이 기다리는 던전 또한 존재했다. 현대의 지구와는 천지차이였다.

양산형 용사들 중 하나로 소환된 나지만 용사라는 직함 따위 아무짝에도 쓸모가 없었다. 이미 자신을 용사라고 소개하지도 않고 있었다. 의지할 수 있는 것은 자기 자신의 힘과 신뢰하는 동료들뿐이었다.

노예로 팔려 나왔던 동물귀 소녀 미나.

아직도 용사 의식을 완전히 벗어던지지 못한 여고생 세리나.

왕족이면서 소매치기를 일삼고 있던 리리.

얌전하고 상냥한 검술 도장의 딸, 검사 이오네.

현재로서 동료라고 할만한 사람은 파티를 맺고 있는 이 4명 정도였다.

같은 날 소환되었던 용사인 신조차도 내게 PK를 걸어 왔다. 누가 무슨 짓을 벌일지는 아무도 모르는 것이다.

우리는 그 사건 이후로도 서쪽 탑 공략을 계속하고 있었다. 다만, 오늘은 모험에 나서지 않았다.

쉬는 날이었다.

인간이란 심신에 여유가 없으면 오히려 효율이 나빠지는 법이다. 그래서 우리 파티는 충분한 휴식을 취하고 있다.

"으윽…… 주인장, 물 좀 갖다 줘."

잠에서 깬 나는 비틀비틀 여관의 계단을 내려가 낡아빠진 식당 의자에 걸터앉았다. 그러자 여기저기 벌어진 나무 바닥이 끼익, 하고 비명을 질렀다. 창문에서 새어 들어온 아침 햇살이 흑갈색의 벽과 바닥을 부드럽게 비추고 있었다.

"왜 자네는 아침마다 죽을상이야?"

여관의 주인이 이상하다는 듯이 물었다.

"나도 몰라. 나이 탓이겠지."

"나이는 무슨. 아직 허리도 정정하고 머리도 안 샜구만……. 뭐, 됐어. 조금만 기다리게. 여기, 물일세."

주인장이 나무 컵에 물을 따라서 건네주었다. 나는 그것을 받아 꿀꺽꿀꺽 들이켰다.

차가운 물이 신선한 혈액이 되어 건조한 몸 구석구석으로 퍼져 나갔다.

"후우."

"빵과 수프가 남았는데, 먹을 텐가?"

"먹을게."

다시 데운 수프에서는 모락모락 김이 올라왔고, 동시에 어렴풋

이 달콤한 양파 냄새가 감돌았다.

수프에는 당근 건더기가 들어있지만 워낙 작아서 알아채기도 힘들었다. 후추도 치지 않았고, 육수도 사용하지 않았다.

그래도 나무 숟가락으로 떠서 먹어보면 생각보다 맛있었다.

"아침에는 역시 수프지."

만족한 나는 감상에 젖어 말했다.

"젊은 녀석들은 고기나 달라고 아우성이지만 말이야."

"흥. 여기 고기는 맛없어."

날짐승 특유의 잡내가 남아있어서 배가 고프지 않은 이상에는 먹고 싶은 마음이 안 들었다.

"그러면 주점이든 어디든 가서 배불리 먹던가. 막을 생각은 없으니."

하지만 딱히 고기가 먹고 싶은 것도 아니므로 나는 묵묵히 수프를 들이켜고, 빵을 베어 물었다.

그러고 있자니, 불현듯 여관의 주인장이 문밖을 향해서 버럭 외쳤다.

"어이! 거기서 한 걸음이라도 들어오면 여관비를 청구할 줄 알아!"

고개를 돌리자 새하얀 후드를 눌러쓴 로브 차림의 남자들이 보였다.

이윽고 그들은 아무 말 없이 발걸음을 돌려 여관을 떠나갔다. 어쩐지 망령 같아서 기분이 찜찜했다.

"뭐야, 저 녀석들은."

"성방교회 사람들일세. 오지 말라고 해도 잊을 만하면 저렇게 돌을 팔러 온다니까. 정말이지, 길가에 굴러다니는 돌멩이를 누가 산다고!"

"흐음."

그러고 보니 웰버드 검술 도장에서도 스승님과 프리츠가 성방교회의 돌 판매에 대해 이야기한 적이 있었다.

하긴, 웬만한 바보가 아니고서야 저런 돌멩이를 사지는 않을 것이다.

"아아, 알렉."

어디를 갔었는지 붉은색으로 차려 입은 세리나가 여관으로 돌아왔다. 세리나는 머리카락도, 눈동자도 빨간색이기에 이렇게 한 가지 색깔로 통일하면 꽤나 눈에 띠었다. 가슴은 커다란 주제에 허리는 또 잘록한 것이, 여고생답지 않은 음란한 보디다.

"혹시 지금 일어난 거야?"

"그래."

"날씨도 좋은데 아깝게시리."

"흥. 쉬는 날 아침 댓바람부터 외출이나 할 만큼 한가하진 않거든."

"뭐야 그게. 나 들으라고 하는 소리야? 에휴, 됐다. 시장에서 장을 보고 왔어. 도중에 왕성에도 들렀고. 먹음직스러운 과일을 발견했는데, 한번 맛이나 봐."

세리나가 가죽 주머니에 들어있던 붉은 과일 하나를 이쪽에 던졌다. 나는 살짝 당황했지만 무사히 한 손으로 받아낼 수 있었다. [운동신경 LV3]과 [동체시력 LV3] 덕분이었다.

처음 보는 이 신선한 과일을 한 입 베어 물자 토마토와 비슷한 달콤한 맛이 났다. 나쁘지 않았다.

"어때, 맛있지?"

"나쁘지 않네. 그나저나 다른 애들하고 같이 있던 거 아니었어?"

"아니. 미나와 이오네는 아침에 검술 도장에 간다고 했어. 리리는 나하고 같이 장을 봤는데, 왕성에는 가기 싫다길래 중간에 헤어졌어."

"흐음."

"아, 호랑이도 제 말 하면 온다더니. 두 사람 다 돌아왔네."

"주인님, 죄송합니다. 더 늦게 일어나실 줄 알고……."

하얀 머리의 동물귀 소녀가 나를 보자마자 미안한 얼굴로 사과했다.

"사과할 거 없어, 미나. 아침에 일어나는 것 정도는 혼자서도 할 수 있으니까. 그보다 수행은 어떻게 됐어?"

"네. 웰버드 스승님께 새로운 자세를 배웠어요."

미나가 기뻐하며 말했다. 수행은 순조로운 모양이었다. 휴일 정도는 쉬어도 괜찮을 텐데, 참 성실한 아이였다. 포상으로 오늘 밤에는 듬뿍 어루만져 줘야겠다.

"재능이 보인다고 저희 아버지도 칭찬하셨어요."

옆에서는 이오네가 흐뭇하게 미소 지었다. 실전 형식으로 훈련했는지 두 사람 모두 갑옷 차림이었다. 기다란 금발의 소유자인 이오네는 갑옷을 입어도 매력적이었다. 반대로 사복을 입으면 상냥한 누님으로밖에 안 보이지만.

"그랬군. 잘됐네."

"그럼 저희는 옷을 갈아입고 올게요."

"알겠어."

"아앗! 혼자서만 맛있는 거 먹고 있어! 치사해, 알렉!"

마침 여관으로 돌아온 리리가 소리쳤다. 뭘 먹든 내 마음이다.

"후훗, 화내지 마. 자, 리리 것도 사 왔어."

"오오. 잘 먹을게!"

핑크빛 머리의 소녀가 작은 입으로 과일을 덥석 베어 물었다. 상당히 배가 고팠나 보군.

"맛있어!"

리리가 행복한 미소를 지어 보였다. 이 토마토 비슷한 과일이 마음에 든 모양이었다. 더 먹여주고 싶어진 나는 세리나에게 물었다.

"세리나, 이 과일은 이게 전부야?"

"맞아. 입에 맞을지 어떨지 몰라서 하나씩밖에 안 샀어. 리리가 이렇게 좋아할 줄 알았으면 더 살 걸 그랬네."

"그러면 방금 그 과일을 사러 갈 겸 꼬치구이나 먹으러 갈까."

새고기 꼬치구이라면 잡내를 걱정할 필요는 없었다. 원래 세계의 꼬치구이와 똑같았다.

"응, 알았어. 가자."

우리는 갑옷을 벗고 돌아온 미나와 이오네를 데리고 시장으로 향했다.

시장에서 새고기 꼬치구이와 과일을 사 먹으며 돌아다니고 있자니, 광장 한편에 사람이 모이기 시작했다. 상당한 수의 인파였다.
"무슨 일이지?"
궁금해진 내가 물었다.
"아아, 저거 말이구나. 모처럼 왔으니 구경하러 가자, 알렉."
세리나는 짚이는 바가 있는지 웃으며 내 손을 잡아 끌었다.

제2화
성가대

　인파를 헤치고 나아간 우리가 목격한 것은 몇몇의 남자들이 바닥에다 나무 상자를 빼곡하게 늘어놓고 있는 광경이었다.
　이 녀석들은 뭘 하는 거지?
　상자의 크기는 한 아름만 했지만 정작 무겁지는 않아 보였다. 빈 상자인 모양이다.
　내가 내용물을 들여다보기 위해 허리를 숙이려 한 순간, 쩌렁쩌렁한 음악 소리가 울려 퍼지기 시작했다. 그제야 나는 근처에 악기를 든 3명의 음유시인이 있다는 사실을 알아챘다.
　쿵짝, 쿵짝, 쿵짝, 다다다다다……!
　음유시인들의 악기 연주가 시작된 순간, 옆에서 몇 명의 소녀들이 엄청난 속도로 달려왔다. 미나가 나를 지키려고 몸을 앞으로 내밀었지만 딱히 불상사는 일어나지 않았다. 달려온 소녀들은 바닥에 늘어놓은 상자로 올라가 일렬로 대열을 맞추었다.
　"여러분~! 오래 기다리셨죠~!"
　""우오오오오오!""
　모여있는 인파로부터 뜨겁고 굵직한 환성이 터져 나왔다. 거의 포효에 가까웠다.
　"왜냐하면 널 좋아하는걸~ ♪ 멍, 멍!"
　뒤이어 다섯 소녀는 깜찍한 포즈를 취한 뒤, 곡에 맞춰 리드미컬하게 춤추기 시작했다.

나는 어이가 없어서 옆에 있는 세리나를 쳐다보았다. 그러자 세리나는 "알렉은 이런 거 좋아하지?"라고 말하듯 씨익 웃으며 윙크해 왔다. 두 번이나.

나는 곧바로 자리를 뜨려고 했지만 뒤쪽에서 사람이 꾸역꾸역 몰려드는 바람에 돌아갈 수가 없었다.

"모모 최고!"

"모모! 모모! 모모!"

돼지처럼 소리를 지르며 들이닥치는 사내놈들. 숨이 턱 막힌다. 어째서 그렇게 땀을 뻘뻘 흘리는 건데. 다가오지 마, 기분 나쁘단 말이다. 나는 반대쪽으로 밀어내려 했지만 오히려 떠밀려서 넘어지고 말았다.

"우왓?!"

"주인님!"

"자, 여러분. 비키세요. 무대 앞에서 코드 3 발생. 대상자 한 명. 속행해도 괜찮음. 처리하겠습니다."

"무대에서 물러나 주세요! 거기! 밀지 마세요!"

어디선가 하얀 후드를 뒤집어쓴 우락부락한 남자들이 나타나더니, 나를 번쩍 들어서 무대 뒤로 이동시켰다.

"곤란합니다, 손님. 매너를 지키셔야죠."

하얀 후드들 중 책임자로 보이는 사내가 상자에 걸터앉아 내게 말했다. 다른 남자들은 나를 둥글게 에워싸고 있었다.

"나도 좋아서 그런 게 아냐. 불가항력이다."

"맞아요. 주인님은 자신의 욕망을 거스를 수 없다고요!"

미나가 목소리에 힘을 담아 나를 옹호했다. 하지만 전혀 도움이 되지 않았다.

"됐으니까 조용히 있어, 미나. 나는 뒤쪽 관객에게 떠밀려서 넘어졌을 뿐이다."

"그렇군요. 뭐, 이번에는 그런 걸로 해두겠습니다. 하지만 다음은 없어요. 또 적발되면 출입 금지입니다."

"마음대로 해."

무대 뒤에서 나오자 세리나가 우리를 기다리고 있었다.

"알렉도 참, 창피하게……. 그렇게 여자아이의 팬티가 보고 싶었으면 나한테 말하지 그랬어. 방에서 얼마든지……. 아야, 아프잖아."

멋대로 착각하고 있는 세리나에게 꿀밤을 먹여 주었다.

"고의가 아니었어. 엄한 사람을 변태로 만들지 마."

내 뒤쪽에는 아직 하얀 로브의 남자가 따라오고 있었다. 감시하려는 건가. 한편, 무대 쪽에서는 노래 한 곡이 끝나고 사회자로보이는 인물이 나와 떠들어대기 시작했다.

"여러분, 부디 저를 센터에 세워 주세요! 이 돌을 사시면 돼요. 돌을 가장 많이 판매한 사람이 다음 번에 센터를 맡거든요!"

""우오오오오오!""

분위기는 이미 최고조에 달해있었다.

"결국 저건 뭐였던 거야?"

"주점을 중심으로 활동하고 있는 성방교회의 성가대야. 노래뿐만 아니라 춤도 추더라. 일본으로 치면 아이돌 같은 거지."

성가대라.

애초에 솔로로 활동하면 언제든지 센터에 설 수 있건만.

상당히 영리한 시스템을 생각해 냈군.

단, 아쉬운 점도 존재했다. 보일 듯 말 듯한 미니 스커트는 높게 평가하지만, 센터 이외에는 용모가 떨어지는 편이었다.

"흐음. 밤무대에 나오면 벗으려나?"

"안 벗어!"

"우와, 나왔다. 에로 아저씨 발언."

"시끄러워, 리리. 그렇다면 별거 없네."

길가에서 돌멩이나 파는 작은 교단이라고 생각했건만, 성방교회도 이런저런 궁리를 하는 모양이었다.

어느덧 공연이 끝났는지 흥분한 남자들이 악수를 하기 위해 무대로 몰려들었다. 하지만 동정을 뗀 지금의 나에게는 그다지 흥미롭지 않은 이벤트다. 가슴이라도 주무르게 해주면 모를까.

"돌아가자."

"헤에. 기념품이라도 사 갈 줄 알았는데."

세리나가 비꼬듯이 말했다.

"저런 싸구려 잡동사니에는 흥미 없어. 애초에 저 녀석들하고 똑같이 취급하지 마. 나는 선량한 일반 시민이라고."

"선량하다니……. 잘도 그런 말이 입 밖으로 나오네."

"시끄러워. 나쁜 사람이란 건 자세한 사정도 모르면서 다짜고짜 검을 휘두르는 녀석을 두고 하는 말이야, 세리나."

"윽."

세리나의 입을 다물게 만든 나는 그 길로 광장을 떠나갔다. 하얀 후드의 남자도 감시할 필요가 없다고 판단했는지 원래 자리로 되돌아갔다.

"성방교회는 최근 들어서 급속도로 세를 키우고 있어요. 하지만 좋은 소문은 들리지 않더군요. 강매로 문제를 일으키는 경우도 많다나 봐요."

이오네가 말했다. 길거리에서 돌멩이를 파는 녀석들이니 문제를 일으키지 않는 게 기적이었다.

"응?"

그때 세 명의 할머니가 우리들 앞을 가로막았다. 무시하고 지나가려 했지만 이번에도 진로를 방해당했다. 도대체 뭐야.

"나한테 무슨 용건이지?"

"네, 성스러운 돌을 나눠드리고 있습니다. 사시겠어요?"

"또 돌이냐. 됐어. 그깟 돌멩이에 돈을 지불할 생각은 없어."

"그러면 공짜로 하나 드리지요."

할머니 중 하나가 내 손에 억지로 돌멩이를 쥐어 주었다. 이참에 구경이나 해 볼까?

역시 길바닥에 굴러다니는 평범한 돌멩이였다.

"필요 없어. 이딴 거."

바닥에 내동댕이쳐버렸다.

"아앗!"

"천벌받을 짓을!"

"신께서 내려주신 특별한 파워 스톤을!"

할머니들이 허둥지둥 바닥을 뒤지며 소리쳤다. 하지만 본인들도 무엇이 방금 전의 돌멩이인지 구분하지 못하는 눈치였다.

"죄송해요, 할머니. 아마도 이걸 거예요."

세리나가 돌멩이를 주워 건네자, 할머니가 이쪽을 째려보며 그 것을 낚아챘다.

"지옥에 떨어질 게야, 너희들."

저주를 남기고 물러난 세 할머니는 질리지도 않고 다른 통행자들을 가로막았다. 아, 이번 사람도 돌멩이를 바닥에 내동댕이쳤다.

"이렇게 보니 또 불쌍하네."

"내버려 둬. 저 할머니들을 피해자로 착각하면 곤란해. 엄연한 공범이야."

"그럴지도 모르지만⋯⋯."

"돌멩이 좀 깨졌다고 불쌍해할 필요가 있나? 길바닥에 얼마든지 널려있잖아. 다시 주우면 그만인걸."

리리 말대로 허비되는 것은 시간과 노동력뿐이다. 할당량을 채워야 하는 상황이라면 불쌍할 수도 있지만, 그렇더라도 자신이 착취당하고 있다는 사실을 자각하는 게 먼저다. 저 할머니들이 다른 사람에게 도움을 구할 것 같지도 않았다.

이날은 미묘하게 '축 늘어진 기분'을 느끼며 여관으로 돌아갔다.

제3화
스케키오

이오네, 미나와 함께 3라운드짜리 하반신 단련을 끝내고 푹 숙면을 취한 다음 날. 나는 느긋하게 갑옷을 착용하며 '서쪽 탑'으로 향할 준비를 갖추고 있었다.

그때 누군가가 방문에 노크를 했다.

"들어와."

대답을 했지만 문앞의 인물은 곧바로 들어오지 않았다.

"누구신가요?"

미나가 살짝 경계하며 문을 열었다.

"갑작스럽게 찾아뵌 점 사과드립니다."

문앞에 서있는 것은 직각으로 허리를 숙이고 있는 노집사였다. 아무래도 무슨 일이 생긴 모양이다.

남작 부인 에일리아의 집사가 일부러 내가 머물고 있는 방까지 찾아온 것이다. 온건한 사안은 아닐 게 분명했다.

"무슨 일이 있었지?"

내가 단도직입적으로 상황을 물었다.

"예. 아무래도 제가 감당하기에는 버거운 사안인지라, 알렉 님께서 저택까지 와주셨으면 합니다. 바쁜 와중에 정말 죄송합니다."

명석한 집사라고 생각했는데, 상당히 애매한 설명이었다. 뭐, 직접 가보면 알 수 있을 것이다. 에일리아에게 충실한 이 집사가 나를 위험에 빠트릴 가능성은 낮았다.

"좋아. 미나, 다른 녀석들한테 오늘 모험은 연기라고 전해 줘."

"네, 주인님."

"예정에 차질을 빚어드려 거듭 사죄드립니다. 저희가 마차를 준비했으니 이용해 주십시오."

이윽고 나와 미나는 마차에 올랐다. 여기에 세리나까지 탑승하니 약간 좁았다.

마차가 출발한 뒤, 우리는 정면에 앉아있는 노집사에게 물었다.

"어떤 상황인데. 또 그 뚱뚱한 사제가 저택으로 쳐들어 온 거야?"

"아닙니다. 델라맥 님은 그날 이후로 찾아오시지 않았습니다. 성방교회가 간단히 포기할 것이라고는 생각하기 어렵지만, 현재로서는 별일 없는 상태입니다."

그렇다면 다른 용건인가 보군.

나와 에일리아가 끈적한 관계이기는 하지만 별것도 아닌 일까지 도맡아 해결해 줄 생각은 없었다.

이후로도 세리나가 사정을 캐물었지만 노집사는 제대로 답변해 주지 않았고, 결국 우리는 묵묵히 남작가로 향하게 되었다.

"이쪽입니다."

노집사의 안내를 받아 저택으로 들어선 우리는 붉은색 융단이 깔린 기다란 복도를 나아갔다.

이 앞은 이전에 와봤던 응접실이었다.

집사가 문에 노크를 하더니 말했다.

"마님, 알렉 님과 일행분들이 찾아오셨습니다."

"들여보내세요."

문이 열리고, 우리는 응접실 안으로 발을 들였다.

"음?"

동시에 내 시선이 소파에 앉아있는 이질적인 인간에게로 향했다.

뭐지, 이 녀석은?

귀족으로 보이는 옷차림을 하고 있었지만 머리에 하얀 복면을 뒤집어쓰고 있었다.

복면에 뚫린 두 개의 구멍 너머로 이쪽을 주시하는 형형한 눈동자가 보였다.

"이자들은 누굽니까?"

복면의 남자가 물었다.

"네. 도적을 퇴치해 남편의 원수를 갚아준 모험가들입니다."

에일리아가 정중한 말투로 남자에게 설명했다. 상대는 역시 귀족이라는 뜻이다. 귀찮게 됐군……. 어느 정도 예의를 갖출 필요가 있어 보였다.

"호오. 그렇다면 저도 감사를 드려야겠군요. 동생의 한을 풀어주셔서 고맙습니다."

"동생? 당신이 리오트 남작의 형이라는 건가?"

"자, 잠깐만, 알렉."

세리나가 나의 무례한 말투를 듣고 당황했다. 하지만 잘 생각해 보라고. 정말로 이 녀석이 귀족이고, 또 동생을 아끼는 형이라면 일찌감치 나를 불러서 포상을 내렸을 것이다. 동생이 어떻게 죽었는지도 자세히 캐물었을 테고. 게다가 이 인간한테서는 독특한 분위기가 느껴졌다. 귀족이라기보다는 오히려 나와 비슷한 부류에 가까웠다.

복면남이 고개를 끄덕였다.

"그래. 이런 차림으로 나타나서 다짜고짜 형이라고 주장하면 의심하는 게 당연하겠지. 동생과 나는 체격 차이도 큰 편이고 말이야. 사실 우리는 배다른 형제다. 그러니 너무 경계할 거 없다. 나도 모험가로 활동하는 중이기 때문에 말투 가지고 일일이 화내진 않아."

실제로 눈앞의 남자는 근육질에 키도 큰 편이었다. 리오트 남작은 키가 작았기 때문에 더더욱 형제라는 말을 납득하기 힘들었다.

"그러면 같은 모험가로서 편하게 말하겠어. 그런데 말하는 걸 들어보니 이곳으로 돌아온 지 얼마 안 된 모양이군?"

"맞아. 한동안 옆나라에 있었지. 소식을 주고받기 힘든 상황이라 일주일 전쯤에 동생이 죽었다는 편지를 읽었다."

"흐음."

과연 이 녀석의 말이 진실일까? 다행히 내게는 이세계 용사만의 특권(리세마라)으로 습득한 레어 스킬 [감정]이 있다. 이런 상황에서 특히 쓸모가 있는 스킬이었다.

〈이름〉 스케키오 〈연령〉 36
〈레벨〉 29   〈클래스〉 파이터
〈종족〉 인간   〈성별〉 남자
〈HP〉 324/324 〈상태〉 건강
[해설]

수수께끼의 모험가.
성격은 불명. 비선공.

〈스케키오의 개인 스킬〉
Caution!
스킬에 의해 열람을 방해받았습니다!

역시나. 〈클래스〉가 귀족이 아니었다.

"이 녀석은 가짜야."

얼굴까지 가리고 말이지.

""뭐어?""

"호오. 근거를 들어볼 수 있을까?"

"얼마든지. 당신의 클래스가 귀족이 아니더라고."

"아아, 그런 건가. [감정]을 습득하고 있다니 꽤 대단한 모험가인걸. 네 말대로 나는 귀족이 아니다. 옛날에 가문을 뛰쳐나왔거든. 동생이 가주를 물려받았기 때문이지."

"그러면 자신의 신분을 증명할 수 있겠어?"

내가 묻자 남자는 말 없이 소파에서 몸을 일으켰다. 그가 자신의 허리에 손을 얹었기에 미나와 세리나도 검을 뽑고 경계했다.

"멈춰. 너희와 싸울 생각은 없다. 이 검을 봐라."

스케키오가 허리의 검을 칼집째 뽑아서 건넸다.

"헤에? 꽤 멋진 검이기는 하지만……. 오, 이걸 보여주려는 거였군."

검의 날밑에 익숙한 문장이 새겨져 있었던 것이다. 리오트 가문의 흑돼지 문장이다.

"모험가가 되기로 결심했을 때 집에서 멋대로 들고 나온 검이다. 현재로서 내가 남작가의 혈족이라고 증명할 방법은 이것밖에 없어. 도난품이라고 의심한다면 어쩔 수 없다만."

검에는 수많은 상처가 새겨져 있었고, 자루에는 아교를 적신 붕대가 둘둘 말려 있었다. 칼날도 곳곳이 일그러져 있었는데, 이가 빠질 때마다 수리한 흔적이었다.

"아니, 믿겠어. 이건 꽤 오랫동안 사용된 검이야. 도난품이라면 여기저기 팔려 다니느라 훼손될 틈도 없었겠지."

귀족의 물건에는 문장이 새겨져 있기 때문에 도난품 여부가 들통나기 쉽다. 그러니 정당한 소유자가 아니라면 대놓고 들고 다니지는 못할 것이다. 나는 스케키오에게 검을 돌려주었다.

"고맙다. 그럼 동생의 최후에 대해 들려줬으면 좋겠군."

옆에 있던 세리나는 긴장했는지 숨을 집어삼켰다. 하지만 걱정할 거 없다. 이쪽에서 솔직하게 털어놓지만 않는다면 이 녀석이 진상을 알 방법은 없으니까. 게다가 피를 나눈 형제가 도적과 작당하다가 용사에게 토벌되었다는 말보다는, 운 나쁘게 도적에게 당했다는 말이 듣기에도 좋았다.

"흐음……. 그랬군……. 다소 과장이 섞여있는 것 같기는 하다만, 도적단 블러드 섀도우와 두목인 가르돈이 죽었다면 매듭은 확실히 지어졌다고 할 수 있겠지. 원수를 갚아준 점에 대해서 다시 한번 감사를 표하마."

"됐어. 나도 불한당들이 마을을 활보하는 건 사양이거든. 당신을 위해서 한 일이 아니야."

"알겠다."

하지만 문제는 지금부터였다.

스케키오가 리오트 남작의 혈연이라면 이 가문은 누가 이어받게 되는가. 나는 그 부분을 묻기로 했다.

"이제부터 어떻게 할 생각이지?"

"글쎄. 아직 정해놓은 건 없다. 동생의 애도가 끝나면 다시 모험을 나서게 되겠지. 오랜만에 그리운 집 요리도 만끽할 겸 2, 3일은 머물다 갈 생각이다. 괜찮겠나, 에일리아?"

"네. 아주버님께서 원하신다면 제가 거절할 이유는 없죠."

"자네들도 저녁을 먹고 가는 게 어떤가? 두세 명 늘어난다고 큰 문제는 없겠지? 에일리아."

"네, 물론이에요."

"그러면 저녁 준비를 시작하겠습니다."

집사가 목례를 하고 방을 나갔다.

"그런데, 저기…… 스케키오 씨."

세리나가 망설이며 물었다.

"뭐지?"

"그 복면은 대체……."

"아아, 이거 말인가. 처음부터 말해둘 걸 그랬군. 드래곤과 싸우다가 얼굴에 브레스를 정통으로 맞아버리고 말았거든."

스케키오는 그렇게 말하며 복면을 뒤집어쓴 자신의 얼굴을 어루만졌다.

"애석하게도 당시의 나한테는 쓸만한 포션도 없었고, 실력 있는 사제한테 지불할 돈도 없었지. 치료비를 아끼다가 이렇게 흉측한 얼굴이 되어버린 거다."

"아아, 그렇군요……. 유감이에요."

"너희도 명심해라. 무기와 방어구를 장만하는 것도 중요하지만, 항상 여유 자금을 확보해 두는 게 좋아. 이런 얼굴이 되고 싶지 않다면 말이야."

"네. 명심할게요."

제4화
실종

남작가의 만찬에 초대받은 나는 이오네와 리리에게도 맛있는 음식을 먹여주려고 여관에 전령을 보냈다. 하지만 리리는 내키지 않았는지 오지 않았고, 그 대신 부르지도 않은 녀석이 찾아와 뻔뻔하게 식탁에 앉아있었다.

"이쪽의 엘프 기사분은 누구신가?"

당연하게도 스케키오가 질문해 왔다.

"나는 알렉의 지인인 왕국 기사단 소속의 기사, 실비 와로이 아타마다. 만나서 반갑다."

파티원에 넣어달라고 했다가 거절당했기 때문인지 자신을 지인이라고만 소개하는 은발의 엘프. 실제로 몸까지 섞은 관계니 지인이 아니라고 잡아떼긴 힘들다.

"그렇군. 나는 스케키오다. 리오트 남작의 형이지. 옆의 여성분은……?"

"처음 뵙겠습니다. 알렉의 파티에 소속된 이오네 웰버드입니다."

이오네가 우아하게 고개를 숙이자 기다란 금발이 출렁거렸다.

"웰버드? 어디서 들어본 이름인데."

"아버지는 검술 도장을 운영하고 계세요."

"아아, 거긴가. 젊은 시절에 도장 깨기를 하러 갔었던 적이 있지. 오히려 혼쭐이 났지만 말이야."

즐거운 기억이었는지 스케키오가 큭큭 웃었다.

"후후. 그러셨군요."

이오네가 미소를 지으며 이야기를 마무리 지었다. 어릴 적에 이렇게 무서운 아저씨가 집으로 찾아왔다니, 나라면 그 이야기를 듣고 식겁했을 것이다. 하긴, 당시의 스케키오는 아직 드래곤에게 당하지 않아서 멀쩡한 얼굴이었을 테지만.

"실례하겠습니다."

메이드인 카렌이 요리가 담긴 접시를 들고 왔다. 나는 은근슬쩍 그녀의 엉덩이로 손을 뻗었지만, 세리나가 의자 뒤쪽에서 내 손을 찰싹 때렸다. 에휴. 이 정도는 허락해 달라고.

괜한 짓 말라는 듯이 째려보는 세리나를 무시하면서 나는 식사를 시작했다. 에일리아와는 수차례 몸을 섞은 사이고, 스케키오도 오랫동안 모험가로 살아왔으니 답답한 분위기는 달갑지 않을 것이다. 이것은 귀족의 식사 모임이 아니라 남작을 애도하기 위한 자리다. 그러니 분위기를 맞춰 주기로 했다.

"앗, 마음대로 먹기 시작하면 어떡해."

세리나가 작은 목소리로 날 나무라자, 에일리아가 웃으며 말했다.

"아뇨, 후후. 괜찮아요. 다들 드시죠."

"잘 먹겠네."

스케키오는 복면의 입 부분을 걷어서 음식을 먹기 시작했다. 웬만하면 저쪽은 쳐다보지 않는 게 좋을 듯하다. 본인도 손으로 얼굴을 가리고 식사 중이니.

식사가 절반 이상 진행되고, 와인을 마시면서 자리가 무르익었을 무렵. 누군가가 성방교회에 대한 화제를 꺼냈다.

"아, 그 돌 말이군. 운세가 트인다길래 나도 하나 샀지."

"네?"

"자, 이거다."

스케키오가 주머니에서 돌멩이를 꺼내 들었다.

"그건 길가에 굴러다니는 평범한 돌멩이야."

내가 가르쳐 주었다.

"그럴지도 모르지. 겉보기에도 돌멩이 그 자체니까. 하지만 고위 사제의 손을 거쳤다면 신성력이나 행운이 깃들었을지도 모를 일 아닌가. 비싸지도 않으니 부적으로 괜찮다고 생각했네. 동생의 묫자리에 놔주려고 하나 더 구입했지."

하긴, 동생의 부장품 정도는 마음대로 골라도 되겠지.

저 욕망에 찌든 리오트 남작이 돌멩이로 기뻐할 거라고는 생각하기 어렵지만.

"앗, 벌써 시간이 이렇게 됐네. 슬슬 일어나는 게 좋겠네요."

세리나의 말에 에일리아가 고개를 끄덕였다.

"그러면 마차로 여관까지 모셔다 드릴게요."

이대로 저택에 머물면서 에일리아와 밤을 보내고 싶었지만, 에일리아는 남편의 동생이 신경 쓰였는지 유혹해 오지 않았다. 나는 다음을 기약하며 마차에 탑승했다.

사건은 그 다음 날에 일어났다.

"누구야. 이른 아침부터."

누군가가 끈질기게 노크를 해대고 있었다. 세리나와 새벽까지 달렸던 나는 졸린 몸을 이끌고 방문을 열었다.

문앞에 서있는 것은 직각으로 허리를 숙이고 있는 노집사였다. 어제와 똑같았다.

"이번에는 또 뭐야?"

"예, 실은 마님께서 어제 저녁에 나가신 뒤로 돌아오지 않으셔서 말이죠. 이쪽에 계시리라 생각했습니다만……."

"쳇! 에일리아는 여기로 안 왔어. 미나! 물 좀 가져다 줘. 긴급 상황이다."

아무튼 심상치 않은 상황임에는 틀림없었다. 나는 정신을 차리기 위해 큰 소리로 미나를 불렀다.

"뭐야? 무슨 일인데……? 꺄아악!"

잠에서 깬 세리나가 화들짝 놀라 외쳤다. 시끄러운 녀석이다. 늙은 할아범에게 알몸을 보인 정도로 소란을 피우다니.

"바보야! 문을 활짝 열어두면 어떡해! 빨리 닫아!"

"죄송합니다."

집사는 순순히 문을 닫으려 했지만, 미나가 대야에 물을 떠 오는 중이었기에 내가 억지로 문을 고정시켰다.

"닫으래도!"

"에일리아가 행방불명됐어. 지금 찾으러 갈 거다."

"뭐……? 크, 큰일이네!"

세리나도 사태의 심각성을 이해한 모양이었다.

곧바로 파티원들을 소집한 나는 장비를 정비한 뒤, 멤버를 쪼

개서 마을을 수색하게 했다.

그리고 나는 노집사가 타고 온 마차에 탑승해 남작가로 향했다.

"스케키오는 아직 저택에 있는 거지?"

"예. 아직 체재 중입니다. 내일쯤 떠날까 하는 이야기가 나오기는 했습니다만…….."

"녀석이 수상한 행동을 하지는 않았고?"

"예, 딱히……. 하지만 하루 종일 감시하고 있었던 건 아닌지라."

대화가 통하는 인물이라고 살짝 방심했다. 돌이켜 보면, 저녁 만찬 때 녀석은 성방교회에 대해 긍정적인 발언을 했다. 혹시 에일리아를 난교 파티로 끌고 가려고 했던 델라맥 대사제의 사주를 받았나?

판단은 직접 만나서 추궁한 다음에 하기로 하자.

과연 스케키오는 어떤 태도를 보일 것인가.

나는 검을 움켜쥐어 손잡이의 감촉을 확인했다.

나보다 레벨이 높은 전사와의 일대일 전투. 불리한 싸움이다.

하지만 녀석은 지금 갑옷을 벗고 있을 것이다.

그렇다면 이길 수 있다. ……아마도.

만약 스케키오가 완전 무장을 하고 기다리고 있다면 곧장 도망가기로 하자.

"스케키오!"

남작가 저택에 도착한 나는 큰 소리로 외쳤다.

현관을 열고 경계하며 복도를 나아간 뒤, 방 안을 확인해 보았다. 아무도 없었다.

"알렉 씨."

그 대신 메이드가 모습을 드러냈다.

"카렌이군. 녀석은 어딨지?"

"그게, 어디 가셨는지 조금 전부터 보이질 않네요. 방에도 안 계시고……."

"쳇. 눈치를 채고 도망친 건가!"

나는 벽을 힘껏 후려쳤다. 어째서 녀석을 신용해 버린 걸까. 처음 만난 상대건만.

자신의 얼빠진 행동에 화가 났지만, 여기서 꾸물대 봤자 소용없다고 판단한 나는 곧바로 저택을 뛰쳐나갔다.

"에일리아! 어디야!"

그 델라맥이라는 망할 사제놈. 내게 싸움을 거는 거야 그렇다 쳐도 여자를 납치하다니. 뼛속까지 썩어빠진 자식이다.

나는 마을을 뛰어다녔다.

구석구석을 뒤졌지만 에일리아는 어디에서도 발견할 수 없었다.

어쩌면 이대로 두 번 다시 에일리아와 만나지 못하게 될지도 모른다.

그런 불길한 예감이 머릿속을 스치고 지나갔다.

"알렉!"

바로 그때, 시장 근처의 골목에서 세리나가 나를 불러 세웠다.

"세리나. 뭐라도 좀 건졌어?"

"아니. 주변의 민가를 돌아다니면서 물어봤는데 에일리아 씨를 본 사람은 없었어."

"제길……. 하지만 분명 왕도 어딘가에 있을 거야. 범인은 십중 팔구 성방교회일 테니까. 그쪽 대사제와 트러블이 있었거든."

"그런 건 빨리 좀 말해 줘."

"미안. 다음부터는 제대로 설명할게. 어쨌든 서둘러 찾아봐."

"알겠어."

우리는 다시금 둘로 갈라져 마을을 뛰어다녔다.

"저 녀석은!"

성방교회의 관계자가 눈앞을 걸어가고 있었다.

낯익은 얼굴에 새하얀 로브 차림. 얼마 전에 에일리아의 저택 으로 쳐들어 온 델라맥의 부하들 중 하나였다.

당장 붙잡아서……. 아니, 맹목적인 신자를 때리고 협박해 봤 자 간단히 입을 열지는 않을 것이다. 이전에 남작가 저택에서 혼 쭐을 내줬을 때도 도망친 것은 대사제뿐이었고, 나머지 녀석들은 적대적인 태도를 보였다.

그러니 여기서는 다른 방법으로 접근해야 했다.

제5화
검을 맡기다

내가 선택한 스킬은 [스토커]였다.

대사제 델라멕의 부하를 미행하면 에일리아가 있는 장소에 도 달할 수 있을지도 몰랐다.

달리 짚이는 인물이라라면 스케키오가 있지만, 만약 델라멕이 그를 사주했다면 오히려 델라멕 본인을 찾는 편이 빠를 것이다. 떠돌이인 스케키오와 달리 델라멕은 입장상 교단 시설 어딘가에 있을 테니까.

남자가 남자를 스토킹하다니. 기분은 착잡하지만 미행을 할 때 는 이 스킬이 제일이었다.

얼빠진 델라멕의 부하 녀석은 내 존재를 전혀 눈치채지 못한 듯 했다. 빵집에 들어갔다 나온 그는 빵이 한가득 담긴 봉투를 양손 으로 끌어안고 어딘가로 향하고 있었다.

아마도 교회로 돌아가는 중일 것이다.

이 녀석이 빵을 좋아하는 대식가라면 이야기가 다르겠지만, 실 제로는 동료들의 식사를 사러 나왔을 가능성이 높았다. 도저히 혼자서 먹을 양으로는 보이지 않았기 때문이다.

"후우, 하루에 세 번이나 장을 보려니 귀찮네. 대사제님은 '나한 테 빵은 물이나 마찬가지다'라는 영문 모를 말씀만 하시고……."

남자가 혼잣말로 불만을 늘어놓았다. 그 뚱뚱한 대사제라면 정 말로 빵을 물처럼 흡입할 것 같다.

이윽고 남자는 골목길로 꺾어져 들어가 넓은 부지를 지닌 교회로 진입했다. 비록 1층 구조이기는 했지만, 한눈에 봐도 막대한 자금이 들어간 건물임을 알 수 있었다. 대조적으로 초라한 행색을 하고 있는 근처의 신자들이 괜히 불쌍하게 느껴졌다.

노을빛으로 붉게 물든 교회 벽을 따라 건물 뒤편으로 돌아간 남자는, 뒷문을 열고 다시 안으로 들어갔다.

필요하다면 자물쇠 따기 스킬을 배울 작정이었지만 이 문에는 잠금장치가 없었다.

"주인님."

"오, 미나구나."

"네. 에일리아 씨의 냄새를 따라왔더니 이곳에 도착했어요."

"역시. 에일리아는 분명 이 안에 있을 거야. 구해내자."

"네!"

지금부터는 미나의 [날카로운 후각☆]에 맡기기로 하고 앞으로 나아갔다.

"저 앞의 지하로 내려간 모양이에요."

"좋아. 가자."

우리는 지하로 이어지는 계단을 타고 내려갔다.

"뭐야, 여기는······."

"이건······."

통로 반대편의 광경을 목격한 나와 미나는 한순간 말문이 막히고 말았다.

어째서 교회 지하에 감옥이 존재하는 걸까.

그것도 한두 개가 아니었다.

철창 안에는 밧줄에 묶인 여성들이 갇혀 있었다. 엄청난 숫자였다.

"나 원. 막돼먹은 종교 단체로군."

나는 어이가 없어서 한숨을 내쉬었다.

"정말로요……. 어떻게 할까요? 주인님."

"먼저 에일리아를 찾자. 다른 사람들은 나중에 구하겠어. 교회 녀석들에게 들키면 구조고 뭐고 끝장이니까."

"알겠습니다."

계속해서 지하 통로를 나아가자 또 하나의 문이 우리를 가로막았다.

살짝 문을 열고 안쪽을 엿보았다. 통로를 오가는 사람은 없었다.

"가자."

"네."

안으로 들어선 우리는 다시 한번 놀라고 말았다. 문 안쪽에도 감옥이 존재했던 것이다. 도대체 몇 명이 수감되어 있을지 짐작도 되지 않았다.

"무슨 목적으로 이런 짓을……."

미나가 의문을 갖는 것도 무리가 아니었다.

"글쎄다. 보나 마나 신앙심을 잃은 신자들을 가둬서 세뇌하고 있는 거겠지."

어마어마한 규모의 납치다. 이 정도면 나라의 치안 조직이 눈치채지 못했을 리가 없다. 하지만 교회의 신도가 된 가족이나 지인을 행방불명자로 신고하는 사람이 있을까. 이들이 집으로 돌아오지 않더라도 병사들이나 기사단은 수색하기 어려울 것이다.

"앗, 무대에서 내 팬티를 훔쳐봤던 변태 아저씨다!"

"응?"

무시하고 지나가려던 감옥 안에서 익숙한 목소리가 들려왔다. 저번에 시장에서 보았던 성가대의 소녀였다. 이름이 분명…… 모모라고 했던가. 나는 돼지 군단이 그녀의 이름을 외치며 성원을 보내던 광경을 떠올렸다.

"너, 교단의 간부 아니었어?"

등 뒤로 손목이 묶여있는 모모에게 내가 물었다.

"아니야. 난 춤추고 노래해 보지 않겠냐는 제안을 받고 들어왔을 뿐인걸. 이제 돌을 파는 건 싫다고 했더니 그 녀석들, 날 이런 곳에다 가둬버렸어."

"못된 놈들이군."

나도 모모에게 동정심을 느꼈다.

"그렇지?"

그런데 그때 옆에 있던 소녀가 모모에게 따지고 들었다.

"흥. 이제 겨우 내 이름으로도 돌이 팔리기 시작했는데. 모모가 쓸데없는 소리를 해서 나까지 벌을 받게 됐잖아. 지금이라도 좋으니까 대사제님한테 사과드려!"

마찬가지로 본 적이 있는 얼굴이었다. 이 녀석도 성가대의 일원일 것이다.

"뭐? 내 탓이라는 거야?"

"당연하지."

"맞아, 맞아!"

"자, 잠깐! 히데미도 내 의견에 찬성했잖아!"

"헤에? 그랬던가? 히데미, 기억 안 나는걸."

이전에 봤던 성가대의 다섯 명 모두 감옥에 들어온 모양이었다. 하지만 이런 상황에 동료들끼리 싸워서 어쩌자는 건지.

"알았으니까 조용히들 해라. 교회 놈들한테 들키잖아."

안쪽에 보이는 문에서 누가 나오지는 않을까 걱정되었다. 그리고 내 예상은 적중하고 말았다. 이곳의 관리자로 보이는 인물이 문을 열고 모습을 드러냈다.

그는 굉장히 낯익은 검을 움켜쥐고 있었다. 흑돼지 문장이 새겨진 검이었다.

나는 그의 이름을 불렀다.

"스케키오!"

스케키오의 복면은 철가면으로 바뀌어 있었고, 몸에는 두꺼운 철제 보호구를 장비하고 있었다.

완전 무장한 상태다.

흡사 처형인과도 같은 위압감이 감돌았다.

이 녀석은 위험하다. 게다가 이곳은 좌우가 감옥으로 이루어진 좁은 통로였다. 공격을 피하기도 쉽지 않았다.

"미나, 물러나! 무리하지 마!"

"하지만······."

"거기서 비켜!"

"꺄악!"

무서운 기세로 달려온 스케키오가 미나를 어깨로 쳐서 날려버렸다. 엄청난 힘이다. 나는 서둘러 방어 자세를 취했다. 그런데 웬걸, 스케키오는 나를 지나치더니 반대쪽 문을 향해서 검을 투척했다.

"네놈들, 어디로 들어왔어…… 크악!"

문에서 걸어 나온 하얀 로브의 남자가 날아온 검에 꿰뚫려 쓰러졌다.

"스케키오, 너……."

"미안하다, 미나. 괜찮나?"

스케키오가 손을 뻗어 미나를 일으켰다.

"괘, 괜찮아요."

아무래도 스케키오는 우리의 적이 아니었던 모양이다.

"너도 에일리아를 구하러 온 건가? 알렉."

"그래, 맞아. 솔직히 말하면 에일리아를 납치해 간 게 너라고 생각했어."

"동생의 아내를 납치할 이유가 없지. 그리고 알렉, 네게는 내 검까지 맡기지 않았나. 이쯤 했으면 신용해 줄 법도 하건만……. 하긴, 이 얼굴로는 무리인가."

스케키오가 어깨를 으쓱였다.

"미안, 스케키오. 나는 모험가가 된 지 얼마 안 됐거든. 거기까진 생각하지 못했어."

모험가가 상대에게 자신의 검을 맡기는 행위는 '너를 무조건적으로 신뢰한다'는 것을 의미했다. 만약 검을 건네준 상대가 적이라면 자살 행위나 다름없는 짓이기 때문이다.

즉, 자신의 목숨을 맡기겠다는 뜻이었다. 처음 보는 상대에게 그렇게까지 한 스케키오도 여간내기는 아니지만.

스케키오는 내 대답에 납득했는지 담담히 고개를 끄덕였다.

"그랬군. 서둘러라. 방금 소리로 다른 녀석들이 우리를 눈치챘을지도 모른다."

"좋아, 가자!"

"네!"

그리하여 우리 세 사람은 안쪽의 문으로 향했다.

제6화
절명의 빛

"에로에로 엣사임, 나의 부름에 응하소서."

""에로에로 엣사임, 나의 부름에 응하소서.""

통로 안쪽으로 나아가자 맞은편에서 주문을 외우는 소리가 들려왔다.

남자들의 목소리가 하나가 되어 울려 퍼지고 있었다. 모종의 의식인 모양이었다.

"잠깐, 스케키오. 그 문은 열지 마."

중앙의 거대한 철문에 손을 올리는 스케키오에게 내가 말했다. 안 좋은 예감이 들었기 때문이다.

"어째서지?"

"나한테 [예감] 스킬이 있거든."

웬만하면 타인에게 자신의 스킬을 밝히지 않는 나지만, 스케키오라면 다른 사람들한테 떠벌리고 다니지는 않을 것이다. 엄청 중요한 스킬도 아니고.

"호오."

"주인님, 저곳으로 우회하면 될 것 같아요."

미나가 다른 통로를 발견했기에 우리는 그쪽으로 향했다.

이윽고 계단을 올라가자 넓은 공간이 나타났다. 이 통로 또한 철문 너머로 이어져 있었는데, 중앙을 내려다볼 수 있도록 방 안을 둥글게 에워싸고 있었다. 아마도 천장 주변의 밝기를 조절하기 위함일 것이다. 학교 체육관에서 흔히 보이는 구조였다.

"저자들은 도대체 뭘 하고 있는 거지?"

스케키오가 물었지만 우리라고 알 리가 없었다.

밑에서는 로브 차림의 신자들이 한데 모여 커다란 원형진을 이루고 있었다. 그리고 그 중심에는 알몸의 여자들이 쇠사슬에 묶인 채로 드러누워 있었다.

"발견했다. 에일리아군. 중앙에 있다."

스케키오가 가리킨 곳을 바라보니 에일리아가 알몸으로 묶여 있었다. 저 자식들, 멋대로 내 에일리아를 발가벗기다니.

"알렉, 급습하겠나?"

"기다려, 스케키오. 이 상황에서 공격하면 인질들을 구해낼 수 없어."

"인질이라……. 하긴, 그렇게 되겠군."

여자를 감옥에 가둬 넣고 쇠사슬로 구속까지 하는 놈들이다. 불리해지면 죽이는 것도 개의치 않을 것이다.

"주문을 다 외웠나 봐요."

미나가 작은 목소리로 말했다. 의식이 다음 단계로 접어든 모양이었다.

시간을 너무 끌어도 안 되겠는걸…….

위에서 상황을 지켜보고 있자니, 밑의 남자들이 대화를 나누기 시작했다.

"오오, 에스터블리슈 경. 멋진 연회로군요!"

"예, 그렇지요. 다만 여기서 본명으로 부르는 건 삼가주셨으면 좋겠습니다, 황소 님."

"이거 실례했습니다, 산양 님. 자, 그러면 오늘의 산제물은 어느 아이로 해 보실까."

산양과 황소 마스크를 쓴 몇몇의 남자들이 쇠사슬에 묶인 여자들을 품평하듯 응시하며 돌아다녔다. 이 남자들은 머리에 마스크를 쓰고 있을 뿐 전부 알몸이었고, 하반신은 전부 발기해 있었다. 무엇을 하려는지는 뻔했다. 의식처럼 보이지만 결국에는 매춘 모임이었다.

그러고 보니, 에일리아와 카렌이 "성방교회는 난교 파티를 하고 있다"라고 말한 적이 있었다. 이것이 분명 두 사람이 말한 난교 파티일 것이다.

정말이지 부러운, 아니, 파렴치한 놈들이다.

"좋아, 정했다. 오늘의 산제물은 네년이다."

"꺄악!"

산양 마스크의 남자가 한 여성의 머리를 낚아채며 말했다. 여성은 공포에 질려 비명을 질렀다.

"이봐, 알렉. 이대로라면 에일리아도 당하고 말 거다."

"그래, 알아. 불을 끄고 놈들을 기습하겠어. 나는 스킬 덕분에 어둠 속에서도 볼 수 있거든."

PK용사 신과의 전투에서 습득한 [엿보기] 스킬을 잘 활용하면 가능했다.

"저도 [암시] 스킬을 배웠어요."

"좋아, 나도 배웠다."

"그러면 다 같이 가자고. 미나와 스케키오는 우선 불빛부터 제거해 줘. 나는 에일리아 주변에 있는 남자들을 정리할 테니."

"알겠습니다."

"알았다."

나는 [아이템 가방]에서 로브를 꺼내 난관에 묶었다. 그리고 이것을 밧줄 삼아 밑으로 내려갔다.

우선은 불빛부터 없애야 했다.

의식의 분위기를 살리기 위함인지 주변에는 화톳불이 설치되어 있었고, 나는 그것을 발로 차서 쓰러트렸다.

"뭐지?!"

"우왓!"

신자들이 놀라서 당황하는 가운데, 미나와 스케키오도 차례차례 불빛을 제거해 나갔다.

"치, 침입자다! 어서 붙잡아!"

원형진을 이루고 있던 로브 차림의 남자들이 우르르 덤벼들었다. 하지만 이미 늦었다.

어느새 모든 불빛이 꺼지고, 주변은 완전한 어둠에 휩싸였다.

"어, 어디지!"

"아, 안 보여. 누가 불을 켜봐!"

이곳에 적이 쳐들어 오리라고는 예상하지 못했는지 로브 차림의 남자들은 무기조차 소지하지 않은 상태였다. 그 결과, 우리 세 사람의 일방적인 사냥이 시작되었다.

"끄악!"

"아히익!"

"좋아, 이쯤이면 됐어! 미나, 인질들의 쇠사슬을 끊어줘."

"네, 주인님!"

나는 에일리아에게 달려갔다.

"그 목소리는, 알렉?"

"그래. 도우러 왔다, 에일리아. 조금만 기다려."

나는 에일리아의 발목에 감겨있는 쇠사슬을 잘라냈다.

"다행이다! 저, 훌쩍, 저는……!"

무서웠는지 에일리아가 울면서 나를 끌어안으려 했다.

"대화는 나중에. 이제 괜찮으니까 먼저 도망쳐."

"아, 알겠어요!"

나는 에일리아의 몸에 망토를 덮어준 뒤, 그녀를 출구로 유도
했다.

"이 천벌받을 놈들! 신성한 의식을 방해하다니! 죽여라! 결코
살려 보내지 마라!"

델라맥이 고래고래 외쳤다. 아직도 본인이 처한 상황을 이해하
지 못한 모양이다. 나는 놈의 옆구리로 다가가 스킬을 사용했다.

[귀갑 묶기 LV5]

"으억?! 우, 움직일 수가 없어!"

내 밧줄이 순식간에 델라맥의 살찐 몸뚱이를 구속했다.

특대 사이즈 소세지 대령이오!

이윽고 나와 스케키오가 좌우로 이동해 풍선처럼 부풀어 오른
배에다 검을 찔러 넣었다.

끝났군.

이만큼 깊숙히 찌르면 지방층이 아무리 두꺼워도 살아남지 못할 것이다.

"크아악!"

"예, 예하!"

"대사제님을 지켜라!"

신자들이 델라맥을 지키기 위해 달려갔다. 하지만 우리한테는 오히려 호재였다. 미나가 구출한 여자들을 데리고 반대쪽 방향의 철문으로 도주 중이었던 것이다.

아무래도 결판이 난 듯하다.

"스케키오. 이 녀석들보다 여자들을 우선해 줘."

"그럴 생각이다."

나와 스케키오도 델라맥을 지키는 신자들을 방치한 채 인질들을 해방시켜 나갔다.

"비…… 빌어먹을 인간 놈들."

"대사제님? 히긱?!"

"무, 무슨 짓을……. 으악!"

그런데 델라맥 근처에 있던 신자들이 불길한 비명을 내지르기 시장했다.

뭐지? 무슨 일이 일어난 거지?

몰려든 신자들 때문에 델라맥의 모습이 보이지 않았다.

바로 그때, 이상한 일이 벌어졌다. 공중에 초록색의 커튼이 펄럭이는가 싶더니 주변에 몰려든 십수 명의 신자들을 뒤덮었다.

다리 부분은 여전히 보이고 있었는데, 마치 거대한 입으로 집어삼킨 듯한 광경이었다. 아니, 실제로 커튼은 신자들을 우걱우걱 잡아먹고 있었다!

"이런! 알렉, 놈들 중에 엄청난 마물이 한 마리 섞여있어!"

스케키오의 경고를 들을 것까지도 없었다. 나는 황급히 거리를 벌렸지만 철문 주위에는 아직도 많은 여자들이 있었다. 심지어 남자 신도들까지 도망가기 위해 문으로 몰려들었다. 상황이 좋지 않군. 이대로라면 출구가 막혀버릴 것이다.

"이, 인간은…… 내 음료다……."

무시무시한 녹색의 덩어리가 다시금 커다란 입을 벌려 신자들을 무차별적으로 집어삼켰다.

"젠장, 저건 또 뭐야! 스케키오, 넌 알겠어?"

"몰라! 처음 보는 몬스터다!"

마음 같아서는 달려가 베어버리고 싶었지만, 저 거대한 입은 상당히 위협적이었다. 인간을 통째로 집어삼키는 장면을 봐버린 이상 섣불리 나서긴 힘들었다.

우선은 [감정]을 사용해 볼까?

〈이름〉 델라맥 〈레벨〉 ??

〈HP〉 ??　　〈상태〉 보통

Caution!

스킬에 의해 열람을 방해받았습니다.

제길, 이름 외에는 아무것도 보이지 않았다. 하지만 그때였다.

"물러나, 알렉!"

뒤쪽에서 여성의 목소리가 들려왔다. 나는 승리를 확신하며 길을 양보해 주었다.

"스타라이트 어택!"

어둠을 밝히는 눈부신 별조각들.

붉은색을 띤 심판의 빛은 대적하는 모든 것을 절명시킨다. 그것이 누구라 하더라도.

"이, 이건 대체! 마, 말도 안 돼. 마족인 내가…… 으아아아악!"

퍼엉!

단말마를 내뱉은 델라맥은 검은색의 연기만을 남긴 채 사라져 버렸다.

"후우. 늦지 않은 모양이네."

세리나는 검을 칼집에 집어넣고 이쪽을 향해 미소 지었다.

"그래. 여전히 터무니없는 스킬이구만."

"뭐야, 기껏 도와줬더니. 꽤 위험한 상황 아니었어?"

"글쎄다."

위험에 처하기도 전에 쓰러졌기 때문에 어느 정도의 적이었는지 판단할 방법이 없었다.

범상치 않은 적이기는 했지만 어쨌든 쓰러트릴 수 있었다. 레벨도 올랐으니 잘 풀린 셈 치기로 했다. 애초에 다치지 않고 살아남은 것만으로도 다행이었다.

"돌아가자."

"알았어."

"네, 주인님."

우리는 곧바로 교회의 지하실을 떠났다.

에필로그
방랑자와의 약속

"뭐야, 벌써 떠나려고?"

내가 복면을 뒤집어쓴 사내에게 말했다.

납치된 에일리아를 데리고 남작가로 돌아오자, 스케키오가 저택으로 들어가지 않고 발걸음을 돌린 것이다.

"그래. 동생의 애도도 끝났고, 고향집의 음식도 먹었다. 할 일은 다 했어."

스케키오가 저택을 바라보며 말했다.

"에일리아가 네게 감사를 표하고 싶어 할 텐데."

"아니, 에일리아와는 더 이상 만나지 않을 생각이다."

"어째서? 동생의 아내면 가족까지는 아니더라도 한 식구잖아."

"그래서다. 에일리아는 미인이다. 죽은 남편의 형이 음흉한 눈으로 쳐다보면 난감하겠지."

"아아, 그런 뜻이군."

고지식한 녀석이다. 죽은 동생의 아내라면 냉큼 받아 가도 별문제 없을 텐데.

"그러면 에일리아를 부탁한다. 알렉."

"부탁받을 만큼 친밀한 사이는 아닌데……."

"거짓말 마라. 구해주러 온 너를 끌어안는 에일리아를 보고 확신했다. 에일리아는 너를 연모하고 있어. 만약 가벼운 마음으로 손을 댄 거라면 이 자리에서 너를 베어주마."

스케키오는 농담을 할 위인이 아니므로 진지하게 대답하기로 했다.

"알겠어. 최선을 다할게. 약속하지."

"미안하다. 언젠가 이 빚은 갚으마."

"복수라도 되는 것처럼 말하네."

"감사 인사일 뿐이야. 그럼 이만."

스케키오는 마차에도 오르지 않고 등짐 하나만 메고서 걸어가 버렸다. 뼛속까지 모험가인 모양이었다.

"가버렸네요……."

미나가 스케키오를 배웅하며 아쉬운 듯 말했다.

"저 녀석이 마음에 들었어?"

"아뇨, 왠지 외로워 보여서요."

"난 또 뭐라고. 저 녀석한테도 모험을 같이하는 동료 정도는 있겠지."

"하긴 그렇네요."

"나는 에일리아의 상태를 확인하고 돌아갈게. 미나는 먼저 여관으로 가 있어."

"알겠습니다. 그럼 조심해서 돌아오세요, 주인님."

성방교회 잔당의 움직임이 신경 쓰이기는 했지만, 세리나가 위병소에 가서 보고했으니 병사이 알아서 치안을 유지에 힘쓸 것이다. 그토록 많은 인질들을 감금하고 있었으니 잠자코 넘어가지는 않을 게 분명했다.

"알렉 님 오셨군요."

에일리아의 침실로 향하자 마침 노집사가 방에서 걸어 나왔다.

"상태는 좀 어때?"

"예, 충격을 받으신 모양이지만 말씀은 조리 있게 잘 하십니다. 이 상태라면 괜찮으실 테지요."

"다행이군. 당신도 오늘은 많이 힘들었을 테지. 뒷일은 젊은 메이드들한테 맡기고 쉬도록 해."

"배려 감사드립니다. 그러면 말씀대로 조금 쉬도록 하겠습니다."

나도 오늘은 얼굴만 비추고 갈 생각이었다. 나는 방문에 노크를 했다.

"나야."

"아아, 들어오세요."

방문이 열리자마자 에일리아가 나를 와락 끌어안았다.

"그렇게 무서웠어?"

"네……. 맞아요……."

"이제 괜찮아. 적의 우두머리인 델라맥 대사제도 죽었고, 범죄의 증거와 증인도 잔뜩 확보됐어. 성방교회는 더 이상 활동하기 어려울 거야."

"네……."

기죽어 있는 에일리아. 상당히 충격을 받은 모양이었다.

머리를 쓰다듬어 주자, 에일리아는 몸을 파르르 떨더니 거친 숨을 내쉬기 시작했다.

"알렉 씨, 저기……."

그렇게 말하며 내 고간을 더듬는 에일리아.

"뭐야, 충격받은 줄 알았더니, 그냥 하고 싶었던 거야?"

"윽. 하, 하지만 알몸으로 그런 장소에 있었는걸요. 그것도 많은 사람들이 보는 앞에서…….."

"그래서 흥분해 버렸다 이건가? 너도 참 대단하다."

"마, 말로 하지 말아주세요. 아앙!"

"이렇게 못된 부인한테는 벌을 줘야겠지. 스케키오한테서도 부탁을 받았거든."

"앗!"

나는 에일리아를 침대에 쓰러트리고 옷을 벗겼다.

에일리아도 인내심이 한계에 달했는지 스스로 옷을 벗어 던졌다.

이 정도면 지루한 애무는 필요 없을 것이다.

나는 옷을 벗고 정상위로 에일리아를 덮쳤다.

"아아앙!"

방 안에 환희에 찬 목소리가 울려 퍼졌다.

"실례합니다, 부인……. 아…….."

그때 메이드인 카렌이 방 안으로 들어왔다. 다행히 카렌한테는 숨길 필요가 없다.

"카렌, 거기서 견학하고 있어."

"네."

"아, 안 돼요! 나가세요, 카렌."

"저…… 어떻게 할까요?"

"나가지 않아도 괜찮아. 에일리아는 방금 전까지 수많은 남자

들한테 알몸을 보여주면서 흥분했다 하더라고."

"마, 말하지 말아요. 아앗!"

"어머나. 즐거우셨겠네요, 마님. 부러워요."

"그, 그렇지 않아요. 아아아앗!"

기억이 떠올랐는지 에일리아는 몸을 꿈틀대며 흥분하기 시작했다.

"하마터면 얼굴도 모르는 남자들한테 돌아가면서 범해질 뻔했지. 자, 이렇게 말야."

"끄윽, 하아앙!"

"그러면 마님, 저도 거들어 드릴게요."

"카, 카렌?! 잠깐, 아앗! 아, 안 돼. 거길 비틀면, 흐아앗!"

카렌이 옆에 서서 에일리아의 분홍색 돌기를 만지작거리기 시작했다. 보아하니 3P도 처음이 아닌 모양이다.

"에일리아, 너 정말로 음란하구나."

"으, 음란하다고 하지 마세요. 아아…… 수많은 손으로, 가, 간다앗……!"

살짝 매도한 것만으로도 복근을 부들거리며 가버리다니. 대단한 여자다.

"카렌, 너도 팬티를 벗어."

"네♪"

에일리아를 위로해 주려 왔건만, 예정보다 귀가가 늦어질 듯하다.

며칠 뒤. 포션을 구비해 두기 위해서 외출한 나는 상점가에서 성가대를 발견했다.

"여러분! 시주 부탁드려요! 저를 센터에 세워 주세요!"

"저 녀석들은 여전하군……."

"모모 최고!"

"모모! 모모!"

남자들의 굵직한 목소리가 들려오는 가운데, 왕도 엘란트는 여느 때처럼 북적거렸다.

제4장 검의 나라 그랑소드

프롤로그
위험과 경험

　성방교회를 파멸시킨 나는 오늘도 버니어 왕국에서 레벨 업을 계속하고 있었다.

　보주는 총 8개나 습득했지만 옥션 개최까지는 아직 며칠이 남았기에 우리는 '서쪽 탑'을 공략해 나갔다.

　새로운 노예의 구입은 이미 결정된 사항이지만, 내 목표에 약간의 변화가 생겼다.

　세리나도 침대에서 불안감을 드러냈듯 앞으로는 살아남을 방법을 강구해야 했다.

　모든 용사가 신처럼 PK를 걸어 오지는 않겠지만, 그래도 가급적 빨리 레벨을 올려두고 싶었다.

　내가 용사들을 경계하는 이유는 그들이 리세마라로 레어 스킬을 보유하고 있을 가능성이 높기 때문이다. 용사들이 캐릭터 메이킹을 했다는 사실은 이미 세리나를 통해서 확인을 마쳤다. 세리나도 나와 동일한 사이트에서 캐릭터를 만들었다고 한다. 두 번 만에 99포인트가 나왔다길래 화가 나서 이마에 딱밤을 먹여 주었다.

　"그러면 오늘은 매드 오크만 견학하고 돌아가자."

내가 말했다.

20층까지의 매핑을 끝냈고, 보물 상자도 전부 획득했다.

레벨도 26에서 정체된 상태였다. 이제 탑의 몬스터들은 너무 쉬워서 경험치도 제대로 들어오지 않았다.

남은 건 보스뿐이었다.

"네, 주인님."

미나가 힘차게 고개를 끄덕이자 흰색의 강아지 귀가 흔들렸다. 한때 옥션에서 노예로 팔려 나왔던 미나지만 지금은 내가 가장 신뢰하는 파티원이 되어 있었다. 게다가 나의 첫 경험 상대이기도 했다. 새하얀 단발의 머리카락과 강철의 가슴 보호대. 어느덧 훌륭한 검사가 되어 있었다.

"어떤 녀석일까."

세리나가 말했다.

패션에 신경을 썼는지 오늘 세리나는 하얀 망토에 붉은 스커트를 장비하고 있었다. 나하고 매일 밤 해대는 바람에 음란한 허리 놀림을 구사하는 여자가 되었지만, 겉모습만큼은 평범한 여고생이었다. 다만, 눈동자와 머리카락이 붉은색이라 일반적인 일본인들과는 차이가 있었다. 일단은 이 녀석도 용사였다.

"그러게요. 대부분의 오크는 돼지처럼 생긴 몬스터인데 말이죠."

이오네가 세리나의 의문에 답했다. 이오네는 빛나는 강철의 갑옷을 장비한 금발 벽안의 위풍당당한 검사였다. 아니, 이 박력은 그녀의 커다란 가슴 때문일지도 몰랐다.

나와 눈이 마주친 이오네는 평소처럼 온화한 미소를 지어 보였다. 침대 위에서는 잔뜩 흐트러진 음탕한 얼굴을 보여주기 일쑤지만, 이곳은 던전이니 정신을 똑바로 차려야 했다.

"살찐 알렉처럼 생기지 않았을까? 이름에 매드라는 단어도 붙었잖아!"

작은 체구에 핑크색 머리를 지닌 리리가 히죽히죽 웃으며 말했다. 두고 보자고. 침대에서 혼쭐을 내줄 테다. 저 자그만 입에다 내 물건을 박아 넣고 헐떡이게 만들어 주마.

리리는 가죽 갑옷을 입고 있어서 방어력이 빈약한 편이었다. 하지만 전위가 아니라 회피율을 중시한 지원형 직업이니 문제없었다. 리리의 직업은 시프였고, 무기는 슬링을 사용하고 있었다.

어쨌든, 보스가 어떻게 생겼는지는 가보면 알 것이다.

우리는 언제나처럼 진형을 유지하며 앞으로 나아갔다. 후각이 좋은 미나가 선두에 서고, 세리나와 이오네가 양 날개를 맡았다. 중앙은 원거리 무기를 가진 리리가, 맨 뒷줄은 내가 맡았다.

"여기네."

세리나가 [오토 매핑] 스킬을 확인하고는 말했다. 유일하게 가보지 않은 장소였던 것이다.

눈앞에는 강철로 보강된 나무 문이 세워져 있었고, 빗장으로 단단히 잠겨 있었다.

보아하니 보스가 밖으로 뛰쳐나올 일은 없을 듯하다.

"내가 퇴각하라고 말하면 곧장 이곳으로 돌아오는 거다."

""알았어.""

""알겠어요""

오늘은 어디까지나 정찰이 목적이다.

이번에 수집한 정보를 토대로 대책을 세우고, 필요한 스킬을 배울 예정이었다.

우리는 문을 열고 안으로 들어갔다.

문 안쪽에는 넓은 공간으로 이어진 10미터 정도의 직선 통로가 존재했다.

"저 안쪽에 보스가 있어요."

미나가 말했다. 나는 아무 냄새도 맡지 못했다.

벽에는 일정 간격으로 촛불이 설치되어 있었다. 불빛을 걱정할 필요는 없어 보였다.

우리는 신중하게 통로를 나아갔다.

그런데 내가 통로 너머에 발을 들인 순간, 뒤쪽에서 덜컹 하는 소리가 들려왔다. 불길한 예감이 들었다.

"다들 멈춰. 리리, 지금 바로 돌아가서 문이 열리는지 확인하고 와."

"아, 알겠어."

나는 리리가 문의 상태를 확인하고 오길 기다렸다.

"안 열려! 빗장이 걸려있어!"

"쳇."

이런 전개는 예상하지 못했는데. 대체 어떤 멍청이가 빗장을 내린 거야.

아니면 자동으로 빗장이 닫히도록 마법이 걸려있었던 걸지도 모른다. 내 실수다. 이곳은 이세계다. 일방통행만 허락되는 공간이나 도주가 불가능한 보스방이 존재해도 이상하지 않았다.

"뭐, 됐어. 쓰러트릴 수 있을 거다."

아무도 쓰러트리지 못한 강적이라면 위험하겠지만, 몇 년에 한 명 꼴로 이곳의 보스를 처치하는 사람이 나타난다고 들었다. 모험가 길드의 추천 레벨은 25. 문제없다.

우리는 계속해서 걸어가 넓은 방으로 들어섰다.

"부히, 부히."

넓은 방의 가장 안쪽에는 테이블이 존재했고, 매드 오크는 그곳에서 식사를 하고 있었다.

테이블 위의 커다란 접시에는 볶음밥이 담겨 있었다. 매드 오크는 그 볶음밥을 정신없이 먹어치우는 중이었다. 입가에서 밥알을 마구 흘리면서. 지저분한 녀석일세.

"맛있어 보여……."

리리의 발언에 다른 멤버들은 살짝 놀란 눈치였다.

""뭐?!""

"다음에 제대로 된 볶음밥을 사줄게, 리리."

"응!"

우리가 대화를 나누거나 말거나 매드 오크는 식사에만 열중하고 있었다.

흉악해 보이는 오렌지색의 오크다.

"궁수나 마법사를 데려올 걸 그랬나……."

그랬다면 이 위치에서 선제 공격을 감행해 유리하게 싸울 수 있었을 것이다.

"내가 공격해 볼게."

리리가 그렇게 말하며 슬링을 잡아당겼다. 피해를 입히기는 어렵겠지만, 우리가 먼저 공격권을 가져간다는 점에 의의가 있었다.

"좋아, 다들. 상대의 공격 패턴을 파악할 때까지 방어와 회피를 우선하도록 해. 알겠지?"

""알았어!""

""알겠어요!""

첫 발은 빗나갔지만, 리리의 두 발째 공격이 오크의 머리에 명중했다.

"부히익!"

분노한 오크가 바닥에 놓여있던 쇠망치를 집어 들었다. 그러고는 쇠망치를 휘두르며 이쪽으로 돌격해 왔다.

"막지 말고 피해!"

저 망치에 맞으면 강철 갑옷이라도 찌그러져 버릴 것이다.

"알고 있어!"

"네!"

세리나와 이오네가 용감하게 돌진했다. 한편 미나는 나를 호위하려는 건지 아직 움직이지 않았다.

"이얍!"

"하아앗!"

두 사람이 좌우에서 동시에 매드 오크를 베어 들어갔다. 공격은 무난하게 명중했다.

"부히잇! 부히잇!"

칼에 베여서 더욱더 분노한 오크는 몸을 부들부들 떨더니 쇠망치를 높이 치켜들었다. 목표는 세리나. 경계하고 있던 세리나는 민첩하게 왼쪽으로 후퇴했다.

그리고 반대편에서는 오크의 뒤를 잡은 이오네가 다시 검을 휘둘렀다.

"부히익!"

등을 젖히며 고통을 호소한 오크는 방향을 전환해 우측의 이오네를 쫓기 시작했다. 그러자 이번에는 왼쪽에 있던 세리나가 접근해 오크의 등을 베었다.

이대로 반복해 나가면 한 대도 맞지 않고 쓰러트릴 수 있지 않을까?

"있잖아, 저 녀석 엄청나게 바보인 거 아냐?"

리리가 말했다.

"그럴지도. 하지만 방심하지 마."

나는 그렇게 말한 뒤 잠시 상황을 지켜보았다.

매드 오크는 몇 번을 베어도 단조로운 공격만을 해 올 뿐이었다.

정말로 가능한 건가?

"수조검 오의! 스완 리브즈!"

이오네가 오의를 사용했다. 오크의 옆을 스쳐 지나가며 베어버리는 공격이다.

"부히이익!"

피해가 상당했는지 오크가 앞으로 고꾸라졌다.

"해치웠나?"

하지만 오크는 곧바로 일어나 커다란 망치를 휘둘러댔다.

"이러다간 끝이 없겠어. 뭐가 저렇게 터프해."

리리가 어이가 없다는 듯이 말했다. 실제로 상당한 양의 HP였다. [감정]을 사용해 봤지만 [???]라고 표시되어 있을 뿐이었다.

"세리나. 스타라이트 어택을 사용해."

"조금만 더 해볼래. 평범한 공격으로 쓰러트리고 싶어."

언젠가는 [스타라이트 어택]이 통하지 않는 적이 나타날지도 모른다. 세리나는 그때를 대비해 다양한 공격 수단을 갖추고 싶은 모양이었다.

하지만 나는 약간 망설였다. 몬스터는 쓰러트릴 수 있을 때 쓰러트려야 했다. 그것이 살아남기 위한 철칙이다.

"……좋아. 대신에 조금이라도 위험해지면 바로 사용해."

"알겠어."

"앗, 오크가 약해졌어!"

매드 오크가 숨을 헐떡이기 시작했다. 움직임은 둔해졌고, 부상도 깊었다.

슬슬 결판이 나겠군.

"이오네, 나한테 맡겨 줘."

"알았어. 조심해."

"그럴게. 이얍! 하앗!"

세리나가 연속 공격으로 전환해 오크를 밀어붙였다. 오크는 당장이라도 쓰러질 것처럼 휘청거렸다.

"이제 조금 남았어! 힘내라, 세리나!"

리리가 응원을 보냈다. 어느덧 승리가 확실시되는 분위기가 무르익어 가던 그때, 오크가 지금까지와 달리 쇠망치를 '가로로' 휘둘러 세리나를 후려쳤다.

"으윽!"

쇠망치에 직격당한 세리나가 뒤로 날아갔다.

""세리나!""

"제길! 리리, 견제해!"

"아, 알았어."

나와 미나도 앞으로 달려가 오크의 추격을 막았다.

"제가 주의를 끌게요."

이오네가 미끼 역을 자처하여 오크를 세리나로부터 떼어냈다. 그 사이에 나는 쓰러져 있는 세리나에게 달려갔다.

"괜찮아, 세리나?"

"커, 커흑! 쿨럭, 쿨럭! 으, 응. 미안해, 방심했어."

"후우. 조심했어야지. 계속 싸울 수 있겠어?"

"응, 괜찮아."

"곧바로 스타라이트 어택을 사용해. 알겠지?"

"알았어."

세리나가 오크의 등에 대고 [스타라이트 어택]을 사용했고, 오크는 그대로 연기가 되었다.

[레벨이 1 올랐다!]

[레벨이 27이 되었다]
[공격력이 11 올랐다!]
[방어력이 7 올랐다!]
[스피드가 8 올랐다!]
[최대 HP가 12 올랐다!]
[최대 TP가 8 올랐다!]
[스킬 포인트를 14포인트 획득]

"휴우."
이기지 못할 상대는 아니었지만, 자칫하면 위험할 뻔했다.

여관으로 돌아온 우리는 반성 모임을 가졌다.
"여러모로 미안해."
세리나가 머리를 숙이며 말했다. 갑옷이 찌그러지기는 했지만
복부 쪽이었기 때문에 큰 부상은 입지 않았다. 갑옷은 수리하면
고칠 수 있다.
"됐어. 내가 판단을 잘못한 탓이니까."
"그럼 내일부터는 다시 탑에서 레벨 업인가."
"그거 말인데, 다양한 공격 패턴을 경험해 두면 앞으로의 전투
에도 도움이 될 거다. 그래서 다음에는 새로운 던전에 도전해 볼
예정이야."
"일리가 있네."
반대 의견은 없었다. 우리는 어느 던전으로 정할지 토의하는

시간을 가졌다.

"옆나라 그랑소드가 좋지 않을까 싶어요. 그곳에는 규모가 큰 던전도 있고 투기장도 있거든요. 모험가들에게 인기가 많은 나라예요."

이오네가 제안했다. 초대 국왕이 검사였다는 그 나라인가.

"그런데 이 나라의 국왕이 우리가 다른 나라로 떠나는 걸 흔쾌히 허락할까?"

올해 소환 의식에서 불린 6명의 용사들 중 엘빈과 케이지는 이미 이 나라를 떠났다고 들었다. 국왕이 방해를 했는지는 모르겠지만, 어쨌든 이제 이 나라에 남아있는 용사는 나와 세리나뿐이었다. 코지마는 계속 성에 틀어박혀 있었기에 용사라기보다는 의사나 기술자 취급을 받았다. 신은 PK를 저지른 죄로 처형당했다.

"괜찮을 거예요. 모험가가 국가를 왕래하는 건 흔한 일이거든요. 버니어 왕국에는 위험한 던전이 없기도 하고요. 그래서 고레벨의 모험가도 없죠."

이오네가 설명했다.

"그러면 용사를 불러내 봤자 메리트가 없지 않나?"

"그렇게 생각할 수도 있겠네요. 하지만 일일이 감시를 붙여가면서 관리해 봤자 강해지지 않으면 써먹을 방법이 없으니까요. 자신을 소환해 준 나라에 향수를 느껴서 돌아와 주면 이득이다, 정도로 생각하는 게 아닐까요?"

애초에 기대 같은 건 하지도 않았다는 뜻인가.

하긴, 일리가 있었다. 용사에게 주는 지급품이라고는 달랑 무기 하나였고, 지원금도 100골드에 불과했다.

　이번에는 코지마가 의학 지식을 익히고 있었으니 국왕은 이것만으로도 충분하다고 판단했을지 모른다.

　"좋아. 그랑소드로 출발해 보자고."

　내가 결정을 내리자 일행들도 힘차게 고개를 끄덕였다.

제1화
졸업 선물

그랑소드행이 결정되기는 했지만 떠나기 전에 여행 준비를 갖춰야 했다.

이오네도 해외로 나가본 적이 없었기에 검술 도장의 웰버드 스승에게 상담을 구하기로 했다. 웰버드는 젊을 적에 무사수행을 위해서 각지를 돌아다녔다고 한다.

"스승님, 따님을 데려가는 것으로도 모자라 이런 상담까지 드려서 면목이 없습니다만……."

"신경 쓰지 마라, 알렉. 아무런 정보도 없이 데려가는 것보다는 훨씬 나으니까. 하지만 이오네, 떠날 예정이면 먼저 언질을 주지 그랬느냐."

"죄송해요. 오늘 탑에서 매드 오크를 쓰러트리고 갑자기 정해진 거거든요. 경험을 쌓고 싶어서요."

"흐음. 놈을 쓰러트린 건가. 나도 예전에 동료들과 함께 도전해본 적이 있다. 하지만 20대 레벨로는 버거운 적이었지. 너희들도 꽤나 성장했구나."

"고맙습니다, 아버지. 저, 그럼……."

"알았다. 내가 아는 것들을 전부 가르쳐 주마."

여행에서 중요한 것은 예상대로 물과 식량이었다. 보통은 나무 열매를 따거나 식재료 계열의 몬스터를 쓰러트리면 확보가 가능했지만, 이러한 조건이 갖춰지지 않은 지역에서는 특별히 주의할 필요가 있었다.

길을 헤메지 않으려면 도로를 따라가거나 마차를 이용하는 게 좋았다. 하지만 재수가 없으면 도적에게 습격받을 수도 있기 때문에 반드시 주변의 정보를 수집해 놓아야 했다.

망토는 침대 대용으로 사용이 가능하므로 필수라고 한다.

그렇게 사소한 부분까지 가르침을 받다 보니, 어느새 날이 저물고 말았다.

"스승님. 오늘의 단련이 끝났습니다."

"두 사람, 농땡이 좀 그만 피워."

프리츠와 빌리가 찾아왔다.

"농땡이라니 오해야, 빌리. 오전 단련은 전부 마쳤는걸."

이오네가 빌리에게 답했다.

"왔구나, 프리츠. 알렉이 그랑소드로 여행을 떠난다는구나."

웰버드가 우리의 예정에 대해 말했다.

"뭐어?!"

"그렇군요……. 뭐, 모험가니까요. 이오네도?"

빌리는 놀랐지만 프리츠는 당황하지 않았다. 이렇게 될 것이라고 일찌감치 예상한 모양이었다.

"응, 나도 가."

"그렇구나. 몸 조심해."

"알았어."

"자, 잠깐만! 그게 다야?! 더 할 말이 있을 거 아냐, 프리츠!"

"딱히 없어. 어차피 다시 돌아올 테고."

"크으, 태세 전환이 빠른걸. 이오네, 사실 이 형씨, 비앙카와 사귀기 시작했어."

빌리가 엄지로 프리츠를 가리키며 말했다.

"앗, 그랬구나."

"비, 빌리! 태세 전환이라고 하지 마. 비앙카와 사이좋게 지내고는 있지만 그뿐이야."

프리츠는 찔리는 부분이 있는지 내게서 시선을 피했다. 맺어지지 못할 여자를 마음에 품고 사느니 가까운 여자와 사귀는 편이 건설적일 것이다.

"프리츠, 그동안 신세 많았다."

"그래. 나야말로."

나와 프리츠는 뜨거운 우정의 악수를 나누었다. 적당히 멋진 모습으로 마무리 짓기 위함이었다.

"그보다 알렉, 나도 그랑소드에 가보고 싶어. 데려가 줘."

빌리가 부탁해 왔다.

"안 돼. 모험은 애들 장난이 아니야. 그리고 넌 여비도 없잖아."

"으윽, 모험해서 번 돈으로 지불하면 되잖아."

기특한 녀석이다. 실제로 빌리라면 그 정도 활약은 가능할 것이다. 하지만 부모님의 허락도 없이 마음대로 데려갈 수는 없었다.

"빌리. 모험가가 되기 전에 어엿한 검사부터 되어야지."

웰버드가 흐뭇하게 웃으며 말했다.

"쳇, 저는 이미 어엿한 검사라고요. 아, 그렇지! 알렉, 나하고 승부하자!"

"응?"

"만약 알렉이 지면 그랑소드로 데려가는 거야. 알겠지?!"

빌리가 손가락으로 나를 척 가리키며 말했다.

"흠. 어떻게 할까요, 스승님?"

"괜찮겠지. 실력의 차이를 보여주거라, 알렉."

"알겠습니다. 대신에 빌리, 진검승부는 단 한 판뿐이야. 승부에서 지면 열심히 수행에 매진하도록 해. 남자 대 남자의 약속이다."

나는 눈앞의 작은 소년에게 말했다.

"그래, 좋아! 헤헤, D랭크 검사로서 격의 차이를 보여주겠어. 이제 막 E랭크가 된 알렉한테 질 턱이 없지. 뭐, 엎드려서 싹싹 빌면 제자로 받아줄 수는 있어!"

"궁시렁대지 말고 얼른 준비나 해."

현재 나는 갑옷을 착용하지 않은 상태다. 그러니 빌리도 나중에 딴소리를 하지는 못할 것이다. 나는 도장에 놓여있던 목도를 집어 들었다.

"쳇, 건방진 녀석. 내가 그 근성을 뜯어고쳐 주마!"

빌리도 목도를 집어 들었다.

"빌리도 참. 말하는 것만 보면 사범님인 줄 알겠네."

"누가 아니래."

이오네와 프리츠가 쓴웃음을 지으며 말했다.

인사를 마친 뒤, 나는 간격을 유지한 채 빌리가 공격해 오기를 기다렸다.

"오? 들어오지 않아도 괜찮겠어, 알렉? 검술이란 건 먼저 움직이는 녀석이 유리한 법이야. 선수필승! 똑똑히 기억해 둬!"

빌리가 목도를 치켜들고 대각선으로 휘둘러 왔다. 과격한 일격이었다.

나는 목도의 움직임을 끝까지 지켜본 다음, 아슬아슬하게 회피했다.

"어?!"

정석과는 거리가 먼 공격이었기에 빌리의 자세가 크게 무너졌다.

나는 목도를 야구 방망이처럼 휘둘러 무방비해진 빌리의 엉덩이를 후려쳤다.

"으악!"

"대결 종료! 거기까지! 빌리, 방금 공격은 끔찍했다."

"자, 잠깐만요, 스승님! 지금 건 실수였어요. 방심했다고요! 한 번만, 한 번만 더요!"

"빌리, 내가 진검승부라고 말했을 텐데. 방금 게 강력한 몬스터의 공격이었다면 너는 이미 죽었어. 다시 한번 같은 건 없어."

내가 진지한 얼굴로 말했다.

"큭, 젠장! 알렉! 반드시 돌아와! 그때 다시 결판을 내주겠어!"

"좋아. 돌아오면 다시 상대해 줄게."

"분명히 말했다! 약속한 거다!"

"그래, 알았대도."

"흥! 방금 승부는 우연이었을 뿐이야! 바보, 멍청이! 약 오르지,

메롱!"

"이 자식이⋯⋯."

"우왓!"

내가 칼집에 손을 얹자 빌리는 부리나케 달아나 버렸다.

"미안하다, 알렉. 나중에 따끔하게 혼내 두마."

웰버드가 스승으로서 부족함을 느꼈는지 내게 사과했다. 웰버드를 나무랄 생각은 없었지만, 빌리에게는 적당한 지도가 필요해 보였다.

"그게 좋겠습니다."

"그나저나 놀라운걸⋯⋯. 이전에 봤을 때보다 움직임이 훨씬 좋아졌어. 스승님, 알렉은 이미 C랭크라고 봐도 무방하지 않을까요?"

프리츠가 말했다.

"흐음. 그러면 프리츠, 네가 상대해 봐라. 두 사람의 승부를 보고 판단하마."

마침 좋은 기회다. 나는 [검술 LV1] 스킬에 스킬 포인트 10을 투자해 [검술 LV2]로 만들었고, 여기에 20포인트를 추가로 투자해 [검술 LV3]까지 올렸다.

[검술 LV3] 레벨 업!

이것으로 남은 스킬 포인트는 51.

더 올리는 것도 가능했지만 검사가 될 생각은 없으므로 여기까지만 해 두었다.

우리는 목도를 움켜쥐고 인사를 나누었다.

빌리 때와는 다르게 나는 제대로 자세를 잡았다. 프리츠도 마찬가지였다.

나와 프리츠의 눈빛이 교차했다. 두 사람의 시간이 멈추었다.

자, 어떻게 나올 거지?

하지만 프리츠는 미동도 하지 않았다. 먼저 움직일 생각이 없는 건가…….

그렇다면 한 수 아래인 내가 공격하는 수밖에 없었다.

나는 프리츠가 호흡을 내뱉는 순간을 노렸다.

지금이다!

정석적인 내려치기 공격. 회피하려던 프리츠는 늦었다고 판단했는지 이동을 멈추고 목도로 공격을 막아냈다.

그것을 본 나는 목도를 횡으로 휘둘러 재공격을 시도했다. 막아내기 어려운 방향이었고, 당연히 전력을 다해서 휘둘렀다. 하지만 프리츠는 몸의 회전을 이용하여 무리 없이 내 공격을 받아냈다.

두 사람의 목도가 맞부딪치며 따악! 하고 커다란 소리가 났다. 그리고 그대로 힘겨루기가 시작되었다.

재미있군! 리세마라 용사의 근력을 보여줄 기회다.

나는 두 손으로 목도를 움켜쥐고 혼신의 힘을 다해 밀어붙였다.

바로 그때였다. 프리츠가 목도에서 힘을 뺀 것이다.

"으억?!"

밸런스가 무너진 나는 그대로 밀고 들어갈지, 목도를 거두고 다시 공격할지 고민했다. 하지만 프리츠는 그 한순간의 틈을 놓치지 않았다.

단숨에 파고든 프리츠가 내 목에 목도를 들이댔다.

미나가 당장이라도 뛰어들 것처럼 반쯤 일어나 있었다. 결판이 났군.

"후우, 항복이다."

"대결 종료! 하지만 알렉, 아직 포기하기에는 이른 단계였다."

웰버드가 말했다.

"그런가요?"

"맞아. 상체를 움직여서 내 공격을 피한다는 선택지가 있었어."

프리츠가 덧붙여 설명했다.

"흐음."

그렇지만 이 정도로 궁지에 몰리면 도저히 피할 엄두가 나지 않는다. 실전이라면 더더욱 그렇고.

"그래도 잘 봤다. 약간 이른 느낌도 든다만, D랭크를 생략하고 C랭크 검사로 승격시켜 주마. 축하한다, 알렉. 한 달도 되지 않아서 어엿한 검사가 되었구나."

"고맙습니다. 스승님의 지도 덕분입니다. 뭐, 스킬을 익히긴 했지만요."

"그래. 하지만 레벨 업도 실력의 일부다. 역시 모험가는 성장이 빠르구나."

그래도 이곳에서 배운 것들은 상당한 도움이 되었다. 이제 약한 몬스터들은 정확하게 일격으로 처리할 수 있었다. 올바른 자세를 익히자 쓸데없는 움직임이 사라져 전투로 일한 피로도 줄어

들었다.

"나머지는 이오네 네가 가르쳐 주거라."

"네, 아버지."

"당연한 이야기지만 너 자신의 실력도 갈고닦아야 한다."

"물론이에요."

이오네가 고개를 크게 끄덕였다.

"자, 이만하면 됐겠지."

"그렇군요."

웰버드가 일단락을 짓듯이 말했고, 나도 이에 수긍했다.

나머지는 이오네에게 맡기면 될 것이다. 여행 준비를 위해서 오늘 하루는 이곳에 묵을 테니까.

"참, 그렇지. 알렉. 딸을 잘 지켜달라는 의미에서 자네에게 건네줄 것이 있다."

웰버드가 도장 안쪽의 여닫이문을 열었다. 문 안쪽에는 선반이 존재했는데, 두 자루의 검과 검은색의 상자가 수납되어 있었다. 웰버드는 검은색 상자의 뚜껑을 열더니 안에서 두 장의 종이를 꺼내 건네주었다.

"미나도 받거라."

"네."

"이건 뭡니까?"

"후후, 호랑이의 서라는 물건이다. 뭐, 사용해 보거라."

"사용하라뇨?"

"그냥 읽으면 돼."

프리츠가 말했다. 우리는 그 말대로 종이에 적힌 글귀를 읽었다.

""수조검이란 물 위를 걷는 검이요, 물을 차듯 운신하는 검이다.""

그러자 들고 있던 종이가 빛을 발하며 흔적도 없이 사라져 버렸다. 이윽고 띠리링♪ 하는 효과음과 함께 메시지가 출력되었다.

[검술 LV3이 수조검술 LV3으로 진화했습니다]
[클래스 '검사'가 '수조검사'로 클래스 체인지]
[수조검사 칭호를 획득했다]

"오오."

"이걸로 수조검의 요령은 대충 익혔을 테지. 뭐, 언젠가 다른 검술을 습득하더라도 도움이 될 거다."

""감사합니다, 스승님.""

"그래. 하지만 빌리에게는 비밀이다. 녀석이 알면 수행하기 싫다고 게 뻔하니까."

"그렇겠네요."

"검술 비전서는 비싼 물건이야. 스승님의 기대를 저버리지 말아줘. 알렉, 미나."

프리츠가 따뜻한 눈빛을 보내며 말했다.

"알았어."

"네!"

이어서 웰버드는 나에게 한 자루의 검을 건네주었다.

"이건 얼마 전에 대장장이에게 부탁해 새로 제작한 검이다. 너희가 출발하기 전에 건네줄 수 있어서 다행이구나."

"혹시 저희를 위해서?"

"그래. 우리 도장에는 졸업을 앞둔 제자에게 검을 장만해 주는 관례가 있거든."

"하지만 그래서는 수지타산이……."

"걱정 마라. 상급생들한테서 교육비를 잔뜩 거둬들이고 있으니까. 게다가 강철로 만들긴 했어도 명검이라고 할 정도의 물건은 아니야. 그래도 너희한테 맞춰 제작했으니 사용하기에 불편한 점은 없을 거다. 필요 없다면 팔아버려도 좋아."

"그래도……."

"검이란 건 누군가가 사용해야 의미가 있는 거야."

프리츠가 옆에서 거들었다. 나는 반신반의하면서도 검을 받아들고 칼집에서 뽑아 보았다. 아름다운 칼날은 이것이 훌륭한 검임을 짐작게 했다.

나는 [감정] 스킬을 사용해 보았다.

〈이름〉 무명의 숏소드+2　〈종류〉 검
〈재질〉 강철, 옥강철　　〈공격력〉 62
〈명중〉 78　　　　　〈중량〉 2
[해설]

명장이 만든 검.

소유자 알렉에게 맞춰 주문 제작 되었기에 다른 인물이 사용하면 능력치가 저하된다.

"이런, 스승님. 이건 명검 레벨이에요."

"호오, 검을 보는 눈도 제법이군. 알고 지내는 대장장이에게 부탁해 만든 검이다. 마침 좋은 재료가 들어왔다면서 의욕을 불태우더구나. 너희는 운이 좋구나."

웰버드가 만족스럽게 웃으며 말했다.

분명 [레어 아이템 확률 업 LV4] 스킬과 [파격 세일 LV1], 그리고 미나의 높은 행운이 도움이 되었을 것이다.

나와 미나는 감사의 인사를 건넨 뒤 웰버드 검술 도장을 뒤로했다.

새삼 돌이켜보면 훌륭한 도장이었다.

언젠가 다시 스승님께 가르침을 구하기로 하자.

제2화
출발 전의 준비

도구점에서 지도를 구입했다. 하지만 마을과 길의 대략적인 위치만 기록되어 있을 뿐이었다. 그마저도 정확하지 않아 보였다.

[오토 매핑 LV1]의 필요성을 느낀 나는 동료와 떨어졌을 때를 대비해 파티원 전원에게 이 스킬을 배우도록 지시했다.

소모된 스킬 포인트는 3.

배우는 김에 [하렘 형성] 스킬도 배워두었다. 어느새 나와 관계를 가지는 여자들의 숫자도 제법 늘어났다. 난투극이라도 벌어지면 큰일이었다.

필요 포인트가 20에 달하는 꽤 비싼 스킬이었다.

이것으로 남은 스킬 포인트는 28. 나는 [해설]로 스킬의 효과를 확인했다.

[하렘 형성]
[해설]
애인이 많아도 불화가 발생하지 않는다.
애인과 싸울 확률이 줄어든다.

즉, 이 스킬을 배운다고 애인을 사귀지는 못한다는 뜻이었다. 처음에 뭣도 모르고 배웠다면 눈물을 삼켜야 했을 것이다.

띠링, 하는 효과음과 함께 메시지가 출력되었다.

[클래스 '난봉꾼'의 레벨이 3이 되었다]

[플레이보이 칭호를 획득했다]

흐음…….

"우와, 알렉은 여유가 넘치네. [하렘 형성]에다 [난봉꾼]이라니. 대단한 플레이보이 나셨어."

세리나가 [감정] 스킬로 내 상태를 확인했는지 대놓고 나를 비꼬았다.

"유비무환이라고 하잖아. 누구처럼 파티원들이 싸움을 일으키면 안 되거든."

"난 다른 여자애들하고 싸운 적 없거든?"

"항상 나한테 시비를 못 걸어서 안달이잖아. 미나가 남몰래 분노를 쌓아두고 있어."

"어?"

"아, 아니에요."

"그, 그랬구나. 그래도 그렇지 하렘이라니. 남자의 로망이라고 듣기는 했지만…….

세리나가 껄끄러운 반응을 보였다. 그래서 나는 직접 파티원들에게 물어보기로 했다.

"미나는 어떻게 생각해?"

"주인님이라면 여자에게 둘러싸이는 게 당연해요."

"리리는?"

"난 아무래도 좋아."

"이오네도 개의치 않겠지. 하렘이라는 단어에 민감하게 반응하는 건 너뿐이야, 세리나."

"어? 잠깐, 그러면 나를 위해서 스킬을 배웠다는 거야?"

"그런 셈이지. 앞으로 늘어날 노예들을 위한 거기도 하지만."

"아아…… . 고, 고마워."

부끄러워하며 내게 몸을 들이미는 세리나. 너무 솔직해서 오히려 징그러웠다.

"떨어져."

"아잉, 너무해."

"시끄러워. 내일 출발해야 되니까 오늘은 못 안아줘."

"앗, 그렇구나. 알았어. 그러면 오늘은 뭘 하려고?"

"노예상한테 다녀올 거야."

"어라? 옥션이 끝나고 간다지 않았어?"

"그랬지. 확인차 들러보려고. 좋은 노예가 있다면 예약해 둘 생각이다."

"흐음~?"

"뭐 불만이라도 있어?"

"딱히 없네요."

성가신 녀석 같으니. 내버려 두자.

"메메 씨는 잘 지내고 있을까요…… ."

미나는 노예상에게 팔아치운 안경잡이 마법사 메메가 걱정되는 모양이었다. 한때 PK 용사 신의 노예였던 소녀다. 이참에 메메와 고양이귀 소녀가 어떻게 되었는지 물어보기로 할까.

우리는 상인 길드의 메를로가 소개해 주었던 노예상을 찾아 갔다.

노예상들도 등급에 따라 종류가 나뉘는데, 메를로에게 소개받은 노예상은 중견 모험가를 대상으로 장사를 하고 있었다. 그 외에는 귀족이나 농장을 대상으로 하는 노예상이 있었다.

정말로 위험한 것은 무허가로 장사하는 불법 노예상들이었다. 비합법적인 수단으로 얻은 노예를 팔거나, 암살같이 지저분한 일을 사주할 목적으로 노예를 취급하는 자들이다. 하지만 메를로도 그쪽 방면으로는 잘 모르는 눈치였고, 나도 딱히 관심이 없으므로 그런 게 존재한다는 사실만 알아두기로 했다.

"알렉 님. 오셨군요."

앳된 느낌의 묘인족 소녀가 웃으며 인사를 건넸다. 상당히 귀여웠지만 접객을 맡고 있으니 비매품일 것이다. 무척 아쉽군.

"노예를 보러 왔어. 그리고 얼마 전에 팔았던 노예가 어떻게 됐는지도 물어보려고."

내가 용건을 전달했다.

"알겠습니다. 주인님을 모셔 올 테니 잠시 기다려 주세요."

"그래."

나는 고급스러운 소파에 앉아 기다렸다.

그러자 곧 안쪽에서 노예상이 모습을 드러냈다. 체격이 크고 얼굴도 험상궂은 편이었다.

"이거, 알렉 님 아니십니까. 반갑습니다."

손바닥을 싹싹 비비며 웃는 얼굴로 나를 맞이하는 노예상. 하지만 나는 이 녀석의 친근한 태도가 영 불쾌했다.

"새로 들어온 노예를 보여줘."

"알겠습니다. 마침 두 명이 들어왔는데 둘 다 보시겠습니까?"

"그래. 두 명뿐이라면야.."

"좋습니다. 이쪽으로 가시지요."

우리는 가게 안쪽으로 들어가 지하실로 내려갔다. 지하실에는 쇠창살로 이루어진 방이 존재했다. 사실상 감옥이었다. 일단 청결을 유지하고는 있지만, 그래도 노예의 비참한 처지가 실감되었다.

안쪽의 몇몇 노예들이 관심을 가지고 이쪽을 훔쳐보았다. 다른 노예들은 바닥에 드러누워 있었다.

"이 견인족 소녀와 인간 아이입니다."

노예상이 멈춰 서서 쇠창살 안쪽을 가리켰다. 그곳에는 깡마른 견인족 소녀와 통통한 여자가 있었다.

"안 돼."

나는 단칼에 기각했다. 마음에 와닿는 부분도 없었고, 양쪽 모두 전투용 노예로는 보이지 않았다.

"이봐! 내 어디가 싫다는 거야! 저 여자보다 가슴도 크잖아!"

성격도 꽝이로군.

"끄응, 나도 저런 애랑은 잘 지낼 자신이 없는걸."

"저도요."

"나도 무리."

세리나와 미나, 리리도 마음에 들지 않는 눈치였다.

"이 녀석, 조용히 하거라. 죄송합니다. 혹시라도 마음에 드실까 싶어서 소개해 드렸습니다만 제 착오였나 보군요."

"내가 필요로 하는 건 얼굴과 전투 능력, 그리고 성격이야. 돈을 아낄 생각은 없지만 그만큼 허들이 높다고 생각해 줘."

"예, 알겠습니다."

"그래서? 얼마 전에 팔았던 애들은 어떻게 됐지?"

메메와 고양이귀 소녀는 나와 함께하기를 거부했기 때문에 이 노예상에게 팔아넘겼다. 메메가 4만, 고양이귀 소녀가 3만 골드였다. 하긴, 아무리 신 녀석이 싫었어도 자신의 주인과 대적한 상대를 섬기기는 어려울 것이다.

"예, 양쪽 모두 아직은 팔리지 않았습니다. 다만 평판은 무척 좋은 편이고, 예약도 한 건 들어와 있습니다."

"알겠다. 질 나쁜 고객한테는 팔지 마. 뭣하면 내가 다시 구입할 테니까."

"그 부분은 걱정하지 마시길. 어느 유력한 가문에서 들어온 예약이니 말이죠."

"흐음. 귀족이 이곳을 방문하다니 의외인걸."

"때때로 안목이 좋은 집사분께서 둘러보러 오십니다. 이번에도 그 집사의 눈에 든 케이스지요."

"그렇군. 뭐, 팔리기 전까지는 잘 대우해 줘."

내가 은화를 건네며 말했다.

"어이쿠, 알겠습니다. 오늘부터 식사에 치즈 한 조각이라도 넣어줘야겠군요."

이 세계에서 치즈는 헐값에 거래되는 음식이다. 고작 치즈 한 조각이라니. 째째한 인간이다.

"쓸데없는 참견이겠지만, 잘 먹여서 건강한 모습을 보이면 더 잘 팔릴 거야."

"예. 하지만 팔리지 않는 노예한테 식비를 투자하면 적자를 면하기 힘듭니다요."

역시 마음에 안 드는 녀석이다. 나는 노예상에게 말했다.

"그리고 한 달 동안 구매자가 나타나지 않으면 내게 연락을 줘. 높은 가격으로 다시 구입할 테니까. 나는 그랑소드에 가있을 거야."

"알겠습니다. 그랑소드 말이군요."

"그래."

그 말을 마지막으로 우리는 가게를 나왔다.

"역시 우리가 돌봐주는 게 낫지 않았을까……."

세리나가 말했다.

"하지만 그 두 사람은 나를 경계했어. 왕성에서 조사가 들어와도 곤란해질 테고."

두 사람을 노예상에게 넘긴 것은 살인죄를 무마하기 위한 조치이기도 했다. 신 녀석의 명령에 따랐을 뿐이라고 주장할 수 있을 테니까.

실제로 병사들이 이곳을 방문했던 모양이었다.

저 녀석들도 운이 좋다면 괜찮은 주인을 만날 수 있을 것이다. 나한테 오면 매일 밤 하드한 섹스 삼매경에 시달려야 한다. 따라서 섹스가 거북한 노예한테는 오히려 불행이라고 할 수 있을 것이다.

애초에 나한테 두 사람을 돌봐야 할 의무가 있는 것도 아니었다. 먼저 나를 습격한 건 신 녀석이니까.

가게를 나온 뒤, 우리는 별다른 일 없이 느긋하게 하루를 보냈다.

다음 날.

"주인장, 과일은 시킨 적 없는데."

내가 물었다. 여관의 아침 식사에 주문하지도 않은 딸기가 나왔던 것이다.

"서비스일세, 알렉. 한 달뿐이긴 했지만 큰 문제도 일으키지 않고, 돈도 착실하게 지불해 줬잖나. 게다가 국왕 폐하께 포상을 받을 정도로 출세도 하고 말이지. 앞으로 장사가 잘 되겠구나 싶더군."

"그래. 뭐, 기회가 되면 만나는 사람한테 이곳을 소개해 줄게."

"고맙수다."

"음~! 이 딸기 맛있다!"

"응, 나도!"

여성진도 만족한 모양이었다.

식사를 마친 우리는 방으로 돌아가 잠시 한숨을 돌렸다.

"마차를 불렀지?"

세리나가 확인했다.

"맞아. 전세로 한 대 빌렸어."

"굉장하네요, 주인님. 저는 정기편밖에 타본 적이 없거든요."

미나가 말했다. 평민과 노예라면 그게 일반적일 것이다.

"알렉, 마차가 왔다."

"오오. 그럼 가볼까."

우리는 여관의 계단을 내려가 마차가 있는 곳으로 이동했다.

"알렉 님이시죠? 처음 뵙겠습니다. 마부인 닉이라고 합니다. 오늘부터 잘 부탁드려요."

닉이라는 인물이 웃으며 예의 바르게 머리를 숙였다. 착하고 성실해 보이는 20대 초반의 젊은 청년이었다.

나는 이두마차를 [감정]해 보았다. 말들은 건강했고, 마차에도 별다른 문제는 없었다. 마차는 큼지막한 포장마차로, 다섯 일행과 물건을 실을 만큼의 넉넉한 공간이 있어 보였다.

"우리야말로 잘 부탁해."

"자, 일단 짐을 옮길게요."

"그래."

우리는 닉의 도움을 받아 여관에 보관되어 있던 짐들을 마차에 실었다. 하지만 짐이라고 해봤자 갈아입을 옷 정도가 고작이었다. 배낭 하나에 전부 들어갈 양이었다.

"짐은 이게 전부인가요? 잊어먹은 건 없으시고요?"

짐을 전부 실은 뒤, 닉이 끈질기게 확인해 왔다.

"이게 다야. 있더라도 가지러 돌아올 필요는 없어."

"네. 그러면 출발하겠습니다."

마차에 탑승하는 멤버는 나, 미나, 세리나, 이오네, 리리. 이렇게 다섯 명이다.

정기편을 타면 자리도 비좁을 테고, 코골이를 하는 승객이라도 만나면 최악의 여행길이 될 수도 있으므로 아예 마차를 대여해 버렸다. 요금은 닷새에 2천5백 골드. 정기편의 10배에 달하는 금액이지만 코를 고는 승객이 없는 것만으로도 무척 쾌적했다. 가끔은 이런 것도 나쁘지 않군.

　상인이라면 마차에 호위까지 고용해야 하지만 이 마차는 우리 스스로가 호위인 셈이었다.

제3화
마차 여행

버니어 왕국의 왕도 엘란트를 출발한 마차는 옆나라 그랑소드의 왕도 스파니아를 향해 나아갔다.

닷새로 예정된 여행이기는 했지만 이틀 정도는 늦어도 괜찮다고 마부인 닉에게 미리 언질을 주었다. 닉을 소개해 준 것은 메를로였다. 내가 신용하는 상인이니 믿어볼 수 있을 것이다.

"저희는 정기편 뒤에 붙어서 이동할 예정입니다. 조금만 기다려 주세요."

대여한 마차로 여행할 경우, 갈 길이 급하다면 원하는 시간에 출발하면 되지만 시간적 여유가 있다면 정기편 마차에 붙어서 이동한다고 한다.

이렇게 하면 도적이나 몬스터에게 습격당했을 때 정기편의 호위를 받을 수 있었다. 여차하면 상대편 마차를 미끼로 사용하는 것도 가능했다. 정기편 마차도 같은 조건이므로 이렇게 동행하는 것이 관행이라는 모양이었다.

"나는 정기편에 호위로 고용된 뱃지다. 자네들은 모험가인가?"

험상궂은한 얼굴의 전사가 마차 뒤쪽에서 얼굴을 내밀었다.

"그래, 맞아."

"호오, 짐은 이제부터 실을 예정인가?"

"아니. 우리가 짐이야."

"으음?"

"이 마차는 알렉 씨께서 이동을 목적으로 대여하셨어요."

닉이 설명했다.

"아아, 그런가. 벌이가 좋은 파티인가 보군. 마차를 통째로 빌리다니 부러운걸."

뱃지가 씨익 웃으며 말했다.

[감정] 스킬을 사용해 보니 뱃지의 레벨은 22였다. 나보다는 약하지만 인근의 몬스터라면 충분히 물리칠 수 있을 것이다.

뱃지는 철제 경갑옷에 브로드 소드를 장비하고 있었다. 갑옷은 곳곳이 붉게 녹슬어 있었고, 칼날은 이가 빠져 있었다. 그래도 이 정도면 평균적인 모험가였다.

"행선지는 스파니아겠군. 활약을 기대할게, 형씨."

딱히 친하게 지낼 생각은 없지만, 괜한 트러블을 일으키고 싶지는 않았기에 손을 들어서 적당히 인사를 받아주었다.

"어, 엄마! 이 마차에 빈자리가 가득 있어!"

이번에는 빌리보다 약간 더 어린 남자아이가 우리 마차를 들여다보며 말했다.

"얘! 얼른 이쪽으로 오렴! 저건 다른 마차야."

"어, 어째서?"

"왠지 불쌍하네."

세리나가 동정 어린 시선을 보내자 내가 말했다.

"아니, 전혀."

"왜?"

"생각해 봐. 우리가 없었으면 저 꼬맹이도 자기 마차에 만족했을걸. 만약 귀족들이 으리으리한 마차를 몰고 나타났으면 우리도 똑같은 취급을 받았겠지."

"그건…… 그렇네. 하지만 귀족들이 왔더라도 난 우리 마차에 만족했을 거야."

언젠가는 더욱 고급스러운 마차를 타고 여행하게 될지도 모르지만 지금은 이걸로 충분했다.

머지않아 삐익, 하고 호각이 울렸다. 출발 신호였는지 앞쪽의 마차가 움직이기 시작했다.

"그러면 저희도 출발하죠."

"그래."

우리를 태운 마차가 앞으로 나아갔다.

짐칸에 드러누워 있던 나는 한쪽에 설치된 기다란 의자에 걸터앉았다. 아무래도 원래 세계의 자동차에 비하면 승차감이 영 불편했다. 덜컹덜컹 흔들리는 바퀴 때문에 엉덩이가 쉴 틈이 없었다.

웰버드의 조언대로 방석을 구입하길 잘했다는 생각이 들었다.

"예상대로 많이 흔들리네. 아직 서스펜서가 발명되지 않았나 봐."

세리나가 말했다.

"그럴지도."

하지만 그 사실을 알아챈들 당장 승차감이 좋아지는 것도 아니었다.

나는 새로운 나라인 그랑소드로 의식을 돌리기로 했다.

초대 국왕이 검사라면 검술을 중시하는 나라일 가능성이 높았다. 설령 그렇지 않더라도 검사라면 한 번쯤 방문해 보고 싶지 않을까.

　만약 무기점을 차린다면 성행할지도 모르겠다. 똑같은 생각을 한 사람들이 무기점을 잔뜩 차려놓았다면 오히려 쪽박을 차겠지만.

　과연 어떤 나라일까. 무엇이 우리들을 기다리고 있을까. 그런 생각들이 머릿속에 피어올랐다 사라지길 반복했다.

　그나저나 엄청 흔들리는군. 젠장.

　중간중간 휴식을 취하며 나아간 마차는 날이 저물기 전에 한 마을에 도착했다. 자그만 여관 마을로, 노숙을 각오하고 있던 우리에게는 예상치 못한 희소식이었다.

　"그러면 내일 뵐게요. 푹 쉬세요."

　나는 마부인 닉에게 여관비를 내주겠다고 말했지만, 닉은 거절했다. 마차 안에서 자려는 모양이었다. 방범을 생각하면 그러는 편이 안전할지도 모른다. 프로인 닉의 판단에 맡기기로 했다.

　"따뜻한 수프와 야채 볶음을 먹을 수 있다니. 운이 좋았네."

　세리나가 테이블에 앉아 저녁을 먹으며 말했다. 세리나도 기분이 좋아 보였다.

　앞으로 남은 것은 3박. 노숙도 할 예정이라고 들었다.

　가는 길에 몬스터가 출몰하면 밤새 전투를 해야 될 가능성도 있었다. 따라서 오늘 밤의 섹스는 넘어가기로 했다.

　지구에서도 옛날 사람들은 목숨을 걸고 여행했다고 들었다. 잠이 부족하다는 이유로 목숨을 잃고 싶지는 않았다.

　나는 미나의 부드러운 몸을 베개 삼아 침대에서 눈을 붙였다.

"좋은 아침입니다, 여러분."

아침 식사를 마치고 마차로 향하자 닉이 웃으며 우리를 반겼다. 닉이 식사를 제대로 했는지 마음에 걸렸지만, 마차에서 뭐라도 먹었을 것이다.

우리는 이번에도 정기편 마차의 뒤쪽에 붙어 여행길에 올랐다.

"몬스터다!"

앞서가던 마차에서 불현듯 커다란 목소리가 들려왔다. 우리는 서로를 향해 고개를 끄덕이고는 곧바로 마차에서 뛰어내렸다.

"제길! 아미 앤트야! 이런 곳에서 출몰할 줄이야!"

뱃지가 예상하지 못했다는 듯 외쳤다.

2미터에 달하는 거대한 회색 개미였다. 인가보다 거대한 몬스터다 보니 위압감이 엄청났다.

뱃지가 검으로 개미를 수차례 공격했지만, 개미의 단단한 갑각에 가로막혀 튕겨나고 말았다.

"배야. 배를 노려."

내가 뱃지를 향해 말했다. 출몰한 아미 앤트는 두 마리였고, 그 중 한 마리는 정기편 마차를 습격했다. 마부가 검을 휘둘러 견제하고 있었다.

"하앗!"

세리나가 마차를 공격하던 개미를 뒤쪽에서 푹 찔렀다.

"키시이이이이이익!"

그러자 개미는 엄청나게 날뛰었고, 개미가 휘두른 엉덩이가 세리나의 몸통에 직격했다.

"꺄악!"

"세리나!"

　세리나가 나가떨어지는 모습을 보고 나는 한순간 식겁했다. 다행히 세리나의 HP 소모는 40에 불과했다. 세리나의 총 HP는 300이 넘어가므로 치명적인 피해는 아니었다.

　그래도 지금까지 싸웠던 몬스터들보다는 훨씬 강했다. 매드 오크는 논외로 치더라도.

　우선은 [감정] 스킬을 사용해 보았다.

〈이름〉 아미 앤트 A 〈레벨〉 32

〈HP〉 103/163　　〈상태〉 보통

[해설]

신장 2미터의 회색 개미.

단단한 갑각으로 뒤덮여 있어 방어력이 높다.

사나운 생물로, 움직이는 모든 것을 공격함.

별명은 회색의 살육자.

강력한 턱으로 공격한다.

배가 약점.

얼음과 화염 마법이 효과적. 단, 화상을 입으면 날뛰기 시작하므로 위험함.

동료를 부르기도 하므로 주의.

"물어뜯기지 않도록 조심해. 이 녀석이 동료를 부르기 전에 서둘러 해치우겠어."

개미의 HP는 이미 어느 정도 줄어든 상태였다. 쓰러트리는 건 어렵지 않지만 동료를 부르면 귀찮아진다.

"네, 주인님! 이얍!"

미나가 측면에서 검을 휘둘렀고, 이오네가 마무리 일격을 날렸다. 회색의 연기로 변해 사라지는 아미 앤트. 남아있던 다른 한 마리는 나도 가세해 포위 공격으로 해치웠다.

"전부 처치했어요!"

이오네가 주변에 적들이 남아있는지 확인하고는 선언했다.

"좋아, 부상은 없지?"

"응, 괜찮아."

전리품은 작은 마석 파편 두 개와 35의 경험치였다. 기대했던 것보다 초라했다.

게임이라면 동료를 부르게 만들어서 경험치를 벌었겠지만, 포위당하기 쉬운 야외에서 굳이 위험을 감수하고 싶지는 않았다. 게다가 지금은 지켜야 할 마차까지 있었다.

"후우. 너희들, 강하던걸! 덕분에 살았어."

뱃지가 감탄한 듯 말했다. 확실히 이 녀석 혼자였다면 전투가 길어졌을 것이다.

"뱃지 씨, 이대로 계속 갈 거요? 돌아가려면 지금뿐이야."

정기편의 마부가 심각한 얼굴로 물었다.

"괜찮아, 괜찮아. 알렉, 스파니아까지 갈 생각이지? 이 형씨네 파티와 함께라면 문제없어."

뱃지가 가슴을 탕탕 치며 말했다. 뭔가 내키지 않았지만 일단 은 고개를 끄덕여 두었다.

다시금 마차가 출발했다. 이쯤 되니 굳이 정기편과 동행했어야 하는가라는 의문이 들었다. 하긴, 서두를 것도 아니므로 현재 상 황에 불만은 없었다.

이후 마차는 순조롭게 나아갔다. 딱히 강력한 몬스터가 출몰하 지도 않았다. 그렇게 날이 어두워지자 우리는 노숙을 하게 되었다.

"알렉, 불침번은 나하고 반반씩 서자고."

뱃지가 말했다. 하지만 동료도 아닌 녀석에게 맡기자니 불안 했다.

"그래."

적당히 대답한 나는 뱃지가 멀어진 뒤에 일행들에게 말했다.

"나, 미나, 세리나, 이오네가 순서대로 망을 본다. 뱃지는 없는 셈 치겠어."

"'알겠어요.'"

"알겠어."

우리는 뱃지와 리리가 모아 온 장작으로 모닥불을 피웠다. 저 녁은 구운 빵과 치즈로 간단하게 해결했다. 짧은 여행길이므로 이 정도 식사는 참을 만했다.

언젠가 멀리 떠날 일이 생기면 냄비 정도는 들고 다니는 게 좋 겠군.

"네, 스파니아에는 여러 번 가봤습니다."

저녁 식사가 끝난 뒤, 우리는 모닥불에 둘러앉아 마부인 닉과 이야기를 나누었다.

듣자 하니 스파니아는 엘란트보다 훨씬 커다란 도시라는 모양이었다. 무기점도 잔뜩 들어서 있다고 한다. 역시 사람이 하는 생각은 다 똑같구나.

"추천하는 장소가 있나요?"

세리나가 물었다. 관광을 가는 것도 아니건만.

"글쎄요. 모험가라면 역시 '돌아올 수 없는 미궁'이겠지요. 이 근방에서는 가장 거대한 미궁이거든요. 먼 나라의 모험가들까지 보물을 노리고 찾아온다 합니다. 저는 들어가 본 적이 없지만요."

"돌아올 수 없는 미궁이라……. 혹시 한번 들어가면 죽거나 길을 잃어서 그런 이름이 됐나요?"

"아니에요. 지하 5층까지는 초보 모험가도 여유롭게 탐색할 수 있다고 들었습니다. 다만, 5층 밑으로는 이름을 날리는 모험가들도 위험을 무릅써야 한다더군요. 9층은 그랑소드 초대 국왕이 속해있던 파티밖에 도달하지 못했다고 들었습니다. 사망자도 많이 발생하고요. 결론을 말씀드리자면……."

닉은 뜸을 들이며 으스스한 얼굴로 청중을 돌아보았다. 그러고는 활짝 웃으며 이야기를 매듭 지었다.

"화려한 보물에 매료된 나머지 미궁 근처에 집을 장만하고 일생을 마치는 모험가가 많다더군요."

"아아, 그래서 돌아오지 않는 미궁이라는 건가."

"네, 맞아요."

닉도 이 이상은 모르는 듯했다. 현지의 모험가들로부터 정보 수집을 할 필요가 있어 보였다.

정기편의 승객들도 닉의 이야기를 흥미진진하게 듣고 있었다.

사실 이야기의 내용은 무엇이 됐든 상관없었다. 밤하늘 아래, 모닥불에 둘러앉아 듣는 모험담은 그 자체만으로도 흥미롭기 마련이다.

문득 밤하늘을 올려다보니 다채로운 색들의 별들이 조용하게 빛나고 있었다. 별자리에 얽힌 영웅들의 이야기는 이런 모험담 속에서 생겨나는 것이리라. 어쩌면 이미 별자리가 된 영웅들을 후대의 이야기꾼이 다시 상기시켜 주는 걸지도 모르지만.

그렇게 우리의 밤은 깊어갔다.

제4화
그랑소드 여관

나흘째 오후, 마차가 한 마을에 도착했다. 듣자 하니 이미 이곳은 그랑소드의 영토라는 모양이었다.

국경 검문을 예상하고 있던 우리는 살짝 놀라고 말았다.

"그랑소드는 오랫동안 주변국들과 전쟁 없이 잘 지내왔거든요. 그래서 상인과 모험가들이 활발하게 왕래하고 있죠. 남서쪽의 폴티아나라는 국가와는 사이가 나쁜 편이지만, 그랑소드의 국력이 더 강해서 경계의 대상이 아니고요."

닉이 주변의 정세를 설명해 주었다.

"다른 용사들도 그랑소드에 있을까?"

세리나가 신경이 쓰였는지 말했다. 그럴 가능성은 충분히 있었다. 케이지나 엘빈뿐만이 아니었다. 우리 이전에도 소환된 용사들이 있는 것이다.

"세리나. 우리의 정체는 숨기도록 해."

"어? 그렇게까지 경계할 필요는 없지 않나……?"

여전히 머릿속이 꽃밭인 녀석이다. 신 같은 녀석이 나타나도 이상하지 않건만.

"리더 명령이야."

"알았어."

"네! 설령 고문을 받더라도 발설하지 않을게요, 주인님!"

미나가 의욕을 불태우며 외쳤다. 아무리 그래도 그 정도로 경계하라는 뜻은 아니라고. 닉까지 입막음을 당하는 줄 알고 긴장해 버렸잖아.

"말할 필요가 있다면 말해도 상관없어. 아무데서나 떠벌리고 다니지는 말라는 뜻이야."

나는 닉을 안심시켰다.

"여러분, 보이기 시작했어요. 저곳이 그랑소드의 왕도 스파니아입니다."

닉이 말했다. 전방을 바라보니 무수히 늘어서 있는 석조 건물들이 보였다.

"와아."

도시 중앙에 높이 치솟은 건물은 틀림없이 왕성일 것이다. 버니어 왕국의 왕성보다 훨씬 거대했다.

가도 또한 석재로 포장되어 있었는데, 우리 외에도 왕도를 오가는 마차들이 잔뜩 있었다. 다들 비슷한 목적을 가지고 왕도를 방문했는지 갑옷과 검을 장비한 모험가들이 많이 보였다. 환하게 웃는 모험가가 있는가 하면, 날카로운 눈으로 주변을 경계하는 모험가도 있었다.

좌우지간 활기찬 장소다.

이곳이 검의 나라 그랑소드인가.

"여기 마차 대금이다. 그동안 신세가 많았어, 닉."

왕도의 마차 종착점은 로터리가 연상되는 넓은 광장이었다. 이곳에서 나는 닉에게 약속된 금액을 넘겨주었다.

"아뇨, 저야말로 호위를 맡아주셔서 감사했습니다. 여러분의 모험에 무운이 있기를. 그럼, 버니어 왕국으로 돌아갈 일이 생기시거든 언제든지 불러주세요. 곧바로 마차를 타고 달려올 테니까요."

닉이 환하게 웃으며 말했다.

"그래, 그렇게 할게."

자신의 역할을 제대로 해내는 사람은 귀중하게 여겨야 했다. 누구를 신용해야 될지 모르는 이 세계에서는 더더욱.

"헤이, 형씨. 괜찮은 여관이 있어."

"저 녀석 말은 무시해. 더럽고 비싸기만 한 여관이니까. 50골드만 주면 길을 안내해 주지. 이곳은 위험한 곳이야. 나한테 조언을 받는 게 좋아."

"어이, 잠깐. 내가 훌륭한 여관에 데려다 주마. 돈은 안 내도 돼."

"아니, 나한테 맡겨."

마차에서 내리기가 무섭게 호객꾼들이 말을 걸어왔다. 우리가 초행이라는 것을 알아챈 모양이다.

에휴. 닉에게 들은 대로군. 순순히 따라갔다가는 어디로 끌려갈지 모를 일이다.

우리는 그들을 완전히 무시한 채 닉이 소개해 준 여관으로 향했다.

"여기군."

"응, 그런가 봐."

'용의 안식처'라는 이름의 중2병스러운 간판을 발견한 우리는

4층짜리 커다란 건물 안으로 들어섰다.

여관 건물은 벽돌로 지어져 있었다. 하얀 모르타르로 보강까지 해 놓아서 상당히 튼튼해 보였다. 단, 내부는 목재로 깔끔하게 도배되어 있었다. 이 세계 기준으로는 훌륭한 축에 속하는 여관이었다.

안으로 들어가자 정면에 카운터가 보였다. 왼쪽에는 2층으로 이어지는 계단이 있었고, 오른쪽에는 10명 정도가 앉을 수 있는 둥그런 테이블이 두 개 놓여있었다. 마침 무장한 두 남성이 카드 도박을 즐기고 있었다.

점원이 보이지 않았기에 나는 카운터로 가서 벨을 울렸다.

"갑니다! 어이쿠, 여관을 찾아온 손님들이니?"

펑퍼짐한 체형의 중년 여성이 안쪽에서 걸어 나왔다. 나는 곧바로 [감정] 스킬을 사용했다.

〈이름〉에이다 〈연령〉 42
〈레벨〉 39   〈클래스〉 여관 주인
〈종족〉휴먼 〈성별〉 여자
〈HP〉 583/583 〈상태〉 건강
[해설]
여관 '용의 안식처'의 여주인.
그랑소드 국민.
부지런한 성격. 비선공.
'외눈의 독수리'의 전 멤버.

드래곤 슬레이어.

엄청 강한 아줌마다.

"맞아. 그런데 외눈의 독수리라는 게 뭐야?"

내가 물었다. 에이다는 한쪽 눈썹을 치켜뜨는가 싶더니 곧 활짝 웃으며 대답해 주었다.

"앗하하. 그리운 이름이 튀어나왔는걸. 이렇게 보여도 한때는 모험가였거든. 활동할 당시의 파티 이름이야. 한참 전에 해산했지만."

"조심해, 형씨. 외눈의 독수리라 하면 전설의 A랭크 파티야. 여기서 소란을 일으키거나, 여관비를 체납하면 눈 깜짝할 사이에 드래곤의 먹잇감이 되어버릴걸."

카드 게임을 하던 전사가 말했다.

"A랭크 파티셨다니……."

에이다가 놀랍다는 듯이 말했다. A랭크가 그렇게 대단한 건가. 나중에 물어봐야겠다.

"머피! 이상한 소리 하지 마! 누가 들으면 우리가 드래곤이라도 기르는 줄 알겠네. 여관비는 지불이 늦어도 반년 정도는 너그럽게 봐주고 있어. 안심하도록 해."

"여관비를 체납할 생각은 없어. 다섯 명이면 얼마지? 나중에는 두 명 정도 늘어날 예정이야."

내가 쿨하게 말했다. 이미 노예를 늘리기로 마음을 굳힌 상태였다.

"커다란 방 하나로 때운다면 아침, 저녁 식사를 포함해서 1박에 40골드야. 하지만 여자애들이 있으니 개인실을 사용하겠지?"

"아니. 나를 제외하고는 2인실이라도 상관없어. 단, 우리 파티원 이외에는 절대로 들어오지 못하게 해줘. 이거면 되겠지?"

내가 뒤에 서있는 일행들을 돌여보며 물었다.

"웬만하면 개인실이 편하지만 그거면 충분해."

세리나가 말했다.

"저도 상관없어요."

이오네가 말했다.

"네. 저는 헛간이라도 좋아요, 주인님!"

미나가 말했다.

"불만 없어."

리리가 말했다.

"그러면 개인실 하나에 2인실 셋. 다 합쳐서 하루당 50골드야. 당신은 돈도 제대로 지불할할 것 같으니 싼 값에 쳐줬어."

"좋아. 정해졌군."

우리는 여주인에게 방을 소개받았다. 좁긴 하지만 말끔하게 정리된 방이었다. 이 정도면 충분했다.

이날은 여행의 피로와 흔들리는 마차로 인한 엉덩이의 고통을 가라앉히기 위해서 아무것도 하지 않고 하루를 보냈다. 여관의 식사는 제법 푸짐했고, 맛도 괜찮았다. 앞으로도 굳이 외식을 할 필요는 없어 보였다.

"알렉, 오늘은 어떻게 움직일 거야?"

다음 날 아침. 세리나가 나무 숟가락으로 수프를 떠 먹으면서 물었다. 어젯밤 듬뿍 귀여워해 준 덕분인지 세리나의 얼굴에는 미소가 걸려 있었다.

"모험가 길드에 들른 다음에 상인 길드로 갈 거다. 돈이 들어오면 노예상도 찾아가려고."

"아……. 역시 노예를 살 생각이구나."

"당연하지. 우리 파티에는 마법사가 없어. '돌아올 수 없는 미궁'에 도전하는 건 마법사를 동료로 얻은 다음이다. 앞으로는 물리 공격이 통하지 않는 적들도 등장할 테니까."

"무슨 말인지는 알겠는데, 굳이 노예일 필요는 없잖아. 용병을 구해도 되고, 평범하게 파티 멤버를 모집해도 되는걸."

"그렇게 구한 파티원은 배신할 우려가 있어."

나도 야한 짓만을 목적으로 노예를 사려는 것은 아니었다. 이 세계의 노예들에게는 왼팔에 노예의 문장이라는 각인이 새겨져 있다. 그래서 노예가 주인의 명령을 거스르면 강제력이 작용하여 고통을 느끼게 된다.

목숨이 걸린 전투가 벌어지면, 아니, 목숨이 걸려있기 때문에 배신하거나 달아나지 않을 동료가 필요한 것이다.

"으음……. 알았어. 그래도 괜찮은 사람이 나타나면 고민은 해 봐."

"그래. 신뢰할 만한 녀석이라면 말야."

"죄송해요, 세리나 씨. 제가 주인님을 만족시켜 드리지 못하는 바람에…… ."

미나가 면목 없다는 듯이 말했다. 이 녀석, 내가 섹스를 목적으로 노예를 구입한다고 단정 짓고 있구만. 뭐, 솔직히 말하면 절반은 사실이지만.

"이래서 남자란 것들은. 미나가 있는데 뭐가 불만이라고."

"불만 같은 거 없어. 마법사가 필요해서라고 계속 말했잖아. 이 바보들아."

"그러면 스킬을 배울까?"

세리나가 말했다.

"앗. 저도 배울래요, 주인님!"

"기다려. 너희는 전사 계열의 스킬을 배우고 있잖아. 스킬 포인트를 버는 건 쉽지 않아. 스킬 램프도 좀처럼 등장하지 않는 편이고. 저레벨 스킬을 마구잡이로 배우는 것보다는 역할을 확실하게 정하고 특화해 나가는 게 좋아."

"일리가 있는걸…… ."

"그러면 우선은 모험가 길드로 가자. 재등록을 할 필요는 없다고 들었지만, 혹시 모르니 다 같이 들러볼 생각이야."

"응, 알았어."

각국의 모험가 길드는 긴밀한 연계를 취하고 있다. 그래서 타국의 모험가 길드에서 발행한 카드도 공통적으로 사용할 수 있었다. 그래도 만약을 위해서 확인해 두는 편이 좋을 것이다.

우리는 준비를 마치고 스파니아의 모험가 길드로 향했다.

제5화

모험가 길드, 스파니아 지부의 신고식

여관 주인의 말에 따르면 모험가 길드는 중앙 대로의 중심부에 있다는 모양이었다.

신발과 날개가 그려진 간판을 발견한 우리는 그 커다란 건물로 발을 들였다.

"우와, 모험가가 많네."

리리가 안으로 들어가자마자 탄성을 내질렀다. 리리의 말대로 검과 갑옷으로 무장한 인간들이 우글거렸다. 못해도 백 명은 넘을 것이다.

건물 안은 엘란트의 모험가 길드보다 훨씬 넓었다. 접수대에는 열 명에 달하는 직원들이 늘어서 있었지만 그럼에도 사람들은 줄을 서고 기다리고 있었다.

"쳇, 아침에 오는 게 아니었는데. 이놈이고 저놈이고 한가한 놈들뿐이군."

인파에 섞여서 기다리는 것이 질색인 나는 불평을 늘어놓았다.

"나쁘게 말할 거 없잖아. 다들 의뢰를 받으려고 온 사람들인데."

"흥. 그래 봤자 저 녀석들은……."

내가 세리나에게 반론하려던 그때, 뒤쪽에서 술렁거리는 소리가 들렸다.

뭐지?

"저기 봐, 야나타 녀석이야."

"쳇. 아침부터 저런 놈과 마주치다니, 재수가 없군."

"가자고. 괜히 시비라도 걸어 오면 귀찮아지니까."

모험가들이 길을 비켜주자 뒤쪽에서 짧은 머리의 깡마른 남자가 모습을 드러냈다. 고급스러운 검은색 갑옷을 착용하고 있었는데, 좌우로는 노예로 보이는 두 거한을 거느리고 있었다.

우선은 [감정]해 보기로 했다.

〈이름〉릭　　〈연령〉25
〈레벨〉27　　〈클래스〉노예상
〈종족〉인간　　〈성별〉남자
〈HP〉152/152　〈상태〉행복
[해설]
외지인.
부지런한 성격. 굉장히 공격적.
클랜 '화이트 도그'의 간부.

Caution!
스킬에 의해 열람을 일부 방해받았습니다.

노예상인가. 찾아다닐 수고가 줄었군. 보주를 골드로 환금하기 전에는 상대해 주지 않을지도 모르지만.

어쨌든 말을 걸어보기로 했다.

"릭, 물어보고 싶은 게 있다."

"?!"

릭이 미간을 움찔하며 자리에 멈춰 섰다. 살짝 놀란 눈치였다.

"이봐, 이봐! 삼류 모험가 주제에 야나타 님께 함부로 말을 걸면 쓰나."

"그렇고말고! 이름까지 틀리다니. 외지에서 온 놈인가 보구만?"

두 노예가 어깨를 부풀리면서 내게 다가왔다.

"아아, 야나타라고 하는군. 미안하다."

가명을 쓰고 있는 모양이다. 딱히 나쁜 의도가 있어서 본명을 부른 건 아니었다. 야나타의 과거 따위는 아무래도 좋았다.

"그래서, 저한테 무슨 용건인가요?"

"노예를 구입하고 싶다."

"그러면 가게로 오던가, 멍청아! VIP도 아닌 주제에 까불기는!"

"조용하세요. 고객분께 실례잖아요."

"아야야야! 죄, 죄송합니다, 보스."

노예의 문장이 발동했는지 거구의 남자가 눈물을 글썽였다.

"장소를 알려주면 나중에 가게로 가겠어."

내가 말했다.

"네, 가르쳐 드리겠습니다. 다만, 저희 가게는 싸구려 전투 노예밖에 취급하지 않거든요. 그래도 괜찮으시겠나요?"

"흐음. 여자는 있고?"

"뭐, 있기는 있지요. 당신의 일행분들에 비할 바는 아니지만요."

그러면 안 되겠군.

"그렇군. 실례했다."

"아닙니다."

"쳇, 변태 자식 같으니."

"두 번 다시 우리 앞에 나타나지 마라. 아야야얏! 죄송합니다, 보스!"

데리고 다니는 노예는 질이 나쁘지만 그래도 대화가 통하는 녀석이었다. 뭐, 예쁘장한 노예가 없다면 다시 만날 일도 없겠지만.

"어휴. 결국 그게 목적이잖아."

세리나가 팔짱을 끼고 투덜거렸다.

"넌 저렇게 험상궂은 녀석들이 파티에 들어오면 좋겠어?"

"으음, 그건 좀……. 역시 여자아이가 나으려나."

"그렇지?"

대화를 마무리하고 접수대에서 줄을 서려던 그때, 몇 명의 남자들이 내 앞을 가로막았다.

"헤헤헤."

뭐지, 이 녀석들은?

"이봐 너, 타지에서 온 주제에 함부로 나대지 마라. 이곳에도 룰이라는 게 있다 이거야. 알겠냐?"

"알아들었냐?"

한 명은 강철 갑옷을 착용하고 있었고, 다른 녀석들은 가죽 갑옷을 입고 있었다. 전반적으로 초라한 장비였다.

굳이 [감정]을 해보지 않아도 레벨이 짐작이 갔다.

"방해다. 비켜."

"오? 뭐라고? 안 들리는데?"

"다시 말해 볼래?"

멍청한 녀석들 같으니. 하지만 나도 이곳에서 눈에 띄고 싶지는 않았다.

나는 [협박 LV1]을 구사했다.

"죽고 싶지 않으면 꺼져."

"뭣이? 이 자식, 우리 화이트 도그를…… 크아악?!"

갑자기 냄새나는 얼굴을 들이밀길래 주먹으로 때려주었다.

전생하기 전의 나라면 이렇게 대놓고 폭력을 행사하지는 못했을 것이다. 하지만 지금은 리세마라로 기본 능력치가 상승했고, 레벨도 올라간 상태다.

"저 녀석, 결국 손을 대버렸어!"

"괘, 괜찮을까?"

"보아하니 외지인 같은데……. 불쌍하게 됐군."

주변 모험가들의 반응이 마음에 걸렸지만 일일이 굽히고 들어가면 끝이 없다.

"개, 개자식! 이런 짓을 저지르고도 곱게 넘어갈 거라고, 으악!"

"그건 제가 할 말이에요! 주인님한테는 손가락 하나 대지 못해요!"

미나도 펀치를 날려서 눈앞의 남자를 멋지게 날려버렸다. 뭐, 저질러 버린 이상 끝장을 봐야겠지.

"맞아. 이번에는 이놈들이 잘못했어. 단죄!"

세리나도 촙을 날렸다.

"크악!"

"다른 사람을 괴롭히면 못써요."

그리고 이오네가 손등을 휘둘러 마지막 한 명을 쓰러트렸다.

"제, 제길! 각오해 둬!"

결국 남자들은 비명 섞인 악담을 토해내며 부리나케 달아나 버렸다.

"엥? 뭐가 이렇게 약해? 먼저 시비를 건 주제에."

리리가 고개를 갸웃했다. 쪽수를 믿고 덤빈 것이겠지. 일단 '화이트 도그'라는 단체에 대해서 조사해 볼 필요가 있겠다.

잠시 후. 우리는 접수대에 얌전히 줄을 서서 기다렸고, 마침내 우리 차례가 찾아왔다.

"당신들이군요……."

남자 직원이 씁쓸한 얼굴로 우리를 맞았다. 방금 전의 자초지종을 보고 우리를 문제아라고 판단한 모양이었다.

하지만 길드에서 받는 월급만큼은 일해 줘야겠어.

"이 모험가 카드를 여기서도 사용할 수 있을까?"

내가 모험가 카드를 접수대에 내밀며 물었다.

"예. 알렉 님이시군요. 랭크는 D가 맞으시죠?"

직원이 카드와 내 얼굴을 번갈아 쳐다보았다.

"어때?"

"네, 사용할 수 있습니다. 단, 당신 혼자서는 '돌아올 수 없는 미궁'에 출입하지 못하세요."

"뭐라고?"

"어이쿠, 폭력은 자제해 주세요. 이것도 모험가를 위한 룰이니까요. '돌아올 수 없는 미궁'은 보상이 큰 만큼 난이도도 높거든요. 당신 같은 D랭크 초보 모험가가 미궁에 들어가겠다는 건 죽으러 가겠다는 소리나 마찬가지죠. 다른 던전에 도전해 보시길 권할게요."

"그러면 C랭크 승급 시험을 받겠어."

버니어 왕국에서 꾸준히 레벨을 올렸기 때문에 합격할 자신이 있었다. 세리나가 B랭크라는 사실을 밝히면 미궁에 들어갈 수는 있지만…… 나를 생초보 취급하는 게 마음에 들지 않았다.

"후우, 수험료는 300골드예요. 낙제해도 돌려드리지 않으니 잘 생각하세요."

직원이 쌀쌀맞은 태도로 설명했다.

"이거면 됐지. 세 명 몫이야."

나는 은화 한 닢을 내밀었다. 세리나는 이미 B랭크였고, 이오네는 C랭크였다. 따라서 나와 미나, 리리만 시험을 치르면 된다.

"받았습니다. 여기 잔돈이에요. 이따가 불러드릴 테니 잠시만 기다려 주세요."

"아직 남았어. 이건 얼마쯤 받아?"

내가 보주를 꺼내서 보여주자 직원의 눈빛이 변했다.

"오오. 잠시만 기다려 주세요. 어디 보자, 퀘스트가……. 아, 여기 있네. 소형 보주. 1만 5천 골드네요."

나쁜 가격은 아니지만 옥션에 비하면 부족했다. 이곳의 상인 길드에도 들러봐야겠다.

"그럼 관두겠어. 시험만 치를게."

"알겠습니다. 잠시 저쪽에서 기다려 주세요."

잠시 기다린 우리는 안뜰에서 시험관과 검술 대련을 치렀다.

"호오, 솜씨가 제법인걸. 인정하마. 너는 오늘부터 C랭크다."

합격이다.

띠리링♪ 하는 효과음과 함께 메시지 창이 나타났다.

[클래스 '모험가'의 레벨이 2가 되었다]
[신출내기 모험가 칭호를 얻었다]

클래스 레벨을 올리거나 칭호를 얻으면 무언가 좋은 일이라도 있는 건가? 뭐, 내버려 둬도 알아서 잘 올라가니 분간은 신경을 끄기로 하자. 미나와 리리도 무사히 합격했다.

"B랭크로 올라가려면 던전의 특정 구간을 돌파해야 한다. '돌아올 수 없는 미궁'의 경우에는 4층을 클리어해야 하지. 단, 상급자 파티에 참가하는 등의 비겁한 짓은 인정하지 않아."

시험관이 말했다. 하지만 나는 '돌아올 수 없는 미궁'에 출입할 수 있으면 그걸로 족했다.

모험가 길드에서 용무를 마친 우리는 상인 길드로 발걸음을 옮겼다.

제6화
노예상의 가게

상인 길드는 대로의 바로 맞은편에 위치해 있었다.

노예를 구입하려면 먼저 자금을 조달해야 했다.

문지기에게 모험가 카드를 보여주고 안으로 들어가자, 터번을 쓴 상인이 손바닥을 싹싹 문지르며 다가왔다.

"잘 오셨습니다, 손님. 무슨 일이신지요?"

내가 강철로 만든 장비를 입었기 때문인지 초면부터 대우가 좋았다.

"이런 건 얼마에 팔리지?"

나는 작은 주머니에서 붉은 보주를 꺼내 들었다.

"오오, 보주로군요. 2만 5천, 아니, 2만 7천 어때신지요."

적당한 가격이었다. 하지만 가능한 한 비싸게 팔고 싶었다.

"다음 옥션이 언제지?"

"이틀 후입니다."

나쁘지 않은 타이밍이군.

"그러면 이거 8개를 경매에 붙여줘. 한꺼번에 하든, 각각 붙이든 그건 당신한테 맡길게."

"알겠습니다. 수수료는 1할입니다만, 괜찮으시겠습니까?"

"그래. 그거면 돼."

"담당자인 저 페로스가 보관증을 가지고 오겠습니다. 잠시 소파에 앉아서 기다려 주십시오."

이윽고 보관증을 받아 든 나는 노예상에 대해서도 물어보았다.

"노예를 원하신다면 '마리아 루즈'로 가보시는 게 어떠신지요. 머릿수는 많지 않지만 질 좋은 노예를 팔고 있습니다."

"알겠어. 그리고 또 물어보고 싶었던 게 있는데, '화이트 도그'에 대해서 좀 알아?"

한순간 움찔한 표정을 지은 페로스는 고개를 끄덕여 보였다.

"예, 알고 있습니다. 저희 길드의 멤버가 간부로 활동하고 있는 클랜으로, 거액의 기부를 해오고 있습니다."

"헤에."

뭐, 그래도 당장은 마리아 루즈가 먼저였다.

제아무리 이세계라도 대로변에 떡하니 노예 상점을 차리기는 힘들었는지, 우리가 찾아간 가게는 뒷골목에 있었다.

가게는 흰색의 서양식 건물로, 평범한 카페를 연상케 했다.

나는 다른 일행들과 함께 가게 안으로 들어섰다.

"어서 오세요."

하얀 고양이귀 노예가 예의 바르게 인사해 왔다. 메이드복이 아니라 바텐더 차림이라는 점이 옥에 티지만, 얼굴은 합격이다.

"너는 얼마지?"

"죄송합니다, 고객님. 저는 점원이라서 판매 대상이 아니랍니다."

역시나 점원은 팔지 않는 모양이다.

"그러면 흰색의 묘인족 여자애를……."

"마법사겠지."

세리나가 옆에서 태클을 걸었다.

"참, 그랬지. 그렇지만 고양이귀를 가진 마법사도 있을 거야. 그렇지?"

"어어, 기다려 주신다면 입하되는 날이 있을 겁니다. 다만, 현재 저희 가게에 고양이귀를 가진 마법사는 없습니다."

아쉽다.

"언제쯤 입하가 될지 알 수 있을까?"

"지금 점장님께 여쭤보고 오겠습니다. 마실 것도 준비해 오도록 하죠. 저쪽에 앉아서 기다려 주세요."

"그래."

흰색의 고양이귀 소녀가 가게 안쪽으로 들어가고, 교대하듯 검은색의 강아지귀가 달린 메이드가 차를 내왔다.

"강아지귀를 가진 마법사도 괜찮아~."

내가 가게 안쪽에 대고 일러두었다.

"어휴. 부끄러우니까 그만둬."

세리나가 말했다.

"그래도 취향은 확실하게 전달해 둬야 돼. 너희들도 희망 사항이 있으면 미리 말해놔."

"희망 사항이라니……. 동료들과 잘 지내는 아이면 좋겠네."

세리나가 일행들을 돌아보며 이야기하자 다들 고개를 끄덕였다.

"기다리게 해드려 죄송합니다."

이윽고 검은색 드레스를 입은 금발의 여성이 모습을 드러냈다. 요염한 분위기를 풍기는 성인 여성이었다.

가슴의 계곡과 브래지어가 살짝 엿보였다.

"괜찮아."

"제가 점장인 마리아예요. 당신은 고양이귀가 달린 마법사를 원하시는 거죠?"

"맞아. 그런데 혹시 당신도 살 수 있나?"

"후후, 하룻밤에 백만 골드 어떠세요."

비싸!

거금을 바치면 대주기는 하지만 기본적으로 자신의 몸을 팔 생각은 없는 모양이었다.

"알렉, 본론으로 들어가."

세리나가 재촉했다.

"그래. 마법을 사용하는 전투용 노예를 구입하려고 왔어. 고양이귀가 아니어도 크게 상관은 없어."

"금액은 어느 정도로 예상하고 오셨나요?"

"어디 보자. 마법사 외에도 한 명이 더 필요하니까…… 20만 정도인가."

"주변에 귀여운 여자들을 데리고 다니시는데, 얼굴도 중요하게 생각하는 거죠?"

"물론이다."

"에휴……."

세리나가 불만을 드러냈지만 이 부분만큼은 양보할 생각이 없었다.

"그러면 레벨이 높은 아이는 어렵겠어요. 스타일은?"

"나쁘지만 않으면 돼. 단, 뚱뚱한 애는 빼고."

"알았어요. 성격은요?"

"파티원 구실을 할 정도면 충분해. 그리고 구입하기 전에 실물을 보고 싶은데."

"알겠어요. 그러면 조건에 부합하는 아이를 몇 명 데려올 테니, 잠시만 기다려 주세요."

점장이 가게 안쪽으로 향했다.

"무척 아름다운 사람이었어. 노예상이라고 다 알렉처럼 생긴 건 아니구나."

"맞아! 나도 그 생각 했어!"

"시끄러워."

잠시 후, 점장이 세 명의 노예를 데려왔다. 두 명은 고양이귀 소녀였고, 다른 한 명은 강아지귀 소녀였다.

"헤헷, 체력이라면 자신 있어!"

섀도우 복싱과 가벼운 풋워크로 자신을 어필하는 팔팔한 고양이귀 소녀. 이 녀석은 딱 봐도 전사 계열이잖아.

전위를 맡을 파티원은 이미 충분했다.

"이 녀석은 됐어."

"그렇다는구나, 낫짱. 다음을 기약하렴."

"젠장! 내 어디가 마음에 안 드는데! 이 바보 자식!"

"뗵, 고운 말을 써야지. 미안해요, 아직 예절 교육이 덜 됐네요."

"됐어."

두 번째 소녀는 로드를 들고 있었고, 복장도 마법사다웠다. 흐음, 로리 캐릭터라.

성격도 얌전해 보였다.

"흥, 파이어!"

"우왓! 뜨거워!"

"앗, 알렉! 머리가 탔어!"

"주, 주인님!"

"알렉 씨!"

이 자식! 내 소중한 머리털에 무슨 짓을!

"미안해요. 밋짱이 오늘 따라 저기압인가 봐요."

"저기압이 문제가 아니잖아! 이 가게는 노예 교육을 어떻게 시키길래!"

이쯤 되면 아무리 나라도 화가 날 수밖에 없다.

"정말로 죄송해요. 사과의 의미로 이 복슬복슬 포션을 선물로 드릴게요."

"복슬복슬 포션? 머리가 자라는 포션이야?"

"네. 극적인 변화는 없지만요……."

"……뭐, 준다니까 받기로 하지."

나는 곧바로 머리에 슥슥 발라보았다.

"아무런 변화도 없는데."

"역시 평소에 신경 쓰고 있었구나……."

"주인님……."

"저는 신경 안 써요."

"조용해, 너희들."

나는 마지막 세 번째 소녀를 바라보았다. 갈색 단발머리의 강아지귀 소녀다. 처진 눈꼬리가 유순해 보이는 인상을 주었다.

내가 방금 전에 버럭 소리를 질러서 겁을 먹었는지 소녀는 눈물을 글썽이고 있었다. 몸을 움츠린 탓일까. 그렇잖아도 작은 체구가 더욱 작아 보였다.

뭐, 주인을 공격하는 몹쓸 노예만 아니면 어떻게든 써먹을 수 있을 것이다.

[감정]해 보기로 하자.

〈이름〉 네네 〈연령〉 **
〈레벨〉 3   〈클래스〉 마을사람
〈종족〉 견인족 〈성별〉 여자
〈HP〉 15/15 〈상태〉 공포
[해설]
폴티나 출신의 노예.
성실한 성격. 비선공.

역시 레벨은 낮구나. HP도 적은 편이었다.

하지만 레벨은 올리면 되고, 후위에 설 테니 낮은 HP도 큰 문제는 되지 않았다.

겁먹은 모습이 딱해 보였던 나는 [노예 조련 LV5] [헌팅 LV2] [카운셀링 LV1] 스킬을 사용했다.

"얌전히만 있으면 화낼 생각 없어."

"아……."

"어머, 노예를 잘 다루시네요. 이 아이는 17만이에요. 얼굴은 반반하지만 전투는 서툰 편이니까요."

"만약 다른 노예를 구한다면 언제쯤 입하가 되겠어?"

"글쎄요……. 마법사는 아무래도 많지가 않아서요. 발견하는 데 한 달, 교육하는 데 석 달은 걸릴 거예요."

"뭐, 그때까지 기다리긴 어렵겠군. 마리아, 이틀 후에 대금을 치를 테니까 이 아이로 예약해 줘."

"알겠어요. 하지만 당신은 신용해도 괜찮을 것 같으니 오늘 데려가도 좋아요."

"그래? 네네, 왼팔을 내밀어 봐."

그렇게 문장의 소유권을 넘겨받은 뒤, 우리는 여관으로 되돌아갔다.

마리아의 가게는 기본이 되어있는지 네네의 몸도 잘 씻기고, 옷도 말끔하게 입혀놓았다. 장비만 새로 구입하면 될 듯하다.

〈네네의 스킬〉

[상냥함 LV3]

[겁쟁이 LV2]

[부정적 사고 LV1]

[몸치 LV2]

[공감력 ☆ LV4]

제7화
마법사 길드

노예를 구입했지만 아직 점심을 먹기에는 이른 시간대였다.

한 명의 노예를 더 구할 예정이기는 했지만 당장은 아니었다. 먼저 네네와 '돌아올 수 없는 미궁'에 도전해 본 다음, 파티의 전반적인 밸런스를 고려해서 어떤 노예를 들일지 결정할 생각이다.

파티에 초보자가 둘이나 늘어나면 부담이 커져서 효율이 나쁘다. 게다가 막타로 경험치를 획득할 수 있는 건 어차피 한 명뿐이었다.

"이번에는 무기점으로 가겠어."

네네의 초기 스킬인 [겁쟁이 LV2] [부정적 사고 LV1] [몸치 LV2]는 나의 [파티 스킬 리셋 LV2] 스킬로 제거해 주었다.

네네도 스스로 변하고 싶었는지 순순히 동의해 주었다.

[공감력]이 어째서 레어 스킬인지는 불명이었지만, 적어도 함정 스킬 같지는 않아 보였다. 어차피 내 [파티 스킬 리셋]으로 지울 수도 없어서 방치해 두었다.

"저길 봐, 알렉. 저쪽에도 무기점이 있어."

세리나가 손가락으로 가리키며 말했다. 놀랍게도 한 구역에 무기점이 몇 군데나 들어서 있었다. 저렇게 경쟁하면서 장사가 될까?

"어디로 갈까……."

일일이 싼 무기 찾아다니기도 괜찮았다. 고작 지팡이 하나다.

가격은 거기서 거기일 것이다.

"저기가 좋을 거 같아. 진열도 예쁘게 해 놓았고, 점원들도 친절해 보여. 손님도 많고."

세리나가 말했다. 타당한 근거였다.

"그럼 저기로 가볼까."

우리는 무기점의 주인에게 초보자용 마법사 장비를 몇 개 가지고 와달라고 부탁했다. 그리고 네네에게 마음에 드는 것을 고르게 했다.

"어, 저기……."

"고민되면 가장 가벼운 걸로 골라. 필요해지면 다시 사줄 테니까."

"아, 알겠습니다."

10골드짜리 떡갈나무 지팡이. 저렴하군.

다음은 방어구였다.

보석이 달린 비싼 로브도 존재했지만 지팡이처럼 돈을 많이 들일 필요는 없을 것이다.

적당한 로브를 세 벌 정도 발견했다. 각각 색상이 달랐는데, 네네는 선택을 어려워하는 눈치였으므로 세리나가 대신 고르게 했다.

그리하여 밝은 초록색 로브와, 비슷한 색상의 뾰족한 모자를 구입하게 되었다. [감정]을 사용해 보니 재질은 평범한 천이었다. 방어력도 없다시피 했다. 대신 마법 사용에 지장이 없다는 점에 의의가 있다는 모양이었다. 로브와 모자도 80골드로 저렴했다.

"응, 꽤 마법사다워졌는걸!"

"지금으로서는 코스프레나 다름없지만."

"알렉도 참. 그렇게 말할 건 없잖아."

"실제로 마법을 배우지 않았으니까. 다음은 마법사 길드로 가겠어."

"알았어."

"네네, 여관에서도 말했지만 네 역할은 후위의 마법사다. 전면에 나설 필요는 없어. 전투가 벌어져도 우리가 지켜줄 테니까 걱정하지 말고."

"아, 알겠습니다. 하지만 저, 마법은 하나도……."

"레벨을 올려서 스킬을 배우면 돼."

마법사로 클래스 체인지를 시킨 뒤, 레벨을 올려도 가망이 없다면 마리아에게 환불을 받을 생각이다.

내가 요구한 건 마법사니 마리아도 불만을 제기하지는 못할 것이다.

"마법사 길드는 길 건너편에 있대."

세리나가 근처의 가게 주인에게 길드의 위치를 물어보고 돌아왔다. 우리는 곧장 그곳으로 향했다.

"저긴가 봐."

마법사 길드 건물은 교회와 비슷한 구석이 있었다. 지붕도 뾰족했다.

우리는 고풍스러운 문을 열고 안으로 들어섰다.

"어머, 어서 오세요."

발랄한 분위기의 여성이 우리를 맞았다. 접수대에 앉아있는 걸 보니 길드의 접수원인 모양이다.

나는 곧바로 용건을 전했다.

"마법사로 클래스 체인지를 하고 싶은데. 가능하겠어?"

"네. 아무나 가능한 건 아니지만, 적성이 있다면 가능하세요. 적성 검사까지 포함해서 무료로 해드리고 있어요."

"이 녀석이야."

내가 네네를 앞에 세웠다.

"와, 귀여워라. 그러면 적성 검사부터 할게요. 음, 마력 능력치가 7이고 MP가 6이네요. 전직이 불가능한 건 아니지만 재능이 뛰어나다고 말하기도 어렵네요. 얘, 차라리 여기서 접수원 아르바이트를 해보지 않을래?"

"관둬. 접수원을 시킬 바에는 마법사로 길러내겠어. 수속을 진행해 줘."

"알았어요. 우선 모험가 카드를 제출해 주세요."

"앗, 여기요."

네네도 자신의 모험가 카드를 보유하고 있는 모양이었다. 이 부분은 마리아의 준비성이 철저했다고밖에 표현할 방법이 없었다. 하긴, 요염한 모습과는 별개로 일처리가 확실해 보이는 인물이었다.

"그러면 네네 양, 안쪽 방으로 들어오세요."

"나도 견학할 수 있을까?"

"네, 괜찮아요."

전직 과정이 궁금했던 우리는 줄줄이 두 사람을 따라 들어갔다.

방 안에는 돌로 만들어진 제단이 존재했고, 그 제단 위에 보라색 로브를 입은 할아버지가 서 있었다.

"호오. 오랜만에 소질 있는 젊은이들이 왔구먼."

"앗, 스승님. 전직 희망자는 여기에 있는 견인족 소녀 한 명이에요."

"허어? 저 사내와 붉은 머리의 아가씨가 아닌 게냐?"

　이 마법사는 나와 세리나의 능력치를 꿰뚫어본 모양이었다. 하지만 지금으로서는 전직할 생각이 없었다.

"아니야. 이 애 혼자다."

"아깝구먼. 뭐, 마음이 바뀌거든 다시 찾아오게나. 그러면 아가씨, 이 제단 위에서 마법의 신께 기도를 바치도록."

"뭐, 뭐라고 기도해야……."

"적당히 마법사가 되게 해달라고 빌어봐."

　내가 말했다.

"아, 알겠습니다."

　네네는 무릎을 꿇고 두 손을 맞잡았다. 그렇게 눈을 감고는 상당히 필사적인 느낌으로 기도를 올렸다.

"어라?"

　눈을 뜨고서 주변을 둘러보는 네네. 신의 목소리가 들린 모양이다.

"성공한 것 같구나. 이제 너도 탐구의 길에 올랐으니 정진하거라."

"아……. 가, 감사합니다!"

네네가 힘차게 고개를 숙였다. 내심 마법사가 되어보고 싶었던 걸지도 몰랐다.

접수원이 그 모습을 보고 활짝 웃었다.

"잘됐네. 이제 다음 단계로 넘어가죠. 마법사 스승을 알선받는 방법과 마법학교에 입학하는 방법이 있어요. 어떻게 하실래요?"

"자세히 설명해 줘."

"네. 그럼 이쪽으로 오실까요."

별실로 안내받은 우리는 자리에 앉아 이야기를 들었다.

"처음부터 차근차근 설명할게요. 우선, 일반적인 방법은 마법사 스승을 두는 쪽이에요. 하지만 어차피 마법학교에 입학하려면 추천인이 필요하니 웬만하면 스승을 소개받는 게 좋아요. 정 알선료를 아끼고 싶다면 마법사 길드에서 추천인 자격으로 기본적인 교육을 제공해 드릴 수는 있어요. 하지만 저희도 바쁘다 보니 성실하게 가르쳐 드리지 못하는 실정이에요. 이래서야 일류 마법사가 되기는커녕 마법학교에 입학하기도 어렵겠지요. 어떻게 하실지 정해지셨나요?"

마법사 스승이라.

"돈이라면 내겠어. 얼마쯤 들지?"

"스승마다 편차가 큰 편이에요. 이쪽이 마법사 리스트예요. 고위 마법사는 비싸다 싶으면 적당한 랭크의 마법사와 사제지간을 맺어서 배우는 방법도 있어요. 이 경우에는 D랭크 이상의 마법사를 선택하게 되죠."

리스트의 맨 위쪽에는 3백만 골드라는 거금이 적혀 있었다. 무시무시하군. A랭크 마법사의 수업료는 건물 한 채 가격에 버금간다 이건가.

"뭐가 이렇게 비싸?"

"음, A랭크 스승의 숫자 자체도 적거니와, 다들 연구로 바쁘다 보니 제자를 가르칠 시간이 없어서 요금이 비싼 편이에요. 저도 스승의 숫자를 늘려야 한다고는 생각하고 있어요."

"흐음. 보통은 어떤 랭크의 마법사를 스승으로 두는데?"

"초보 파티라면 사제 관계를 맺는 정도로 끝내는 경우도 많아요. 하지만 당신은 꽤 그럴듯한 장비를 걸치고 계시네요. B랭크 파티인가요?"

"아니. B랭크인 건 세리나뿐이야. C랭크 파티쯤 되려나?"

"파티 등록을 하지 않았나 보네요? 파티 랭크는 모험가 랭크와는 별개로 매겨지거든요."

"그런 거였군. 귀찮네."

"후후, 그래도 모험가 랭크와 별 차이는 없으니 당신들도 금방 C랭크 파티가 될 수 있을 거예요."

"뭐, 솔직히 파티 랭크 같은 건 아무래도 좋아. 혹시 메리트가 있나?"

"물론이죠. B랭크 파티 이상만 받을 수 있는 의뢰도 제법 있거든요."

"그래? 나는 퀘스트를 잘 받지 않는 편이라서 잘 모르겠는걸."

"네? 귀족이나 대상인의 자제라도 되시나 보죠?"

"아니. 나에 대해서 캐묻진 말고."

"앗, 네. 죄송합니다. 어디까지 얘기했더라……. 맞다, 스승을 소개시켜 드리기로 했지. 예산은 얼마쯤 되시나요?"

"필요하면 10만 골드까지는 지불할 수 있어. 평판 좋은 스승을 소개시켜 줘."

웰버드 검술 도장에 다녀보고 든 생각이지만, 역시 스승은 좋은 사람을 두어야 했다.

"헤에, 노예한테 그 정도까지 하시는군요. 대단해요. 그러면 예산을 감안해서 B랭크나 C랭크 마법사를 스승으로 붙여드릴게요. 마법학교에도 보내실 건가요?"

"마법학교는 어떤 곳이지?"

"마법학교는 햇병아리부터 위를 노리는 마법사까지 다양한 학생들이 모여서 매일같이 마법을 공부하는 장소예요. 입학하면 기초부터 탄탄하게 배울 수 있을 거예요. 특히 오스틴 왕립마법학교 같은 경우 우수한 마법사들이 모여서 절차탁마하고 있으니 추천해 드리고 싶네요. 저도 그곳의 졸업생이에요. 가르치는 선생님들의 실력도 뛰어나서 학습 속도도 빠르고, 다양한 마법을 배울 수도 있어요."

"위치는 가까워?"

"아아, 아뇨. 오스틴 마법왕국까지 가야 하니까 여기서는 꽤 먼 편이죠."

"그럼 안 되겠네. 스킬만 배워도 마법을 구사하는 데는 문제없지 않아?"

"네, 물론이에요. 하지만 마법 지식을 체계적으로 배워놓으면 다양한 상황에 대처가 가능한 마법사가 될 수 있어요. 당연히 마법 자체도 더 능숙해질 테고요. 그리고 마법학교를 졸업했다는 것만으로도 의뢰나 임무를 맡을 때 대우가 좋아져요."

하지만 우리는 아직 신출내기 모험가니 그 정도로 대단한 마법사는 필요하지 않을 터였다.

"이 근처에도 마법학교가 있나요?"

세리나가 물었다.

"네, 있어요. 어느 나라든 왕도에는 마법학교가 하나씩 있죠. 그랑소드 마법학교는 왕립도 아니고, 규모도 작지만 위치 자체는 가까워요."

"그러면 거기에 다녀볼래?"

"글쎄. 굳이 필요한지는 모르겠다만……. 네네, 넌 어떻게 하고 싶어?"

다니고 싶지도 않은데 억지로 보내봤자 의욕만 깎일 것이다. 본인의 의사를 확인해 둘 필요가 있었다.

"저, 저는, 글쎄요……."

하긴, 결정하지 못하는 것도 무리가 아니었다. 다짜고짜 마법사가 되라는 말을 들으면 대부분 비슷한 반응을 보일 테지.

"후훗. 훌륭한 마법사가 되고 싶다면 다니는 걸 추천할게. 하지만 지금 당장 다녀야 한다는 뜻은 아니야. 언제든지 편입이 가능하거든. 그러니 먼저 스승님을 구한 다음에 상담을 해보는 게 어때?"

"그게 좋겠군."

"정해졌네요. 어디 보자, 평판 좋은 스승님을 원한다고 하셨죠?"

"맞아. 초보자한테도 친절하게 가르쳐 주는 녀석으로 부탁해."

"알았어요. 참, 그렇지! 친절하다고 하긴 힘들지만 개인적으로 추천해 드리고 싶은 스승이 한 명 있어요. 제 동기인데, 오스틴 왕립마법학교에서 7석으로 졸업한 천재예요. B랭크 마법사지만 실력은 A랭크에 버금가죠."

"헤에? 어째서 승급 시험을 받지 않는 거지?"

"그게, 세 번 정도 받기는 했지만 전부 떨어졌다나 봐요. 혼날 때마다 대들어서 스승 복이 없거든요. 말대꾸도 독창적으로 하는 걸 보면 사회성이 부족한 거겠죠."

"그래서야 제대로 스승 노릇이나 할 수 있겠어?"

"그럼요. 친한 후배가 모르는 걸 물어볼 때는 또 잘 가르치거든요. 의외로 체질일지도 몰라요. 본인은 제자 받기를 꺼려 하지만 자금난에 허덕이고 있으니 수락할 거예요. 후훗."

"흐음."

어떻게 할까. 흔치 않은 기회라는 생각은 들지만, 네네의 성격이 소심하다 보니 그냥 친절한 선생을 구해주는 게 나을지도 몰랐다.

"괜찮아 보이는데? 모처럼 A랭크 스승님한테 배울 수 있다잖아. 그 스승님의 소개료는 얼마인가요?"

세리나가 물었다.

"글쎄요. 선금으로 1만 골드면 미끼를 물지 않을까요."

"그건 안 돼. 먼저 소개받는 게 먼저다. 돈은 제대로 된 스승인지 확인하고 지불하겠어."

"아쉽군요. 그러면 요제프 씨가 좋겠네요. C랭크 마법사이신데, 수업료도 싸고 휘하에 많은 제자를 두고 계시죠. 평판도 좋은 편이고요."

"그러면 그 녀석으로 하자."

"알겠습니다! 여기에 주소를 메모해 드릴 테니 보고 찾아가세요."

"알겠어."

그리하여 우리는 마법사 요제프의 집을 찾아가기로 했다.

제8화

돌아올 수 없는 미궁

네네는 무사히 마법사로 클래스 체인지 했지만 이것만으로는 마법을 사용할 수 없었다.

그래서 우리는 네네에게 스승을 붙여주기 위해 마법사 길드에서 소개받은 요제프라는 인물의 집으로 향했다.

"저기야."

세리나가 주소가 적힌 메모지를 보며 말했다.

메모지에 적힌 장소에 도착하자 훌륭한 집 한 채가 세워져 있었다. 안뜰에서는 중학생쯤 되어 보이는 네 명의 소년소녀들이 지팡이를 휘두르며 마법을 외우고 있었다.

"4대 정령 샐러맨더의 이름으로 고하니, 내 마나를 공물로 바쳐 불타는 발톱을 빌리노라! 파이어 볼!"

주먹만 한 불덩어리가 바위를 향해 날아갔지만, 빗나가고 말았다.

"아악, 제길!"

"앗. 무슨 일로 오셨나요?"

제자들 중 한 명이 우리를 알아채고 다가왔다.

"마법사 길드에서 소개를 받아 왔다. 요제프라는 마법사가 이곳에 있다고 들었는데."

"아하. 스승님은 지금 상급반을 이끌고 던전에 들어가 계세요."

아쉽게도 부재중인 듯하다.

"언제 돌아오는지 알고 있어?"

"네. 예정대로라면 열흘 후에 오실 거예요. 용병을 고용해서 4층까지 간다고 하셨어요."

"열흘이라……."

기다리기에는 길고, 그렇다고 길드에서 새로은 스승을 소개받기에도 애매한 기간이다.

"어떻게 할래?"

세리나가 나를 쳐다보았다.

"나중에 다시 오자. 실례했다."

"아니에요."

나는 혹시나 싶어 스킬 창을 확인해 보았다.

[파이어 볼] New!

마법도 별거 아니군. 스킬 카피의 유용성이 다시 한번 입증되었다.

"그러면 던전에 레벨을 올리러 가볼까."

""출발!""

그렇게 우리는 돌아올 수 없는 미궁으로 향했다.

던전은 마을 중심부에 존재했다. 왕성 바로 근처에 지하로 이어지는 입구가 자리를 잡고 있었다.

높이가 4미터에 달하는 커다란 기둥이 양쪽에 세워져 있었고, 그 사이로 난 통로의 끝자락에 밑으로 내려가는 계단이 보였다.

문앞에는 네 명의 병사가 대기하고 있었다. 병사들은 이따금 모험가들을 멈춰 세워서 모험가 카드를 확인했다.

던전의 주변은 광장으로 이루어져 있었다. 모험가들은 돗자리를 펼쳐놓고 장구류를 손질하거나, 장비에 결점이 없는지 확인하곤 했다.

시장판 같은 광경이다.

"3층 지도가 필요한 사람! 싸게 넘길게!"

"5층까지 공략할 파티 있나? 동행을 희망한다."

수많은 모험가들이 던전을 오가며 활발한 분위기를 만들어내고 있었다.

이윽고 우리가 입구 근처까지 다가간 순간, 안쪽에서 한 기사가 엄청난 기세로 계단을 타고 올라왔다

"부상자다! 길을 비켜!"

"이제 지상이야! 도슨! 조금만 더 버티면 돼!"

"정신 똑바로 차려, 도슨!"

뒤이어 한 전사가 들것에 실려 나왔다. 괴로운 신음 소리를 내고 있었는데, 한눈에 봐도 중상임을 알 수 있었다.

나도 옆으로 이동해 길을 터주었다.

"방금 녀석은 '붉은 도마뱀' 파티의 도슨이로군. 다음은 7층에 도전하겠다고 술집에서 큰소리를 떵떵 치더라니. 난 녀석한텐 아직 이르다고 생각했어."

"내 말이. 저놈들, 얼마 전에 막 B랭크에 올랐다면서? 무리하기는."

주변에 있던 사람들이 말했다. 모험가들은 숙연한 얼굴로 들것에 실려가는 환자를 바라보았다.

"가자."

멍하니 쳐다본다고 뭐가 달라지는 것도 아니므로 우리는 던전 입구로 발걸음을 옮겼다.

"잠깐. 처음 보는 얼굴이군. 파티 이름은?"

입구를 지키는 병사가 우리를 멈춰 세웠다.

"이름 같은 건 정한 적이 없는데."

"뭐라고? 솔로인가?"

"아니, 이 녀석들이 파티 멤이야."

"후우, 신입 모험가인가……. 가명이라도 좋으니까 파티 이름을 정해놓도록 해. 이곳의 룰이다. 구조와 치안 유지를 위한 조치이기도 하지."

갑작스럽게 파티 이름이라니.

하지만 나의 중2병 감성이 꿈틀거렸다. 여기서는 '대심연의 암흑룡'이나 '월광의 사령술사', '허무의 지배자'같이 멋있는 이름을 붙여보기로 할까.

"어이, 저 녀석들을 봐! 생초짜인 주제에 안내인도 없이 던전에 입장하려나 봐."

"핫, 어느 집안의 도련님인지는 모르겠지만 한심하군. 여기는 다른 던전과 다른데 말이야."

"전멸하는 건 자유지만 저놈들이 끌어모은 몬스터를 처리하는 건 우리라고."

근처에 있던 모험가들이 수군거렸다. 하지만 오늘 우리는 던전 1층만 탐색하고 돌아갈 예정이었다.

여관의 여주인과 숙박객인 머피에게도 이 던전에 대해 물어보았다. 1층에는 코볼트와 고블린 정도의 약한 몬스터밖에 출현하지 않는다는 모양이었다.

애초에 우리 장비가 저 모험가들보다 좋았다. 시끄러운 녀석들같으니.

"장비는 좋아 보인다만 일단 모험가 카드를 보여줘. 이곳은 C랭크 모험가 이상만 도전할 수 있는 던전이거든."

병사가 말했다. 나는 모험가 카드를 내밀었다.

"알렉, 레벨은 27이라……. 생각보다 낮군."

병사가 씁쓸한 표정을 지었다.

"나 외에는 B랭크와 F랭크 멤버가 한 명씩 있어. 나머지는 전부 C랭크다."

"응? F랭크가 있다고? 파티 랭크는 얼마지?"

"아직 등록을 하지 않았는데."

"뭐? 그러면 F다."

"핫하하! 들었냐? F랭크 파티란다!"

"누가 좀 가르쳐 줘. 이곳은 상급 모험가들이 모이는 던전이잖아."

"돈을 내고 용병이라도 고용했겠지. 저렇게 예쁘장한 여자들을 데리고 오다니. 던전을 창관하고 착각한 거 아니야?"

"누가 아니래! 가하핫!"

주변에서 웃음 소리가 일었다. 마음에 들지 않는군.

"주인님은 잘못하신 거 없어요!"

"관둬, 미나."

쓸데없이 이목을 끌기만 할 뿐이다.

"저런 녀석들은 무시하면 그만이야. 그나저나 파티 이름이라. 후후, 미녀와 야수는 어때?"

세리나가 히죽거리며 말했다.

"기각."

"경단과 치즈는?"

리리가 말했다.

"기각!"

진지하게 고민하란 말이다. 그건 그냥 음식 이름이잖아.

"정하기 어려운 모양이군. 내가 정해주마. 너희 파티의 이름은 뒷골목의 흰고양이다."

병사가 말했다. 이 녀석도 센스가 없군.

"좀 더 제대로 된 이름을 붙여줘."

만약 누군가가 "이봐, 오늘 '뒷골목의 흰고양이'를 목격했어."라고 말하면 파티명이 아니라 진짜 고양이라고 여겨질 게 분명했다.

"뭐? 꽤 괜찮은 이름이라고 생각하는데. 그러면 일단은 '바람의 검은고양이'로 해두마. 그리고 3층까지는 너희 레벨로도 괜찮지 겠만 이 던전은 넓고, 함정도 많아. 식량 사정도 감안해서 일찍 올라오도록."

"알겠어. 출발하자."

"돌부리에 걸려 넘어지지 않게 조심해, 햇병아리들!"

"밖에서 엄마 젖이나 먹으렴, 꼬마들아."

하여간 말이 많은 녀석들이다.

"왜 다들 악담을 못 해서 안달일까?"

완만한 계단을 내려가면서 세리나가 위쪽을 노려보았다.

"그야 당신들의 장비가 준수한 데다 미인까지 대동하니까 그렇지. 질투야, 질투. 한 귀로 흘려버려."

위쪽에서 다른 모험가 파티가 내려오는가 싶더니 그 중의 한 명이 말했다. 하긴, 화를 봤자 소용없는 짓이다.

이곳은 던전이다. 정신을 단단히 차리도록 하자.

계단을 내려가자 기다란 통로가 좌우로 뻗어 있었다. 폭은 10미터 정도였고, 천장도 4미터 정도로 높았다.

벽에는 복잡한 문양이 새겨져 있었다. 그리고 일정한 간격으로 촛대가 세워져 있었는데, 바닥에 붉은 융단만 깔아준다면 성의 복도라고 해도 믿을 만한 광경이었다.

"왼쪽부터 가보자."

아직 주변에 몬스터는 없었다. 모험가가 빈번하게 오가는 장소니 레벨을 올리기에는 부적합했다.

곧바로 이동하기로 했다.

""알았어.""

""알았어요.""

통로에는 석재 타일이 반듯하게 깔려있어 걷기가 쉬웠다. 리리가 마법 랜턴으로 주변을 비추고는 있지만. 굳이 랜턴이 없어도 먼 곳까지 시야가 확보되었다.

"어째 상상했던 것과는 좀 다르네."

세리나가 말했다.

"저도요. 서쪽 탑 같은 미로를 상상했거든요."

이오네도 덧붙였다.

"그렇지도 않아. 조금만 더 나아가면 미로로 바뀌니까. 당신들, 어디에서 왔어?"

"버니어 왕국에서 왔는데."

세리나가 대꾸했다.

"헤에, 동쪽 나라라. 나는 3년 전쯤에 남서쪽의 폴티나 왕국에서 왔어. 아직 C랭크이기는 하지만, 앞으로 잘 부탁해."

방금 전의 모험가가 우리와 같은 방향으로 걸어가며 물었다. 머리에 파란색 반다나를 두른 백발의 미남이었다. 가죽 갑옷에 대거를 장비한 것으로 봐서 클래스는 시프로 보였다. 그리고 강아지귀가 달린 견인족이었다.

"그래. 잘 부탁해."

100미터가량 이어진 통로를 걸어가 모퉁이를 돌자 정말로 미로가 펼쳐졌다. 그래도 통로의 폭은 4미터 정도로 꽤 넓었다.

나는 앞으로 조금 걸어가다 말고 멈춰 섰다. 반다나를 두른 모험가가 아직도 우리 뒤쪽에 있었던 것이다.

"먼저 가."

"이런, 너무 경계하지 마. 후배들이 잘 하고 있는지 지켜보려 했을 뿐이니까. 다른 뜻은 없었어."

견인족 남자가 그렇게 말하자 같은 파티에 있던 여전사가 끼어들었다.

"이렇게 될 거라고 예상은 했지만, 랄프. 제발 그 오지랖 좀 고쳐. 딱 봐도 1층에서 고꾸라질 녀석들이 아니잖아. 견인족도 동행하고 있는걸."

일종의 표식인지 랄프의 파티원들은 모두 파란색 반다나를 두르고 있었다.

"나도 알아. 하지만 전투가 서툴 수도 있잖아."

"만약 우리가 싸우는 모습을 보여주면 떠날 거냐?"

내가 확인했다.

"그럴게. 너도 우리가 성가신 것 같으니 말야. 하긴, 처음으로 방문하는 던전에서 신경질적으로 변하는 것도 무리는 아니지. 싸우는 모습을 보고 괜찮겠다 싶으면 더 이상 귀찮게 굴지 않을게."

고민되는군. 다른 모험가에게 자기 실력을 드러내는 건 권장할 만한 행동이 아니었다.

"어, 랄프잖아. 요즘 잘 지내?"

마침 또 다른 파티가 근처를 지나갔다.

"여전해. 3층에서 뒹굴거리고 있어."

"켁. 너희라면 5층도 문제없을 텐데. 이상한 놈들이야. 그럼 난 간다."

"잘 가."

한번 본 것 가지고 판단하기에는 이를지도 모르지만, 랄프가 PK일 가능성은 낮아 보였다. 다른 파티들이 경계하지 않는다는 것은 그만큼 던전의 단골 손님이라는 뜻이니까.

만약을 위해 [감정] 스킬도 사용해 보았다.

〈이름〉 랄프　〈연령〉 28
〈레벨〉 36　〈클래스〉 시프
〈종족〉 견인족 〈성별〉 남
〈HP〉 372/372 〈상태〉 건강
[해설]
폴티나 출신의 모험가.
싹싹한 성격으로, 때때로 호전적.

싹싹한 성격이라.

"좋아. 그러면 조금 떨어져서 따라와."

"알겠어, 친구."

랄프가 씨익 웃으며 말했다. 누가 네 친구야.

제9화
던전 1층의 적

그랑소드의 '돌아올 수 없는 미궁' 제1층.

처음 도전하는 던전일지라도 우리의 전투 방식은 기본적으로 동일했다.

진형 중앙에 네네가 합류하기는 했지만, 네네가 전투에 참여하는 건 아직 나중이다.

우선은 이곳의 적이 얼마나 강한지를 파악해 두고 싶었다.

"주인님, 왼쪽에서 고블린의 냄새가 나요. 여러 마리예요."

선두에서 걸어가던 미나가 상황을 보고했다.

"좋아. 그럼 왼쪽으로 이동하자. 네네, 너는 아무것도 하지 말고 견학하도록 해."

"아, 알겠습니다."

통로 왼쪽으로 꺾어 들어가자 멀리 떨어진 곳에 고블린 무리가 보였다.

고블린들도 우리를 알아챘는지 "키익! 키익!" 하고 소리를 지르며 검을 뽑았다.

갑옷과 무기를 장비하고는 있지만, 서쪽 탑의 고블린과 큰 차이는 없어 보였다.

"총 다섯 마리야!"

세리나가 [에너미 카운터]로 적의 숫자를 파악했다. 전위의 고블린이 세 마리, 후위의 고블린이 두 마리. 둘 중의 하나는 활을 들고 있었다.

　네네가 고블린 궁수에게 노려지면 곤란하므로, 나는 네네 앞에 서서 방어에 전념했다.

　그럼에도 미나와 세리나, 이오네가 공격해 들어가자 전위의 고블린들은 순식간에 정리되었다.

　""갸아악!""

　"별거 아니네!"

　"할만해요, 주인님!"

　"이대로라면 문제없겠어요."

　"좋아. 그러면 나머지 놈들도…… 응?"

　후위의 고블린들도 해치우자고 말하려던 순간, 두 고블린 중의 하나가 자리에 선 채로 눈을 감았다. 지금까지 봤던 적들과는 무언가 달랐다.

　잠시 상황을 지켜보기로 할까.

　"움직이지 않는 녀석은 공격하지 마. 먼저 활을 든 녀석부터 해치운다."

　"알겠어."

　날아오는 화살을 피하며 돌진한 세리나가 일격에 고블린 궁수를 쓰러트렸다.

　"이봐, 아는지 모르겠지만 저 녀석도 곧 공격해 올 거야."

　랄프가 뒤쪽에서 말했다. 하지만 이건 새로운 공격 패턴을 익히기 위함이다. 나는 한쪽 손을 들어 랄프의 입을 다물게 했다.

　20초 정도 아무것도 하지 않고 기다린 결과, 마침내 고블린이

공격에 나섰다.

"갸갸갸갸갹! 갸아스!"

로브 차림의 고블린은 손바닥을 앞으로 뻗었다. 그러자 그곳에서 주먹만 한 불덩어리가 발사되었다.

헤에, 마법을 사용하는 건가.

나는 일부러 왼손으로 그 불덩어리를 받아내 보았다.

"알렉!"

"앗, 뜨거워. 후우, 후우. 들어온 대미지는 6이다. 대단한 공격은 아니야. 이제 쓰러트려도 좋아."

내 손바닥을 보니 빨갛게 달아올라 있었다. 화상이라고 할 정도는 아니었다.

"뭐야, 그것밖에 안 돼? 마법이란 게 생각보다 약한가?"

세리나가 간단하게 마지막 한 마리를 정리해 버리고는 말했다.

"아니, 방금 건 예외라고 생각하는 편이 좋아. 이 던전에는 '스펙터'처럼 위협적인 마법을 구사하는 몬스터도 존재하니까. 고블린과는 차원이 다르지."

랄프가 득의양양한 얼굴로 충고했다.

"그렇군. 하지만 이제 충분해."

"그래. 확실히 제 몫을 하는 파티던걸. 오해해서 미안하게 됐어."

그렇게 말한 뒤, 랄프는 손을 흔들며 떠나갔다.

"후후. 아무래도 합격인 모양이네."

세리나가 미소 지었다.

"흥. 우리의 전투 방식을 남들한테 평가받을 이유는 없어. 그럼 여기서 레벨을 올리자."

""알겠어.""

""알겠어요.""

우리는 주변을 돌아다니며 고블린을 발견하는 족족 전투를 걸었다. 그리고 마주친 적들을 해치워 머릿수가 줄어들면 네네에게 막타를 양보해 주었다.

네네는 힘이 약해서 고블린을 빈사 상태로 만들 필요가 있었다. 그래도 수차례 반복한 결과 레벨을 7이나 올릴 수 있었다.

"이 주변의 몬스터는 10레벨 전후인가 보군."

"그런 것 같아."

모든 적을 [감정]해 봤지만 여관에서 얻은 정보대로였다. 레벨이 극단적으로 높은 몬스터는 출몰하지 않는 듯했다.

"주인님, 근처에 인간이 다가오고 있어요."

"그러면 조금 물러나 있자. 여기는 출구 계단으로 향하는 통로니까. PK로 오해받아서 선제 공격이라도 당하면 귀찮아져."

반대편에서 나타난 파티는 우리를 보더니 노골적으로 경계하며 옆을 지나갔다.

그런데 이들 중 두 멤버의 몸 상태가 좋지 못했고, 그래서인지 걷는 속도가 상당히 느렸다. 얼른 지나가길 바랐지만 우리가 무슨 말을 하더라도 무시할 게 뻔했다.

바로 그때, 결국 한 명이 쓰러지고 말았다.

"앗. 괜찮아?"

"쳇, 쓸모없는 녀석. 두고 간다."

파티의 리더로 보이는 전사는 멈추지 않고 가던 길을 걸어갔다.

"잠깐만! 우리한테 포션이 있어!"

"필요 없어. 그 녀석은 노예다."

"아니, 무슨 소리야! 노예도 인간이잖아!"

분개하며 달려간 세리나가 쓰러진 남자에게 포션을 먹였다.

"미, 미안하게 됐다."

남자는 제대로 먹지를 못했는지 상당히 야위어 있었다. 세리나는 빵을 꺼내어 그에게 건넸다.

"오오, 고마워. 정말 고마워."

노예가 눈물을 흘리며 빵을 먹어치웠다. 별로 보기 좋은 광경은 아니군.

"알렉, 소유권을 이전해 줘. 부탁해."

"문제가 생기면 네가 책임져."

"알았어. 돈을 지불해서라도 책임질 거야."

"좋아. 왼팔을 내밀어."

나는 노예의 왼팔에 피를 흘려 넣어 소유권을 갱신했다. [노예 조련 LV4] 스킬 덕분에 가능한 재주였다. 이참에 5레벨로 올려 두기로 했다.

[노예 조련 LV5] 레벨 업!

"이제 넌 자유야. 가서 원하는 대로 살아라."

"어, 어어."

난처한 얼굴을 지어 보인 남자는 터벅터벅 걸어가 모습을 감추었다. 살려는 의지가 있다면 약초 채집이라도 해서 먹고살 수 있을 것이다.

"방금 전의 랄프도 네네가 저렇게 취급당할까 봐 널 감시했던 거겠지. 같은 견인족이기도 하고."

"그럴지도."

관찰력이 부족한 녀석이다. 노예의 상태를 보면 대충 답이 나오잖아. 잠깐, 아닌가? 네네는 구입한 지 얼마 되지 않았으니 오해받을 수도 있겠다.

"일단 여관으로 돌아가자."

스킬 포인트도 제법 쌓였다. 네네에게 스킬을 배우게 하기 위해 우리는 지상으로 돌아갔다.

"오오, 알렉. 던전은 좀 어때."

문지기 병사가 물었다.

"1층은 할만 하던걸."

"그렇군. 욕심 부리지 말고 차근차근 공략해 나가도록 해. 새로운 장소는 위험하다는 걸 잊지 말고."

"흥. 어차피 그럴 생각이다."

"그거 다행이군."

"병사 아저씨한테 걱정을 끼쳤나 보네."

"쓸데없는 참견이야."

"그렇게 심술 부리지 마. 우리를 생각해서 하는 말이잖아."

"어쨌든 여관으로 돌아가겠어."

"응."

여관에서 네네에게 새로운 스킬을 습득시켰다. 다른 멤버들은
아직 레벨이 오르지 않았기 때문에 다음을 기약했다.

[파이어 볼 LV2] New!

[어그로 감소 LV1] New!

[체력 상승 LV5] New!

[화살 막기 LV1] New!

[아이템 가방 LV1] New!

[행운 LV5] New!

네네에게는 파이어 볼과 생존력 강화 스킬을 배우게 했다.

[회피] 스킬도 배우게 할까 고민했지만, 움직임이 굼뜬 네네한
테는 크게 의미가 없어 보였다. 게다가 필요한 스킬 포인트도 적
지 않았기에 일단은 보류해 두었다.

여기까지 총 67포인트가 소비되었다. 남은 스킬 포인트는 21.

하지만 전부 사용해 버리면 여차할 때 대응하기 힘들어진다.
약간의 포인트는 남겨두기로 했다.

그 전에 하나만 더.

[자위 LV1] New!

"잠깐! 뭘 배우게 하는 거야!"

세리나가 버럭 화를 냈지만 나는 당당하게 반박했다.

"앞으로 네네는 힘겨운 전투를 헤쳐나가야 해. 이렇게 소소한 즐거움이라도 없으면 버티기 힘들겠지."

"소소한 즐거움이라면 그것 말고도 많이 있잖아!"

"예를 들면?"

"쇼핑이라던가, 식사라던가."

"쇼핑과 식사에 쓸 용돈은 꼬박꼬박 챙겨 줄 생각이다. 실제로 미나와 리리한테도 그러고 있잖아."

"맞아요."

"응. 용돈 받고 있어."

용돈이라기보다는 배당금 개념이지만 어쨌든 사실이었다. 대부분의 주인들은 노예에게 돈을 주지 않지만 나는 달랐다.

"세리나. 본인은 실컷 즐겨도 되지만 네네는 안 된다 이거냐?"

"그, 그런 뜻이 아니잖아. 애초에 나도 딱히 좋아서 하는 건⋯⋯."

"그러면 넌 오늘부터 섹스 금지."

"뭐?! 으⋯⋯ 아, 알았어. 좋아서 하고 있습니다. 하지만 네네한테는 아직 이르잖아⋯⋯."

"이 정도면 충분히 어른이다."

성격적으로 어리숙한 부분은 있지만, 나는 단언했다. 이 세계에서는 15살에 성인식을 치른다. 나이로 따지면 진작에 어른이었다.

"어른이에요!"

"음, 어린애는 아니지만 어른도 아닌 듯한?"

"어른이라기에는 아직 이르네요. 후후."

내 말에 동의해 주는 건 역시 미나뿐인가.

"거봐, 내가 뭐랬어."

세리나가 허리에 손을 얹고 말했다. 뭐, 나도 서두를 생각은 없다.

제10화
폭풍 레벨 업

각국에 유명세를 떨치고 있는 '돌아올 수 없는 미궁'.

하지만 클리어한 사람은 아직 한 명도 없다는 모양이었다.

클리어는커녕 이 미궁이 몇 층까지 존재하는지도 밝혀지지 않았다고 한다.

그랑소드의 초대 국왕이 9층까지 갔다가 생환했다는 이야기가 있지만, '갔다'고 했지 '공략했다'고 한 적은 없으니 왕권을 잡기 위한 쇼일지도 몰랐다. 그러니 곧이곧대로 받아들일 생각은 없었다.

현재 그랑소드는 12대 국왕이 통치하고 있고, 건국된 지는 527년이 지났다고 한다. 만약 이 이야기가 사실이라면 500년간 아무도 던전을 클리어하지 못했다는 뜻이다.

하지만 내가 보기에는 새빨간 거짓말이었다.

아마도 그랑소드의 국왕들은 최하층에 도달한 모험가에게 몰래 보상을 지불해서 클리어하지 않은 셈 쳐달라고 했을 것이다. 일개 모험가가 초대 국왕의 위업을 뛰어넘으면 안 되기 때문이다.

그랑소드의 왕성에서 관리하고 있는 던전이니 '분위기 파악'을 해달라고 요구하는 것이다.

8층부터는 유명한 모험가들도 목숨을 잃는다고 하니 위험한 건 사실이리라. 하지만 지도도 나돌고 있고, 이렇게나 많은 숫자의 모험가들이 도전하고 있다. 한 명도 클리어하지 못했을 리가 없었다.

"야, 봐봐. 그 F랭크 파티야."

"뭐? 쟤들 두 시간 전에도 여기에 있었잖아. 아직도 저러고 있어? 푸흡. 웃기네."

고블린를 해치워 네네의 레벨을 올려주는 사이, 많은 모험가 파티들이 우리를 스쳐 지나갔다. 그리고 개중의 몇몇은 이쪽을 보면서 폭소를 터트렸다. 살짝 울컥했지만, 그렇다고 사람들이 없는 곳으로 가서 사냥할 생각은 없었다.

사람들이 지나다닌다는 것은 이곳이 안전하다는 뜻이다. 만에 하나의 사태가 일어나더라도 입구가 근처에 있으니 금방 지상으로 돌아갈 수 있다.

"알렉. 저 녀석들 엄청 열받아. 다른 곳으로 가자."

리리가 불만을 토로했지만 나는 고개를 가로저었다.

"네네가 레벨을 올린 다음에."

"네네도 벌써 12잖아. 충분하대도."

"아니, 한계까지 올려야 돼. 리더로서 진지하게 생각하고 내린 결정이야. 욕먹기 싫으면 위에서 기다리고 있어도 좋아."

"뭐어? 알았어……."

리리도 그 정도는 아니었는지 입을 다물었다.

"고블린 네 마리! 알렉, 아예 전부 빈사로 만들어 버리는 건 어떨까?"

세리나가 말했다.

"흐음……. 아니, 한마리씩 처치해 나가겠어. 무리하면 네네만 힘들 테니까."

"아, 그것도 그렇네."

이제는 얼마나 많은 고블린 무리를 전멸시켰는지 기억도 나지 않았다. 우리 주변에는 고블린의 송곳니가 잔뜩 굴러다니고 있었다.

"어째서 몬스터가 끊임없이 솟아나는 걸까요……."

이오네가 의문을 표했다. 하지만 이 부분은 게임 세계관의 불문율 같은 것이다. 그래도 궁금하면 그 안경 여신한테 물어보는 수밖에 없을 것이다.

"에, 에잇! 쓰러트렸어요."

네네가 떡갈나무 지팡이를 휘둘러 고블린을 쓰러트렸다.

띠링, 하는 효과음이 들렸다. 레벨이 오른 모양이었다.

"또 올랐네. 축하해, 네네."

"후우. 고맙습니다."

나는 네네를 [감정]해 보았다. 이걸로 13레벨인가.

"쳇, 경험치가 1포인트밖에 안 오르게 됐군. 남은 경험치는 530 인가……."

레벨이 오른 건 좋지만 적을 쓰러트렸을 때의 경험치 상승량도 줄어들기 시작했다.

이 세계에서는 강한 적을 쓰러트릴수록 많은 경험치를 얻을 수 있었다. 반대로 상대하는 적이 약하면 들어오는 경험치량도 적었다.

앞으로 530번 고블린을 쓰러트리면 레벨을 올릴 수 있다는 뜻인데……. 게임이라면 쉽겠지만 자동 사냥이 없는 이 세계는 사정이 달랐다. 자신이 직접 움직여서 싸워야 하기 때문에 육체적, 정신적으로 힘들었다.

"고블린으로는 슬슬 한계인 것 같군. 다른 적을 찾아보자."

그러자 다른 일행들이 안도의 한숨을 내쉬었다.

"네네가 우리 레벨에 어느 정도 근접하면 그때부터는 평범하게 던전을 공략해 나갈 거야."

내가 일행들을 달래듯 말했다.

"알았어. 지금은 폭풍 레벨 업 시간이네."

"맞아."

세리나 이외에는 폭풍 레벨 업이라는 표현의 뜻을 몰랐다. 하지만 던전에 들어오기 전에 현재의 목적을 설명해 두었기 때문에 다들 이해는 하고 있었다.

지금은 모두가 힘을 합쳐 네네의 레벨 업을 도와줄 때다.

이후 우리는 던전의 미로를 나아갔지만 고블린밖에 나오지 않았다.

"조금 더 강한 적이 나왔으면 좋겠는데. 결국 계단을 내려가야 되는 건가?"

"모르겠어. 상당히 넓은 미궁이라고 듣기는 했는데……. 앗, 슬라임이다."

"얼른 쓰러트리고 다음으로 넘어가자. 막타는 없는 걸로 하겠어."

""알았어.""

""알겠어요.""

약해빠진 그린 슬라임이었기에 경험치는 기대할 수 없었다. 빨리 해치우고 다음으로 넘어가기로 했다.

결국 이날은 탐색만 하고 끝나버렸다. 황당하게도 3시간을 걷도록 1층의 끝이 보이질 않았던 것이다.

여관에 돌아와 장비를 벗은 나는 그대로 침대에 털썩 드러누웠다.

"어떻게 돼먹은 거야, 그 미궁은⋯⋯."

"정말로 넓더라. 지도를 살까?"

세리나가 말했다.

"돈 낭비야. 어차피 [오토 매핑]으로 맵을 작성해야 하니까. 함정도 대단할 거 없고."

"하긴. 차근차근 공략해 나가는 수밖에 없겠네."

다른 사람들에게 위치를 물어봐서 계단이 있는 장소로 직행해도 되겠지만, 1층의 보물을 전부 지나쳐 버리기에는 너무 아까웠다.

우리는 다음 날도 탐색을 진행하여 맵을 밝혀나갔다. 하지만 맨 처음 마주쳤던 통로의 길이를 감안하면 아직 4분의 1도 밝히지 못한 듯 보였다.

"아무래도 지하 1층을 클리어하는 데 열흘은 걸리겠는걸."

"그러게. 확실히 넓기는 넓네."

"정말로요. 저도 이 정도일 줄은 몰랐어요."

이 세계 출신인 이오네의 상상조차 뛰어넘은 던전이라.

"위에 있는 도시보다 커다란 거 아냐?"

리리가 말했다. 정말로 그럴지도 몰랐다.

오늘도 탐색을 마치고 여관으로 돌아간 우리는 저녁 식사를 하면서 여주인에게 물어보았다. 이 여관의 주인도 모험가로 활동하던 시절에 '돌아올 수 없는 미궁'에 도전했다고 들었다.

"맞아, 처음에는 누구나 놀라지. 그 정도로 넓은 던전은 좀처럼 없으니까. 비교적 좁은 층도 있기는 하지만, 가로세로 길이가 10킬로미터에 달하는 정사각형 형태의 던전이야."

""10킬로미터!""

"우와."

"넓네요……."

"아으……."

이쪽 세계에서도 킬로미터라는 단위가 사용되는 모양이다. 이상하다는 생각은 들었지만 편리하니 넘어가기로 했다. 피트나 마일 같은 단위보다는 훨씬 나았다.

"그러면 끝에서 끝까지 똑바로 걸어가도 세 시간은 걸리겠네."

세리나가 말했다. 전투나 함정 등을 고려하면 훨씬 더 걸릴 것이다. 심지어 던전의 내부는 미궁으로 이루어져 있었다.

똑바로 걸어간다는 것 자체가 불가능했다.

"그쯤 되겠구나. 뭐, 서두르지 말고 천천히 공략해 나가렴. 초보자라면 더더욱 그래야지. 익숙해졌다고 앞서가려 하다가는 발목을 잡히는 곳이야, 그 던전은."

발목을 잡히는 곳이라.

"난이도가 갑자기 확 상승한다는 뜻인가요?"

세리나가 물었다.

"그렇지. 같은 적이라도 배치에 따라서 쓰러트리기 어려워지는 경우가 있거든. 특히 위에서 오는 공격에 주의하는 게 좋아. 미궁의 천장이 꽤 높았지?"

여주인이 말했다.

"맞아요. 4미터 정도는 됐었죠."

"화살을 든 몬스터가 출몰했는데 고지를 점령하고 있다고 생각해 보렴. 높은 곳에 있는 적을 상대하기는 쉽지 않단다. 무기가 검밖에 없는 파티라면 상당히 고생하게 되겠지. 등반 스킬이나 원거리 공격 스킬이 없다면 더욱 그렇고."

역시 마법사는 필수로군. 리리에게 보우건을 들려주는 것도 괜찮겠지만, 상황에 따라서는 한 명이 랜턴으로 주변을 밝혀야 하는 경우가 생길 수도 있었다. 따라서 리리는 견제만으로 충분했다.

"네네, 활약을 기대하고 있어."

"네? 아으……."

부담감을 느꼈는지 빵을 입으로 가져가던 네네의 손이 멈추고 말았다.

"걱정 마. 레벨을 올리면 충분히 가능할 거야."

세리나가 네네를 격려해 주었다. 이럴 때는 세리나도 도움이 되는군.

"이 아가씨는 잘 먹는 게 우선이야. 그렇게 비리비리한 몸으로는 따라다니는 것만으로도 고생일 테니까."

여주인이 말했다. 일리가 있었다.

"네네, 앞으로는 배불리 먹는 것도 의무다. 끼니마다 빵 두 개씩은 챙겨 먹어."

"아, 알겠습니다……."

"뭐, 그 정도는 괜찮겠지. 네네, 내일 나랑 쇼핑하러 갈까? 알렉은 옥션에 갈 거지?"

"아니. 그쪽은 상인 길드 녀석한테 맡겨둘 생각이다. 그래도 뭐, 내일 하루는 쉬기로 할까."

"앗싸!"

리리가 뛸 것처럼 기뻐했다. 가끔은 쉬는 날도 있어야겠지.

제11화
용사의 휴일

'돌아올 수 없는 미궁' 1층에서 다음 층으로 향하는 계단을 탐색 중인 우리들. 하지만 오늘은 휴일이었다.

상인 길드에서 주최하는 옥션에 출품한 보주가 얼마에 낙찰되었는지도 신경이 쓰였다.

네네를 17만 골드에 구입했으니 그 이상의 가격에 팔리지 않으면 곤란했다. 하지만 기본가 2만 5천 골드의 보주가 8개나 되므로 크게 걱정할 필요는 없었다.

"흐암……."

버니어 왕국에 있었을 무렵에는 오전에 검술 도장을 다녔기 때문에 늘 아침 일찍 일어났다. 하지만 오늘은 10시 넘게까지 늦잠을 자버렸다. [시계] 스킬 덕분에 정확한 시간을 알 수 있었다.

옥션은 밤 7시에 개최된다.

"……밥이나 먹을까."

딱히 할 일도 없었기에 나는 계단을 내려가 1층으로 향했다.

"좋은 아침, 알렉. 세수부터 하는 게 어때? 얼굴이 찌부러진 개구리 같구나."

"내버려 두셔."

카운터의 여주인에게 대꾸한 뒤, 나는 1층 안쪽에 있는 식당 의자에 걸터앉았다.

"여기 빵하고 수프."

"식사 시간 지났단다. 뭐, 이른 점심인 셈 치고 식비를 지불하면 만들어다 줄게."

"아직 오늘 아침도 안 먹었잖아."

"내가 알 바 아니지. 아침 식사는 준비해 뒀었어. 제때 먹지 않은 사람이 나쁜 거야."

지불한 돈만큼의 서비스는 이미 제공했다 이건가. 일류 호텔 서비스와는 거리가 멀군.

하지만 저 여주인을 화나게 만들면 무서우므로, 나는 포기하고 밖에서 끼니를 해결하기로 했다.

마침 다른 일행들도 밖에서 군것질에 한창이었다.

"여기들 있었군."

"우와, 알렉……. 설마 그 차림으로 외출한 거야……?"

"이상해? 옷은 제대로 입었잖아."

"아무리 그래도 반바지 차림이라니……. 겉모습에도 신경을 쓰는 게 어때? 나중에 옷이나 선물해 줘야겠다."

"짐밖에 안 되니까 사양하겠어. 그보다 네네, 먹고 싶은 게 있으면 골라봐. 내가 사줄 테니까."

"앗, 네……. 그러면 이 경단으로 할게요."

"아저씨, 인원수만큼 하나씩 부탁해."

"알았수다. 12골드지만 아가씨 건 서비스로 해서 10골드에 해줄게."

나는 구입한 경단을 먹어보았다.

"오, 맛있네."

"달아!"

"맛있네요."

"맛있어요."

여성진은 무척 만족한 모양이었다. 경단은 달고 쫀득쫀득했다. 다만 새하얀 색깔이 조금 아쉽다. 여기에 녹차 분말을 섞으면 더욱 맛있을 것 같다.

"알렉, 저것도 사줘."

리리가 새고기 꼬치구이를 가리키며 말했다. 너는 자기 돈으로 사.

"뭐, 좋아. 네네도 먹을래?"

"아, 네."

꼬치구이도 인원수만큼 구매해서 일행들에게 나눠주었다. 소금을 쳐서 구웠군. 이건 이것대로 맛있지만 데리야키 소스가 그리워지는 대목이다.

"우리는 지금부터 옷을 사러 갈 생각인데, 알렉도 같이 갈 거지?"

"아니, 난 됐어. 너희끼리 다녀와."

"어휴."

세리나가 불만스러운 표정을 지었다. 다음부터는 옷차림에도 신경을 쓰는 편이 좋겠군.

"그러면 난 돌아가서 뒹굴거려 보실까."

마을을 돌아다니는 것도 귀찮으므로 여관으로 돌아갈 생각이었다.

"아앗."

그런데 그때, 가죽 갑옷을 입은 남성과 부딪치고 말았다.

"어이쿠, 미안하다."

험상궂은 얼굴의 남자였지만 상대 쪽에서 먼저 사과해 왔다. 그렇다면 용서해 줘야겠지.

그러고 보니 여관에 검을 두고 나왔군. 방금 전, 세리나와 다른 일행들은 각자 무기를 휴대하고 있었다. 나도 너무 방심하고 있었던 것 같다. 그래도 이전에 소매치기를 당해본 나는 곧바로 [금전 감각] 스킬을 사용하여 지갑이 무사한지를 확인했다. 제대로 있군.

그나저나…… 방금 그 녀석, 살짝 휘청거리지 않았나?

술에 취한 것 같아 보이지도 않았다. 몸 상태라도 나쁜 걸까.

이 세계에서는 신전에 돈을 지불하면 치료를 받을 수 있었다. 다만 상처는 그렇다 치더라도 병은 어디까지 치료가 가능한지 의문이었다.

"늦었잖아! 뭘 하느라 이렇게 늦은 거야!"

방금 전에 부딪쳤던 남자가 가게 주인으로 보이는 젊은 남성에게 혼나고 있었다.

"최대한 서둘러서 온 건데……."

"변명은 됐어. 이번에는 던전 4층에서 요청이 들어왔다."

"4층이라……."

남자가 씁쓸한 표정을 지었다. 자신의 실력이 부족하다고 느끼는 것이리라. 그렇다면 솔직하게 말하고 거절하면 될 텐데.

그때 새로운 손님이 찾아왔다.

"이봐, 점장. 전사 두 명을 준비해 줘. 행선지는 3층이다."

"예, 알겠습니다. 너하고 너, 다녀와라."

가게 안쪽에서 지친 얼굴의 전사가 걸어 나왔다. 장비가 너덜너덜한걸. 이 가게는 용병을 알선하는 곳인가?

신경이 쓰여서 위쪽에 달린 간판을 읽어보았다.

〈당신의 모험을 도와드립니다. 노예의 상식을 뒤집는 노예알선〉이라고 화려한 디자인의 문구가 적혀있었다.

"마음에 드시는지요, 손님."

"으음, 약해 보이는데……. 뭐, 됐어. 가격은 얼마지?"

"예, 두 명 합쳐서 2만 골드 어떠십니까?"

나는 싸다고 생각했지만 손님으로 온 남자는 다르게 생각한 모양이었다.

"좀 비싼걸."

"그러면 일주일만 대여해 보시는 건 어떻습니까. 비슷한 수준의 전사로 하루에 100골드, 일주일이에 두 명이면 1400골드입니다."

"오, 싼걸. 그럼 그걸로 해줘."

"고맙습니다! 선금을 지불해 주실 수 있으신지요?"

"좋아."

"그러면 노예의 문장을 이전할 테니 이쪽으로 오시죠."

거래가 성립된 모양이다. 사업은 번창하는 모양이지만 부려먹히는 노예들은 견디기 힘들 것이다.

하지만 외부인인 내가 말해봤자 소용없는 짓인가.

자리를 뜨려던 그때, 가게 안쪽에서 검은 갑옷을 입은 남자가 걸어 나왔다.

"이거, 알렉 씨 아니신가요."

그 남자가 내게 말을 걸었다. 짧은 머리카락이 눈에 익었다.

"아아, 닉…… 아니지. 야나타였나. 혹시 이곳이 네 가게냐?"

"네, 맞습니다. 빚 때문에 빈털털이가 되신 거라면 저희 가게에서 일해보시겠습니까?"

"웃기는 소리. 오늘은 쉬는 날이라서 이런 차림으로 나왔을 뿐이야. 돈이라면 충분해."

"그러시군요. 실례했습니다. 언젠가 저희 가게를 찾아주시길 기다리고 있겠습니다."

"그래."

아마도 이곳을 방문할 일은 없을 것이다.

이때까지만 해도 나는 그렇게 생각했다.

옥션이 개최될 시간이었기에 한가했던 나는 옥션 회장으로 발걸음을 옮겼다.

이번에는 나도 제대로 복장을 갖춰 입었다. 세리나가 사다 준 옷이었다.

"이런, 알렉 씨. 오늘은 자주 뵙는군요."

또 야나타인가.

"나랑은 상관없는 일이지만, 넌 어째서 이런 곳에서까지 갑옷을 입는 거야? 상인이잖아?"

돈이라면 고급스러운 의상을 사고도 남을 만큼 벌었을 텐데. 옆에서 보면 오히려 내 쪽이 상인 같았다.

"네, 상인이기 때문이에요. 취급하는 상품이 상품이다보니 노려지기 쉽거든요."

"평소에 업보를 쌓은 탓이겠지."

그렇게 말하자 야나타는 빙그레 웃어 보였다. 잘못했다는 시늉조차 안 하는군.

다만, 이 녀석도 오늘은 주변 시선에 신경을 썼는지 얌전한 보디가드를 대동해 왔다. 고풍스러운 느낌의 검사였다.

갑옷은 장비하지 않았고, 등에 기다란 일본도를 차고 있었다. 그리고 남성이면서 기다란 흑발의 소유자였다.

야나타의 뒤쪽에 서있는 그 남성은 내가 눈앞에 있음에도 앞만을 보면서 미동조차 하지 않았다.

실력은 상당해 보였기에 흥미 본위로 [감정] 스킬을 사용해 보았다.

〈이름〉 미츠루기 야히코 〈연령〉 27
〈레벨〉 42   〈클래스〉 용사/어새신
〈종족〉 인간   〈성별〉 남자
〈HP〉 341/341   〈상태〉 건강
[해설]
기란 제국에서 소환된 이세계의 용사.

떠돌이 암살자로 활약 중.

성실한 성격으로, 때때로 공격적.

현상금 10만 골드.

이보셔…….

무시무시한 녀석을 데리고 다니는군. 검사인 줄 알았다니 어새신, 심지어 용사라니!

이 녀석의 정보를 확보해 두고 싶지만, 함부로 캐물으면 의심을 받을 것이다.

하지만 이 정도 레벨이라면 다른 곳에서도 일할 수 있을 텐데. 노예라도 되어버린 것일까?

왼팔을 쳐다보았지만 옷에 가려져 있어서 노예의 문장이 존재하는지 확인할 수가 없었다.

"시작되었네요."

야나타가 말했다. 옥션이 시작된 모양이다.

나는 어새신 용사 미츠루기가 마음에 걸려서 옥션을 구경할 상황이 아니었다.

미츠루기를 빤히 쳐다보는 것도 부자연스러울 테니 일단은 야나타에게 말을 걸었다.

"물건을 출품한 거야? 아니면 입찰하려고?"

"양쪽 다예요. 저희 노예가 레어 아이템을 손에 넣었거든요. 그리고 장사에 도움이 될 만한 도구가 있으면 사두려고요. 알렉 씨는요?"

"나는 보주를 팔려고 왔다. 입찰에는 참가하지 않을 생각이지만."

"그렇군요. 비싸게 팔리면 좋겠습니다."

"그러게 말이야."

"엔트리 넘버 3, 오늘의 주목 상품은 미스릴제 풀 플레이트 아머입니다!"

""오오!""

참가자들이 술렁거렸다. 상당한 레어 아이템인 모양이었다. 하긴, 나도 강철제 장비보다 값비싼 물건은 아직 본 적이 없었다.

일반적으로 게임에서 미스릴은 강철보다 훨씬 강력한 금속으로 취급받고 있다.

방어력은 훌륭해 보이지만, 우리 파티에 이런 중갑옷을 선호하는 멤버는 없었다.

미나는 민첩성과 유연성을 살린 스피드 파이터였고, 이오네도 검을 휘두르는 데 방해되는 장비는 거북해 했다. 세리나도 패션에 연연하는 편이라 전신 갑옷은 싫어할 것이다.

나도 움직이기 힘든 갑옷은 취향이 아니었다.

"이번 상품은 100골드부터 시작하겠습니다."

"110만!"

"112만!"

"140만!"

대단하군. 금액의 단위가 다르다.

"너는 사지 않아도 되겠어, 야나타?"

"네. 솔직히 말씀드리자면 저걸 출품한 사람이 저예요. 잘 아시겠지만 출품자는 입찰에 참가할 수 없거든요."

야나타는 그렇게 말하며 득의양양한 미소를 지어 보였다.

이 자식, 건방지게 좋은 아이템을 손에 넣다니. 하기사 수많은 노예를 거느리고 있으니 레어 아이템 수집에도 유리할 수밖에 없었다.

나도 노예들을 던전에 보내서 아이템을 모아 오게 해볼까?

"알렉 씨는요? 사지 않으실 건가요?"

"사고 싶어도 내가 가진 돈으로는 무리야. 그보다 너야말로 옆에 있는 노예한테 입혀주면 좋았을 텐데."

나는 은근슬쩍 화제를 돌려 미츠루기가 노예인지를 확인해 보았다.

"아, 이분은 용병이라서요. 게다가 보디가드에 그렇게까지 투자할 필요가 있나요. 제가 드래곤한테 노려지는 것도 아니고 말이죠."

"혹시 모르지. 드래곤을 길들인 녀석이 습격하면 어쩌려고?"

"드래곤을 길들이는 건 불가능해요. 와이번이라면 또 몰라도 말이죠. 미츠루기 씨, 당신이라면 와이번이 공격해 와도 대처할 수 있죠?"

"가능하다."

"그렇다는 모양이에요."

곧바로 가능하다고 대답하다니. 원거리 기술이라도 보유하고 있는 걸까.

"하늘을 나는 와이번도 격추시킬 수 있는 거야?"

"……."

하긴, 고용주도 아닌 녀석한테 자신의 기술을 떠벌릴 이유는 없지.

"스킬도 여러 종류가 있으니까요. 오오, 320만 골드에 낙찰되었네요. 굉장한데요. 저도 이렇게 비싼 아이템을 취급해 본 건 처음이에요."

"축하해. 그런데 그렇게 모아서 어디다 쓰려고?"

"지점을 차릴까 생각 중이에요."

"그리고 언젠가 노예왕으로 등극하는 건가?"

"아뇨, 그렇게 대단한 꿈은 없어요. 저는 단지 돈으로 고통받는 사람들에게 기회를 제공해 주고 싶을 뿐이에요."

"기회라."

말은 번지르르하게 하는군.

과연 그 초췌해 보이는 노예들이 찬스를 얻었다고 할 수 있을까.

야나타는 돈을 버는 게 목적일 뿐, 다른 목표는 없을 것이다.

한마디로 돈의 망자였다.

본인은 돈을 쓸어담고 있으니 행복해서 어쩔 줄 모르겠지만, 밑에서 일하는 노예들은 죽을 맛일 것이다.

나도 빚쟁이만큼은 되지 않는 게 좋겠군.

제12화
1층의 강적

보주는 합계 60만 골드에 팔렸고, 네네의 레벨도 어느 정도 올랐다. 우리는 더욱 강한 몬스터를 찾아 2층을 향하기로 했다.

"진저리가 날 정도로 넓구나."

"그렇군."

세리나는 어서 던전 아래층에 가보고 싶은 모양이었다. 여태껏 쉬운 몬스터만 출몰하고, 함정도 대단하지 않아서 좀이 쑤시는 모양이었다.

하지만 나는 전설의 A랭크 파티였다는 여관 주인의 말이 마음에 걸렸다.

'익숙해졌다고 앞서가려 하다가는 발목을 잡히는 곳이야, 그 던전은.'

뭐, 2층이라고 해봤자 1층보다 조금 어려운 수준일 것이다. 그 정도로 1층은 쉬웠다. 27레벨이면 3층까지는 괜찮을 거라고 입구의 병사도 말했다.

다른 모험가들이 F랭크 햇병아리 취급을 해서 필요 이상으로 예민해진 걸지도 몰랐다.

이럴 줄 알았다면 일찌감치 길드에서 파티 등록을 받을 걸 그랬다.

"주인님, 은색 보물상자예요!"

"좋아. 미나, 열어봐."

레어 아이템이 나오지 않을까 가슴이 두근거렸다. 아무리 그래도 1층에서 미스릴 아머가 나오지는 않겠지만 레어 아이템은 언제나 환영이었다.

잘 부탁드립니다, 돌아올 수 없는 미궁 님.

"독침 함정이네요. 문제없어요. 다만……."

미나가 내용물을 꺼내 들면서 고개를 갸웃했다.

"뭘까요, 이 천쪼가리는? 끈이 달려 있네요."

"앗."

"호오."

세리나와 나는 그것이 무엇인지 곧바로 알아챘다. 비키니 수영복이었다.

"어이가 없네! 대체 뭐야, 이 던전은!"

"자자, 너무 화내지 마. 수영복이 나올 수도 있지 뭘 그래."

"나는 미스릴 아머 같은 걸 원했단 말야."

"이것도 훌륭한 장비야. 어디 감정해 볼까."

〈명칭〉 매혹의 비키니 〈종류〉 옷
〈재질〉 수수께끼의 천 〈방어력〉 1
〈중량〉 1
[해설]
삼각형 천에 끈이 달린 형태의 의상.
특히 남자들에게 강력한 공격력을 자랑한다.
매력+20

시선 경직의 저주 (약)

이 세계에서 수영복은 일종의 저주 아이템인 모양이다.

"뭐였나요?"

이오네도 이것이 무엇인지 모르는 눈치였기 때문에 설명해 주었다.

"물에 들어갈 때나 남자를 유혹할 때 입는 옷이야. 전투에는 쓸모가 없지만 매력을 올려주는 효과가 있어. 원하는 사람?"

"저요!"

"아, 저도요."

미나와 이오네가 손을 들었다.

"그러면 가위바위보로 정해."

가위바위보의 결과는 미나의 승리였다. 운의 차이인가. 다음에 쓸만한 아이템이 나오면 이오네에게 주도록 하자.

"계속해서 이동하죠."

우리는 진형을 가다듬고 다시 걸어가기 시작했다.

"어라?"

세리나가 도중에 멈춰 서서 전방을 바라보았다. 지금까지와 달리 미로가 아니라 넓은 공간이 펼쳐져 있었다.

"왜 그래?"

"아무것도 아냐. 넓은 장소네."

"그러게. 적에게 포위당하면 귀찮아지겠는데……. 미나, 근처에 적이 있어?"

"아뇨, 없어요. 다만, 여기에서 당한 모험가가 있었던 모양이에요."

"뭐라고? 최근에?"

"꽤 오래 지났어요. 피냄새도 거의 나지 않을 정도로요."

"그렇군. 그러면 됐어. 이동하자."

우리는 넓은 공간으로 발을 들였다. 곳곳에 기둥이 세워져 있어 신전을 연상시켰다.

맞은편 중앙의 벽에는 천장 근처까지 닿는 거대한 조각상이 있었다. 검을 든 전사를 표현한 조각상이었다.

아무래도 심상치가 않은데?

"혹시 모르니 다들 주의하도록 해."

""알았어.""

""알았어요.""

하지만 전사상에 도착할 때까지 아무 일도 일어나지 않았다. 전사상 양쪽으로는 각각 통로가 이어져 있었다.

"단순한 장식이었나 봐."

"그런가 보군. 계속 가자."

내가 그렇게 말했을 때였다. 네네가 불현듯 큰 소리로 외쳤다.

"뭔가가 와요!"

"네네, 오다니?"

뒤를 돌아본 나는 불길한 예감이 들어 왼쪽으로 한 걸음 움직였다. 그러자 귓가에서 피융, 하고 소리가 났다. 화살이 스치고 지나간 것이다.

"제길, 뒤쪽에 적이다! 활잡이야!"

어디서 쏜 건가 했더니, 기둥 뒤에서 적들이 스르륵 모습을 드러냈다.

쳇, 이제야 납득이 되는군. 미나의 후각도 이 녀석들 앞에서는 무용지물일 수밖에.

세리나가 그 몬스터의 이름을 외쳤다.

"스켈레톤!"

"우와, 해골이다."

움직이는 해골을 본 것은 처음이었다. 하지만 실제로 눈앞에서 움직이고 있었다. 하긴, 이곳은 이세계다. 해골이 어떻게 움직이는지 고민해 봤자 손해일 뿐이다.

어쨌든 지금은 전투다.

"네네! 너는 내 뒤나 기둥에 숨어있어!"

"그, 그럴게요."

네네가 저격당하면 위험했다. 레벨도 13으로 우리들 중에서 가장 낮았다.

스켈레톤이라고 다짜고짜 달려들기만 하는 건 아니었다.

기둥에 숨어서 화살을 날리거나, 보우건을 쏴대는 원거리 타입도 섞여있었다.

"쳇, 방해하지 마!"

세리나가 후방의 적들부터 쓰러트리기 위해 달려갔지만, 검을 든 스켈레톤에게 가로막히고 말았다.

이 녀석들, 고블린보다 강한데?

나는 이곳이 1층이라는 안일한 생각을 머릿속에서 지워버리고 [감정] 스킬을 사용했다.

〈명칭〉 스켈레톤H 〈레벨〉 22
〈클래스〉 용사/검사 〈종족〉 언데드
〈성별〉 남자　　〈상태〉 불사
〈HP〉 61/141
[해설]
이세계 용사의 최후.
누군가의 마법으로 언데드가 되었다.
활발한 성격으로, 모든 대상에 대해 공격적.

"이런! 이 녀석들, 죽은 용사다. 스킬을 사용할 수 있으니 조심해!"

내가 일행들에게 외쳤다.

"뭐? 이 스켈레톤들이?"

세리나가 놀라서 나를 쳐다보았다. 하지만 그 탓에 눈앞의 스켈레톤으로부터 시선을 떼고 말았다.

그러자 스켈레톤이 빈틈을 발견했다는 듯 연속 찌르기를 구사해 왔다.

스킬이다.

"꺄악!"

세리나는 검을 피하지 못하고 넘어져 버렸다.

"세리나!"

레벨은 우리가 높으니 대미지가 크지는 않을 테지만, 스킬은 그 자체만으로도 위협적이었다.

"나, 난 괜찮아!"

세리나는 당황하면서도 곧바로 자리에서 몸을 일으켰다. 하지만 화살이 날아오고 있어 반격에는 나서지 못했다.

나도 접근해 온 도적풍의 스켈레톤을 상대하면서 날아오는 화살에 주의를 기울여야만 했다.

"제길, 이런 교착 상태는 위험한데."

적의 후방을 공격하러 뛰쳐나간 세리나, 이오네와도 거리가 벌어지고 말았다.

약한 고블린을 속공으로 처치하는 데 익숙해진 나머지 진형에 빈틈이 생겨버렸다.

발목을 잡힐 수 있다는 여주인의 말이 이걸 뜻하는 거였나.

"알겠어! 화살을 쏘는 녀석만 쓰러트리면, 꺄악!"

알기는 뭘 알아. 후방을 처치하는 데 급급하다간 이도 저도 못 해보고 당한다는 뜻이라고.

지금은 내 리더로서의 판단력이 시험대에 오르는 순간이다.

"다들 집합! 한 마리씩 확실하게 쓰러트려 나가겠어."

""알았어!""

"아, 알겠습니다!"

세리나가 후퇴하기 시작했다. 하지만 화살을 든 적을 등질 수도 없거니와, 뒤쪽에도 근접 무기를 든 스켈레톤들이 포진해 있기 때문에 상당히 위험한 상황이었다.

쳇. 레벨 차이가 조금만 더 컸더라면 쉽게 제압할 수 있었을 텐데.

"이오네! 미나! 너희도 세리나를 엄호해 줘. 이쪽의 방어는 내가 맡겠어."

"네, 주인님!"

"알겠어요!"

"으으, 살아있는 자가 밉다. 나는 이런 곳에 오고 싶지 않았는데. 보물을 탐내지 말아야 했어……."

"네네? 무슨 소리를 하는 거야."

나는 뒤쪽에서 이상한 소리를 중얼거리기 시작한 네네에게 물었다.

"앗, 죄송합니다. 저 스켈레톤분들이라면 왠지 이렇게 말했을 것 같아서요."

"아아, [공감력] 스킬인가. 네가 무사하면 그걸로 됐어."

만약 언데드와 대화가 가능하다면……. 아니, 지금은 다른 생각을 할 때가 아니었다.

"네네, 저 녀석들은 적이야. 쓰러트리자."

"아, 네!"

이오네와 미나가 세리나를 구출하러 갔기 때문에 이쪽은 나와 리리가 상대해야 했다.

"아, 진짜! 구멍이 숭숭 나있어서 하나도 안 맞아!"

리리의 기량이 낮은 탓도 있겠지만, 스켈레톤의 특성상 피탄 면적이 적어서 슬링샷과는 상성이 나빴다.

"리리, 몸통 말고 머리를 노려!"

"응!"

"히이익, 다가오지 마세요!"

뒤를 돌아보니 스켈레톤들이 네네를 향해 다가오고 있었다.

비명만 지르지 말고 도망이라도 치란 말이다.

아무리 레벨을 올려도 이런 부분에서 경험의 차이가 드러나는 모양이다.

"네네, [상황 판단] 스킬을 배워!"

"꺄아아악! 용서해 주세요, 으아앙!"

제길, 패닉에 빠지고 말았다. 일찌감치 [배짱]이나 [냉정] 같은 심리 계열의 스킬을 배우게 했어야 하는데.

"저리 꺼져!"

나는 네네를 습격하려던 스켈레톤에게 검을 휘둘렀다. 그러자 스켈레톤은 일격에 두 동강이 나버렸다.

좋아, 방어력은 없다시피 하군. 공격을 맞히기만 하면 단숨에 해치울 수 있다.

"아얏!"

하지만 그때, 뒤쪽에서 날아온 화살이 내 발에 박혔다. 싸우기 힘들군.

좌우에서 두 마리의 스켈레톤들이 슬금슬금 다가오고 있었다. 그나마 움직임이 굼뜬 게 다행이었다.

"카카카카! 카카카카!"

이빨을 따닥이는 스켈레톤들. 웃고 있는 것처럼 보였다.

"얕보지 마! 교차 정상위!"

지금은 스킬을 사용할 때다.

나는 스켈레톤 한 마리의 다리를 붙잡아 억지로 쓰러트렸다.

그리고 그대로 [초코 슬리퍼]를…… 사용해 봤자 의미가 없으므로 다른 스킬을 사용했다.

[머신건 바이브 LV1]

"으아아악!"

허리를 연속해서 들이받아 보았지만, 오히려 나만 아팠다.

되지도 않는 스킬 콤보를 시도하는 게 아니었다. 평범하게 공격할 걸 그랬다…….

남자밖에 모르는 이 고통. 죽을 맛이다…….

"이 바보. 도대체 뭐 하는 거야."

어느새 파티원들이 내 쪽으로 돌아왔다. 이오네와 미나가 무사히 세리나를 구출한 모양이었다.

그녀들이 고간의 통증으로 전투 불능에 빠진 나를 대신해서 스켈레톤들을 처리해 줄 것이다.

제13화
마법사 레티

우리는 다소 얕보고 있었던 던전 1층에서 스켈레톤 복병을 맞닥뜨렸다.

성가시게도 이 스켈레톤들은 한때 모험가이자 용사였던 자들이었다. 그래서인지 몬스터 주제에 스킬까지 구사해 왔다.

심지어 후방에서 화살을 쏴대고 있는 스켈레톤 궁수는 관련 스킬을 여러 개 보유하고 있는 모양이었다. 원래 이 정도 거리면 화살이 닿지 않아야 했다. 닿는다 하더라도 명중하기 힘든 거리였다.

그래서 나는 급하게 [화살 방어 LV1] 스킬을 배웠다.

4포인트가 소비되어 24포인트가 남았다.

그리고 [냉정 LV1] 스킬도 배웠다.

2포인트를 소비해 22포인트가 남았다.

레벨은 언젠가 또 오를 테고, 운이 좋다면 스킬 포인트를 올려주는 보물상자도 나올 것이다. 하지만 스킬 포인트를 전부 써버리고 싶지는 않았다.

급박한 상황이 발생했을 때 대처할 수단이 사라지기 때문이다.

이 녀석들을 쓰러트리고도 레벨이 오르지 않는다면 2층으로 내려가는 것을 고민해 봐야 할지도 몰랐다.

스킬을 함부로 사용하면 방금 전처럼 낭패만 본다는 것도 실감했다. 사실 방금 건 명백한 내 실수였지만. 나는 스킬을 조금 얕보고 있었던 것 같다.

"큭! 맞지를 않아! 어째서!"

"회피 계열 스킬일 테지. 공격 패턴을 바꿔봐."

나는 기둥 뒤에 웅크려 앉아서 세리나에게 조언했다.

"틀렸어! 역시 다 빗나가 버려! 강해, 이 녀석!"

"아니, 레벨은 네가 더 높아. [명중] 스킬을 배워봐."

"아, 그런 방법이!"

[명중] 스킬을 배운 세리나의 공격이 조금씩 적중하기 시작했다.

"으, 깔끔하게 맞지를 않네."

"침착해. 조금만 있으면 나도 복귀할 거니까. 협공으로 대처하면 돼."

"저한테 맡겨주세요."

우리의 대화를 들은 이오네가 세리나를 엄호했다.

근처에 있기에 가능한 연계였다. 역시 파티원이 뿔뿔이 흩어지는 건 경계해야겠다. 연계가 이뤄지지 않은 파티는 다수의 솔로 플레이어나 다름없다.

뒤쪽에서 세리나를 공격해 들어가던 도적 스켈레톤이 이오네의 일격에 산산조각 나버렸다.

"고마워, 이오네! 덕분에 살았어."

"아니에요. 자, 이 기세로 나머지 적들도 정리하죠."

"응!"

연계의 효율성을 깨달은 두 사람은 계속해서 적들을 쓰러트려 나갔다. 미나도 여기에 참가하면서 적들을 물리치는 속도가 한층 늘어났다.

"나도!"

"아니, 리리. 너는 다른 스켈레톤을 견제하는 데 전념해. 싸우는 건 저 녀석들로 충분해."

"알았어."

이미 공격력은 충분했기 때문에 리리의 공격 목표를 변경시켰다.

"클리어!"

5마리의 스켈레톤을 해치웠지만, 강한 스켈레톤은 그 중에서 3마리에 불과했다. 모든 스켈레톤이 용사급인 건 아닌 모양이군.

어쨌든 이곳에서 용사 파티가 전멸한 건 사실인 듯했다.

"다음이다."

동정하거나 감상에 젖을 때가 아니었다. 아직 스켈레톤 궁수가 맞은편에서 시위를 겨누고 있었다.

"알렉은 거기서 기다려. 가자!"

"네!"

"알겠어요!"

세 사람이 바닥을 박차고 달려 나가 후방의 스켈레톤 궁수를 단숨에 쓰러트렸다.

"저, 저기요. 알렉 님."

"네네로군. 이제 괜찮아."

나도 사타구니의 고통에서 거의 회복된 상태였다.

"아뇨, 그게, 스켈레톤분들의 분노가 아직 누그러들지 않은 듯해서……."

"뭐? 이놈들이 화내건 말건 우리랑은 상관없잖아."

내가 근처에 떨어져 있던 뼈다귀를 걷어차며 말했다.

"아, 안 돼요."

"응?"

내가 걷어찬 뼈다귀가 달그락거리며 저 멀리까지 굴러갔다.

거참 멀리도 굴러가는군. 가벼워서 그런가.

……아니, 뭔가 이상하다.

"다들 조심해! 아직 뭔가 남았어!"

나는 불길한 예감이 들어서 외쳤다.

그러자 주변의 뼈다귀가 일제히 움직이기 시작했다. 제길, 그런 거였나!

"우, 우와! 뼈들이 원래대로 돌아가고 있어!"

리리가 놀라서 말했다.

스켈레톤은 일정 시간이 지나면 부활한다.

당연했다. 언데드니까.

이게 평범한 몬스터라면 쓰러트린 순간에 연기로 변했을 것이다. 용사라는 점에 정신이 팔려서 그 부분을 알아채지 못했다.

"뭐어? 그러면 어떻게 쓰러트리란 거야!"

세리나가 반대쪽에서 외쳤다.

"바보야, 됐으니까 일단 돌아와. 뼈를 부러트린 녀석들은 재생하지 못하는 것 같으니까."

부활은 했지만 한쪽 팔이 없는 스켈레톤이나, 일어나지 못하는 스켈레톤이 몇몇 보였다.

"먼저 다리를 노리세요! 그 다음에는 손이에요!"

이오네도 곧바로 그 점을 알아챈 모양이었다.

"꺄악! 에, 에잇!"

네네도 침착함을 되찾았는지 공격에 가세했다. 하지만 지팡이로 뼈를 후려치는 데서 그쳤다. 부러트릴 정도의 완력은 없는 듯했다.

이기지 못할 적은 아니었다.

하지만 앞으로도 부활하는 적이 나타난다면 상당한 고전을 각오해야 할지도 몰랐다.

이게 1층이라니.

솔직히 말해서 얕보고 있었다. '돌아올 수 없는 미궁'을. 죽어서도 성불할 수 없는 미궁이라 이건가.

각오를 다진 나는 눈앞의 스켈레톤에게 혼신의 일격을 날리려 했다. 그런데 그 순간, 근처에서 소녀의 목소리가 들려왔다.

"거기서 비켜! ……나무는 재로, 빛은 어둠으로. 뜨거운 지옥의 불길이여, 눈을 떠라! 원시의 혼돈에서 피어오른 칠흑의 화염에게 고하니, 모든 것을 불태워 잿더미로 만들어 버려라! 다크 파이어 캐슬!"

소녀가 영창을 마치자 주변 일대에 호쾌한 불길이 피어올랐다. 그야말로 화염의 성이라 하기에 부족함이 없는 광경이었다. 하마터면 나까지 당할 뻔했다.

"이봐, 도와줄 거면 안전에도 주의를 기울여 줘."

도와준 것 자체는 고마웠지만, 방식에 문제가 있었다.

"결과가 좋으면 됐지. 살짝 불안하기는 했지만 다친 사람도 없잖아. 이게 가장 빠르고 효율적인 방법이야."

어두운 보라색 로브를 입은 마법사 소녀가 말했다. 체구는 작은 편이었고, 나이는 열여덟 정도로 보였다.

"이 반대편에 내 동료들이 있다만……."

화염의 벽으로 분단되는 바람에 한동안 합류는 무리였다.

"아, 아아. 미안해. 혹시 동료들을 위험하게 만든 건가?"

눈앞의 소녀가 동요하며 사과했다. 안하무인인 성격은 아닌 모양이다.

"아니. 다들 강해서 괜찮을 거다. 하지만 파티가 분단되는 건 가급적 피하고 싶거든. 연계를 취할 수 없으니까."

"그렇구나."

여성이 감탄한 듯 말했다. 이만한 마법을 구사하는 대마법사면서 전투에는 서툰 모양이다.

약간 위화감이 들었다.

"알렉! 그쪽은 무사해?"

"그래, 무사해. 마법사가 도와줬어."

"그랬구나. 이쪽에 있는 스켈레톤도 처리해 달라고 부탁할 수 있을까?"

"맡겨 줘."

마법사 소녀가 대답했다.

이걸로 남아있는 스켈레톤을 정리할 수 있겠군.

아직 전투가 끝나지는 않았지만 미리 감사를 전해두기로 했다.

"나는 리더인 알렉이다. 도와준 건 고맙지만 우리들만으로도 쓰러트릴 수 있는 적이었어."

"알았어. 하지만 마법사가 지팡이를 휘두르던걸. MP가 다 떨어졌던 거지? 무리하지 않는 편이 좋아."

"아아, 이 녀석은 아직 견습이야. 참. 그러고 보니 [파이어 볼]을 배우게 했었지."

완전히 까먹고 있었다. 네네는 마법사였다.

"뭐? 마법사가 지팡이로 근접 공격을 하면 어떡해. 너도 마법사라면 한마디 해야지. 이렇게 불합리한 명령을 내리는 리더는 또 처음 보네."

챙모자를 쓴 소녀가 마찬가지로 챙모자를 쓴 네네에게 말했다.

"앗, 아니에요. 알렉 님은 친절한 분이세요."

네네가 말했다. 그렇고말고. 이제 막 가입한 네네에게는 손도 대지 않고 친절하게 대해주고 있었다.

물론 파티에 적응하면 맛있게 먹을 생각이지만.

"뭐어? 당신, 설마 노예한테 자신을 칭찬하라고 명령한 거야?"

소녀가 눈살을 찌푸리며 내게 경멸의 시선을 보냈다.

"아니야. 그보다…… 먼저 이름을 대라."

설명해 봤자 남은 일행들이 도착하기 전에는 납득하지도 않을 것이다. 그래서 나는 화제를 바꾸기로 했다.

"아, 소개가 아직이었구나. 미안. 나는 레티야. 보다시피 고고한 천재 마법사지. 훗."

레티는 한 손으로 챙모자를 붙잡고, 반대쪽 손으로는 로드를 휘두르며 그럴듯한 포즈를 취했다. 이거 또 귀찮은 녀석이 튀어

나왔군…….

"정말이래도! 이렇게 보여도 B랭크 마법사 라이센스를 보유한 데다, 실력으로는 진작에 A랭크에 도달한 몸이야! 그 고지식한 대마법사들만 아니었어도…… 크으윽!"

"일단 진정해. 나는 네 실력을 의심하지 않아."

나는 [헌팅 LV2], [카운셀링 LV1], [꼬시기 LV1]을 총동원해 눈앞의 소녀를 달랬다.

"어? 저, 정말?"

"그래. 물론이야."

내가 고개를 크게 끄덕였다.

"그, 그렇구나. 고, 고마워……."

레티가 몸을 꼼지락거리며 대답했다. 아무래도 헌팅에 성공한 것 같군.

딱히 헌팅을 하려던 건 아니지만.

띠리링 ♪

[클래스 '사기꾼'의 레벨이 2가 되었습니다]
[헌팅 LV2, 카운셀링 LV1, 꼬시기 LV1, 아부하기 LV1 스킬이 통합되어 '화술 LV1' 스킬로 진화했습니다]

바라지도 않았던 클래스가 늘어나고 말았다…….

뭐, 일단은 넘어가자.

이윽고 화염의 벽이 사그라들며 시야가 걷혔다. 이쪽의 스켈레톤은 전부 소탕되어 있었다.

뼈까지도 잿더미로 만들어 버릴 정도의 업화라. B랭크 마법사라는 레티의 말도 납득이 되었다.

잠시 후, 분단되어 있던 세리나 일행이 되돌아왔다.

"레티, 고마워. 덕분에 수고가 줄었어."

세리나가 웃으며 말했다. [감정] 스킬을 사용했는지 이름도 이미 알고 있었다.

"아, 아니에요. 모험가끼리 서로 돕고 살아야죠. 안 그런가요?"

"응? 후홋. 맞는 말이야."

"그렇군. 관례니까 받아 둬, 레티."

나는 은화 한 닢을 레티에게 건넸다.

"에엑, 은화?!"

역시 액수가 너무 적었나? 이래서 레벨이 높은 녀석의 도움을 받기가 꺼려진다니까……

옥션에서 60만 골드를 손에 넣었으니 자칫하면 거금을 뜯길 우려가 있었다. 마리아에게 네네의 대금을 치르기는 했지만 그래도 43만 골드에 달하는 소지금이다.

생명의 은인에게는 소지금의 절반을 바치는 것이 모험가의 관례였다. 여기서 절반이면 22만 골드가 날아가 버리는 것이다.

"아아, 다행이다. 이걸로 이번 달에는 집에서 내쫓기지 않겠어!"

하지만 레티는 은화를 뺨에 대고 문질러댔다.

"저기, 돈이 궁한가 본데, 네 레벨과 실력이면 퀘스트로 벌 수 있지 않을까?"

세리나가 레티에게 조언했다.

"받기는 했지만, 이 던전의 함정이 은근히 강력해서……. 3층에서 죽을 뻔하고 다른 퀘스트를 찾고 있었어."

레티가 말했다.

"앗, 그러면 혹시 솔로야?"

"으……. 솔로가 뭐가 나쁜데!"

"어? 딱히 나쁘다는 뜻은 아니고……."

"레티. 나도 전에는 솔로였다. 솔로끼리 힘내보자."

솔로가 뭐가 나쁜데. 음. 굉장히 마음에 드는 말이다.

내게는 미나도 있으니 더는 솔로로 돌아갈 생각이 없지만.

"그, 그렇지?! 친구와 길드 직원한테 솔로만큼은 관두라는 소리를 들었지만, 세상에 불가능이란 없잖아! 9층까지도 공략할 수 있을 거야!"

"아, 잠깐. 이 던전을 솔로로 공략하라는 소리는 아니었어."

쓸데없이 자신감을 불어넣어 줬다가 죽기라도 하면 잠자리가 뒤숭숭했다.

"그, 그래? 으으……."

"알렉, 그거 있잖아."

불현듯 세리나가 팔꿈치로 나를 쿡 찔렀다.

그게 뭔데, 라고 되물으려던 나는 세리나가 하려는 말을 깨달았다.

"아아, 그렇지. 레티, 네네가 스승을 구하고 있는데 용돈도 벌 겸 맡아보지 않겠어? 보수는 1만 골드 정도다."

내가 교섭을 시도했다.

"할래!"

즉답이군. 강해 보이는 B랭크 마법사, 포섭 성공!

제14화

용사, 언데드가 되다

네네에게 마법을 가르쳐 줄 스승을 찾았다.

마음이 바뀌어서 보수 인상을 요구하면 큰일이므로 우리는 곧바로 여관으로 돌아가 계약서를 작성했다.

레티도 처음에는 계약서의 내용을 신중하게 확인했지만, 배에서 꼬르륵 소리가 나자 "아악! 노예로 삼든 구워삶든 될 대로 되라지!"라고 말하며 바로 사인했다.

누가 보면 노예 계약으로 오해하겠군.

점심도 대신 사주고, 방으로 돌아와서 지도 방침 등을 확인해 두기로 했다.

"아하. 완전히 초보자인데 레벨만 잔뜩 올려둔 상태였구나. 그렇다면 이해가 돼."

네네가 지팡이를 휘둘러 공격한 이유가 납득된 모양이었다.

"네네, 넌 어떤 마법사를 목표로 하고 있어?"

레티가 스승으로서 물었다.

"그, 글쎄요……."

네네는 난처해하면서 내 얼굴을 바라보았다.

"우선은 파티의 후방에서 어느 정도의 공격이나 보조가 가능해 졌으면 좋겠어. [블라인드 폴]이었나? 적을 암흑 상태로 만들어서 견제하는 주문 말이야."

내가 대답했다.

"흠흠. 전투 계열의 마법사를 원하는 거구나. 아이템 연성이나 이동용 마법도 존재하는데, 어때?"

"이동용 마법에는 뭐가 있는데?"

"가장 대중적인 건 이거야. 별들이여, 길을 밝혀라. 라이트!"

레티가 로드를 휘두르자 천장이 밝게 빛났다.

"아아. 이건 마도구인 랜턴이 있어서 필요 없겠어."

"그래? 그러면 [파이어 볼]과 [블라인드 폴]을 가르쳐 볼게."

"알았다. 잘 부탁해."

"자, 이제 네네의 능력을 확인해 볼 테니까 레지스트는 자제해 줘."

"레지스트?"

네네가 고개를 갸웃하며 물었다.

"저항을 뜻하는 단어야. 마법은 정신력으로도 어느 정도 방어할 수 있거든. 특히 정신 계통의 마법은 '싫다'고 생각하는 것만으로 효과가 취소되기도 해. 기억해 두면 도움이 될 거야!"

"헤에, 그렇군요……."

"자세한 건 다음에 설명해 줄게. 너희의 능력을 내게 보여라! 애널라이즈!"

윽, 레티의 시선이 느껴졌다. 지금 건 다수의 인간을 대상으로 하는 마법인가 보군.

"흐음, 마력이 미묘하게 낮은걸. 이 반지는 마력량을 약간 올려주니까 너한테 빌려줄게."

"네? 괜찮으신가요?"

"괜찮아, 괜찮아. 마력이 부족하면 마법도 제대로 발동하지 않거든. 마법에 익숙해지는 게 급선무야."

"여, 열심히 할게요!"

"오, 의욕이 대단한걸. 그러면 여관 뒤뜰을 빌려서 연습해 볼까."

"네, 스승님."

"응. 그런데……. 당신, 어째서 [불사] 같은 엄청난 스킬을 보유하고 있는 거야?"

레티가 나를 쳐다보며 물었다.

"엉? 내가?"

"맞아. 몰랐던 거야?"

"전혀. 애초에 배운 기억이 없는데……."

나는 스킬 창을 확인해 보았다.

[불사 LV1] New!

정말이다.

스킬 카피가 발동한 건가?

"아마도 스켈레톤 용사의 스킬을 복사한 모양이야."

"헤에. [스킬 카피]라. 이것도 대단한걸. [스킬 강탈]이라는 레어 스킬이 존재한다는 소문은 들어봤는데 말야. 비슷한 거야?"

"맞아. 하지만 내 건 상대방의 스킬을 무효화하지는 못해. 복제할 뿐이야."

"그렇구나. 그러면 잠깐 시험해 볼게."

그렇게 말한 레티는 나이프를 꺼내 들더니 다짜고짜 내 가슴을 찌르려 들었다. 미나가 무서운 얼굴로 레티의 손을 붙잡았다.

"무슨 짓이에요!"

"어? 하지만 죽여보지 않으면 정말로 불사인지 모르는 거잖아."

"관둬. 시험해 봤다가 정말로 죽으면 어쩌려고 그래."

"죽으면, 뭐, 연구에는 도움이 되려나. 에헤헤……."

아무 생각도 없었구만. 이 녀석에게는 매드 사이언티스트 기질이 있는 것 같으니 주의해 둘 필요가 있겠다.

"감정 스킬로 확인해 보면 되잖아."

나는 [감정] 스킬을 사용했다.

[불사 LV1]

[해설]

수명이 사라지고 불사의 육체가 된다.

단, 레벨 1이면 노화를 피할 수 없다.

치명상을 입어도 서서히 재생한다.

상처와 아픔이 경감된다.

몇몇 종류의 병이 무효화된다.

식사와 수면이 필요 없어진다.

나는 일행들에게 감정 결과를 읽어주었다.

"혹시…… 노화가 계속되면 최후에는 어떻게 되는 거야?"

세리나가 의문을 제기했다.

"뼈와 가죽만 남은 스켈레톤이 될걸?"

레티가 꺼림칙한 소리를 했다.

"역시 스킬 레벨이 낮으니 애매하군. 고통이 없어지는 것도 아니라서 치명상을 입으면 힘들겠어."

"다음 레벨에 필요한 포인트는 얼만데?"

확인해 보니 스킬을 LV2로 올리려면 10만 포인트가 필요했다.

무리다. 절대로 무리. 이걸 어떻게 올려.

"10만이라는데."

"뭐?"

"우와……."

일행들이 아연실색했다.

"오, 오래 살 수 있으니까 긍정적으로 생각하자!"

애써 웃어주는 세리나.

"평생 함께할게요, 주인님. 훌쩍."

울고 있는 미나.

"힘든 일이 생기면 언제든 말씀하세요."

상냥하게 웃으며 내 손을 붙잡는 이오네.

"이 치즈, 알렉한테 줄게."

나지막이 중얼거리는 리리.

"알렉 님……."

나를 걱정해 주는 리리.

"스켈레톤이 되더라도 즐겁게 살 수 있을 거야!"

그리고 레티.

"집어치워. 다들 갑자기 상냥하게 굴지 마."

"그나저나 이상하네. [불사]가 [스킬 카피]로 복사되었다는 건 레어 스킬이 아니라는 뜻인가?"

세리나가 고개를 갸웃하며 물었다.

"☆이 붙지 않았으니 레어가 아닌 걸지도."

"뭐? 그럴 리가. 배울 수 있는 스킬 목록에 있어서 아는데, [불사]는 배우는 데만 100만 포인트나 드는 레어 스킬이야."

레티가 말했다. 덕분에 대충 이해가 갔다.

"아마도 나와 레티는 습득에 필요한 스킬 포인트가 다른 거겠지. 종류도 그렇고."

용사에게만 허락된 스킬들도 존재하는 걸 보면, 클래스에 따라서 차이가 존재하는 모양이었다.

"우와, 치사해."

리리가 말했다. 자기도 보통 사람한테는 없는 [고귀한 혈족] 스킬을 가지고 있는 주제에.

어쨌든 이것으로 '칭호'와 '클래스 시스템'도 스킬 습득에 중요한 요소라는 사실을 알게 되었다.

마법을 배우려면 마법사 계통으로 클래스 체인지를 하는 게 좋을지도 몰랐다.

그러면 배울 수 있는 스킬의 종류도 늘어나고, 습득에 필요한 포인트도 줄어들 테니까.

검증이 필요하겠는걸.

"나중에 여러 직업으로 전직하면서 시험해 봐야겠어."

"그러자."

"나도 협력할게!"

레티가 눈을 반짝이며 나의 두 손을 붙잡았다. 모르모트라도 발견한 얼굴이다.

"저기, 주인님⋯⋯."

"왜 그래, 미나."

"아뇨. 무슨 일이 있어도 평생 함께할게요⋯⋯!"

땅바닥을 쳐다보다가 고개를 든 미나가 각오라도 한 것처럼 외쳤다.

"도대체 뭔데. 마음에 걸리는 게 있으면 말하라고 했잖아. 던전에서도 너밖에 알아채지 못하는 정보가 생사를 가를 수도 있어."

"그, 그럼 말할게요⋯⋯. 저기, 주인님의 몸에서 악취가⋯⋯."

"뭣? 제길, 썩기 시작한 건가."

""우엑.""

세리나와 리리가 곧바로 나한테서 거리를 두었다. 나는 손을 코로 가져가 보았지만 이렇다 할 냄새는 나지 않았다. 아직은 견인족 정도만이 맡을 수 있는 수준인 모양이다.

"내가 얼음 마법으로 차갑게 만들어 줄까?"

"됐어. 사람을 음식처럼 취급하지 마. 흥, 얕보면 곤란해. 레어 스킬이 아니라면 방법은 있으니까. 나한테는 [스킬 리셋 LV1]과 [파티 스킬 리셋 LV2]가 있거든."

""오오!""

모두가 감탄했다.

"하지만 문제가 하나 있어. [불사] 스킬을 지워도 내 몸이 멀쩡하냐는 거지."

[불사] 스킬을 지웠다가 죽어버리기라도 하면 큰일이었다.

"앗, 그렇네……. 그래도 아직 썩는 도중이니까 괜찮지 않을까?"

"썩기는 누가 썩었다는 거야. 냄새가 날 뿐이다."

자신의 몸이 상한 음식 취급을 받으니 기분이 영 별로였다. 그래서 사소한 부분이지만 정정해 두었다.

"맞다! 호흡은 어때?"

레티가 중요한 점을 지적했다.

"어디 보자. 제대로 하고 있어. 숨을 참으면……."

1분 정도 참아봤지만 괴롭지가 않았다.

나, 정말로 죽어버린 걸까…….

무서워진 나는 심호흡을 한 뒤에 다시 숨을 쉬었다.

"어때?"

"괴롭지 않아."

"그, 그렇구나. 그러면 신전에 가보자. 무슨 일이 생기면 어떻게든 해줄지도 모르니까."

세리나가 말했다.

"이 세계에 부활 같은 건 없어."

"응……. 그래도 회복술사가 주변에 있으면 안심이 되잖아?"

"그것도 그렇군."

우리는 던전 근처에 세워진 커다란 신전으로 향했다.

"신전인데 괴롭지 않아? 저항감이 든다거나."

"사악한 좀비라도 되는 것처럼 말하지 마. 자, 그러면 지워볼까."

반쪽짜리 불사 스킬 따위는 있어봤자 방해만 될 뿐이다. 게다가 나는 불로불사에 흥미가 없었다. 느긋하게 살다가 복상사로 세상을 떠나고 싶었다.

나는 [파티 스킬 리셋 LV2]를 사용했다.

언젠가 리셋 스킬의 레벨을 올린다면 환원받는 스킬 포인트의 양도 늘어나겠지만, 그때까지 내 몸이 신선하게 유지될지 확신이 없었다.

[불사 LV1을 리셋하시겠습니까?]
[예]
[불사 LV1] 삭제!

삐빅, 하는 효과음과 함께 스킬이 삭제되었다.

어디 보자. 환원된 포인트는······.

[남은 포인트 40022]

마지막의 22 포인트는 내가 기존에 보유하고 있던 포인트였다. 따라서 총 4만 포인트가 늘어난 셈이다. 환원되는 포인트의 양은 2/3에 해당하므로 [불사] 스킬 습득에 필요한 포인트는 6만이라고 추정할 수 있었다.

훗, 게임 끝났군.

몸 상태는…… 맥박이 살짝 빨라지고 열이 나기는 했지만, 괴롭지는 않았다. 오히려 혈색이 좋아졌다.

"성공이야."

긴장한 얼굴로 이쪽을 바라보던 일행들이 안도의 한숨을 내쉬었다.

동료란 좋은 거구나.

"다행이다……. 네가 죽으면 어쩌나 했어."

"흐윽, 주인님."

"다행이에요. 정말로."

"걱정끼치지 마, 바보."

"저, 정말 다행이에요."

"……쳇."

"레티, 방금 혀를 찼지?"

"아, 아냐. 모처럼 불사가 됐는데 아까워서."

"그럼 됐고. 살아나서 실망한 줄 알고 기분이 팍 상할 뻔했어."

"미, 미안해."

자, 스킬 포인트가 이만큼이나 모였으니 마음껏 사용해 보실까. 어떤 스킬부터 배울까.

나는 가슴을 펴고 당당하게 여관으로 돌아갔다.

제15화
스킬 포인트 분배

나는 스켈레톤이 되어버린 용사로부터 [불사] 스킬을 복사했고, 이를 리셋하여 대량의 스킬 포인트를 얻는 데 성공했다.

레티의 말에 따르면 [불사]는 기본적으로 레어 스킬에 해당하는 모양이었다. 따라서 이런 짓이 가능한 사람은 많지 않을 것이다.

"이걸로 알렉이 엄청 강해지겠네!"

세리나가 천진난만한 태도로 기뻐했다. 나와 사이가 틀어질 수도 있다는 생각은 눈꼽만큼도 안 하는 듯했다. 뭐, 마음대로 생각하게 내버려 두자.

"역시 주인님이세요!"

미나가 양손을 움켜쥐며 나를 칭송했다. 하지만 이건 내 실력이라기보다는 운이 좋았다고 봐야 했다.

"스킬 카피라. 나한테도 그런 스킬이 있었더라면……."

레티가 부러워했다. 캐릭터 메이킹 당시에 이 스킬을 선택하길 잘했군.

나는 일행들을 내 방에 전부 모아놓고 지시를 내렸다.

"이번 일은 외부에 발설 금지야. 알겠지?"

자랑이랍시고 떠들고 다녔다가 경계 대상에 오르거나 질투라도 받으면 귀찮아진다. 게다가 스킬 포인트를 훔치는 스킬이 존재해도 이상하지 않았다.

"하긴. 발설하지 않는 게 좋겠어."

"네, 맞아요."

"알겠습니다, 주인님! 설령 어떤 고문을 받더라도······!"

"알았어. 어차피 리리랑은 상관도 없는 일인걸."

"말하고 싶지만······. 아무도 믿어주지 않을 것 같으니 나만 알고 있을게."

다들 고개를 끄덕여 내 지시를 들어주었다.

입수한 대량의 포인트를 얼마나 사용할지는 고민해 봐야 할 문제다.

궁지에 빠지고 난 뒤에 "어느 정도는 남겨둘걸······" 하고 후회하고 싶지는 않았다.

다만, 모험에 도움이 될 만한 스킬은 우선적으로 배워두기로 했다.

우선은 파티 공유 스킬부터다.

[레어 아이템 확률 업 LV4]의 레벨을 올리는 데 필요한 포인트는 500이다.

[획득 경험치 상승 LV2]는 레벨을 5로 올리는 데 1420포인트가 필요했다.

[획득 스킬 포인트 상승 LV5]의 경우에는 이름이 회색으로 표시되어 있었고, 필요한 포인트량도 적혀있지 않았다. 이미 최대 레벨에 도달한 모양이다.

[파티 스킬 리셋 LV2]를 레벨 5로 올리는 데 필요한 포인트는 840이다.

대충 이 정도인가.

[레어 아이템 확률 업 LV5] 레벨 업!
[획득 경험치 상승 LV5] 레벨 업!
[파티 스킬 리셋 LV5] 레벨 업!

이것으로 37262 포인트가 남았다.
나는 이외에도 쓸만한 파티 스킬을 찾아서 배우기로 했다.

[선제 공격 찬스 확대 LV5] New!
[백어택 감소 LV5] New!

각각 890포인트와 305포인트가 소모되었다. 이것으로 36067
포인트가 남았다.
다음은 개인용 스킬을 배울 차례다.
우선은 이미 가지고 있는 스킬들의 레벨을 올렸다.
전부 올릴 생각은 없었다. 필요한 것들만이다.

〈LV5로 올리기 위해 필요한 포인트〉
[스킬 카피 LV1→5] 1240
[타격 내성 LV1→5] 42
[손재주UP LV2→5] 56
[민첩성UP LV3→5] 48

[감정 LV4→5] 9

[근성 LV2→5] 84

[해설 LV1→5] 60

[예감 LV2→5] 90

[운동신경 LV3→5] 120

[동체시력 LV3→5] 120

[상황판단 LV2→5] 90

[파격 세일 LV1→5] 150

[화술 LV1→5] 120

[오토 매핑 LV2→5] 60

[스킬 은폐 LV2→5] 90

[은밀 행동 LV1→5] 60

[초크 슬리퍼 LV1→5] 60

[수조검술 LV3→5] 240

[화살 방어 LV1→5] 56

[교차 정상위 LV1→5] 90

합계 2885

잔여 포인트 33182

다음으로는 새로운 스킬을 배울 예정이었다.
우선은 독과 즉사 내성부터다.

[독 내성 LV5] New!

[마비 내성 LV5] New!
[정신 내성 LV5] New!
[석화 내성 LV2] New!
[즉사 내성 LV1] New!

석화 내성과 즉사 내성은 상당히 많은 스킬 포인트가 소모되었다. 포인트가 부족해질 것 같으니 최대 레벨까지는 올리지 않기로 했다.

합계 16900
잔여 포인트 16282

이번에는 공격 스킬이다.

지금이라면 캐릭터 메이킹 당시에 보았던 [차원참]도 여유롭게 배울 수 있었다.

그런데 불의의 사태가 발생했다.

"어라? 배울 수 있는 스킬 목록에 차원참이 없어."

"앗, 배우는 데 5000포인트나 들었던 그 스킬 말이구나."

세리나도 기억하는 모양이었다.

"젠장. 수조검사라서 배우지 못하는 건가?"

지금의 내 클래스는 수조검사였다. 차원참을 배우려면 보다 상위에 해당하는 클래스가 필요한 모양이었다.

"차원참이면 마법검사가 배우지 않을까?"

"흐음. 이오네, 혹시 마법검사 길드가 따로 존재해?"

나는 검사에 관해서 빠삭한 이오네에게 물었다.

"아뇨. 그런 길드가 있다는 말은 못 들어봤어요. 마법사에서 검사로 전직한 사람이라면 비슷한 기술을 사용할지도 모르지만, 기본적으로 검과 갑옷을 장비하면 마법을 구사하기가 어려워서……."

"맞아. 대부분의 마법사는 검을 들고 다니지 않아. 복잡한 룬이나 각인을 발동하지 못하게 되거든."

마법사인 레티도 고개를 끄덕였다.

그렇지만 마법검사 정도면 충분히 있을 법한 클래스였다. 있었으면 했다.

"웰버드 스승님도 모르려나?"

"글쎄요. 제가 편지로 한번 여쭤볼게요."

"부탁할게."

5000포인트는 예비로 남겨두기로 하고, 다음은 뭘 찍을까.

[클래스 체인지 LV1]
다음 레벨에 필요한 포인트 60

처음에 배운 뒤로 꽝이라 생각하고 방치했던 스킬이지만……

뭐, 인생은 도전이다. 꽝이라도 스킬 리셋으로 2/3은 회수할 수 있을 것이다.

우선은 스킬 레벨을 1 올린 다음 [감정]을 사용해 보았다.

[클래스 체인지 LV2]

[해설]

직업을 변경할 수 있다.

단, LV2에서는 1년에 한 번만 사용 가능하다.

또한 전직 조건을 충족한 직업에 한한다.

전직 후에도 전직 전의 지식과 경험을 잃어버리지 않는다.

이전에는 '일생에 한 번뿐'이었지만 지금은 1년에 한 번으로 변경할 수 있는 빈도가 늘어나 있었다. LV3이면 1달에 한 번, LV4면 하루에 한 번으로 짧아지지 않을까.

빈번하게 사용할 스킬은 아니므로 LV4까지만 올려두면 충분할 것이다.

[클래스 체인지 LV4] 레벨 업!

잔여 포인트 16222

나는 곧바로 클래스 체인지 가능한 직업 리스트를 확인해 보았다.

[전사]

[검사]

[승려]

[마법사]

[기사]

[도적]
[사기꾼]
[난봉꾼]

난봉꾼 같은 건 필요 없고.
전직할 클래스는 이미 정해두었다.
하지만 그 전에 확인부터 하기로 했다.

[파이어 볼 LV1]
[LV2로 올리기 위해 필요한 포인트 3]

현재 [파이어 볼]을 다음 레벨로 올리려면 3포인트가 필요했다.
그러면 여기서 전직을 해보자.

[클래스를 '마법사'로 변경했습니다!]
[다음 클래스 체인지가 가능한 시점까지 12시간]

이제 스킬 포인트의 소모량이 줄어들었을까?

[파이어 볼 LV1]
[LV2로 올리기 위해 필요한 포인트 3]

"흠. 예상이 빗나갔군."

"무슨 뜻이야?"

"마법사로 클래스 체인지를 하고 나서 스킬을 배우면 필요한 포인트가 줄어들 줄 알았는데 아니었어."

"아아. 마법을 배우는 데 유리해질 거라고 생각했구나?"

"그래. 딱히 바뀌는 건 없었지만."

"전직을 하면 배울 수 있는 스킬의 폭이 넓어져."

레티가 설명했다. 하지만 그게 사실이라도 전직 전부터 마법을 배울 수 있었던 내게는 별로 메리트가 없었다.

어쩌면 용사라는 만능 클래스이기 때문에 가능했던 것일지도 모르지만.

"자, 그럼 마지막으로 이 몸이 너희들에게 특별한 선물을 주도록 하지."

"뭐? 야한 옷이라면 됐어……."

세리나가 경계심을 내비쳤다. 리더에 대한 충성심을 올려 둘 필요가 있어 보이는군.

물론, 언젠가 야한 옷도 선물할 예정이지만.

"걱정 마. 훨씬 더 유용한 선물이니까. 다들 스테이터스 창을 열어서 자신의 스킬 포인트를 확인해 봐."

"0포인트네. 그래서?"

"지금 너희한테 1000포인트씩 양도해 줬어. 다시 확인해 봐."

나는 이번 선물을 위해서 [포인트 양도 LV5] 스킬을 새로 습득해 놓았다. 31포인트가 소모되었다.

"앗, 정말이네. 굉장해!"

"앗! 늘어났어요, 주인님!"

"이렇게나 많이? 받아도 되는 걸까요……."

"오옷, 오오오! 우헤헤."

"아……. 괴, 굉장해요. 흐아아."

세리나, 미나, 이오네, 리리, 네네에게 각각 1000포인트씩을 양도했다.

이걸로 파티 멤버의 스킬도 큰 폭으로 강화될 것이다.

남은 포인트는 11188.

이 정도면 [차원참]을 배우더라도 여유가 있었다. 배우기 부담스러운 스킬은 카피해 버리면 그만이다.

"저기, 나도……. 생명의 은인까지는 아니지만 너희들을 도와준 사람인데……."

레티가 조심스럽게 어필해 왔지만 이 정도로 넘어갈 내가 아니었다.

이건 어디까지나 파티 멤버들에 대한 보수다.

"그 답례는 은화로 이미 지불했잖아. 네가 백날 스켈레톤을 해치워 봤자 스킬 포인트는 들어오지 않아. 이건 순전히 내 스킬 덕분이니까. 그런데도 100레벨치 스킬 포인트를 넘겨달라는 건 너무 뻔뻔한 요구 아닐까?"

[화술 LV5]를 사용해서 기를 죽여 놓았다.

"크윽, 맞는 말이야……. 그런데 뭘까, 설명하기 힘든 이 기분은……. 그러면 적어도 [스킬 카피]와 용사에 대해서 자세하게 설명해 줘."

"공짜로?"

"으, 으윽……."

"뭐, 어때. 그 정도는 괜찮잖아."

세리나가 말했다.

"안 돼. 너도 함부로 발설하지 마. 리더로서 하는 말이야."

"아…… 응. 알겠어. 미안해, 레티."

"후우. 어쩔 수 없지. 스스로 알아보도록 할게. 천재 마법사인 나라면 문제없어!"

열심히 알아보길 바란다. 천재 마법사라면 문제없을 테니까.

레티가 자신의 집으로 돌아간 뒤, 나는 스킬 포인트 확보에 대해서 고민해 보았다.

미나와 여러 차례 실험해 보았지만 특정한 행동을 하는 것만으로는 스킬을 습득할 수 없었다. 포인트를 모아서 스킬을 배우던가, 다른 사람의 스킬을 복사할 필요가 있었다.

지금까지와 달리 [스킬 카피 LV5]는 상대방의 스킬을 레벨까지 고스란히 복사해 올 수 있는 우수한 성능을 자랑했다.

이 스킬로 비싸고 강력한 스킬을 복사하면 더욱 많은 스킬 포인트를 확보할 수 있었다.

그러기 위해서는 우선 강적과 조우할 필요가 있었다.

에필로그
패션쇼와 개통식

그날 밤. 미나가 내 방에서 비키니 차림으로 간단한 패션쇼를 선보이고 있었다.

모처럼 얻은 레어 아이템이니 아까워서라도 사용해야 했다.

"어, 어떤가요, 주인님……?"

삼각형의 천조각이 미나의 민감한 부위들을 가까스로 가리고 있었다.

"손을 치워봐."

"아, 알겠습니다……."

미나가 얼굴을 붉게 물들이며 뒷짐을 졌다.

"음, 좋은데. 훌륭한 몸이다, 미나."

"고맙습니다. 그런데 저, 주인님. [바스트 업] 스킬을 배울까 고민 중인데……."

"기각! 너는 지금 이대로도 충분히 아름다워. 가슴이 크다고 무작정 좋은 게 아니야."

"그런 건가요?"

"그런 거다."

결국 중요한 건 내가 만족을 했는가다.

"다음은 침대 위에서 고양이 포즈를 취해 봐."

"네. 이렇게 하면 될까요?"

"좋아. 등을 좀 더 젖히고, 가슴은 이쪽으로."

"네."

미나는 내 자잘한 요구에도 성실하게 응해주었다. 착한 녀석.

그때 문득 한 가지 장면이 떠올랐다.

"미나, 개가 주인에게 복종할 때 어떤 포즈를 하는지 알아?"

"아, 알아요. 싸움에서 진 견인족 아이들이 비슷한 행동을 하거든요."

"한번 보여줄 수 있을까? 자존심이 상한다면 억지로 시킬 생각은 없다만……."

"아뇨, 괜찮아요. 주인님인걸요……."

이윽고 바닥에 드러누워 멍멍이 포즈를 취하는 미나.

"음, 이런 것도 나쁘지 않은걸."

연인끼리 야한 장난을 치는 것 같아서 즐거웠다.

"기쁘셨나요?"

"물론이야. 그러면 포상을 줘야겠지."

"네, 네에……."

나는 비키니 너머로 미나의 가슴을 주물렀다.

"아앙!"

미나는 간지러운지 몸을 꼼지락대며 야릇한 교성을 토해냈다.

"후후. 문질문질."

"앗, 주인님, 아앙! 거기는 안 돼요."

"안 되기는. 빨리 손을 치워."

"아, 알겠습니다……. 앗, 응, 아앙!"

미나의 숨이 점차 가빠졌다. 그리고 때때로 눈을 감으며 민감한 반응을 보였다.

슬슬 때가 되었음을 느낀 나는 미나의 비키니를 벗기고 혓바닥으로 젖꼭지를 공략해 나갔다.

"흐앗, 아앙! 주인니임!"

미나가 움찔움찔 경련하며 달콤한 목소리로 소리쳤다.

내 혓바닥은 미나의 배꼽 아래까지 이동했고, 마침내 미나의 분홍색 균열에 도달했다.

"앗, 아앙! 끄윽!"

그러자 미나는 쾌감을 놓치지 않기 위해 필사적으로 내 머리를 끌어안았다.

미나의 몸이 세 차례 크게 경련했다. 가볍게 가버린 모양이다.

멍한 눈으로 나를 바라보는 미나.

"왜 그러지? 솔직하게 말해 봐."

"주, 주인님의 커다란 물건을, 제, 제 안에다 넣어 주세요."

"좋아."

나는 미나의 가녀린 몸을 깔아뭉갠 뒤 거칠게 움직여 나갔다.

"앗, 으응, 아앗, 하앗, 흐윽! 주인님, 주인니임!"

미나의 목소리가 높아졌다. 이번에도 가버린 모양이다. 여기서 애태우는 것도 재밌겠지만, 지금은 패션쇼에 대한 포상 시간이니 곧바로 가게 해주기로 했다.

움직임에 박차를 가하자 미나는 라스트 스퍼트가 가까워졌음을 직감했는지 눈을 감고 나를 끌어안았다.

"아아아앗!"

나는 미나의 뱃속에 뜨거운 액체를 한가득 쏟아부었다.

"후우."

미나는 만족했는지 행복한 얼굴로 잠들어 버렸다. 알몸인 미나를 끌어안고 잠에 들려던 찰나, 창문 밖에서 천둥 소리가 들려왔다.

내일 비가 내린다면 모험은 하루 쉬도록 할까.

일단 던전에 들어가면 날씨는 관계가 없어지지만, 들어가기도 전에 물에 빠진 생쥐 꼴이 되어버릴 것이다.

그런 생각을 하고 있을 때였다. 방문에서 노크 소리가 들렸다.

곧바로 들어오지 않는 걸 보니 이오네인 모양이었다.

"열려있어."

"저, 저기……."

"응? 네네구나. 무슨 일이야?"

아직 네네와는 몸을 섞지 않았다. 그래서 이 시간에 나를 찾아온 이유를 짐작할 수가 없었다.

"미나 씨는……."

"여기에 자고 있어."

"그, 그랬군요."

같은 견인족이기 때문인지 네네는 미나를 잘 따르고 있었다. 미나 역시도 네네를 물심양면 돌봐주고 있었다.

"일단 안으로 들어와."

"아, 네. 꺄악!"

다시 한번 천둥이 쳤다. 네네는 천둥이 무서운지 몸을 움츠렸다.

"뭐야. 잠이 안 와서 그래?"

"네⋯⋯."

마도구로 방음 처리가 되어있어 천둥 소리가 크지는 않았다. 앞으로 네네의 담력을 키워줄 필요가 있어 보였다.

"너도 침대로 와. 다 같이 자자."

"앗⋯⋯. 네!"

꼬리를 파닥파닥 흔들어 기쁨을 표현한 네네는 열심히 낑낑대며 침대 위로 올라왔다.

나는 네네의 머리를 쓰다듬어 주었다.

"아으⋯⋯. 기분 좋아요⋯⋯."

"그래? 이쪽은 어때."

이번에는 엉덩이를 쓰다듬었다.

"꺄악! 가, 간지러워요. 아하핫."

흐음. 아직 남자를 모르는 모양이군.

그럼에도 끈질기게 쓰다듬어 주자, 네네의 상태가 변화하기 시작했다.

"하아, 하아⋯⋯. 하응, 저, 저기⋯⋯."

"왜 그러지?"

"아무것도 아니에요⋯⋯."

"하고 싶은 말이 있으면 똑바로 해."

"이, 이제 그만 쓰다듬으셔도⋯⋯."

"안 돼. 조금만 더 쓰다듬게 해줘. 기분 좋게 해줄 테니까."

"으으⋯⋯. 꺄악!"

허벅지를 어루만지자 네네도 자신이 처한 상황을 이해했는지 얼굴을 붉게 물들였다.

"떽, 조용히 해야지. 미나가 깨어나면 어쩌려고."

"흐극, 으으, 하윽, 끄응."

잠에서 깨어난다고 미나가 화를 내지는 않겠지만, 네네는 손으로 자신의 입을 막으며 소리를 억눌렀다. 기특한 녀석.

짓궂은 심보가 발동한 나는 네네의 몸을 더욱 집요하게 만지작거렸다.

"흐응, 으응, 윽, 하윽."

가슴은 이제 막 부풀기 시작했지만 감도는 남들과 다를 바 없는지 네네는 온몸을 움찔움찔 경련했다.

네네의 꽃잎도 흥건히 젖어있었다. 남자를 받아들일 준비가 되어있는 모양이었다.

그렇다면 오늘 개통식을 치러볼까.

원래는 조금 더 나중으로 미룰 생각이었다. 하지만 네네도 나를 두려워하지 않는 눈치고, 나도 네네가 귀여웠으므로 안에다 넣어주기로 했다.

"흐윽!"

"아프면 [고통 경감] 스킬을 배워."

"배, 배웠어요."

"좋아. 그러면 시작한다."

"네, 네에."

어쩌면 미나로부터 미리 설명을 받았던 걸지도 몰랐다.

네네는 꾹 참으며 나를 받아들였다.

"좋아, 잘했어."

나는 허리를 천천히 움직여 네네가 절정에 달할 수 있도록 배려했다.

"응, 아앗, 흐윽, 아윽, 아아아앗!"

네네는 필사적으로 소리를 억누르려 했지만 결국 실패하여 절정의 순간에 교성을 토해냈다.

사실 굳이 소리를 참을 필요는 없었는데. 미안한 짓을 하고 말았군.

"수고했어."

나는 물건을 뽑아내고 네네의 머리를 쓰다듬어 주었다.

"고, 고맙습니다……."

네네가 나를 끌어안으며 말했다. 의외로 섹스가 마음에 든 모양이었다.

다음에는 저 작은 입으로 봉사시켜 봐야지. 나는 그런 생각을 하면서 잠에 빠졌다.

제4장 (숨겨진 루트) 바다의 마물

프롤로그

카드 게임

그랑소드 왕국의 여관 '용의 안식처'에 자리를 잡은 우리는 느긋한 마음으로 '돌아올 수 없는 미궁' 공략을 진행하고 있었다. 시간 제한이 존재하는 것도 아니므로 괜히 서둘러서 명을 재촉할 필요는 없었다. 인생은 길기 때문이다.

오늘은 휴일. 나는 여관 1층의 둥근 테이블에 앉아서 숙박객인 머피와 카드 게임을 즐기고 있었다.

포커였다.

카드는 던전의 보물상자에서 생각보다 자주 등장하는 모양인지 제대로 된 플라스틱제 카드를 사용하고 있었다. 구겨지기 쉬운 종이 카드를 사용하면 정정당당하게 즐기고 싶어도 카드의 숫자가 저절로 외워져서 흥미가 식어버리고 만다.

내가 패를 뒤집었다.

에이스 세 장, 하트 8, 그리고 클로버 5.

괜찮은 패다. 머피 정도는 충분히 이길 수 있을 것이다.

"베트다."

나는 동화 두 닢을 천천히 테이블 중앙으로 가져갔다.

"핫. 이봐, 알렉. 애들 소꿉놀이도 아니고. 이 여관의 판돈은 동화 3장, 30골드부터야."

머피가 자신의 패를 바라보며 말했다. 이 녀석은 C랭크의 중견 모험가다. 하지만 장비는 강철로 된 가슴받이를 제외하면 전부 가죽제였다. 강철로 도배한 나에 비하면 초라한 편이었다.

"그래? 내가 끼는 판은 무조건 20골드다. 싫으면 관둬."

"관두면 게임이 안 되잖아. 지금은 우리 둘밖에 없으니까."

"그러면 베팅하던가."

"쳇. 여관 선배에 대한 존경심은 찾아볼 수도 없구만. 그럼 콜 이다."

머피도 동화 두 닢을 내밀었다. 소극적이군.

"여관에 먼저 숙박한 걸로 선배 취급을 해달라니. 두 장 교환하 겠어."

나는 에이스 3장을 손에 남기고 필요없는 패를 버렸다. 그리고 덱에서 새로운 카드를 뽑았다. 호오, A가 또 나왔군. 포카드다.

여태껏 나는 갬블에 약한 편이었지만 이세계로 온 뒤로는 상황 이 변했다. 리세마라로 높은 운을 확보한 덕분일까.

"헤헤, 알렉. 표정을 보니 좋은 패는 아닌가 보군. 평소의 행실 이 나쁜 탓이다."

"허세는 집어치우고 카드나 뽑아, 머피."

"한 가지 알려주지. 행운의 여신은 다른 사람을 닦달하는 녀석 에게 미소 짓지 않는 법이야. 나는…… 호오. 이거 한 장만 교환 하겠어."

머피가 히죽거리며 말했다. 설마 포카드인가? ……아니, 그럴 리 없다. 그만큼 강력한 카드가 나왔다면 망설이지 않고 레이즈

했을 테니까. 기껏해야 스트레이트나 플러시 정도겠지. 다만, 이 것도 확률이 낮은 카드이므로 저 여유로운 미소를 단정하긴 일렀다. 그렇다면 투 페어나 풀하우스를 염두에 둔 트리플인가. 이 녀석은 패가 꽝이어도 잔뜩 허세를 부리는 타입이라 확신할 수는 없지만 대충 맞을 것이다.

테이블에 카드를 엎어둔 머피는 한쪽 눈을 감고 천천히 카드를 뒤집었다. 그리고 이어지는 한숨. 풀하우스에 실패한 모양이다.

"레이즈."

나는 그 모습을 보고서 동화 다섯 닢을 추가했다. 이 정도 패라면 금화를 내밀어도 되겠지만, 머피가 경계해서 다이를 선언할 우려가 있었다. 그리고 이건 어디까지나 즐기기 위한 게임이다. 인생을 건 도박이 아니다.

"핫하하! 걸렸구나, 알렉. 나도 레이즈다!"

"뭐?"

머피가 자신만만한 태도로 동화를 열 개나 추가했다. 그래 봤자 100골드지만. 지더라도 경제적으로 타격이 갈 정도의 금액은 아니다.

"자, 어떡할 거지? 알렉. 뭣하면 죽어도 상관없어. 현명한 플레이어라면 포기할 줄도 알아야지. 늘 콜만 외치는 녀석은 호구일 뿐이야."

"현명한 플레이어라. 나는 게임을 할 때 타협하는 성격이 아니라서. 콜."

내가 동화를 추가했다. 그리고 승부의 시간이 찾아왔다.

""오픈!""

두 사람이 동시에 카드를 공개했다.

내 카드는 에이스 포카드. 머피의 카드는 K 트리플.

"뭣이?!"

큭큭, 머피의 경악한 얼굴이 보기 좋군.

"미안하게 됐어, 머피."

나는 산처럼 쌓인 동화를 양손으로 쓸어담았다.

"잠깐, 알렉! 포카드라면 포카드다운 표정을 지으라고! 애초에 망설이지 말고 은화를 내밀었어야지! 쪼잔하다 쪼잔해."

"시끄러운 녀석일세. 네 지갑에서 은화를 끄집어내지 않은 것만으로도 감사하게 생각해."

다음 게임을 위해서 카드를 섞고 있자니 다른 일행들이 여관으로 들어왔다. 다 함께 외출을 나갔다 돌아온 모양이다.

"알렉, 카드 도박 중이었어?"

세리나가 물었다.

"맞아."

"시간을 좀 더 유의미하게 사용하면 좋을 텐데."

"흥, 쓸데없는 참견이야. 그러면 넌 어떤 시간을 보내고 왔는데, 세리나."

"나는 동료들하고 그랑소드의 관광지를 둘러보고 왔어. 그렇지?"

"응! 꽤 맛있었어! 알렉도 왔으면 좋았을 텐데."

리리가 말했다. 하지만 일부러 먹거리를 찾아서 돌아다니기도 피곤했다.

"귀찮아."

"어휴, 못 말려. 그리고 마을 사람들이 이야기해 줘서 알았는데, 그랑소드의 남쪽에는 바다가 있대."

세리나가 말했다.

"흐음."

"어? 반응이 그게 다야?"

"알렉 같은 변태 아저씨라면 '당장 가자!'라고 말할 줄 알았는데."

리리가 말했다. 내가 바다를 좋아할 이유는 하나도 없었다. 우선 바다는 쓸데없이 기운만 넘치는 녀석들이 가는 곳이라 불량한 놈들의 비율이 높았다. 심지어 굶주린 늑대들의 사냥터이자, 리얼충 커플들이 자신의 행복을 자랑하는 무대였다. 그것만으로도 가고 싶은 마음이 싹 가셨다.

"바다는 어떤 곳일까요? 말로는 들어봤지만 한 번도 가본 적이 없어요."

미나가 말했다.

"아, 나도……."

네네도 말했다.

"윽."

"후후, 아무래도 미나 씨와 네네에게 바다 구경을 시켜드려야 될 것 같네요."

이오네가 말했다. 맞는 말이다. 살면서 한 번쯤은 바다를 구경해 봐야 했다.

"좋아. 지금 바로 바다로 출발하자."

"헤에." "네! 주인님!" "오오." "아……." "후후."

"응? 잠깐만, 알렉. 당연히 승부를 마무리 짓고 가겠지?"

근처에 눈치 없는 소리를 하는 남자가 한 명 있었다.

"바다에서 돌아오면 마저 승부해 주지, 머피. 그때까지 실력을 갈고닦아 둬."

"아니. 지금 승부해!"

"하겠냐. 그러면 다들 준비해. 세리나는 마차를 빌려 오고."

내가 리더로서 동료들에게 지시를 내렸다.

""네!"" "응!" "알겠어. 또 봐, 머피."

"치사하게 이기고 도망가기냐!"

"백, 이백 골드로 이기고 지고가 어딨어. 그렇게 승부가 하고 싶으면 마차 안에서 결판을 내주지. 너도 따라와."

내가 머피에게 말했다.

"오오, 나도 바다 여행에 데려가 주는 건가. 마차 요금까지 대신 내주려나 보군."

"착각하지 마, 머피. 너는 마차 요금만 내고 빈털털이로 돌아오게 될 테니까. 애초에 바다 여행은 우리끼리 오순도순하게 다녀올 생각이다. 미쳤다고 다른 파티의 남자를 끼워주겠냐."

"이 자식! 바다는 구경도 못 하는데 누가 그 제안을 받아들여! 승부다, 알렉! 그렇게나 바다에 가고 싶거든 나를 쓰러트리고 가라!"

머피가 자리에서 일어나 현관문을 가로막고 섰다.

못 말리겠군. 여기서 전투라도 하자는 건가?

"할 거면 밖에서 해."

카운터의 여주인은 관심도 없다는 듯이 적당히 주의를 주었다.

"좋아, 받아들이지."

나는 머피의 직성이 풀릴 수 있도록 승부를 수락했다.

"단, 카드로 단판 승부다. 내가 지면 포커든 뭐든 하루 종일 어울려 주마. 알겠지, 머피?"

"핫! 그렇게 나와야지!"

자, 그러면 바다 여행을 건 단판 승부다.

제1화

승부의 행방

우리는 다시 테이블에 착석했다. 나는 카드를 섞어 머피에게 건넸고, 머피도 심혈을 기울여 카드를 섞었다.

"서둘러 줘, 머피. 시간이 없다고."

내가 짜증이 나서 머피를 재촉했다.

"흥. 처음부터 이길 생각으로 가득하구만. 말해두지만, 나는 처음부터 네가 마음에 안 들었어, 알렉. 묘하게 당당한 데다가 귀여운 여자들까지 잔뜩 데리고 다니고 말이야."

머피가 말했다. 평범한 질투로군. 하긴, 입장이 반대였다면 나도 똑같은 말을 했을 것이다. 그러니 적당히 흘려듣기로 했다.

"알렉, 마차 말인데. 마침 닉이 있길래 그쪽에 부탁했어."

세리나가 돌아와 말했다.

"오, 그래. 그 녀석이라면 안심이다."

닉은 그랑소드 왕국으로 올 때 고용했던 마부였다. 일처리가 확실해서 오는 동안 아무런 문제도 일으키지 않았다.

"그런데 아직도 카드 게임 중이야? 여유 부리지 말고 얼른 준비해. 닉이 준비를 마치는 대로 오겠다고 했단 말야."

"머피 녀석이 물고 늘어져서 말이야. 세리나, 미나한테 내 짐을 챙겨달라고 전해 줘. 하긴, 짐이라고 해봤자 늘 사용하는 장비 정도지만."

"하긴. 그래도 난 갈아입을 옷도 가져갈 거야."

"그렇다고 너무 많이 가져가지는 말고."

"알고 있어."

마침내 머피가 카드 셔플을 끝내고 내 몫의 카드 다섯 장을 건넸다. 단판 승부이므로, 공정성을 위해서 이번에는 내가 덱을 건네받아 머피에게 카드를 나눠주었다.

물론 정정당당하게 승부할 생각이었다.

애초에 카드 게임에 익숙한 머피를 속이려 해봤자 허사였다. 그렇잖아도 방금 전의 포카드 때문에 머피는 나를 의심하고 있을 것이다. 실제로 내 손을 쳐다보는 눈빛이 상당히 매서웠다. 스킬을 사용한다면 불가능할 것도 없지만 이런 장난에 포인트를 투자할 생각은 들지 않았다.

분배를 마치고 덱을 테이블 중앙에 돌려놓았다. 그러자 머피가 먼저 손을 뻗었다.

"네가 선을 잡으려고, 머피?"

당연히 코인 토스로 정해야 한다고 생각해서 내가 말했다.

"아니. 이상한 수작을 부리지 못하게 다시 한번 섞으려고."

"관둬. 네가 수작을 부릴 가능성도 있으니까."

"알렉, 이 자식…… 날 뭘로 보고! 맹세하는데, 나는 포커를 치면서 단 한 번도 비겁한 수작을 부린 적이 없어. 실력이 둔해지니까."

포커에 그 정도의 실력이 요구되는지는 의문이지만, 이 녀석의 긍지는 존중해 주기로 했다.

"좋아. 하지만 시간이 없으니 한 번만 섞어."

"알겠어. 좋아, 이거면 충분해. 승부다! 알렉!"

테이블 위에서 벌어지는 일기토.

우리는 자신의 무기가 될 다섯 장의 카드를 주워 들었다.

스페이드 에이스, 스페이드 2, 스페이드 3, 스페이드 4. 그리고 마지막 한 장은…… 스페이드 5. 호오. 이것도 리세마라를 통해서 얻은 운의 힘인가. 스트레이트 플러시라니. 나도 오랜만에 보았다.

"좋아! 왔구나, 왔어! 알렉 오늘이야말로 네 제삿날이다!"

머피가 흥분해서 소리쳤다. 상당히 좋은 패인 모양이다.

그럼 어떻게 할까.

하지만 굳이 고민할 것도 없었다. 이것보다 강한 패는 로열 스트레이트 플러시뿐이다. 애초에 카드를 전부 갈아치우지 않는 한 노리는 것도 불가능했다. 어쨌든 일방적인 승부였다.

머피의 패는 잘해야 풀하우스 정도일 것이다. 로열 스트레이트 플러시를 뽑을 인물로는 보이지 않았다.

"교환은 안 하겠어."

내가 은화를 툭 던지며 선언했다.

"우연인걸. 나도 이대로 간다. ……그나저나 알렉. 당장 가진 돈이 없어서 그런데, 은화 한 닢만 빌려줄 수 없을까? 응? 부탁해."

방금 대목에서 은화를 툭 던지며 받아쳤으면 꽤 폼 났을 텐데. 미워하기 힘든 녀석이다.

"좋아. 하지만 네가 지더라도 더 이상 승부는 안 받겠어. 생떼나 쓰는 녀석과 어울릴 생각은 없거든."

"무슨 소리! 그건 내 대사다, 알렉."

한마디도 지는 법이 없군.

나와 머피의 호전적인 시선이 팽팽하게 부딪쳤다. 이윽고 고개를 끄덕인 우리는 동시에 카드를 뒤집었다.

""오픈!""

내 패는 스페이드 스트레이트 플러시. 반면에 머피의 패는 풀하우스였다.

"이게 무슨……."

말문이 막힌 채로 테이블을 바라보는 머피.

"내 승리다. 테이블은 네가 정리해 둬."

나는 테이블의 은화를 회수한 뒤 여관의 입구로 걸어갔다.

"에이다. 들었다시피 며칠간 자리를 비울 생각이야."

내가 카운터의 여주인에게 말했다.

"그렇게 해. 나가 있는 동안에는 여관비를 청구하지 않을 테니까 걱정하지 말고. 방은 그대로 남겨둘게."

"고마워. 조만간 다시 돌아올 예정이야."

마침 다른 일행들도 준비를 마쳤는지 계단을 내려왔다.

"기다리셨죠, 알렉 씨. 오랜만이에요."

"그래. 이번에도 잘 부탁한다, 닉."

비슷한 시점에 마부인 닉도 도착했다. 훌륭한 타이밍이다.

우리는 곧바로 마차에 짐을 실은 뒤, 그대로 마차에 탑승했다.

"이 바보 자식!"

여관 안에서 머피의 절규가 들려왔다. 과연 머피의 분노는 나를 향한 것이었을까, 아니면 자기 자신을 향한 것이었을까. 나로서는 알 방법이 없었다.

"바보 자시이이이익!"

또 들려왔다. 이쯤 되니 불쌍하군. 돌아가면 다시 카드 게임을 하자고 조를 게 분명했다.

"알렉, 도대체 머피한테 무슨 짓을 한 거야?"

세리나가 의아한 얼굴로 여관 쪽을 바라보며 물었다.

"딱히 아무것도. 저 녀석이 승부를 내고 싶다고 매달려서 쓴맛을 보여줬을 뿐이야."

"그럼 다행이고. 머피도 참 끈질기네. 그저께였나. 단판 승부라면서 나도 다섯 판이나 어울려야 했어. 뭐, 전부 내가 이겼지만."

세리나가 말했다. 머피 녀석, 그래서 나한테 끈질기게 승부를 요구해 왔구나.

"후후. 그럴 때는 한 번쯤 져주는 게 예의예요."

이오네가 웃으며 말했다. 확실히 어른스러운 대처였다.

"흐음."

"그렇구나."

"그러면 여러분, 준비 되셨죠? 이제 출발할게요."

"바다~! 야호!"

릭의 안내에 리리가 들떠서 외쳤다. 그리하여 우리가 탄 마차는 덜컹거리며 남쪽의 바다로 나아가기 시작했다.

제2화
B랭크 마법사의 기습

바캉스와 관광을 위한 바다 여행에 나선 우리들. 도중에 여관 마을에서 하룻밤을 보내고, 다시 마차에 올라 남쪽으로 이동하는 중이었다.

마차 여행이 길어지면 엉덩이가 아파서 힘들지만, 세리나의 말로는 서두르면 2, 3일 안에는 해안가에 도착한다는 모양이었다. 하지만 그럼에도 몬스터가 출몰할 수도 있는 위험한 여행길이다. 억지로 일정을 앞당겨서 목숨을 잃기라도 하면 본말전도였다. 그래서 나는 닉과 상담하여 일정에 여유를 두었다.

"클리어!"

"이쪽도 클리어했어요."

우리는 아미 앤트와의 전투를 마치고 다시 마차에 올랐다.

"이제 됐어, 닉. 출발해 줘."

"네. 그나저나 여러분, 굉장히 강해지셨네요."

방금 전의 전투가 순식간에 끝나버렸기 때문인지 닉이 감탄하며 말했다.

"그래?"

"그럴 수밖에. 알렉이 스켈레톤한테서 [불사] 스킬을……."

내가 세리나를 날카롭게 노려보았다. 세리나가 바보같이 발설하지 말라고 말했던 내용을 떠벌리려 들었기 때문이다.

"아차……. 아하하. 뭐, 우리도 '돌아올 수 없는 미궁'에 들어가서 단련했거든."

다행히 세리나도 실수를 깨달았는지 중요한 이야기가 나오기 전에 얼버무렸다.

"그렇군요. 모험가는 잠깐 안 본 사이에 무럭무럭 자란다는 말이 사실인가 보네요."

그건 현지의 속담일까, 이세계 용사들이 퍼트린 속담일까. 아무래도 상관없지만.

하지만 우리가 강해졌듯, 다른 용사들, 엘빈이나 케이지도 레벨을 올려 강해졌을 것이다. 그 녀석들이 신처럼 우리와 적대하게 되리라는 보장은 없지만, 안전을 위해서라도 레벨에서 앞서가고 싶었다.

"바캉스가 끝나면 미궁에서 레벨 업에 매진할 거야. 알겠지?"

내가 긴장감을 주기 위해서 일행들에게 말했다.

"알았어. 하지만 1층에서는 레벨을 올리는 데 한계가 있잖아. 얼른 아래층으로 내려가고 싶어."

세리나의 말이 옳았다.

"그러게요."

미소 짓는 이오네. 이오네는 전방에서 자신의 역할을 완벽히 소화하고 있으므로 나무랄 구석이 없었다.

"2층으로 가는 계단을 찾아낼 수 있도록 분발할게요, 주인님!"

"저, 저도 힘낼게요!"

기합을 넣는 미나와 네네. 두 사람 모두 의욕이 넘쳐서 보기 좋았다.

"으, 귀찮은데."

리리만 예외적으로 의욕이 낮았다. 하지만 상관없다. 어차피 경단으로 낚으면 단숨에 부활할 테니까.

"그리고…… 응?"

세리나가 입술에 손을 얹고 생각에 빠졌다.

"왜 그래, 세리나."

"음, 뭘까. 잊어먹은 게 있는 것 같은데."

"흥. 이제 와서 옷을 가지러 돌아갈 생각이라면 포기하는 게 좋아."

내가 딱 잘라서 말했다. 간단히 돌아갈 수 있는 거리도 아니었다.

"그건 괜찮아. 제대로 챙겨 왔는걸. 어쨌든 딱히 중요한 것 같진 않으니까 신경 쓰지 마."

"그럼 됐고."

마차는 지금도 덜컹덜컹 흔들리고 있었다. 닉의 말에 따르면 이마저도 꽤 훌륭한 마차라는 모양이다. 그러니 참는 수밖에 없었다. 다만, 흔들리는 공간에 멍하니 있으면 잠이 오는 게 인간이다. 나는 어느샌가 꾸벅꾸벅 졸기 시작했다.

"알렉 씨, 잠깐 누우시는 게 어때요."

이오네가 말했다.

"그러고는 싶지만 마차에서 눕기는 좀……."

흔들림도 흔들림이지만, 포장 도로가 아니다 보니 바퀴가 돌멩이를 밟으면서 발생하는 충격이 짐칸으로 직접 전해져 왔다. 그럼에도 리리는 대자로 누워서 입을 벌리고 자고 있었는데, 참으로 대단한 녀석이다.

"여기에 누우시면 괜찮을 거예요."

이오네가 자신의 무릎을 툭툭 치면서 말했다.

"호오, 무릎 베개라."

"맞아요."

"그러면 한번 누워볼까."

나는 이오네의 옆자리로 이동해 그녀의 육감적인 허벅지에 머리를 얹었다.

"어때요?"

"좋은데. 아프지 않고 편해."

"다행이다. 후후."

이오네가 내 머리카락을 부드럽게 쓰다듬어 주었다.

"와……."

"으으……."

네네는 이쪽을 바라보면서 얼굴을 붉혔고, 세리나는 무언가 하고 싶은 말이 있는 눈치였다. 하지만 나는 당당했다. 이오네는 이미 내 여자고, 하물며 무릎 베개를 제안한 것도 이오네였다. 아무런 문제도 없었다.

"또 몬스터가 습격해 오면 어쩌려고……."

세리나가 중얼거렸다. 하지만 한두 명만 깨어있으면 충분하다.

"안심하세요, 세리나 씨. 제가 주변을 잘 감시하고 있으니까요."

"고마워. 하지만 미나, 이따가 나랑 교대하자. 너도 피곤할 테니까. 한 명한테만 맡기면 불공평하기도 하고."

"네. 고맙습니다, 세리나 씨."

그 이후로는 정적 속에서 조용한 시간이 흘러갔다. 이오네의 손길이 기분 좋았던 나는 그대로 잠에 빠지기로 했다. 이오네는 아름다운 목소리로 노래를 불러주었는데, 자장가인지는 몰라도 마음이 무척 평온해졌다. 이렇게 진정되는 건 오랜만이었다.

그것이 나의 결정적인 방심이었다.

불현듯 꽝음과 함께 마차가 크게 흔들렸다. 내 몸이 공중으로 튀어 올랐다.

""꺄악!""

"뭐지?!"

비명이 난무하는 가운데, 미나가 앞장서서 마차 밖으로 뛰쳐나갔다. 짐칸이 천막으로 가려져 있어서 우선 바깥의 상황을 확인해야 하기 때문이다. 다만, 미나가 무모한 행동을 하지는 않을까 걱정되었다.

"저도 나갈게요!"

이오네도 나를 일으켜 세우고는 곧바로 뛰쳐나갔다.

"적은 한 명!"

세리나가 [에너미 카운터] 스킬로 적의 숫자를 파악해 주었다. 문제는 상대의 레벨이었다. 나는 밖으로 뛰쳐나가려는 세리나를 멈춰 세웠다.

"기다려, 세리나. 내가 먼저 나가서 [감정] 스킬을 사용하겠어. 너는 곧바로 [스타라이트 어택]을 사용할 수 있도록 준비해 둬."

"알겠어!"

세리나의 필살기를 맞힐 수만 있다면 확실하게 승리할 수 있다. 하지만 적의 실력을 모르는 상황에서 무턱대고 공격했다가 실패하면 앞이 캄캄해진다. 나는 적의 레벨이 상당히 높을 것이라 판단했다. 레벨이 낮은 적이라면 미나 혼자서도 대처가 가능하겠지만, 문제는 상대가 미나의 후각을 속이고 공격해 왔다는 점이다. 완전한 기습을 성공시킬 정도로 우수한 스킬을 보유하고 있다고 보는 편이 타당했다.

최대한 신중하게 대응해야 했다.

"후욱, 후욱……. 이 분노, 톡톡히 느끼게 해주마!' ……하으으."

"네네?"

네네가 겁먹은 채로 [공감력] 스킬을 발동했다. 이번 적은 우리를 알고 있다?

아니면 단순히 분풀이 삼아서 공격해 온 건가?

어쨌든 확인이 급선무다. 그렇게 나는 서둘러 마차 밖으로 나갔고…… 맥이 빠져버렸다.

미나와 이오네도 이미 검을 집어넣은 상태였다.

우리의 눈앞에는 익숙한 보라색 모자를 뒤집어쓴 마법사가 있었다.

"레티, 이게 대체 무슨 짓이야?"

나는 마차를 습격한 장본인에게 물었다.

"나만, 으흑, 따돌려 놓고, 바다에서 바캉스라니! 파티에서 내쫓고 싶으면, 처음부터 그렇게 말하면 되잖아! 훌쩍!"

레티가 울면서 말했다. 이상한 착각을 하게 만들었군. 이 녀석을 까맣게 잊어버린 우리도 문제가 있지만.

나는 [화술] 스킬을 사용했다.

"오해야. 돈을 버느라고 바쁜 레티한테 차마 놀러 간다는 말을 꺼낼 수가 없었어. 당연하지만 앞으로도 네네의 스승으로서 기대하고 있어."

"정말로?"

"맞아. 그렇지?"

내가 묻자 다들 고개를 끄덕여 보였다.

"……알았어. 나도 사과할게. 그러면 바다를 향해 출발!"

레티도 금세 기분이 회복된 모양이었다.

"닉, 마차에 이상은 없어?"

나는 마차 앞쪽으로 가서 닉에게 상태를 물었다.

"네. 말들이 놀랐을 뿐이에요."

"미안하게 됐어. 저 녀석도 일단은 우리 동료거든. 아니, 파티 멤버라고 해야 될지도."

"알겠습니다. 공격받은 게 아니라서 다행이에요."

닉이 화내는 기색도 없이 말했다. 정말로 어른스러운 녀석이다. 나였다면 우리같이 위험한 고객은 곧바로 내쳤을 것이다.

"좋아, 출발하자."

우리는 다시 마차에 탑승하여 이동을 재개했다.

제3화
수영복

사흘째 낮. 순조롭게 여행을 계속한 우리는 마침내 그랑소드 왕국 남부에 위치한 해안가에 도착했다.

"도착했어요, 여러분."

"오오."

"와아."

마차에서 내리자 반짝이는 모래사장 너머로 맑은 에메랄드빛 바다가 펼쳐졌다. 모래사장으로 밀려왔다가 하얀 거품을 일으키며 되돌아가는 파도 소리가 우리가 있는 곳까지 들려왔다. 머리 위로는 올려다보는 것만으로도 가슴이 뻥 뚫리는 푸른 하늘이 있었다. 하늘 높이 떠있는 태양은 쨍쨍했고, 생각했던 것보다 햇살도 강했다. 마차 안에서 우리들을 괴롭히던 지루함과 잠기운은 단숨에 어디론가 날아가 버렸다.

"바다다!"

일행들이 시간이라도 멈춘 것처럼 시선을 빼앗긴 사이, 리리만이 모래사장을 향해 힘차게 달려나갔다.

"앗! 기다려, 리리! 바다에 들어가기 전에 준비운동부터 해야지!"

세리나가 리리를 불러 세웠지만 어차피 들리지도 않을 것이다.

"멀리만 안 나가면 죽지는 않을 테니 내버려 둬. 그보다 미나, 네네. 감상은?"

내가 바다를 처음 보는 두 사람에게 물었다.

"이게 바다군요……. 굉장하다는 말밖에 안 나와요."

"후아아…… 넓다아……."

단순하지만 일반적인 감상이었다. 바다는 말로 표현할 수 있는
게 아니다. 이것만큼은 직접 체험해 보는 수밖에 없었다.

"그러면 저는 근처의 항구 마을로 가서 여관을 잡아놓을게요.
저녁쯤에 여러분을 모시러 오겠습니다."

마부인 닉은 바다를 즐길 생각이 없는 모양이었다.

"너도 느긋하게 즐기다 가는 게 어때?"

"이곳에 말들을 놔두면 더위에 못 이겨 뻗어버리거든요. 저는
바다에 여러 번 와봤으니 배려해 주시지 않아도 괜찮아요."

"그러면 그렇게 할게."

"그리고 맞은편에 옷을 갈아입을 수 있는 오두막이 있어요. 수
영복도 팔고 있으니 한 벌씩 구입하시는 게 좋을 거예요. 해수욕
이 끝나면 마법사가 준비한 생수로 몸을 씻는 것 잊지 마시고요.
또 햇빛 아래에 있으면 살이 타서……."

"그 부분은 우리도 숙지하고 있으니까 괜찮아."

"그러시군요. 그러면 천천히 즐기다 오세요."

닉의 설명에 따르면 신기하게도 이곳에서는 몬스터가 출몰하
지 않는다고 한다. 그래서 우리는 갑옷을 마차에 벗어놓은 뒤, 최
소한의 무기와 갈아입을 옷만을 [아이템 가방]에 넣어두었다. 그
렇게 마차를 떠나보낸 우리는 먼저 수영복을 사러 가기로 했다.

"우와, 엄청 많구나!"

해안가의 한 가게. 진열대의 옷걸이에 컬러풀한 수영복들이 줄줄이 걸려 있었다. 현대식 디자인의 수영복으로, 방수 처리까지 되어 있었다. 어째 이곳만 중세풍 세계관에서 동떨어져 있군. 아마도 던전의 보물상자에서 나온 아이템들일 테지만…… 깊게 생각하지 않기로 했다.

"어서 오세요. 수영복은 종류를 불문하고 한 벌에 200골드입니다. 비용이 부담되신다면 하루에 10골드로 렌탈해 드리고 있으니 이쪽 서비스도 이용 부탁드립니다."

가게에서는 수영복을 입은 여성 점원이 웃는 얼굴로 손님들을 맞이하고 있었다. 귀족들도 방문하는 가게인지 인테리어도 말끔하고 은근히 고급스러운 분위기도 감돌았다.

"헤에, 렌탈도 가능하구나. 어떻게 할까?"

"나한테 묻지 마. 점장, 신품은 어떤 거지?"

"예. 이쪽에 진열되어 있는 물품들은 전부 신품이에요."

"그러면…… 모르겠다, 귀찮아. 남성용 수영복으로 적당히 하나 골라줘."

남성용 수영복도 옷걸이에 걸린 채로 나란히 진열되어 있었다. 적당히 입으면 될 수영복을 진지하게 고르려니 도저히 의욕이 나지 않았다.

"그럼 못써, 알렉. 내가 골라줄게."

"너라면 십중팔구 빨간색이나 화려한 색으로 고르겠지."

"응? 멋지고 좋잖아."

패션을 타인에게 어필하는 것이라고 여기는 세리나와, 착용감

이외에는 그날그날의 자기 만족 정도로만 여기는 나 사이에는 메울 수 없는 거대한 벽이 존재했다.

"알렉한테는 이게 좋겠다!"

어느새 리리가 수영복 한 벌을 가져와서 말했다. 파란색 배경에 흰색의 가로줄무늬가 그려져 있는 일체형 수형복으로, 수영복이라기보다는 죄수복 같았다.

"기각."

"그러면 이건 어때?"

세리나가 가져온 수영복은 부메랑처럼 생긴 빨간색의 팬티였다. 면적도 적어서 거의 여자 수영복에 가까웠다. 이걸 입으면 여러 가지 것들이 삐져나올 듯하다.

"기각!"

"우와…… . 세리나, 그건 좀."

"아으…… ."

레티와 네네마저 질겁할 정도였다.

"이건 어떨까요?"

점원이 하늘색 그라데이션 배경에 하얀색 먹물을 흩뿌린 듯한 수영복을 권했다. 반바지 형태의 수영복이지만 너무 화려했다.

"흐음."

"알렉 씨한테는 이게 좋을 것 같아요."

이오네가 검은색 수영복을 가져왔다. 돌고래가 그려져 있기는 하지만 전반적으로 심플한 느낌의 수영복이었다. 그래, 이런 걸 원했다고.

"이걸로 할게. 200골드였지. 여기."

"고맙습니다. 시착실은 저쪽이에요."

"아니, 시착은 됐어. 끈이 달려있으니 사이즈 조절도 쉽겠지. 너희들도 원하는 걸로 고르도록 해. 나는 먼저 가있을 테니까."

그렇게 말한 나는 가게 옆에 세워진 탈의실에 들어가 수영복으로 갈아입었다. 안에는 옷을 보관하는 선반이 있었지만 도둑맞을 우려가 있었기에 [아이템 가방]에 신발째로 욱여 넣었다.

"쳇, 샌들도 살 걸 그랬네."

맨발로 백사장을 걸어다니려니 바닥의 모래가 뜨거웠다.

주변을 둘러보니 해안가는 가족들과 커플들로 북적거렸다.

"오오……."

바다에 도착한 나는 발을 담가보았다. 서늘한 바닷물이 발바닥의 열기를 식혀주었다.

간단한 준비운동을 마친 다음에는 어깨까지 몸을 담갔다.

바닷물의 청량감이 몸과 마음을 휘감았다. 상쾌한 기분이다.

눈을 감으니 온 세상이 민트로 뒤덮여 버린 듯한 감각이 들었다.

하지만 수온이 차갑지는 않아서 수영을 하기에도 무리가 없었다.

발밑의 산호가 보일 정도로 투명한 바닷물은 수평선에 가까워질수록 에메랄드빛으로 물들어 있었다. 머리 위 새파란 하늘에는 적란운이 저 높은 곳까지 피어올라 있었다. 이렇게 여유를 가지고 하늘을 바라보는 것이 얼마 만인지.

최근 '돌아올 수 없는 미궁'의 공략으로 정신이 없었기 때문일 것이다. 방심할 수 없는 던전이다 보니 나도 모르게 긴장과 스트레스가 쌓여있었던 모양이다.

나는 간단한 수영으로 바다를 만끽한 다음, 잠시 모래사장으로 되돌아왔다.

"알렉~!"

리리가 손을 흔들며 다가왔다. 리리는 핑크색 원피스 스타일의 수영복을 입고 있었다. 허리에는 프릴 스커트가 달려있어 무척 귀여웠다.

"리리. 그 수영복은 직접 고른 거야?"

"응! 세리나와 이오네가 이게 좋겠다고 추천해 줬거든."

"그랬군. 뭐, 너한테 딱 맞는 수영복이다. 나쁘지 않아."

"히히."

칭찬을 받은 리리는 만족스럽게 웃어 보이고는 그대로 바다에 뛰어들었다. 풍덩!

"푸핫! 차가워! 기분 좋아~!"

개헤엄으로 바다를 누비는 리리. 오늘은 마음대로 놀게 두기로 하자.

"주인님, 기다리게 해드려서 죄송해요."

미나가 종종걸음으로 달려왔다. 미나는 하얀색의 비키니를 선택했다. 천의 면적이 좁은 편이라서 옆가슴이 살짝 엿보였다. 그래도 자그만 가슴에 청초한 수영복이라는 조합은 나쁘지 않았다.

"서두를 필요 없어. 그나저나 어울리는걸. 네네."

나는 [화술 LV5]까지 사용해서 칭찬해 주었다.

"아, 그, 그런가요? 부끄러워요……."

나의 시선을 의식했는지 양손으로 가슴을 가리고 얼굴을 붉히는 미나. 좋은 여자다.

당장 발가벗겨 범해주고 싶지만, 미나에게는 첫 바다였다. 수영을 즐기는 게 우선이겠지. 바캉스는 내일까지 계속되니 할 시간은 충분했다.

"어휴, 알렉. 미나를 괴롭히면 못써. 다른 방문객들도 있으니까 어른스럽게 행동해."

세리나가 무슨 착각을 했는지 나를 나무라며 다가왔다. 아니나 다를까 붉은색의 비키니였다. 심지어 가슴과 엉덩이가 삐져나올 정도로 천의 면적도 좁았다.

"괴롭힌 적 없어. 그보다 너, 학생이 그런 걸 입어도 되겠어?"

"이 정도 가지고 뭘."

자신의 모습을 확인하고는 당당하게 가슴을 펴는 세리나. 확실히 이 정도면 합격이었다. 큼지막한 유방이 상당히 선정적이다.

"후후, 가끔은 화려한 옷도 괜찮다고 봐요."

미소 지으며 다가온 이오네가 말했다. 이오네는 어른스러운 검은색 비키니였다. 밑에는 파레오를 두르고 있어 요염함을 자아냈다. 딱히 작은 비키니가 아닌데도 박력이 넘치는 그녀의 가슴은 움직일 때마다 출렁거렸다.

"맞아. 모처럼 바다에 왔잖아."

"알았다, 알았어. 두 사람 모두 잘 어울리네. 그런데 네네한테는 왜 저런 걸 입힌 거야."

내가 말하자 네네가 이오네의 등 뒤에 몸을 숨겼다. 네네는 군

청색의 수영복을 입고 있었다. 문제는 가슴에 명찰이 달린 학교 수영복이라는 점이었다.

"우리가 정한 거 아니야. 다른 걸 골라주려고 했는데, 네네가 이게 좋겠다고 하길래."

"보나 마나 네가 엄청나게 화려한 수영복을 골라서 그랬겠지. 네네, 그 수영복이 나쁘다는 뜻은 아니니까 숨지 않아도 괜찮아. 우리 고향에서는 다들 그 수영복을 입고 헤엄쳤거든."

"그런가요? 다행이다……."

"핫하하하! 이걸 보시지, 알렉! 어때, 내 수영복이 제일 멋있지?!"

레티가 팔짱을 끼고서 큰 소리로 웃어젖혔다. 보라색 슬링샷 비키니는 그렇다 쳐도, 챙모자에 망토까지 두르고 있어서 치녀처럼 보였다.

"……그러면 다들 준비운동을 하고 바다로 들어가 봐."

"응."

"네."

"잠깐! 사람을 무시하지 마!"

레티가 화를 냈다.

"시끄러워. 신고당하기 싫으면 얼른 평범한 수영복으로 갈아입어."

"뭐? 비키니에 망토는 꽤 멋진 조합이라고 생각하는데."

"레티. 방금 전에도 말했지만, 그렇게 입으면 정말로 위험해. 바다에 빠질걸."

세리나가 피곤한 목소리로 말했다. 일단 주의는 주었던 모양이다.

"괜찮아, 괜찮아. 나는 천재 마법사잖아? 어차피 얕은 물에서만 놀 거고, 여차하면 마법을 사용해서…… 으악?! 푸헙!"

젖은 망토에 다리가 걸려 넘어진 레티가 바닥에서 바둥거렸다. 나와 세리나는 레티의 팔을 붙잡아 일으켜 주었다.

"푸하. 콜록, 콜록. 주, 죽는 줄 알았어."

"그러게 뭐랬어."

"바보 녀석."

"콜록. 조금 쉬다 올래……."

의기소침해진 레티는 모래사장으로 돌아가 웅크려 앉았다. 뭐, 내버려 두면 알아서 부활할 녀석이다.

"와, 차가워서 기분 좋다!"

"와아!"

한편 다른 일행들도 바다로 들어가 바닷물의 감각을 즐기기 시작했다.

"알렉도 이쪽으로 와!"

"나는 방금 전에 헤엄쳤으니까 됐어."

"일단은 와 봐! 얼른!"

리리가 끈질기게 나를 불렀다. 나는 무슨 일인가 하고 바다로 들어가 보았다.

제4화
의외의 비밀

"무슨 일인데?"

나는 리리의 부름을 받고 바다로 들어와 있었다.

"이얍!"

"푸하! 잠깐, 그만둬!"

리리가 내 얼굴에 바닷물을 뿌렸다. 나는 이런 애들 놀이에 어울려 줄 나이가 아니란 말이다. 도망가려 했지만 리리는 나를 추격했고, 세리나도 내 등에다 바닷물을 끼얹었다.

"자, 미나도."

"네? 그래도……."

"이건 바다에서 하는 놀이니까 괜찮아. 알렉도 화내지 않아."

"아, 알겠습니다. 그러면 주인님, 전력으로 갈게요……!"

"그만둬, 바보야. 네가 전력으로 물을 끼얹으면, 푸헉!"

당하기만 하는 건 성미에 맞지 않았기에 나도 반격에 나섰다.

"꺄악!"

"그렇게 나왔겠다?"

"우하하, 무다무다무다!"

어느샌가 우리는 물놀이에 흠뻑 취하고 말았다. 설마 나까지 동심으로 돌아가 버리게 될 줄이야.

"이번에는 비치 발리볼을 해 볼까? 이럴 줄 알고 공을 사왔거든."

세리나가 [아이템 가방]에서 비치볼을 꺼내 던졌다.

"저, 비치 발리볼이 뭔가요?"

"일단은 공을 받아쳐 봐, 미나."

"알겠습니다. 그럼, 이얍!"

미나가 받아친 공이 상당한 스피드로 날아왔다. 나는 [운동신경 LV5]와 [동체시력 LV5]로 간신히 받아낼 수 있었다.

"크윽."

"훌륭하시네요. 그러면 저도 갈게요. 스읍…… 수조검 오의! 카이츠부리!"

설명하지. 카이츠부리란 '물에 들어간 새'를 의미하는 일본의 한자어다. '카이'는 '갑자기'라는 뜻이며 '츠부리'는 물속에 들어갈 때 나는 소리를 뜻한다. 따라서 이오네는 기술명처럼 갑자기 물속으로 사라졌고…… 아니, 훼이크인가?!

"앗, 위쪽이야!"

"뭣이?!"

어느샌가 수 미터를 뛰어오른 이오네가 맨손으로 비치볼을 강타했다. 한순간 크게 찌부러진 공은 초고속 회전이 더해졌는지 희미한 분신까지 만들어내며 일직선으로 바다를 꿰뚫었다. 커다란 물보라가 피어오르고, 직경 1미터 범위의 바닷물이 밀려나면서 바닷속이 훤히 드러나 버렸다.

"후후, 어떤가요?"

"이런 걸 어떻게 받아!"

"앗! 재밌겠다, 나도 해볼래! 4대 정령 운디네여, 내 마나를 공물로 바쳐 물줄기를……."

이제는 레티까지 마법을 영창하기 시작했다. 하지만 이건 비치 발리볼의 본모습이 아니므로 내가 제지에 나섰다.

"기다려. 너희들 모두 착각하고 있어. 비치 발리볼은 상대방한 테 패스를 하면서 즐기는 놀이야. 진지하게 겨루는 승부가 아니라고."

"하긴. 나라면 몰라도 네네가 받아내기는 어렵겠네."

세리나가 말했다.

"무리예요, 아으으……."

"리리도 절대 무리!"

그것 봐라. 두 사람 모두 벌벌 떨고 있잖아.

"그렇구나. 그러면 살살 던질게. 이얍."

망토를 벗고 바다로 들어온 레티가 공을 주워서 네네에게 패스 했다.

"아와와…… 에잇!"

살짝 위태롭기는 했지만 네네가 무사히 볼을 받아넘겼다.

"잘했어, 네네."

"네!"

그렇다. 이 화기애애한 분위기야말로 비치 발리볼의 본모습이다.

소녀들이 공을 주고받을 때마다 출렁거리는 가슴. 그곳에서 우리는 찰나의 도원향을 발견할 수 있는 것이다. 운이 좋다면 수영복이 홀러덩 벗겨지는 해프닝이 벌어지기도 한다. 남자들은 그 순간을 절대로 놓치지 않고자 눈을 반짝이면서, 실수를 가장하여 일부러 여자들에게 강력한 볼을 보내는 것이다. 기회를 노리는 육식동물처럼. 비치 발리볼이란 그런 게임이다.

"앗, 잠깐만."

모처럼 좋은 분위기였건만, 세리나가 볼을 붙잡아 흐름을 끊었다.

"뭐야, 세리나. 내 플레이에 불만이라도 있는 거야?"

"딱히 없어. 그보다 저기를 봐봐. 살짝 커다란 파도가 오고 있어."

세리나가 가리킨 방향을 바라보니, 2미터 정도의 높은 파도가 이쪽으로 다가오고 있었다. 저 정도라면 물을 좀 먹을지는 몰라도 피난을 갈 정도는 아니군. 이 바다에는 서핑을 하려고 찾아온 사람들도 많기 때문에 보드에 누워서 파도를 향해 나아가는 녀석들을 심심찮게 찾아볼 수 있었다.

"괜찮아요. 저 정도의 파도라면 직전에 숨만 참아도 무사히 넘길 수 있어요."

이오네의 친절한 설명에 모두가 고개를 끄덕였다.

이윽고 파도가 다가오며 수면이 부풀어 올랐다. 우리는 숨을 크게 들이마셨다.

몸이 붕 떠오르는가 싶더니, 거대한 파도가 머리 위로 쏟아져 내렸다. 파도가 지나가기를 기다린 뒤, 우리는 다시 숨을 쉬었다.

"후우."

"푸핫. 켁, 타이밍을 잘못 쟀어! 콜록, 콜록!"

"어머나. 괜찮으신가요, 레티 씨."

약 1명, 숨 참기에 실패한 녀석이 있지만 다른 멤버들은 괜찮아 보였다. 나는 그렇게 생각하며 파티원들이 무사한지를 확인했다.

"앗, 네네는?"

"뭐?"

방금 전까지 근처에 있었던 네네가 어디에도 보이지 않았다.

"네네, 어딨어?!"

"킁킁, 틀렸어요. 바닷물에 냄새가 지워져서……."

수색에 특화된 미나의 후각도 지금은 소용이 없었다.

"나한테 맡겨! 잃어버린 물건이여, 내 부름에 답하라, 디텍트!"

레티가 탐지 마법을 사용했다.

"저기야! 세리나의 뒤쪽!"

"어? 아앗……."

세리나의 4미터쯤 후방에 물에 빠져 발버둥치는 네네가 있었다.

"뭐 하고 있어, 세리나. 얼른 가서 구해줘."

"어어……."

어째서인지 가장 가까이 있는 세리나가 움직이질 않았다.

"쳇!"

나도 수영을 잘하는 편은 아니지만 곧바로 물에 뛰어들었다.
그렇게 수십 년 만의 자유형으로 네네가 있는 곳까지 다가갔다.

"진정해, 네네. 이제 괜찮아."

다행히 아직 발이 닿는 깊이였기에 나도 당황하지 않을 수 있
었다. 물에 빠지면 패닉으로 달라붙기 마련이라 도와주러 간 사
람까지 빠지는 건 흔히 있는 일이다.

"콜록, 콜록. 죄송합니다……."

"사과할 일이 아니니까 잊어버려. 손을 붙잡고 있을 걸 그랬군.

그보다, 세리나."

"미, 미안……."

"어째서 움직이지 않았는지 설명해 봐."

평소의 세리나라면 가장 먼저 달려가 구해주었을 것이다. 그래서 방금의 행동이 이해가 되지 않았다.

"그건……."

"아하. 어째선지 알겠다!"

"뭣이?"

우리 파티에서 제일 멍청한 리리가 가장 먼저 알아채다니. 제대로 알아내긴 한 걸까?

"말하지 마, 리리."

세리나는 알려지고 싶지 않았는지 리리를 말렸다.

"글쎄. 어떻게 할까? 후히히."

"'으으, 헤엄치지 못한다는 걸 들킨다면 알렉이 틀림없이 바보 취급할 거야!' ……아와와."

네네가 [공감력☆] 스킬로 세리나의 속마음을 폭로해 버렸다.

"그렇게 된 거군."

나는 한숨을 푹 내쉬었다.

"으으……."

"세리나. 헤엄치지 못하는 건 바보 취급당할 일이 아니야. 그리고 또 이런 일이 발생하면 큰일이니까 동료들한테는 솔직하게 털어놓도록 해."

"……응."

세리나가 얼굴을 빨갛게 물들이며 대답했다. 반성은 한 모양이었다.

"그랬군요……. 그런데 세리나 씨가 헤엄을 못 친다니 의외네요."

미나가 말했다. 나도 동감이었다. 이 녀석, 운동신경만큼은 발군이라고 생각했는데. 리세마라를 하기 전에는 몸치였던 건가?

"응……. 초등학교에 입학하기 전에 부모님을 따라서 바다에 간 적이 있거든. 그때 해파리한테 찔려서 물을 무서워하게 됐어. 수영장에서는 헤엄칠 수 있지만."

수영장에서는 헤엄칠 수 있다니. 특이한 맥주병도 다 있구나.

"그랬군. 혹시 지금도 무리하고 있는 거야?"

"조금은. 바닷물이 투명해서 허리까지 오는 정도라면 괜찮아."

"뭐, 알겠어. 일단은 다 같이 휴식을 취하기로 하자."

""네.""

""응.""

모래사장으로 올라와 보니, 방금 전까지는 없었던 모래상이 세워져 있었다.

"레티, 너……. 손재주가 엄청나구나."

"굉장하다!"

레티의 솜씨에 감탄하는 우리들. 레티가 넘어져서 의기소침해져 있을 때 만든 모양이었다. 주어진 시간이 짧았을 텐데도 대단했다.

"훗, 천재인 이 몸한테 걸리면 이쯤이야 식은 죽 먹기지. 마법으로 만들면 간단하거든. 정 원한다면 너희한테 가르쳐주지 못할 것도 없는데. 배워볼래?"

"아니, 필요 없어."

"나도 딱히."

마법이란 걸 알고 나니 별로 대단해 보이지 않았다. 모래로 조각상을 만드는 마법이라니. 이런 때를 제외하면 써먹을 구석도 없어 보였다. 다른 일행들도 똑같은 생각을 했는지 흥미를 보이지 않았다.

"뭣?! 네네! 네네는 배우고 싶지?!"

"아, 네……. 아마도."

다소 강압적인 느낌도 들지만, 스승의 기분을 맞춰주는 것도 제자의 소임이다.

힘내라, 네네.

"지금부터 자유 시간이다. 바다에 들어가고 싶으면 2인 1조로 가고."

나는 리더답게 최소한의 주의사항을 전달한 뒤, 마음속에 담아두었던 장소로 이동했다.

제5화
엿보기 구멍

그랑소드 왕국 남쪽에 위치한 해수욕장.

이곳은 일반인들에게도 개방된 해수욕장으로, 몬스터가 출몰하지 않아서 남녀노소를 불문하고 인기가 많은 장소였다.

즉, 젊은 미소녀들 또한 바다를 찾아와 한여름의 해방감을 맛보고 있을 것이다.

심지어 이곳에는 탈의실까지 마련되어 있었다. 그렇다면 남자로서 엿보지 않을 수가 없었다.

물론 여자 탈의실과 남자 탈의실은 각각 다른 장소에 지어져 있었다. 함부로 여자 탈의실에 다가가면 그 자리에서 체포당할 것이다. 하지만 스켈레톤 용사의 [불사] 스킬을 카피하여 방대한 스킬 포인트를 획득한 지금의 나라면 가능했다. 엿볼 수 있었다.

나는 완전한 승리를 예감하며 여자 탈의실 뒤쪽에 위치한 야자수 숲으로 발걸음을 향했다.

이 과정에서 주변을 두리번거리는 건 삼류나 하는 짓이다. 지나가던 누군가가 수상한 사람을 보았다고 신고하면 곧바로 감옥행이다. 야자수 숲은 여자 탈의실 근처에 있기 때문에 남자가 접근하는 것만으로도 옐로 카드감이었다. 나는 발각되지 않도록 세심한 주의를 기울이며 주변을 살폈다. 만약 누군가가 다가와 "여기서 뭘 하는 거지?", "어딜 가려고?"라고 묻는다면 곧바로 소변을 보거나, 그늘에서 쉬는 중이라고 둘러댈 생각이다.

한 걸음, 한 걸음이 영원처럼 느껴지는 긴장감 속에서, 나는 [행운 LV5] 스킬에 모든 것을 걸었다.

그 결과, 나는 아무에게도 들키지 않고 야자수 숲으로 진입하는 데 성공했다. 여기까지 오면 안심이다. 햇빛을 반사하는 모래사장 때문에 그늘 안쪽은 시인성이 나빴다. 게다가 바다와 수영복을 감상하느라 바쁜 관광객들은 이곳을 쳐다볼 생각도 하지 않을 것이다.

그리고 마침내 나는 여자 탈의실의 건물 뒤편으로 돌아 들어가는 데 성공했다.

탈의실은 판자를 이어붙여 지어놓은 목조 건물로, 튼실하게 지어져 있기는 했지만 그래 봤자 중세 건물이다. 벽 중간에 단열재를 덧댄 것도 아니라서 외벽과 내벽의 빈틈이 일치하는 부분, 즉, 엿보기 구멍을 발견하기만 하면 된다. 설령 없더라도 나이프로 긁어서 직접 만들면 끝날 문제다.

"음?"

그런데 빈틈을 물색하던 나는 느닷없이 동그란 구멍을 발견하고 말았다. 에이, 설마. 벌레가 먹어서 생긴 구멍이겠지. 안쪽이 훤히 들여다 보이는 완벽한 엿보기 구멍이었다.

묘하군.

아무리 내가 남들보다 높은 운을 보유하고 있다지만, 그 수치는 최대치의 절반인 25밖에 되지 않았다. [행운 LV5]가 작용했다 하더라도 이건 지나친 기분이 들었다.

뭐, 아무래도 좋다.

목적을 위해서라면 써먹을 수 있는 건 뭐든 써먹어야 했다. 그로 인해서 누군가가 불행해지거나, 피해가 발생하면 문제가 되겠지만 구멍을 엿본다고 손해를 볼 사람은 아무도 없었다. 구멍 주변에 하얀 가루가 묻어있는 점이 조금 마음에 걸렸지만, [감정]해 보니 독은 아니라는 결과가 나왔다.

그렇다면 망설일 필요는 없었다.

"스읍."

숨을 크게 들이마셔 정신을 통일한 뒤, 나는 벽에 뚫린 기적의 구멍을 들여다보았다.

보인다. 보여.

여자 탈의실의 중심부가 훤히 보인다.

정말 운이 좋았다. 너무나 훌륭한 광경이다.

분명 평소의 행실이 보답을 받은 것이겠지.

심지어 안에서는 몇 명의 여자들이 옷을 벗기 시작한 참이었다.

마침내 시크릿 스트립 쇼의 개막이다!

"이 수영복, 너무 과감한 걸로 골랐나 봐."

"뭐 어때. 모처럼 돈 내고 여기까지 왔는데. 오늘은 한껏 뽐내야지!"

"그, 그렇지? 응! 오늘은 한껏 뽐내볼게!"

이제 막 성인식을 맞이한 미소녀들이 무방비한 모습으로 대화를 나누었다.

저건 그야말로 "저를 시간해 주세요!"라고 부탁하는 꼴이다.

소녀들은 내가 지켜보고 있다는 사실도 모른 채 새하얀 살갗을 드러내기 시작했다.

스타일이 훌륭하군. 한 명은 슬랜더했고, 다른 한 명은 글래머러스했다.

"와, 그 수영복 귀엽다."

"응. 자수를 넣어봤어."

굿이다. 나를 향한 자각 없는 어필인가. 슬랜더한 미소녀는 자수가 새겨진 브래지어를 살짝 잡아당겨 동료에게 보여주었다.

"얍."

그러자 글래머 소녀가 브래지어 안쪽에 검지 손가락을 찔러 넣었다.

"꺄악! 무, 무슨 짓이야."

나이스다, 글래머 소녀! 사실은 별로 취향이 아니라서 관심 밖이었지만, 그 짓궂은 성격을 높게 평가하여 감상 대상에 넣어주마.

"엄마~ 빨리~!"

"알았어. 잠깐만 기다리렴."

어이쿠, 이번엔 모녀인가. 순진한 얼굴의 소녀는 귀여운 트윈테일을 하고 있었다. 어머니 쪽은 아직 젊은 편이었는데, 엄청난 폭유의 소유자였다. 가끔은 모녀 덮밥도 나쁘지 않겠군.

소녀는 바다에 나가서 놀고 싶은 마음이 앞섰는지 서둘러 옷을 벗었고, 윗도리를 보관함에 대충 던져 넣으면서 상반신이 노출되었다. 하지만, 젠장. 등을 이쪽으로 향하고 있어서 가슴이 보이지 않았다. 이쪽을 보란 말이다! 뭐, 좋아. 자그만 엉덩이부터 감상하면 되지. 이윽고 소녀는 스커트에 손을 얹었…….

"스타라이트 어택!"

나는 엄청나게 불길한 예감을 느끼며 뒤를 돌아보았다. 어느새 세리나의 칼끝이 내 코끝을 겨누고 있었다.

"세리나······!"

지금 건 경고다. 세리나가 정말로 나를 죽이려고 마음먹었다면 빗맞힐 일은 없었을 테니까. 하지만 절대적인 죽음을 의미하는 무지갯빛 별조각이 눈앞의 칼날에서 철철 흘러넘치고 있었다. 그 광경만으로도 위장이 쪼그라드는 느낌이었다.

"어디에 갔나 했더니······. 이런 데서 탈의실을 엿보고 있었을 줄이야. 리더 실격이야, 알렉."

자, 여기서 어떻게 대답해야 할까. 선택지는 세 가지다.

1. "그게 뭐 어쨌는데?"
2. "당신의 착각일 뿐입니다."
3. "한순간의 실수입니다, 죄송해요!"

1번인 "그게 뭐 어쨌는데?"는 내가 리더 실격이라는 사실을 인정하는 꼴이다. 세리나가 리더를 자처하고 나서면 곤란했다. 용사같이 구는 녀석이 파티를 맡으면 매번 위험한 곳으로 쳐들어갈 게 분명했다. 모험이라는 단어가 다른 의미의 모험이 되어버리고 만다.

2번인 "당신의 착각일 뿐입니다"를 고르면 세리나가 반박하면서 말다툼이 시작될 테고, 결국에는 탈의실에서 옷을 갈아입던 사람들이 내 존재를 눈치챌 것이다. 이것도 안 되겠군.

3번인 "한순간의 실수입니다, 죄송해요!"를 선택해 사과하면 세리나에게 용서받을 수는 있을 것이다. 하지만 내 자존심이 용납하지 않았다. 한순간의 실수? 아니다. 이건 남자의 본능이자, 이세계에서 자유롭게 살기로 결정한 나의 의지다. 그래, 정했다. 나는 자유롭게 살 것이다.

"뭐라고 말 좀 해봐."

나는 4번 선택지를 골랐다. 진지한 얼굴로 입가에 검지손가락을 세워 조용히 하라는 제스처를 취한 것이다. 어찌 됐든 나는 이곳에서 커다란 소리를 낼 수 없었다. 남자의 목소리가 들리면 탈의실의 사람들이 뛰쳐나올 것이기 때문이다.

"뭔데. 나더러 협력해 달라는 뜻이라면……."

나는 말없이 엿보기 구멍을 가리켰다.

"건물을 훼손하서까지 엿보기라니. 한심하네."

나는 고개를 가로저었다. 내가 한 짓이 아니라는 어필이었다.

"뭐? 네가 아니라면 누가……."

세리나가 구멍을 관찰했지만, 그 정도로 이 구멍을 뚫은 범인을 식별해 내기란 무리였다.

"일단 따라와. 감시하러 갈 테니."

내가 작은 목소리로 말했다.

"어어?"

나는 야자수 숲으로 들어가 세리나에게 손짓했다. 여기까지 오면 목소리를 내도 문제없을 것이다. 나는 진지한 표정을 유지한 채로 나무 뒤에 숨어서 탈의실 건물을 응시했다.

"구멍을 뚫은 범인을 잡으려고 여기에서 망을 보고 있었던 거야?"

"맞아."

"……."

수상하다는 듯이 나를 쳐다보는 세리나. 내 말이 사실인지, 아니면 연기를 하는 건지 반신반의하는 모양이었다. 조금이라도 나를 믿고 있다면 여기서 전력으로 밀어붙일 수밖에.

"세리나, 내 눈을 봐. 이렇게나 심각한 상황에서 파티의 리더를 의심하는 거냐?"

"하지만 그 상황에서는 다른 가능성이 없잖아."

"서운하네……. 솔직히 지금까지 내 행동에 찔리는 부분이 많았던 건 사실이야. 그건 부정하지 않겠어. 하지만 난 거짓말은 싫어하는 성격이야. 실제로 내가 저 구멍을 뚫었다 치자. 과연 내가 그 사실을 부정했을까? 아니, 절대로. 나는 비겁하게 숨지 않아. 야한 게 뭐가 나빠!"

"결국 알렉이 뚫었다는 말이잖아."

"아니, 잠깐. 그건 정말로 사실이 아니야."

화제를 돌리려다가 미끌어지고 말았다.

"알겠어. 1할 정도는 알렉의 말을 믿어볼게. 여기서 엿보기범이 오는지 지켜본 다음에, 아무도 오지 않으면 알렉이 유죄인 걸로 하겠어."

세리나가 말했다.

"그 녀석이 오늘 올 거라는 보장은 없어."

"맞아. 그래도 유죄는 유죄야."

"뭐?"

무슨 소리인지 모르겠다. 그러자 세리나가 덧붙였다.

"만약 예전부터 뚫려있던 구멍이고, 장본인이 이곳에 나타난다면 진범을 셈이잖아. 우리도 '돌아올 수 없는 미궁'을 공략하느라 바쁘니까 알렉이 무죄를 증명할 기회는 오늘밖에 없다는 뜻이야."

세리나가 말했다. 무죄추정의 원칙은 어디다 팔아먹은 거야. 네 방식대로라면 세상은 범죄자 천지겠다.

그래서 나는 거절했다.

"아니, 그렇게 생각한다면 범인이 나타날 때까지 며칠이든 이곳에서 감시하겠어. 진짜다. 동료를 의심하는 상태에서 파티가 제대로 굴러갈 리 없으니까. 너는 믿지도 못하는 상대한테 목숨을 맡길 수 있겠어?"

"그건……."

이 부분은 나로서도 중요하다고 여기는 대목이었기에 여차하면 정말로 바캉스를 연장할 생각이었다. 물론, 감시만 하면 지루하니 이곳은 세리나한테 떠넘기고 나는 바다를 즐기러 가겠지만.

"됐으니까, 우선은 지켜봐. 리더로서의 명령이야."

"만약 거짓말이면 리더에서 내려와야 할 거야, 알렉. 알고 있지?"

"물론이야. 당연하지."

나는 단언했다. 겁먹을 이유도 없었다. 실제로 저 구멍은 내가 뚫은 게 아니니까. 그 사실을 증명하기는 어렵겠지만, 누명을 쓰고도 순순히 넘어갈 정도로 난 얼빠진 인간이 아니었다.

"……좋아. 그러면 지켜보겠어."

제6화
야외 플레이

내가 유죄인지, 무죄인지를 확인하기 위해 세리나와 함께 여자 탈의실을 지켜보게 되었다.

탈의실의 내부를 엿본다는 의미가 아니라, 진범이 나타나기를 기다린다는 뜻이었다.

하지만 범인이 곧바로 나타날 리가 만무했다. 한동안 가만히 기다리던 나는 금세 지겨워져 버리고 말았다.

"지루해. 세리나, 다른 방법이 없는지 떠올려 봐."

"지루한 건 나도 마찬가지거든? 네가 순순히 사과하면 용서해 줄게."

"내가 아니라고 말했잖아."

"솔직하게 인정하면 좋을 텐데."

세리나는 그렇게 말하면서도 다시 건물로 고개를 돌려 진지하게 감시하기 시작했다. 뭐, 이 녀석에게 맡겨두기로 하자.

세리나는 야자수에 손을 짚고 서 있었다. 빨간 끈팬티를 입어서 그렇잖아도 튼실한 엉덩이가 한층 강조되었다. 세리나를 감상하면서 기다리는 것도 나쁘지는 않군.

자리에 쪼그려 앉은 나는 최적의 각도를 찾아가며 세리나의 엉덩이를 관찰하기 시작했다.

"나 참……. 뭘 하는 거야, 알렉."

내 시선을 느꼈는지 세리나가 뒤를 돌아보았다.

"두 명이나 감시할 필요는 없잖아. 나는 옆에서 잠시 휴식할 테니까, 네가 지켜보고 있어. 나중에 교대해 줄게."

"쉬려면 저쪽에서 쉬던가. 집중이 안 되니까 엉덩이 좀 그만 쳐다보고."

"세리나, 넌 그래서 문제야. 내가 옆에서 대기하는 건 네 엉덩이를 보기 위해서가 아니야. 생각해 봐. 구멍을 뚫은 남자가 엄청난 실력의 모험가면 너 혼자서 상대할 수 있겠어?"

"상대할 수 있을걸. 엿보느라 정신이 없을 때 뒤에서 접근하면 되겠지. 적어도 어느 분께서는 전혀 알아채지 못하던걸."

"나는 엄청난 실력의 모험가가 아니니까. 어쨌든, 네가 걱정돼서 그래. 내 누명을 벗기기 위함이기도 하고. 그러니 옆에서 기다리겠어."

"어휴. 마음에도 없는 소리나 하고."

세리나가 가볍게 흘려 넘겼다. 그래도 더 이상 저리로 가라는 말은 하지 않았다. 나는 씨익 웃으며 로우 앵글로 세리나의 엉덩이를 시간했다.

"수행이라고 생각해. 집중을 흐트러트리지 마."

"나중에 똑같이 되갚아 줄 거야, 알렉."

"그러던가."

세리나에게 엉덩이를 보여줘 봤자 아무렇지도 않았다.

동의를 얻은 나는 더욱 대담한 행동에 나섰다. 세리나의 엉덩이에 얼굴을 들이대고 킁킁 냄새를 맡은 것이다.

세리나는 엄청난 기세로 자신의 엉덩이를 가리며 버럭 화를 냈다.

"알렉! 적당히 좀 해!"

"가벼운 장난이잖아. 소리가 커. 그랬다간 범인이 눈치챌걸."

"알렉이 이상한 짓을 하니까 그렇지! 하여간 변태 아저씨가 따로 없다니까. 앗, 누군가 왔어."

"뭐라고?"

주위를 둘러보니 수영복 차림의 2인조가 이쪽으로 걸어오고 있었다. 양쪽 모두 젊은 남성이었다. 이들도 바캉스를 왔는지 활기차게 웃고 있었다. 하지만 그들은 그대로 탈의실을 지나쳐 버렸다.

"으음, 방금 두 명은 범인이 아니었던 건가?"

"아니겠지. 이쪽은 한 번도 쳐다보지 않았거든. 엿보는 게 목적이었다면 더 수상하게 굴었을 거야."

"하긴……."

뒤이어 한 여성이 나타났지만 여자는 무시해도 좋을 것이다. 설령 동성애자라 하더라도 당당히 탈의실로 들어가서 시간하면 그만이다. 구멍을 뚫을 필요가 없었다.

또 지루해졌다.

그래서 나는 수영복 밖으로 삐져나온 세리나의 엉덩이를 손가락으로 콕 찔러주었다.

"꺄악! 적당히 하랬지, 알렉~!"

세리나가 주먹을 움켜쥐고 말했다. 얼굴은 여전히 웃고 있어서 더 무서웠다. 그래도 검을 뽑지는 않는군.

"너도 지루해 보이길래."

"대화로 해, 대화로! 그렇게 만지면 감시를 할 수가 없잖아."

"그런가? 가끔 건물을 쳐다보기만 하면 되잖아. 이렇게 된 거 즐기자고."

"자, 잠깐, 아앙♪"

오른손으로 엉덩이를 어루만지자 세리나가 몸을 움찔거리며 야릇한 교성을 내질렀다.

"그, 그만하라니까."

"뭐 어때. 너도 이렇게 해주길 바라잖아?"

"굳이 지금 하고 싶지는, 아앙! 그, 그만……."

세리나가 내 손을 치우려 들었지만 이미 자세는 야자수에 기대다시피 한 상태였다. 벌써 느끼기 시작한 건가. 음탕한 녀석 같으니.

"어떻게 된 거야. 몸에 힘이 없잖아, 세리나."

"마, 말했잖아! 자꾸 그렇게 만지면…… 으응, 하아앙! 머, 멈추래도! 누가 오면, 어쩌려고!"

"보여주면 되잖아. 바다를 찾아온 커플이 밖에서 대놓고 하는 건 드문 일도 아니야."

"대놓고 하고 싶지 않은데, 앗, 응, 거기, 좋아…… 으응!"

허벅지 안쪽을 쓸어 올린 나는 그대로 붉은색 팬티를 어루만졌고, 세리나는 견디지 못하고 몸을 부들부들 떨면서 야자수에 매달렸다.

"평소보다 민감한걸. 혹시 야외 플레이가 취향인가? 빨리 말하지 그랬어."

"아, 아니거든? 정말로, 그만, 하라니까, 앗, 아앙!"

"바캉스잖아. 너도 즐기는 게 어때. 매일 하던 것보다 훨씬 기분 좋을걸?"

"매, 매일 하던 것보다……?"

"그래."

나는 악마의 웃음을 지으며 대답했다.

"하지만 여기서 하면 다 보이는걸…… 하응!"

"방금 전에 지나갔던 녀석들도 우리를 눈치채지 못했어. 숲속인 데다 그늘까지 드리워 있으니까. 뚫어져라 쳐다보지 않는 이상 있는지도 모를 거야."

"그, 그럴까……? 아아앙♪"

"난 이대로 그만둬도 상관없어. 하지만 넌 이미 흥건히 젖어버린 것 같은데."

"으으, 네가 만져서 이렇게 됐잖아. 알렉, 알았으니까……. 나, 더는……. 하아, 하아."

달아오를 대로 달아오른 세리나가 넣어달라고 애원해 왔다. 야외에서 조금 만졌다고 이 꼴이라니. 이미 훌륭한 치녀로군. 청초한 여고생은 이미 온데간데없었다.

"뭐, 좋아. 원한다면 얼마든지 넣어주지. 대신, 조금만 기다려."

나는 세리나의 애액으로 축축해진 수영복의 감촉을 즐기기 위해서 집요하게 손가락을 놀렸다.

"아앙, 애태우지 말고! 나, 흐윽…… 더는 서있지도 못하겠어."

"나무에 매달려 봐. 네 소원대로 해줄 테니까."

나는 반바지를 옆으로 젖혀 빳빳하게 발기된 물건을 꺼내 들었다. 이어서 세리나의 등에 밀착한 나는, 손가락으로 빨간색의 팬

티를 벗긴 뒤 내 물건을 삽입했다. 그리고 그대로 허리를 움직이기 시작했다.

"아아…… 드, 들어오고 있어. 알렉의 커다란 물건이, 으윽, 하아앙!"

세리나가 기쁨의 환성을 내질렀다. 하지만 그런 것치고는 조임이 상당했다.

"힘 좀 빼봐, 세리나. 안까지 들어가질 않잖아."

"하지만, 흐윽, 서있어야 되니까, 힘을 뺄 수가, 아앙♪"

"알았다. 이만큼 젖었으면 충분하겠지. 억지로 넣겠어."

"자, 잠깐, 알렉! 아앗! 꺄악, 그만, 흐윽, 앗, 앗, 앗!"

세리나의 입에서 작은 비명이 터져 나왔지만 아파서는 아닐 것이다. 내가 리드미컬하게 허리를 흔들자 세리나도 그에 맞춰 내 물건을 옥죄어 왔다.

"완전 명기로군. 이 정도면 가부키쵸와 요시하라의 넘버 원도 노려볼 수 있겠는데?"

"뭐가 넘버 원이야! 끄윽, 앗, 응, 으응, 안 돼, 가, 가버려, 가버릴 것 같아! 알렉, 알레엑!"

"가버리면 되잖아. 야외에서 좋아하지도 않는 중년 아저씨한테 후배위로 박히면서 말이야."

"나는, 좋아하지도 않는 사람한테, 몸을 허락하는 여자가, 응으으윽……!"

세리나가 전신을 떨면서 쾌감에 몸부림치자 땀으로 얼룩진 붉은 머리카락이 마구 나부꼈다. 제대로 가버린 모양이다.

후우. 이번에는 나도 상당히 좋았다.

"하아, 하아, 하아……."

"세리나. 방금 꽤 재밌는 소리를 하지 않았어?"

"윽, 안 했거든? 생각없이 튀어나온 말일 뿐이야. 내가 너를 좋아할 리 없잖아."

"그러면 됐고. 나도 단순한 놀이니까. 순수한 연애를 추구하는 청순한 여고생을 범했다고 생각하면 양심의 가책이 느껴진다고 나 할까. 마음이 무겁다고나 할까……. 정말 다행이다."

"으그극……. 흥!"

세리나가 고개를 홱 돌려버렸다.

제7화

음식에 낚이다

"슬슬 목이 마른걸. 주스라도 좀 마시고 올 테니까, 여기서 감시하고 있어."

내가 반바지 수영복을 고쳐 입으며 말했다.

"뭐?"

"올 때 네 것도 사올게."

"그런 뜻이 아니잖아. 이런 상태로 방치하고 가다니……. 나도 샤워하고 싶단 말이야."

"이 세계에 샤워장 같은 게 있겠어? 대야 같은 걸 보기는 했다만."

"대야면 충분해. 어쨌든 몸부터 씻고 싶어……."

"알았어. 하지만 내 수분 보충이 먼저다. 기다리고 있어."

열사병은 늘 주의해야 했다.

"정말 너무해."

"만약에 누가 와서 발정한 너를 발견하면 그대로 덮칠지도 모르지만, 그때는 정당방위 성립이야. 당하든 해치우든 마음대로 해."

당연히 농담이었다.

"뭐어어……?"

당황하는 세리나. 하지만 일부러 이런 구석까지 찾아올 사람은 기껏해야 발랑 까진 커플이나 엿보기범 정도일 것이다. 걱정할 것 없었다.

바다에 들어가서 적당히 몸을 씻은 나는 모래사장에 차려진 가게로 향했다.

"흐음…… 생각보다 먹을만한 게 많네."

나는 가게에 진열된 상품들을 보고 감탄했다. 빙수에 야키소바, 오징어 구이, 구운 옥수수, 색상이 첨가된 탄산음료까지. 현대 일본에 온 듯한 착각마저 들었다. 아마도 이세계에서 온 용사들의 아이디어가 반영된 가게일 것이다.

야키소바와 구운 오징어의 구수한 냄새도 매력적이었지만, 우선은 목부터 축이자는 생각에 음료 가게로 들어갔다.

"어서 오세요."

이 세계의 가게들은 손님이 와도 알아서 고르도록 방치하는 경우가 대다수였다. 하지만 이 해수욕장만큼은 점원들의 교육이 잘되어있어 다행이었다.

"색깔 없는 음료로 하나만 줘."

"네, 1골드입니다."

나는 점원으로부터 라무네 병을 받아 들었다. 역시 플라스틱 병뚜껑까지 존재하진 않는군. 나는 음료와 함께 코르크 마개 모양의 나무토막도 같이 건네 받았다. 뚜껑 역할을 하는 유리병 안쪽의 구슬을 이 기다란 나무토막으로 밀어 넣자, 밀려 들어간 구슬이 뽁 소리를 내면서 유리병 바닥으로 가라앉았다. 그리고 그와 동시에 시원한 탄산수가 병 밖으로 뿜어져 나왔다.

"어이쿠."

다급히 입을 가져갔지만 상당량을 밖에 쏟아버리고 말았다. 병을 든 손까지 젖어버렸지만 라무네니까 그러려니 하기로 했다.
꿀꺽꿀꺽. 달콤함과 약간의 신맛이 혓바닥을 자극했다. 그리운
맛이다.

"후우. 꺼억."

가벼운 운동을 마친 뒤의 수분 보충은 역시 최고다.

"아앗! 알렉이 혼자서 뭘 마시고 있어!"

시끄러운 꼬맹이의 목소리가 들려와 그쪽을 바라보았다. 아니
나 다를까 리리였다.

"혼자서 뭘 마시든 내 마음이야. 너도 마실래?"

"응!"

"이봐. 여기 돈."

나는 [아이템 가방]에서 황동화를 한 닢 꺼내 점원에게 던졌다.

"고맙습니다. 어떤 색으로 마실 거니?"

"어디 보자. 검은색!"

"그래, 콜라 말이구나."

리리가 수많은 음료 중에서 가장 불건전한 색의 음료를 골랐
다. 뭐, 가끔은 괜찮겠지. 그래도 나는 리리의 장래를 위해 짓궂
은 웃음을 지으며 말했다.

"너무 많이 마시면 뼈가 녹을걸."

"뭐? 그, 그럴 리 없어."

후후, 살짝 겁을 먹었군.

"괜찮단다. 당장은 문제가 없거든."

"거봐! 알렉 이 거짓말쟁이!"

'당장은' 이라는 말이 마음에 걸렸지만 그러려니 했다.

"으응? 어라?"

리리는 라무네를 마시는 법을 모르는지 시행착오를 겪었다. 혓바닥을 안에 집어넣기도 하고, 병을 뒤집어 보기도 했다. 그러더니 기어코 병을 있는 힘껏 흔들기 시작했다.

"이 바보야, 흔들지 마! 이 막대기로 안에 있는 구슬을 밀어 넣어봐."

"흐음? 영차. 까아악?!"

그렇게 세게 흔들어댔으니 당연한 결과였다.

"누, 눈이! 우와앙!"

"미안한데 물을 좀 빌릴 수 있을까?"

"네. 자, 꼬마야. 씻겨줄 테니 고개를 들어봐."

점원이 대야에 든 물을 리리의 얼굴에 대고 뿌렸다. 수영복을 입고 있어서 가능한 방법이었다.

"후우. 심한 꼴을 겪었네!"

"그래서 흔들지 말라고 한 거야. 자, 마셔봐. 맛있어."

"정말인가……."

리리는 3분의 1밖에 남지 않은 암흑 주스를 조심스럽게 입으로 가져갔다. 그러고는 꿀꺽, 소리를 내며 단숨에 들이켰다.

"끄으윽……!"

눈을 질끈 감고 발을 동동 구르는 리리. 탄산을 견디느라고 저러는 걸까? 미리 가르쳐 줄 걸 그랬다.

"뭐야, 이거? 완전 재밌다! 그리고 맛있어!"

"그렇지?"

대부분을 쏟아버린 리리가 불쌍했던 나는 똑같은 음료를 한 병 더 사주었다. 흔들지 않고 신중하게 뚜껑을 연 리리는 이번에도 꿀꺽꿀꺽 호쾌하게 마셔버렸다.

"푸하~. 꺼억. 아하핫!"

트림을 하고는 재밌는지 깔깔거리는 리리.

"어머. 주스를 마시고 계셨군요."

그때 이오네가 가게 안으로 들어왔다.

"앗, 이오네. 이거 엄청 맛있어!"

"이오네도 한 병 마셔볼래?"

"네. 저는 포도 맛이 좋겠어요."

"포도도 맛있지. 내가 살게."

"후후, 고맙습니다."

"그리고 세리나가 여자 탈의실 뒤쪽에서 기다리고 있거든. 미안한데, 이오네. 세리나한테도 마실 걸 가져다 주겠어?"

내가 이오네에게 부탁했다.

"알겠습니다. 세리나 씨는 어떤 맛을 좋아할까요?"

"글쎄. 오렌지면 되겠지."

세리나는 붉은색을 좋아하지만 체리 맛이나 딸기 맛은 보이지 않았기에 적당히 골랐다.

"음, 맛있네요."

"어떤 맛인데? 이오네, 한입만 주라."

"네, 여기요."

"꿀꺽. 오오. 이것도 맛있어!"

"어이, 리리. 한 입만 마시기로 했잖아."

계속해서 마시려는 리리에게 내가 주의를 주었다.

"아뇨, 나머지는 리리한테 줄게요."

"와아, 고마워. 이오네. 잔뜩 흔든 다음에 건네주면 세리나도 좋아할 거야! 히히."

리리가 사악한 계획을 떠올리고는 말했다. 하지만 이오네는 미소만 지을 뿐 흔들지 않고 그대로 가져갔다.

"꺼억. 맛있었다! 알렉, 저것도 먹고 싶어."

"응? 야키소바인가. 그럼 사주마."

"앗싸!"

마침 나도 배가 고프던 참이었기 때문에 리리를 데리고 옆 가게로 향했다.

"어서 오십쇼!"

머리에 수건을 두른 점장이 두 개의 뒤집개를 능숙하게 사용해 철판 위의 야키소바를 뒤섞고 있었다.

"주인장, 2인분 줘."

"고맙습니다!"

완성된 야키소바는 일회용 스티로폼 대신 두 겹의 나뭇잎에 담겨 나왔다. 우리는 근처에 놓여있는 그루터기에 앉아서 나무 포크로 야키소바를 먹기 시작했다.

"맛있어!"

"호오, 재현율이 상당한걸."

야키소바에 진심인 이세계 용사라도 있었던 것일까. 면도, 소스도 위화감을 느낄 수 없는 레벨이었다. 마요네즈까지 그물 모양으로 뿌리다니, 제법인데.

"주인장, 이 가게를 생각해 낸 녀석의 이름을 알고 있어?"

나는 살짝 관심이 생겨서 물었다. 일본인일 테니 더더욱.

"제가 기억하기로는 사키라는 이름을 가진 분이었습죠."

"흐음, 여자인가. 만날 수 있을까?"

"지금은 이곳에 안 계셔서 말이죠."

"그렇군. 그럼 됐어."

이세계 용사라면 강력한 스킬을 보유하고 있을지도 모르지만, 적으로 돌아서면 그건 그것대로 무서웠다. 상대방이 반드시 미인이라는 보장도 없거니와.

"주인장, 야키소바 한 그릇! 곱빼기로, 기름기는 빼고, 소스 잔뜩! 마요네즈도 잔뜩 부탁하네!"

"예이!"

얼굴에 분칠이라도 한 걸까. 얼굴만 새하얀 이상한 남자가 가게로 들어와 야키소바를 주문했다. 곱빼기로 시키는 걸 봐서는 단골인 모양이었다. 나도 곱빼기로 시킬걸.

"우와, 리리도 곱빼기로 달라고 부탁할걸!"

리리도 억울한 모양이었다.

"음, 귀여운 꼬맹이로고. 주인장, 이 꼬마한테도 곱빼기로 한 접시 가져다 주게. 이 마로가 대신 지불할 테니."

"와아! 고마워, 마로!"

"허허. 그건 이름이 아니란다. 뭐, 좋은 게 좋은 거겠지."

화려한 자수가 놓인 금색의 반바지를 입은 남자였다. 귀족인 듯하지만 일단은 너그러운 인물 같아 보였다. 음식값을 대신 내주는 정도면 해될 것도 없으니 마음대로 하게 두자.

"자, 곱빼기 두 접시. 오래 기다리셨습니다!"

"으음."

"맛있어!"

"리리, 나한도 한 입만."

"싫어!"

쪼잔한 녀석 같으니.

"어허, 거기 자네. 어린아이의 식사를 뺏어먹으려 하다니, 몹쓸 어른이구먼."

"맞아, 맞아! 몹쓸 어른이구먼."

"흥."

한 그릇이나 더 먹을 정도로 배가 고프지는 않았기 때문에 추가 주문은 관두기로 했다.

"맛있었어!"

"그래, 잘 됐구나. 그런데 꼬마야, 이름이 무엇인고?"

"리리야."

"리리라. 멋진 이름이다."

하얀 얼굴의 남자가 탁탁 손뼉을 치자, 어디에서 나타났는지 집사복 차림의 남성이 종이 봉투를 내밀었다.

"자, 사탕이다."

"오오! 달다!"

"자…… 리리라고 했지. 사탕을 더 원하면 마로를 따라오거라. 허허허."

"갈래~!"

……수상하다. 집사의 봉투에는 아직도 많은 사탕이 들어있는 듯 보였다.

어째서 이 자리에서 건네주지 않는 거지?

나는 아무 말도 하지 않고 두 사람의 뒤를 미행하기로 했다.

에필로그
흰색과 갈색 사이

얼굴에 분칠을 한 헤이안 시대 귀족풍의 남자는 리리를 데리고 모래사장을 가로질렀다. 나는 적당히 떨어진 위치에서 몰래 이들의 뒤를 쫓았다.

"리리야. 이쪽이니라, 이쪽. 허허허."

"응!"

리리는 아무런 경계심도 없이 야자수 깊숙한 곳으로 들어갔다. 이건……

"후후. 리리야, 그러면 그 수영복을 살짝 걷어붙여 보려무나. 사알짝."

"이렇게?"

리리가 핑크색 원피스의 어깨끈 풀고 가슴을 노출하려 들었다.

"오호옷!"

"거기까지다! 이 변태들!"

검을 움켜쥔 비키니 차림의 용사가 모습을 드러냈다.

"누, 누구냐!"

"세리나?!"

"최근 이 근처에서 어린아이를 노린 변태가 있다는 이야기를 들었어. 아무래도 당신들이 범인인가 보네."

"으윽!"

"잠깐, 세리나. 너는 여자 탈의실을 감시하고 있었잖아. 다른 사람한테 이야기를 들을 시간이 없었을 텐데?"

나한테까지 누명을 씌울 기세라 지적해 두었다.

"방금 전에 이오네가 와서 교대해 줬어."

교대하고 나서 들었다는 건가. 소문을 접하는 속도 한번 빠르군…….

"어흠! 마로는 유서 깊은 귀족. 이 마로를 변태로 의심하다니. 무언가 오해가 있는 모양이군."

"나도 마찬가지야. 나는 오늘 이 해수욕장에 처음 왔다고."

"알렉은 둘째 치더라도, 거기 분칠한 아저씨. 반박하지 못할 증거가 있어."

"뭐라고?!"

"따라와 봐. 보여줄 테니까."

세리나가 여자 탈의실 쪽으로 향했다.

"조, 좋다. 증거가 있다면 어디 보자꾸나. 행여나 창피를 당해도 나는 모르는 일이다. 명예훼손에 무고죄로 신고해 주겠노라."

"누가 창피를 당할지는 두고 보면 알겠지."

세리나를 따라 여자 탈의실에 도착하니, 이오네가 미소를 지으며 벽 앞에 대기하고 있었다.

"이거야. 이 구멍."

세리나는 내가 발견한 엿보기 구멍을 손가락으로 가리켰다.

"으으윽. 그, 그 엿보기 구멍이 어쨌다는 것이냐."

……아무래도 이 녀석이 맞는가 보군. 세리나도 질렸다는 듯이 어깨를 으쓱였다.

"어이, 마로. 어떻게 이게 '엿보기 구멍'이라는 걸 알았지?"

세리나는 방금 전에 '구멍'이라고밖에 말하지 않았다. 나는 그 사실을 가지고 헤이안 귀족을 추궁했다.

"뭣?! 여, 여자 탈의실에 구멍이 뚫려있으면 누구라도 그렇게 생각할 게다! 설마 이 정도로 마로를 범인으로 몰아갈 속셈이더냐? 가소롭구나!"

"아직 더 있어. 이 구멍 주위에 묻어있는 하얀 분말. 이거 당신 화장이잖아."

"윽! ……나, 난 모르는 일이다!"

"와, 사탕 아저씨다. 아저씨, 또 벗어서 보여줄 테니까 사탕 주세요."

바로 그때 한 명의 소녀가 다가와 말했다.

"지, 지금은 그럴 때가 아니란다. 저리 가려무나. 쉿, 쉿."

"네에? 할짝할짝 하게 해줄게요. 아니면 탈의실에 친구들을 불러올게요."

"확정이네. 이 인간 쓰레기. 이오네, 병사들을 불러와 줘."

"알겠어요."

"윽, 기다리게! 그랑소드 국왕은 범죄에 굉장히 엄격한 분일세. 돈! 돈이라면 줄 테니, 부디 이번 이야기는 없던 걸로 해주게나!"

"안 돼. 매수해 봤자 소용없어."

"추가로 메론도 주겠네!"

"메론?!"

음식 이름이 등장하지 리리가 반응했다.

"이 녀석이 탈의실을 엿봤던 변태예요. 데려가세요."

이윽고 병사들이 찾아오자 세리나가 싸늘한 목소리로 말했다.

"좋아, 연행해!"

"기, 기다리게! 마로는 그랑소드의 귀족! 백작이란 말일세!"

"그랑소드의 귀족이라면 왕족조차 법에서 자유롭지 못하다는 사실을 잘 알고 있을 텐데. 자, 따라와!"

그리하여 헤이안 귀족은 밧줄에 묶인 채로 병사들에게 끌려갔다.

"정말이지. 최악의 남자였어."

끌려가는 귀족의 뒷모습을 째려보면서 세리나가 말했다.

"내 말이."

나도 흐름에 편승해서 동의를 표했다.

"맞아요. 최소한의 양심이라는 게 있는 데 말이죠."

이오네도 덧붙였다.

"으음? 좋은 아저씨였는데. 사탕도 줬고."

리리는 피해자 의식도 없는 모양이었다.

"그러면 나는 샤워나 하고 올게."

"세리나. 너 설마, 아까 그 상태로 취조한 거야?"

하반신이 정액투성이였을 텐데.

"아, 아니거든? 바다에 들어가서 씻고 왔네요!"

"그래, 그럼 됐고. 너도 변태로 체포당하지 않게 조심해."

"크윽. 알렉 너한테만은 그런 소리 듣고 싶지 않아!"

"후후. 이곳에서 연인간의 애정 행위는 관대하게 봐주나 봐요. 아무리 그래도 어린애를 속이는 건 안 되지만요. 그러면 저는 병사분들께 탈의실의 구멍에 대해 설명해 드리고 올게요."

이오네가 뒤처리를 해주려는 모양이었다.

"그래. 오늘은 가까운 여관에 묵고 내일 출발하자. 그러니 너무 서두를 필요는 없어, 이오네."

"네."

"사탕, 더 먹고싶었는데……."

"리리. 사탕이라면 나중에 더 사줄게. 오늘은 여관으로 돌아가자."

"정말? 그러면 됐어."

"그건 그렇고, 리리. 너 살이 좀 탄 것 같은데?"

"그래?"

"끈을 살짝 치워봐."

"응. 오오, 하얗다."

갈색으로 물든 피부에 새하얀 경계선이 또렷이 남아있었다.

만약 알몸으로 만들면 어떤 모습일까.

나와 리리는 서로의 생각을 알아차리고 씨익 웃었다.

여관에 체크인을 하고 식사를 마친 뒤, 나는 리리를 방으로 불러들였다.

"하자, 알렉."

"그래. 시작하자."

리리가 옷을 벗었다. 그러자 원피스 수영복과 똑같은 모양의 흰자국이 나있는 것을 확인할 수 있었다.

"아하하. 수영복을 입고 있는 것 같아."

"여기는 다르지만 말이야."

내가 리리의 가슴을 꾹 누르며 말했다.

"아앙. 그러게, 후후."

순진한 얼굴을 하고 있는 주제에 미소는 또 요염했다. 이 두 가지가 공존할 수 있다니.

"엉덩이도 보여줘 봐, 리리."

"알았어. 음, 나한테는 잘 안 보이네."

"그러면 경계선이 어딘지 가르쳐 줄게."

나는 리리의 작고 탱탱한 엉덩이에 검지손가락을 대고 움직이기 시작했다.

"꺄핫! 간지러워, 알렉."

"참아."

"못 참겠어! 꺄흑, 아하핫!"

웃으면서 날뛰는 리리를 붙잡아 침대에 눕힌 나는 리리의 다리 안쪽을 손끝으로 어루만졌다.

"으앙, 거, 거기, 응, 아앗……."

점차 리리의 목소리에 색기가 묻어나기 시작했다. 나는 리리의 가느다란 양쪽 발목을 붙잡아 들어 올렸다. 그러고는 뒤집힌 개구리 같은 자세가 된 리리의 가랑이 사이를 핥기 시작했다.

"으응! 앗, 아앗, 간다아!"

분홍색 돌기를 까뒤집듯 핥아주자, 리리는 아직 미성숙한 몸을 경련시키며 황홀한 표정을 지어 보였다.

"하으……."

"그럼 슬슬……."

넣어 보실까, 하고 리리의 몸을 덮으려던 그때였다. 리리가 후다닥 달아나 버렸다.

"어이."

"잠깐만. 이번에는 리리가 핥아줄게."

"나야 좋지만, 깨물면 안 된다?"

"알았어."

리리가 침대 위를 포복 전진하듯이 다가와 내 물건을 입으로 가져갔다. 하지만 리리의 입이 작다 보니 얼마 들어가지 않았다.

"추릅, 추븝, 음, 읍."

그래도 리리는 열심히 내 물건을 핥아나갔다.

"좋아, 리리. 잘하고 있어."

"응. 음, 으읍, 아극, 하읍, 음, 읍, 추릅!"

내 물건을 안쪽까지 넣으려다 헛구역질을 하기는 했지만, 다시 순조롭게 재개되었다.

혀를 놀리는 솜씨가 제법이다. 어느새 상당히 능숙해졌구나.

"슬슬 나올 것 같군. 삼킬 필요는 없어, 리리. 얼굴에다 쌀게."

"음, 으읍, 음, 꺄악!"

얼굴에 사정해 주자 리리가 흘러내린 백탁액을 혀로 할짝 핥았다.

"우웩, 맛없어."

"이쪽으로 와. 리리."

"응."

가부좌를 틀고 앉아있던 나는 리리를 번쩍 들어 올린 뒤, 무릎에 앉히듯이 삽입했다.

"끄응……."

"그럼 움직인다."

"알았어. 앗, 앗, 끄으, 하앙, 하앗, 으응, 하윽, 흐아앙, 흐앙!"

녹아내릴 듯한 신음 소리. 리리는 명백하게 어른의 쾌감을 느끼고 있었다. 나는 뒤에서 리리의 몸을 끌어안아 거칠게 위아래로 움직였고, 그때마다 서로의 육체가 부딪치는 소리가 났다. 우리 둘 사이에서 넘실거리던 쾌락과 감정의 파도는 이윽고 절정을 향해 치닫기 시작했다.

"간다, 리리!"

"와, 와줘, 알렉! 흐아아앗……!"

비명에 가까운 교성을 내지른 뒤, 리리는 축 늘어져 버렸다. 나는 리리를 안아서 침대에 눕힌 다음, 리리의 볼록한 배를 쓰다듬었다.

"음……."

그러자 리리가 행복한 미소를 지어 보였다. 무슨 꿈을 꾸고 있을까.

"사탕, 주세요……. 음냐음냐."

"역시 이 녀석한테는 먹을 게 전부인가……."

황당함을 느끼기도 잠시. 나는 내일 리리에게 사탕을 사주기로 굳게 맹세했다.

제5장 노예상

프롤로그

"발견했어요, 주인님!"

"잘했어, 미나."

""드디어!""

'돌아올 수 없는 미궁'의 1층을 공략을 시작한 지 며칠째. 던전에서 보낸 시간으로 따지면 6일째 되는 날. 우리는 마침내 2층으로 내려가는 계단을 발견했다.

"알렉. [오토 매핑]으로 못 채운 장소는 어떻게 하려고?"

세리나가 물었다.

"당연히 전부 채우고 간다."

아쉬움이 남는 공략은 사양이었다.

"알았어!"

1층의 몬스터는 이제 우리 파티의 적이 아니었다.

스킬을 큰 폭으로 강화한 우리는 고블린 무리쯤 혼자서도 섬멸이 가능했다. 그 정도로 강해진 것이다.

마법사로 전직한 네네도 레티에게 몇 가지 마법을 전수받았고, 덕분에 지금은 제법 마법사다운 모습이 되어 있었다.

"갈게요! 4대 정령 샐러맨더의 이름으로 고하니, 내 마나를 공물로 바쳐 불타는 발톱을 빌리노라! 파이어 볼!"

네네가 지팡이를 들고 주문을 외우자, 주먹만 한 크기의 불덩어리가 날아가 고블린에게 명중했다.

"갸악!"

이미 미나의 일격을 허용했던 고블린은 지금의 마법이 결정타가 되어 숨을 거두었다.

드디어 끝이군.

"클리어!"

"알렉, 이걸로 매핑은 전부 끝났어. 들어가지 못하는 장소는 남아있지만."

"거긴 나중에 가도 돼. 에이다의 말에 따르면, 일단 아래층으로 내려가서 올라가는 계단을 발견해야만 들어갈 수 있는 장소도 있다고 하니까."

"응."

"드디어 2층인가. 똑같은 장소에서 싸우는 건 이제 지긋지긋해."

리리가 말했다. 동기 부여라는 의미에서도 주기적으로 사냥터를 변경하는 게 좋을지도 모르겠군.

"안내인은 고용하지 않을 거지?"

세리나가 확인해 왔다. 다음 계층을 처음으로 공략할 때는 선배 모험가를 고용해서 동행하는 게 일반적이라는 모양이었다.

"고용하지 않아. 신용할 수 있는 녀석이라면 또 몰라도. 게다가 아직 던전 초반이잖아. 초장부터 베테랑한테 기대면 감이 둔해져."

레벨과 스킬만 오른다고 강해지는 게 아니다.

그것은 얼마 전 스켈레톤 용사와 싸우면서 얻은 귀중한 교훈이었다.

순간적인 상황 판단력과, 임기응변, 동료와의 연계, 냉정함. 눈에 보이지 않는 이러한 능력들은 스킬을 아무리 익혀도 상승하지 않는다.

실제로 전투를 치르며 요령을 익혀나가는 수밖에 없었다.

"맞는 말이네. 아직 몬스터가 그렇게 강한 것도 아니니까. 3층까지는 우리끼리 공략이 가능할 거야."

"그래. 하지만 방심은 금물이야."

"응."

"그럼 출발하자."

지하 2층으로 내려가는 계단은 폭이 4미터 정도였고, 경사는 완만한 편이었다. 중간에 평평한 층계참도 존재했다.

이런 구조라면 적이 밑에서 대기하더라도 곧바로 발견해 대응할 수 있을 것이다.

진형은 이전 그대로였다. 미나가 선두에 서고, 세리나, 이오네, 리리, 레티, 네네, 그리고 최후방은 내가 맡는다.

잠시 후, 우리는 계단을 내려가 2층에 도착했다.

"조금 어두운걸."

내가 좌우를 둘러보며 말했다.

1층은 일정 간격으로 촛대가 설치되어 있었다. 마법의 양초인지 불빛이 꺼지는 일은 없었다. 다만, 이곳은 구조는 같아도 전반적으로 어두워서 시야가 한층 좁았다. 통로 반대편도 또렷하게 보이지 않을 정도다.

"그러게. 매핑이 중요해질 것 같아."

파티원 모두가 [오토 매핑] 스킬을 배우고 있으니 한 번 지나간 길이라면 헤매지는 않을 것이다.

"우선은 이 주변을 탐색하겠어. 경험치 벌이는 그 다음이다."

""알았어.""

""알았어요.""

우리는 회색의 석벽을 따라서 2층 통로를 천천히 나아갔다.

"주인님, 역시 이 층에서는 시체 썩는 냄새가 나요."

미나가 얼굴을 찡그리며 말했다. 조금 전 2층 계단에 접근했을 때도 미나는 이 냄새에 대해 언급했다. 아마도 이번 층에는 좀비들이 서식하는 모양이었다.

"넌 괜찮겠어?"

"네. 밥을 먹은 직후 아니면 괜찮아요."

"필요하면 참지 말고 내성 스킬을 배워둬. 네네도."

"아, 그런 방법이 있었네요. 배웠어요."

"저도 배웠어요."

"잘했어."

"킁킁. 나는 아무 냄새도 안 나는데."

리리가 말했다. 그만큼 견인족의 후각이 뛰어나다는 뜻이었다.

"윽!"

갑자기 네네가 자리에 멈춰 섰다.

"왜 그래, 네네."

"그, 그게. '맛있어 보이는 냄새.'라는 생각이 들어서…….."

그렇군. [공감력☆] 스킬로 놈들의 사고를 읽은 모양이다.

"전원, 전투 태세! 좀비가 온다!"

나는 그렇게 외치며 검을 뽑았다. 그러자 머지않아 질척거리는 불쾌한 소리와 함께 좀비들이 모습을 드러냈다.

좀비들은 이미 절반 이상이 썩어있는 상태였다. 똑바로 쳐다보기도 힘들 지경이다.

"우와. 나, 생리적으로 무리!"

"시끄러워, 리리! 무리든 아니든 견제를 늦추지 마!"

리리는 그나마 나은 편이었다. 직접 만지는 것도 아니고, 공격을 당할 일도 적었다.

문제는 전방에서 싸워야 하는 멤버들이었다.

"이얍! 핫! 하앗!"

"하아앗! 이얍!"

"하앗!"

미나, 세리나, 이오네는 얼굴색 하나 변하지 않고 좀비들을 베어 나갔다.

쓸데없는 걱정이었다. 대단한 녀석들이다.

나도 서둘러 감각을 익혀두고 싶었기 때문에 내키지는 않지만 좀비들에게 다가가 검을 휘둘렀다.

"AHAAA……."

지옥 밑바닥에서 들려오는 듯한 신음 소리를 내며 접근하는 좀비들. 좀비는 통각이 없는지 베어도 전혀 움츠러들지 않았다. 나는 아무렇지도 않게 손을 뻗어오는 좀비들을 상대하기 위해 잠깐 뒤로 물러나 거리를 조절하며 싸워야 했다.

좀비의 움직임 자체는 느리기 때문에 도망치는 것 자체는 어렵지 않아 보였다.

"큭, 끈질기네!"

세리나가 얼굴을 찌푸리며 말했다. 공격이 다섯 번이나 성공시켰음에도 아직 움직이니 그럴 만도 했다.

"4대 정령 샐러맨더의 이름으로 고하니, 내 마나를 공물로 바쳐 불타는 발톱을 빌리노라! 파이어 볼!"

네네가 마법을 날리자 좀비는 예상 이상으로 활활 타올랐다.

"그렇군, 약점은 불인가."

"응. 신성 속성 공격에도 약해, 얘네들."

레티가 그렇게 말하며 투명한 액체가 든 병을 좀비에게 투척했다.

새하얀 연기가 스멀스멀 피어오르더니 좀비들은 눈 깜짝할 사이에 녹아서 소멸해 버렸다.

"방금 건 성수야?"

세리나가 살짝 놀란 얼굴로 확인했다.

"맞아. 좋은 성수일수록 가격이 비싸긴 하지만, 50골드짜리 한 병이면 좀비 무리도 해치울 수 있어."

"유료라……."

그 점이 불만이었다.

이전에 미나가 병에 걸렸을 때 진찰을 받았던 수상한 사제의 모습이 떠올랐다. 언젠가 등쳐먹을 것 같아서 교회와는 가까이 하기가 싫었다.

게다가 [아이템 가방] 스킬도 만능은 아니었다. 일일이 성수를 꺼내서 던지는 데 허비되는 시간도 감안해야 했다.

그뿐만이 아니었다. 게임에서는 명중률 100퍼센트에 해당하는 아이템이라도, 이 리얼한 세계에서는 실수로 떨어트리거나 빗맞히는 경우도 얼마든지 발생할 수 있었다.

"뭐 어때. 50골드면 싸잖아."

세리나가 아무것도 아니라는 듯이 말했다. 그래서 나는 괜히 더 성수를 피하고 싶어졌다.

"네네, 기대하고 있어."

"앗, 네. 알렉 님."

마법사의 화염으로 해치울 수만 있다면 지출되는 비용은 여관비뿐이다.

우리는 2층 탐색을 재개했다.

기습을 당하거나 포위당하지 않도록 신중하게 발걸음을 옮기는 우리들.

그때, 미궁의 모퉁이 너머에서 소리가 들려왔다. 건너편에 뭔가가 있는 모양이었다.

"응? 이 냄새는……?"

하지만 일단 좀비는 아닌 듯했다. 미나는 멈춰 서서 고개를 갸웃했는데, 이 냄새가 무언가를 떠오르게 만든 모양이었다.

"전투 태세!"

하지만 나는 방심하거나 망설일 생각이 없었고, 우선은 파티원들을 대비시켰다. 전위의 멤버들이 검을 뽑았다.

"잠시만 멈춰주세요."

건너편의 누군가가 우리에게 말을 걸었다. 여자 목소리였다.

제1화

집념의 클레릭

'돌아올 수 없는 미궁' 2층.

우리가 이곳에서 마주친 것은 이전에 본 적이 있는 여성이었다.

새하얀 로브 차림에 고운 피부. 그러니 좀비는 아니었다. 하늘색 머리카락은 매끄러웠지만, 이전에 봤을 때보다는 헝클어져 있었다.

"당신은 분명…… 서쪽 탑에서……."

"앗, 기억 났다! 신한테 당한 파티의 일원이야!"

세리나와 리리의 말을 들은 피아나는 아랫입술을 깨물고 괴로운 표정을 지었다.

피아나는 용사 신에게 〈단명의 커틀러스〉를 빼앗기고 살해당한 파티의 일원으로, 당연히 다른 파티원들과 함께 전멸했을 것이라 생각하고 있었다.

"그 녀석은 어떻게 됐지?"

나는 우선 피아나에게 물어보았다. 서쪽 탑에서 붉은 단검을 손에 넣었다고 자랑하던 청년에 대해서. 분명 '딜'로 시작하는 이름이었다.

"딜무드는 살해당했어요. 다른 동료들도."

피아나는 시선을 떨구며 담담한 말투로 말했다. 하지만 그녀의 표정에서는 깊은 슬픔을 느낄 수 있었다.

"그랬군."

본인은 어떻게든 살아남은 모양이지만, 동료가 전멸당했으니 말문이 쉽게 떨어지지 않을 것이다.

"저는 그날 사제님께 불려가 신전에서 회복 업무를 돕고 있었어요. 사실 그날은 저희 파티의 휴일이었거든요. 하지만 딜무드는 이번에도 보물이 손에 들어올 거라고 생각했던 거겠죠⋯⋯. 저 없이 서쪽 탑으로 향했다고 나중에 지인으로부터 들었습니다."

"⋯⋯."

"당신들이 신을 쓰러트려 주셨다는 모양이더군요. 고맙습니다."

피아나가 머리를 깊이 숙이며 말했다.

"아니, 인사는 됐어. 그런데 넌 어째서 이곳에 온 거지?"

피아나 뒤쪽에는 낯선 세 명의 전사가 있었다. 내가 피아나와 같은 입장이었다면 동료를 잃은 허탈감에 한동안 아무것도 하지 못했을 것이다.

일부러 국경을 넘고, 새로운 파티를 꾸려가면서까지 던전에 도전할 필요가 있었을까.

"⋯⋯그건⋯⋯."

"억지로 설명할 필요는 없다. 누가 뭐라고 하든 자신의 길을 가면 되는 법."

뒤쪽에 있던 철투구를 쓴 드워프가 묵직한 목소리로 말했다.

"아뇨, 말씀드릴게요. 저는 이 미궁에 존재한다는 부활의 주문을 찾아서 이곳까지 왔습니다."

딜무드를 되살리고 싶은 건가.

심정은 이해가 되었다.

하지만 그 소문에 신빙성이 있을 것 같지는 않았다.

방금 전, 드워프 전사는 피아나에게 침묵할 것을 권했다. 그것만으로도 대충 상황이 파악되었다.

"너희는 숙련된 파티도 아니고, 그렇다고 자금이 풍부하지도 않아. 모처럼 건진 목숨을 함부로 내던지는 짓일 뿐이야."

내가 경고했다. 아마도 심리적으로 내몰려 있기 때문이겠지만, 정상적인 판단이 아니었다.

파티가 전멸했으니 상당한 자금이 빠져나갔을 것이다.

죽은 파티원을 탐색하는 비용, 그리고 장례 비용까지.

상냥한 성격의 보유자이자, 성직자이기까지 한 장례도 마치지 않고 이 던전에 들어오지는 않았을 테니까.

"그렇다고 아무것도 하지 않고 가만히 있을 수는 없어요."

피아나가 경직된 목소리로 말했다.

"알겠다. 좋을 대로 해."

"알렉!"

세리나가 옆에서 나를 질책했다. 하지만 피아나와는 서쪽 탑에서 한 번 마주쳤을 뿐인 관계였다. 동료도 뭣도 아니었다.

경고는 해줬다. 애초에 말려도 소용없을 것이다.

"미안한데, 할 얘기가 있다면 다음에 해줘. 농땡이를 피우면 노예의 문장이 발동해 버린다고. 얼마나 아픈데."

뒤쪽에 있는 젊은 전사가 말했다. 그의 왼팔에는 노예의 문장이 새겨져 있었다.

"앗, 그랬죠. 죄송해요."

"좋아. 얼른 가자, 굼벵아!"

"나, 나는, 굼벵이 아니야."

가장 덩치가 큰 전세가 느릿한 말투로 항의했다.

"쳇, 맨날 꾸물거리니까 굼벵이라는 거잖아."

"쥬가 씨, 서로 싸우지 마세요."

피아나가 성직자답게 주의를 주었다.

"뭐? 그냥 가볍게 투닥거렸을 뿐이잖아. 안 그래, 아저씨?"

젊은 전사가 어깨를 으쓱이며 드워프에게 말을 걸었다. 하지만
드워프는 신경도 쓰지 않고 걸어가기 시작했다.

"어이, 아저씨! 무시하지 말래도. 참, 그렇지. 그쪽 아저씨."

"알렉이다."

"뭐?"

"아저씨가 아니라 알렉이다."

중요한 사항이므로 다시 한번 말해주었다.

"핫, 누가 이름이 궁금하대? 여기는 처음인 것 같으니 선배로
서 한 가지 조언해 주지. 2층의 진정한 적은 좀비 같은 게 아니
야. 돌이다."

"응? 무슨 뜻이지?"

"헤헤, 부족한 머리로 열심히 고민해 보라고. 아야얏! 제길, 노
예의 문장이!"

왼쪽 팔을 억누르며 얼굴을 찡그린 쥬가는 허겁지겁 동료들이
있는 곳으로 되돌아갔다.

"아야야야. 피아나! 힐해 줘, 힐!"

"그 정도는 참으세요. 쥬가 씨."

"젠장! 진짜로 아프대도! 그나저나 어째서 피아나는 괜찮고 나만 아픈 거지? 똑같은 노예인데 말야."

"글쎄요? 저는 노예가 된 지 얼마 안 돼서 그렇지 않을까요?"

그 한마디로 피아나가 최근에 노예가 되었다는 사실을 깨달았다. 아마도 여행 자금을 마련하기 위해서 자신을 노예상에게 판 것이리라.

바보 같은 여자다. 딜무드가 저세상에서 슬퍼하겠군.

"가버렸어. 뭐라고 표현하기가 힘드네."

세리나가 말했다.

"맞아요. 노예가 되어버린 이상 얼마나 심한 꼴을 당할지……."

이오네도 마음이 무거운 모양이었다.

"그래도 나쁜 일만 있는 건 아니에요."

미나가 두 사람을 격려하듯 주먹을 불끈 움켜쥐어 보였다.

"나쁜 일이 있기는 있나 봐?"

세리나가 의미심장한 표정으로 나를 쳐다보았다. 좋은 취지에서 한 말이니까 붙잡고 늘어지지 마시지.

"알렉 님은, 흐흑, 상냥한 분이세요!"

"네네?"

"네네?! 왜 그래!"

어째서인지 네네가 콧물까지 흘려가며 울고 있었다. [공감력] 스킬과 여린 성격 때문이겠지만, 깜짝 놀랐다.

"자, 닦아줄게. 여자아이가 그런 얼굴을 하면 못써. 웃어야지."

세리나가 손수건으로 네네의 얼굴을 닦아주었다. 이쪽은 세리나에게 맡겨두기로 하자.

그리고 나와 이오네는 주변을 경계했다. 이곳은 던전 안이니까.

해가 저물기 시작할 즈음 우리는 탐색을 중지하고 여관으로 돌아왔다. 음식을 가지고 들어가면 효율이 오르겠지만, 여관의 맛있는 수프는 버리기 아까웠다.

게다가 공략은 서두르지 않는 편이 좋았다.

이제 2층에 도달했을 뿐이니 방심하지 않도록 천천히 갈 생각이었다.

사람에 비유하자면 던전은 까탈스러운 처녀였다. 급하게 안으로 들어가려 할수록 잘 안 되기 마련이니까. 말이 그렇다는 소리지만.

"주인님, 피아니 씨 말인데요……."

미나가 수프를 뜨던 손을 멈추고 말했다.

"응? 피아나가 왜."

"우리가 도와줄 수는 없는 걸까요."

"……어떻게?"

"그건……."

미나도 구체적인 계획은 가지고 있지 않은 모양이었다. 아니면 계획이 있더라도 내가 허락하지 않을 거라고 생각한 걸까.

나는 말했다.

"던전 공략을 진행하다가 부활의 주문을 발견하면 피아나에게 가르쳐 줄 의향은 있어. 하지만 우리가 할 수 있는 협력은 거기까지다."

나는 노예가 된 피아나를 살 생각이 없었다.

부활의 주문에 몰두한 피아나는 늦든 이르든 무리를 해서 목숨을 잃게 될 것이다.

이곳은 결코 만만한 던전이 아니다.

세리나도 이해하고 있는지 씁쓸한 표정을 짓기는 했지만 아무 말도 하지 않았다.

"부활의 주문이 있더라도 피아나라는 여자가 제대로 구사하기는 힘들 거야."

레티가 말했다. 부활의 주문을 사용하려면 고레벨의 사제 정도는 되어야 한다는 뜻이리라.

그리고 시간도 문제였다. 죽은 직후라면 또 몰라도, 시간이 지나면 지날수록 부활할 가능성은 점점 낮아질 것이다.

"이 이야기는 여기까지만 하지."

나는 그렇게 말하며 화제를 바꾸려 했다.

"잠깐. 2층에는 좀비가 출몰하니까 사제인 피아나를 고용하는 게 어떨까?"

세리나가 말했다. 나쁘지 않은 생각 같군. 동료로 삼는 것과 고용하는 것은 다른 이야기다.

"좋아. 한번 교섭해 볼까."

나는 피아나의 현재 소유주와 교섭해 보기로 했다.

제2화
쥬가의 꿈

"피아나를 고용하고 싶은데."

내가 야나타의 가게로 찾아가 점원에게 말하자, 점원은 벽에 걸려있는 목찰을 보며 말했다.

"현재 해당 노예는 던전을 탐색 중입니다. 돌아오면 전달해 드리죠. 예약해 놓으시겠습니까?"

"그래, 그렇게 해줘. 얼마지?"

"회복 마법을 보유한 클레릭이므로 비싼 편에 속합니다. 일주일에 1500골드 되겠습니다."

소지금이 40만을 넘어가는 내게는 싼 금액이었다.

성수 값은 아껴놓고 1500골드는 흔쾌히 지불해 버리는 건 어째서일까. 스스로도 잘 이해가 되지 않았지만 내 돈이니 마음대로 쓰기로 했다.

피아나가 언제쯤 돌아올지 모르기 때문에 우리는 그동안 던전 공략을 진행하기로 했다.

"그러면 2층 탐색을 재개하자."

"출발!"

리리가 웬일로 기운차게 말했다. 뭐, 좀비가 싫다면서 "이제 안 갈래!"라고 고집을 부리는 것보다는 낫지만.

그래도 일단은 이유가 신경 쓰였다.

"뭐가 그렇게 신났어, 리리. 좀비를 보면서 벌벌 떨었던 주제에."

내가 물었다.

"벌벌 떨기는 누가! 뭐랄까, 스릴이 있어서 즐겁다고 해야 되나?"

"뭐야, 그런 거였나. 즐기는 건 자유지만 방심은 하지 마."

"어휴. 알렉은 맨날 그 소리. 방심, 방심, 방심! 귀에 딱지가 앉 겠어!"

리리가 투덜거렸지만 그러려니 하고 넘어갔다.

1층에 진입한 우리는 2층 계단까지 최단거리로 돌파했다. 도중 에 고블린 무리와 몇 차례 마주쳤지만 레벨이 낮으므로 여유롭게 해치울 수 있었다.

2층의 좀비들은 화염 마법을 사용하면 쉽게 정리할 수 있었다. 다만, 두 마법사에게는 MP가 바닥나지 않게 절약하는 습관을 들 이라고 당부해 두었다.

여차할 때 MP가 없어서 마법을 못 쓰면 곤란하니까.

게다가 마법사로서 경험을 쌓으려면 '제약'을 두어서 공략 난이 도를 올릴 필요가 있었다.

"오? 알렉이잖아. 또 만났네."

이름이 쥬가라고 했던가. 젊은 노예 전사가 씨익 웃으며 말했다.

찾는 수고를 덜었군. 다른 멤버들도 무사한 모양이었다. 피아 나도 있었다.

"그래. 야나타의 가게에서 교섭해서 내가 피아나를 고용했어. 피아나는 이쪽으로 와."

"아아, 그러셨군요."

"잠깐만! 저 말이 진짜라는 증거가 어딨어? 거짓말일지도 모르잖아?"

쥬가가 말렸다.

"그러면 일단은 가게에 들르는 게 좋겠군. 지상으로 돌아가자."

"아니, 그러니까. 우리가 어째서 네 명령을 따라야 하냐고, 알렉."

대화가 안 통하는 녀석이다. 고객일지도 모르는 사람이 나타났으면 가게에 확인부터 하는 게 상식이건만.

"방금 전에도 헌팅을 시도하던 녀석들이 있었지. 하지만 안심해, 피아나! 내가 너를 지켜줄게."

쥬가가 폼을 잡으며 말했다. 이 녀석도 피아나를 마음에 두고 있는 건가. 귀찮게 됐군.

아, 그렇지.

"쥬가. 한 가지 좋은 사실을 알려주마."

"오, 뭔데?"

"피아나는 딜무드의 여자다. 이미 개통도 끝났어."

"뭐, 뭐라고오오오오오!"

훌륭한 리액션이군. 후후.

"무, 무슨 말씀을 하시는 건가요! 저와 딜무드는 소꿉친구 사이였지만, 연인 관계는 아니었어요."

피아나가 얼굴을 붉히며 정정했다. 하지만 쥬가의 귀에는 들리지 않은 모양이었다.

"거짓말이야! 아니, 잠깐만! 딜뭉을 살리려고 노예까지 되어가면서 타국의 던전에 들어왔잖아?! 역시 사실인가?! 아악, 제기랄!"

"딜뭉이 아니라 딜무드예요……."

"아아, 딜무드였지. 어려운 이름이라 기억하기가 쉽지 않네. 하여튼 언젠가 만나면 한 대 때려줘야 직성이 풀리겠어. 아니지, 그러지 말고 나로 갈아타지 않을래?"

"어휴. 제 말씀을 듣기는 하셨나요? 갈아타고 자시고, 저는 딜무드와 연인이었던 적이 없어요. 애초에 쥬가 씨하고 사귈 생각도 없고요."

"으읙!"

벌써 차였군. 고백을 할 거면 진지하게 하던가.

"그래서, 어떻게 할 텐가. 저 사내가 정말로 가게 손님이라면 올라가서 확인해 보는 게 좋을 거다."

철투구의 드워프가 상식적인 말을 했다.

"그래도 안 돼! 우리는 지금 아이템 수집 임무 중이잖아. 가게로 돌아갈 때까지 제멋대로 행동하는 건 금지되어 있다고. 노예의 문장이 발동이라도 하면 어떡해!"

아무래도 쥬가는 명령을 위반해서 노예의 문장이 발동할 것을 걱정하고 있는 모양이었다. 말은 안 통하는 녀석이지만 사정은 납득이 되었다.

쥬가가 내 말을 믿는다면 일시적으로 소유권을 이전할 수도 있지만, 의심받고 있는 상황이니 그럴 수도 없었다.

"알겠다. 그럼 너희는 아이템을 모으면서 나를 따라와. 이러면 임무를 수행하는 걸로 취급돼서 노예의 문장도 발동하지 않겠지."

내가 타협안을 제시했다. 사실 따라오는 건 피아나 한 명으로도 충분하지만.

"오, 그 방법이 있었군. 그거라면 우리도 만족이야!"

쥬가 동의를 표했다. 다른 세 명도 반대할 생각은 없는 모양이었다.

"정해졌군. 그러면 포메이션을 정하겠어. 피아나가 정중앙, 쥬가와 드워프, 덩치는 최전방이다."

"엉? 포메이션? 혹시 진형을 말하는 거야?"

"그래."

"흥, 멋있어 보이려고 어려운 말 쓰기는. 포메이션, 포메이션. 좋아! 내가 포메이션의 선두를 맡겠어! 잘 따라오라고, 너희들!"

단순해서 다루기 쉬운 녀석이다.

"알렉……. 저 세 사람을 버림말로 쓴다거나 하는 건 아니지?"

세리나가 걱정하듯 말했다. 물론이다. 아무리 노예라도 사람을 쓰고 버리는 짓은 하지 않는다. 게다가.

"저 녀석들은 딱 봐도 전사직이잖아. 쓸데없는 걱정 하지 마."

그리하여 우리는 피아나 일행을 데리고 던전을 나아가기 시작했다.

"으랴! 봤느냐, 좀비 놈들아!"

"흐음."

나는 전투가 벌어지는 동안 네 명의 움직임을 관찰했다.

먼저 쥬가는 양손 대검을 휘두르는 파워 타입의 전사였다. 레벨은 22. 던전을 공략하기에는 충분하지만 우리보다는 낮은 편이었다.

다음으로 곤봉을 든 덩치 큰 전사는 23레벨. 움직임이 둔한 점이 마음에 걸리지만 체력과 파워는 걸출했다. 좀비를 한손으로 일격에 날려버릴 정도다.

철투구를 쓴 드워프 전사는 핸드 액스와 원형 방패를 장비하고 있었는데, 수비를 도맡는 경우가 많았다. 레벨은 32로 우리보다 높았다.

"이러면 내가 나설 차례가 없겠는걸."

세리나가 어깨를 으쓱이며 말했다. 앞으로는 교대해 가면서 싸워야겠군.

"쥬가, 다음은 세리나한테 맡겨."

"뭐? 지치려면 아직 멀었어."

"됐으니까 교대해."

"으……."

"쉴 수 있을 때 쉬어두는 게 좋다."

드워프 전사도 동의했다.

"알았어."

역시 새로운 인원이 늘어나면 전투 방식에서 다툼이 생기는군. 뭐, 이 녀석들과 함께하는 건 2층에 있는 동안만이다. 피아나의 턴 언데드만 있으면 나머지 세 명은 필요도 없지만.

"여기서 잠시 휴식을 취하고 가겠어."

이윽고 막다른 곳에서 작은 방을 발견하고 휴식을 선언했다.

당장은 피곤하지 않지만 앞으로 깊은 던전을 공략하려면 휴식을 취하는 방법도 배워둬야 했다.

왕년에 A랭크 파티의 멤버였던 여관 주인 에이다도 수프를 가져다 주며 비슷한 이야기를 했다.

"던전에서 오랫동안 버티는 파티의 특징이라면 휴식을 취하는 게 능숙하다는 거야.

식재료 보급은 나중 문제지. 시간이 날 때 보관식을 운반해 와도 되고, 여차하면 배달을 시켜도 되니까.

하지만 휴식은 그게 안 돼.

아직 할만하다 생각해서 휴식을 미뤘다가는 예상치 못한 연전을 강요당하곤 하지.

그 상태에서 검을 휘두를 체력이 남아있지 않으면 파티는 그대로 전멸하는 거야. 전멸까지는 아니더라도 소지품을 전부 버리고 도망치는 신세를 겪겠지."

즉, 항상 여유를 남겨둬야 된다는 뜻이었다.

그것이 생사가 달린 던전이라면 더더욱.

"뭐, 휴식? 하나도 안 피곤한데. 너희도 숨이 차려면 멀었잖아."

쥬가가 내 의도를 이해하지 못하고 따져 왔다.

"쥬가, 우리는 따라갈 뿐이다. 고용주가 쉬라고 하면 쉬는 게 임무인 거야."

철투구를 쓴 드워프는 노예 생활이 길었는지 대화가 빨랐다.

"아직 애네들이 고용주라고 정해진 것도 아닌데…… 나 원."

다른 사람들은 이미 모두 자리에 앉았기 때문에 쥬가도 어쩔 수 없이 털썩 주저앉았다.

물론, 교대로 망을 보는 것도 잊지 않았다. 지금은 미나가 방 입구를 지키고 있었다.

"알렉, 투기장에는 가본 적 있어?"

쥬가가 물었다.

"아니."

"뭐야, 아직도 안 가본 건가. 거기서 우승하면 엄청난 상금을 받을 수 있어."

"목숨을 잃는 경우도 많지만 말이지."

드워프 전사가 덧붙였다.

"시끄러워. 나는 죽지 않아. 언젠가 투기장에서 우승해서 커다란 저택을 살 거야. 그러면 노예 신분과는 작별인 거지. 맛있는 고기를 배 터지도록 먹어줄 테다!"

뭐, 꿈이 있다는 건 좋은 일이다.

"그 사람도 응원해 주고 있다구. 헤헤."

"그 사람?"

"그래. 우리 가게의 오너야. 언제나 괴상한 검은색 갑옷을 입고 있지."

"야나타 말이군. 응원이라."

내가 보기에 야나타는 노예를 버림말로밖에 보고 있지 않았다. 휴식도 제대로 부여하지 않고 부려먹는 것만 봐도 알 수 있었다.

"땡전 한 푼 없는 나한테 좋은 무기를 빌려줬거든. 기회는 누구한테나 평등하게 주어져야 한다면서.”

　아마도 야타나는 그런 식으로 쥬가의 의욕을 부추긴 것이리라. 노예가 얻은 레어 아이템은 야나타가 독식하고, 보수라고 해봤자 낡아빠진 갑옷을 간신히 교체할 정도. 상당히 지저분한 장사꾼이다.

　뭐, 나는 내 생활만 안정되면 그걸로 충분했다. 야나타의 방식은 마음에 안 들었지만, 모든 노예를 구한다는 건 불가능한 일이다.

　“그럼 출발하자.”

　나는 휴식을 끝내고 자리에서 일어났다.

제3화

방심

2층은 복잡한 미로로 이루어져 있었다. 하지만 때때로 좀비가 튀어나오긴 해도 위협적인 함정은 없었다.

생각보다 별거 아니군.

이런 기세라면 3층도 문제없을 듯하다.

"으라차! 전부 쓰러트렸어, 알렉."

일시적으로 동행하게 된 쥬가가 씨익 웃으며 말했다. 쥬가는 투기장에서 우승하는 날을 꿈꾸며 야나타의 밑에서 분발하고 있는 노예였다. 행동력이 뛰어나서 적이 나타나면 누구보다 먼저 달려갔고, 실력도 확실했다. 피아나와 함께 고용하는 것도 고려해 볼만했다.

계속해서 공략을 진행하던 그때였다. 미나가 3층 계단을 발견했다.

"주인님, 밑으로 이어지는 계단을 발견했어요!"

"좋아, 잘했어."

"아, 이런. 알렉. 우리 임무는 2층에서 레어 아이템을 수집하는 거야. 미안하지만 밑으로 내려갈 수는 없어."

쥬가가 난감한 얼굴로 말했다. 하지만 나도 당장 밑으로 내려갈 생각은 없었다. 2층의 탐색은 이제 막 시작되었을 뿐이다. 매핑도 끝나지 않았다.

"걱정 마. 한동안은 2층에서 탐색을 계속할 예정이니까."

"헤에, 그럼 우리야 좋지. 그런데 너희들은 아래층을 목표로 하는 거 아니었어?"

"그렇긴 하지만 이곳의 공략이 우선이야."

"답답한 방식이네. 나라면 마구 밑으로 내려갈 텐데."

"네가 파티 리더가 되면 그렇게 하던가."

"오오, 리더라. 헤헤. 나만의 파티를 짜는 것도 괜찮겠는걸!"

물론이다. 레어 아이템을 상납하지 않아도 되고, 원하는 타이밍에 원하는 장소로 갈 수 있으니까.

휴식도 자유다. 대신에 만족스러운 수입을 올리지 못하면 생활고가 기다리고 있지만. 하여튼 노후 생활에 문제가 없을 정도로만 열심히 일하면 된다.

나는 살아가기 위해서 싸우는 인간이지, 싸우기 위해서 살아가는 인간이 아니다.

우리는 계단이 있는 방을 지나쳐 계속해서 통로를 나아갔다. 그런데 기분 탓일까. 주변의 공기가 탁해진 느낌이 들었다.

"다들 긴장해."

"이봐, 알렉. 그렇게 심각할 거 없대도. 2층은 별 볼 일 없는 곳이야."

이제 막 파티에 들어온 쥬가가 웃으면서 내 말에 토를 달았다.

"죽을 수도 있어. 방심하지 마."

"뭐? 겁줘도 소용없다니까."

"하지만 1층에도 꽤 위협적인 적이 있었어. 2층이라고 방심하는 건 좋지 않아."

세리나가 말했다.

"농담이지? 너희는 나보다 레벨도 높잖아. 설마 고블린한테 고전이라도 했다는 거야?"

"고블린이 아니야. 스켈레톤이다."

"응? 1층에 그런 몬스터가 나왔던가?"

"쉿!"

이오네가 다른 사람들에게 주의를 주었다.

"무슨 일이야, 누님."

"조용해."

쥬가가 불만스러운 표정을 지었다. 하지만 지금 문제는 그게 아니었다. 통로 맞은편에서 소리가 들렸다.

쿵, 쿵. 커다란 노크 소리 같았다.

"일단 가보자."

소리가 들려온 방향으로 가보자 통로 한쪽에 잠겨있는 문이 하나 있었다. 튼튼해 보이는 나무 문이었다.

"누가 있나 본데."

"일일이 노크할 시간이 있으면 그냥 열고 나오지."

그러지 못할 이유가 있는 것일까.

"안에 누구야?"

쥬가가 문에다 대고 물었다.

"아아……."

희미한 목소리가 들려오더니 쿵, 하고 다시 노크 소리가 났다.

"이봐! 부상이라도 입은 거야?"

쥬가가 그렇게 말하며 문을 열려고 했기에 내가 제지했다.

"멈춰."

"또 왜. 도움을 요청하는 사람이 있으면 어서 구해줘야지."

"맞아. 하지만 이게 함정일 가능성도 있어. 미나, 네가 열어봐. 쥬가는 검을 들고 대기하고 있어."

"네, 주인님."

"참 신중하기도 하셔."

이곳은 좁은 통로다. 맞은편에서 사람이 오면 몸의 방향을 틀어서 비켜줘야 할 정도였다. 따라서 자리 배치가 중요했다.

"열게요."

미나가 손잡이를 당겼다.

"우왓! 제길! 몬스터 하우스야!"

쥬가가 문 너머를 바라보며 외쳤다.

"다들 물러나!"

내가 지시했다.

후방의 멤버가 앞으로 나오려고 하면 통로가 막혀서 아무것도 못하고 당할 수 있다.

좁은 장소에서 싸우느니, 차라리 넓은 장소까지 물러나서 진형을 가다듬는 편이 나았다.

"저건 또 뭐야! 젠장!"

좀비들 중에는 포복 전진으로 이쪽을 향해 다가오는 녀석도 있었다. 심지어 상당히 빨랐다.

최전방의 쥬가는 좁은 통로에서 투 핸디드 소드를 마음껏 휘두르지 못해 고전하고 있었다.

이럴 바에는 핸드 액스를 든 드워프를 앞에다 배치할 걸 그랬나? 아니, 핸드 액스의 짧은 리치로는 바닥을 기어오는 좀비에 대응하기 어려울 것이다.

어쨌든 이 상황에서 파티의 배치를 바꾸기란 불가능했다. 나는 이 상황을 타파할 수 있는 마법사의 이름을 불렀다.

"레티!"

"알고 있어! 주종의 맹약 아래 고하노라. 분노의 마신 이프리트여, 날카로운 업화가 되어 적을 멸하라! 플레임 스피어!"

레티가 손가락으로 복잡한 인을 맺어 순식간에 주문을 완성시켰다.

여러 개의 불타는 화염이 투창처럼 날아가 좀비들의 몸에 팍팍 꽂혔다. 화염의 창에 꿰뚫린 좀비들은 그대로 불타서 소멸해 버렸다. 호쾌한 연사 공격이다.

"좋았어! 가라, 해치워!"

리리가 슬링을 쏘다 말고 응원하기 시작했다.

남아있던 좀비들도 쥬가가 전부 해치웠다.

전투를 마친 우리는 잠시 한숨을 돌렸다.

"후우. 방금 주문, 엄청나던걸. 덕분에 살았어."

"훗. 고마워할 거 없어. 그보다 네 상처부터 치료하는 게 어때? 피가 나는데."

"저한테 맡기세요. 여신 에일이시여, 제 기도를 들어주소서. 힐!"

피아나가 회복 마법을 외웠다. 한 번으로는 완쾌되지 않는지 몇 차례 반복했다.

"아픔은 가셨으니까 그 정도면 됐어, 피아나."

쥬가가 말했다.

"하지만 아직 흉터가……."

"괜찮대도. 이깟 상처는 천으로 묶어두면 금방 나아."

씨익 웃은 쥬가는 자리에 앉더니 자신의 옷을 찢어 응급처치를 완료했다.

"이걸로 적셔둬라."

드워프가 작은 병을 꺼내 들더니 안에 든 호박색 액체를 쥬가의 상처에 뿌렸다.

"그게 뭐…… 으억! 따가워! 도대체 무슨 짓이야! 독이냐?!"

"아니에요. 술인가 보네요."

"그런 것 같군."

"어째서 술 같은 걸……."

"소독을 위해서야."

내가 말했다. 쥬가는 술에 소독 효과가 있다는 사실을 몰랐던 모양이다.

"누가 보면 독이라도 걸린 줄 알겠네, 쳇."

"그러면 일단 지상으로 돌아가 볼까."

"엉? 우리는 아직 더 싸울 수 있는데."

"아니. 슬슬 해가 저물 시간이다. 우리가 여관에 돌아가야 해."

"아아, 그렇다면야……."

"우리도 같이 돌아가는 편이 좋겠군. 가게에 확인도 할 겸 말이지."

드워프가 말했다. 그리하여 우리는 모두 지상으로 이동했다.

"당일치기가 가능한 건 3층까지겠어."

여관 '용의 안식처'의 식당은 꽤 넓었다.

김이 모락모락 피어나는 에이다의 특제 요리를 먹으면서 우리는 앞으로의 방침에 대해 이야기를 나누었다. 피아나와 쥬가는 야나타의 가게로 돌아갔기 때문에 지금은 따로 행동 중이었다.

"그러게. 앞으로는 던전에 식재료를 들고 가서 캠핑을 하게 되는 건가. 기분이 묘한걸."

세리나는 싫어할 줄 알았건만 꼭 그렇지만도 않은 모양이었다.

"그런데 쥬가 씨는 2층에서 레어 아이템을 모은다고 하시지 않았나요?"

미나가 확인했다.

"맞아. 3층부터는 개별 행동이야."

"그렇군요."

"뭐, 좁은 던전에서 인원수는 별로 의미가 없으니까."

레티가 말했다. 맞는 말이었다. 던전은 머릿수로 공략 가능한 곳이 아니었다.

파티를 여럿으로 나누어서 공략한다면 모를까, 사람이 많으면 반드시 노는 인원이 생기기 마련이다.

예비 전력은 유격을 전담하는 인원 하나면 충분했다. 애초에 2

군까지 동원할 만큼 던전에 오래 머물 생각도 없거니와, 파티원이 부상을 당하면 탐색을 끝내고 던전을 나오면 될 일이다.

제4화
와해

다음 날. 야나타의 가게를 방문하니 교섭이 성립되었는지 피아나 일행이 우리를 기다리고 있었다.

원래 내가 요구했던 건 여자 클레릭뿐이었다. 나머지 사내 놈들은 고용할 생각이 없었다. 하지만 무료 캠페인 중이라는 이유로 점원이 거의 떠넘기다시피 대여해 주었다. 뭐, 쥬가와 철투구 드워프는 그럭저럭 쓸만해 보이니 캠페인 기간 중에만 데리고 다니기로 했다. 무료 체험이 끝나면 즉시 반납이다. 다만 무료는 두 사람까지라는 모양인지, 얼마 전까지 쥬가와 함께였던 덩치 큰 녀석은 다른 파티에 동원되었다.

"알렉. 다음부터는 너희가 머무는 여관에서 기다릴 테니까 어딘지 알려줘."

나는 쥬가에게 우리가 묵는 여관의 이름을 알려주었다.

"용의 안식처라! 뭔가 멋진데! 젠장, 나도 그쪽 여관으로 옮길까?"

"관둬. 돈을 모아두지 않으면 여차할 때 낭패를 본다."

드워프가 말했다.

"하지만 헛간이라고, 헛간. 나도 평범한 여관 침대에서 자고 싶단 말야."

"그러면 돈을 벌어야겠지. 가자."

이 녀석까지 돌봐주고 싶지는 않았기 때문에 나는 적당히 대화를 마무리 짓고 출발했다.

2층으로 들어간 우리는 해가 질 때까지 탐색을 진행했다. 전투가 끝나고, 적당한 시점이라 판단한 나는 일행에게 귀환을 지시했다.

"우리는 이만 지상으로 복귀할 생각이다. 너희는…….""

"들어가 봐. 우리는 이곳에서 묵을 테니까 걱정 말고. 아침에 배꼽 시계가 울리면 2층 계단 앞에서 기다리고 있을게."

쥬가가 고개를 끄덕이며 말했다.

"알았다."

제대로 합류할 수 있을지 걱정이 되었지만, 쥬가의 배꼽 시계가 상당히 정확한지 다음 날의 탐색도 순조롭게 진행되었다.

"있잖아, 알렉. 돈을 줄 테니까 빵하고 고기를 사다 줄 수 없을까? 조금이라고 더 벌어보려고."

"나는 상관없지만…….""

쥬가의 다른 일행들을 바라보니 다들 찬성하는 모양이었다. 3일치 식비, 15골드였다.

"가지고 튀면 안 된다!"

"뛰겠냐!"

사람을 고작 15골드에 혹하는 바보로 보다니. 아예 내 소지금을 공개할까도 생각했지만, 쥬가에게 PK를 당하는 웃지 못할 상황이 벌어질 수도 있었다. 비밀로 해두기로 했다.

쥬가 일행과 만난 지 5일째. 2층의 탐색도 대부분 완료된 상태였다. 다만 이날은 웬일로 쥬가 일행이 지각을 하고 말았다.

　"미안, 미안. 내가 늦잠을 자는 바람에."

　쥬가 어깨를 빙글빙글 돌리며 다가와 사과했다. 이제 막 잠에서 깬 모양이었다.

　"기다리는 것도 귀찮아. 너희 아지트가 있는 장소를 가르쳐 줘."

　"알았어. 얼마 전에 잠겨있던 방 있잖아? 몬스터가 우르르 몰려나온 곳 말야. 거기야."

　"그랬군. 몬스터가 출몰하진 않았겠지?"

　"몬스터가 나왔으면 어떻게 자겠어. 불침번도 제대로 서고 있으니 문제없어."

　나는 불길한 예감이 들었지만 불침번을 서고 있다면 그나마 안심이었다. 쥬가는 둘째 치더라도 피아나나 철투구 드워프는 모험에 잔뼈가 굵으니 괜찮을 것이다.

　"그래도 혹시 모르니까 조심하도록 해."

　"핫. 알렉, 그거 알아? 몬스터 리젠을 목격한 모험가는 여태껏 한 명도 없어."

　"그 이야기, 자세히 들려줘."

　대충 짐작하고는 있었지만, 이 세계의 법칙과 내 지식 간에 괴리가 있어서는 곤란했다. 나는 설명을 요구했다.

　몬스터는 한 번 쓰러뜨려도 어디선가 다시 나타난다.

　이것을 리젠이라 부르는데, 모험가들이 지켜보는 곳에서는 새로운 몬스터가 출몰하지 않는다고 한다.

이것을 이용하면 던전의 좁은 방에서도 휴식을 취할 수 있었다.

게임에서는 화면 내에서 아무런 예고도 없이 잡몹이 솟아나거나, 아무것도 없는 장소에서 느닷없이 인카운트가 발생하기도 한다. 그에 비하면 이 세계의 법칙은 친절한 편에 속했다.

단, 보스와 마법에 의한 소환은 예외라는 듯했다.

"그래도 보스는 조심해야겠군."

"그거 말인데, 이 던전에서는 4층까지 보스가 등장하지 않아."

"……흐음. 그렇군."

스켈레톤 용사는 보스가 아니었던 건가.

"보스라는 게 어떤 몬스터를 말하는 거야?"

세리나가 물었다.

"어떤 몬스터냐니. 당연히 그 층에서 가장 강한 녀석이지. 차원이 다를 정도로."

쥬가도 아직 보스를 마주쳐 본 적이 없는 모양이었다.

"보스는 특정한 방에만 등장하고, 자신의 영역 밖으로 나오지 않는 게 보통이야."

레티가 보스의 특징을 설명해 주었다.

"그래서 5층 이하로 내려가는 모험가는 별로 없어. 새로운 층에 처음 진입하면 해당 층의 보스를 처치해야 탐색을 진행할 수 있다더라고. 그리고 보스는 한 번 쓰러트리면 더는 그 파티 앞에 모습을 드러내지 않는대."

과연. 그래서 4층을 클리어하는 것, 즉, 5층에 도달하는 것이 B랭크 파티로 인정받기 위한 조건인 건가.

차라리 보스의 토벌을 조건으로 내걸면 되지 않나? 라는 생각이 들었지만 곧 의문을 철회했다. 그런 조건을 내걸면 보스의 신체 부위를 거래해 시험을 통과하려는 자들이 나타날 것이다. 이런 상황을 미연에 방지하기 위한 조치일 가능성이 높았다.

뭐, 어찌 됐든 나와는 상관없는 이야기였다. 나는 정공법으로 간다.

내게는 일반인의 두 배에 달하는 능력치와, 스킬 카피를 통한 엄청난 양의 스킬 포인트가 있었다. 이미 치트에 가까운 수준이었다.

이제 레벨만 순조롭게 올리면 무서울 게 없었다.

참고로 좀비의 경험치는 썩 만족스럽지 않은 편이었다. 한 마리당 50에 달하는 경험치를 주기는 했지만, 레벨이 27인 현재, 다음 레벨까지는 1만에 가까운 경험치가 필요했다. 그래서 내 레벨은 아직 제자리 걸음 중이었다.

레벨이 정체된 이상 남은 방법은 스킬 강화뿐이었다. 하지만 [차원참]과 마법검사에 대한 정보는 아직 들어오지 않았다.

이전에 웰버드에게 보낸 편지의 답장이 도착했는데, 마법검사와 싸운 적은 있지만 클래스 체인지 조건까지는 알지 못한다는 내용이 적혀있었다.

[차원참]이라는 스킬은 본 적도, 들은 적도 없다고 한다.

그래도 다행인 것은 네네의 레벨이 우리를 따라잡기 시작했다는 점이다. 파티 전체라는 관점에서는 스킬보다는 레벨 업에 치중하는 게 옳을지도 몰랐다.

"주인님, 적이 와요."

"좋아. 전원 전투 준비."

미나의 보고를 들은 나는 생각을 다잡고 통로를 주시했다.

"적은 다섯!"

세리나가 공격에 나서며 외쳤다.

좀비는 몇 번 베는 정도로는 쓰러지지 않아서 해치우는 데 시간이 걸렸다. 하지만 스피드와 기량은 우리가 압도하고 있다. 일대일이라면 여유롭게 쓰러트릴 수 있는 상대다.

다만, 도중에 쥬가 몸을 비틀거리는 게 보였다. 움직임도 좀 둔해진 듯했다. 마음에 걸리는군.

"클리어!"

"쥬가, 왜 그래. 잠이 덜 깼어?"

"아니야. 발이 좀……."

"발?"

"얼마 전에 좀비한테 물렸던 상처가 아직도 낫질 않았거든요."

피아나가 걱정스러운 말투로 설명했다. 몬스터 하우스 때인가. 벌써 며칠 전 일인데.

"보여줘 봐."

"아, 괜찮대도! 살짝 부었을 뿐이야. 호들갑 떨지 마셔."

쥬가 거절했다. 하지만 독에 당한 거라면 성가셔진다.

일단은 [감정] 스킬을 사용해 볼까.

〈이름〉 쥬가　〈연령〉 18
〈레벨〉 23　　〈클래스〉 전사
〈종족〉 인간　〈성별〉 남자
〈HP〉 102/257 〈상태〉 파상풍
[해설]
그랑소드의 노예.

모험가.

성격은 활발하며, 때때로 공격적.

"너, 파상풍에 걸렸어."

""에엑!""

주변에 있던 사람들이 화들짝 놀랐다. 반응을 보니 독보다 위험한 모양이다.

"미나와 이오네는 주변을 경계해. 이곳에 캠프를 설치하겠어. 쥬가, 발을 보여줘. 이건 리더 명령이다."

"알았어. 그런데 파상풍이 뭐야?"

"상처의 회복이 더뎌지고, 열이 나고, 발음이 뭉개지고, 몸이 경련하고, 마지막에는 고통에 몸부림치다가 죽음에 달하는 무시무시한 병이에요."

피아나가 설명했다.

"제길, 병에 걸린 건가……. 치료하는 데 얼마나 걸려?"

"……상당히 오래 걸려요."

"뭐……? 그럼 곤란한데."

이제야 쥬가도 심각성을 눈치챈 모양이었다.

부츠를 벗기려 했지만 발이 부어서 벗기기가 쉽지 않았다.

"우와, 심하네. 퉁퉁 부어서 새빨개. 안쪽은 까맣게 변했고……."

리리가 상처를 보더니 눈살을 찌푸렸다. 확실히 심각한 상태였다.

"어째서 이렇게 될 때까지 내버려 두신 건가요……. 말씀해 주셨으면 좋았을 텐데."

피아나가 그렇게 말하며 연속으로 [힐]을 사용했다.

"나도 이렇게 될 줄은 몰랐지. 전에도 상처가 부어오른 적이 있었는데, 그때는 내버려 두니까 저절로 나았거든……."

"어때, 피아나."

"역시 이 상태로는 회복이 어렵네요. 사제님께 가서 진찰을 받아겠어요. 저로서는 역부족이에요."

"그러면 탐색은 중지다. 지상으로 돌아가자."

"잠깐만. 난 지불할 돈이 없어. 가진 돈은 200골드가 전부야."

"나머지는 내가 내주지. 빚이다."

"……미안."

쥬가가 의기소침한 얼굴로 말했다. 평소의 명랑한 모습은 찾아볼 수 없었다.

제5화

치료의 대가

발이 부운 쥬가를 데리고 신전으로 향했다.

[감정] 스킬의 설명에 따르면 쥬가는 파상풍에 걸린 상태였다. 클레릭인 피아나는 치료하기 쉽지 않다는 모양이었다.

이 세계에서는 병에 걸려도 [힐]만으로는 쉽게 낫지 않는 모양이었다.

"어떤가요, 사제님."

피아나가 물었다.

"흠…………."

사제는 덥수룩한 흰눈썹에 눈이 완전히 가려진 백발의 노인이었다. 그는 쥬가의 상처를 보며 수염만 만지작거릴 뿐, 아무런 말도 하지 않았다.

"어떻게 된 거야, 할아범. 빨리 말하지 않으면 그 수염을 뽑아 버리겠어."

"쥬가 씨, 실례잖아요."

"고친다면 고친다고, 못 고치면 못 고친다고 똑바로 말해. 나는 어중간한 게 제일 싫어."

"그래. 솔직하게 말하지. 이 상처는 이미 너무 늦었다네. 다리를 자르지 않으면 살지 못할 걸세."

"뭐?! 자, 잠깐만! 나더러 외다리로 살라고? 모험은 어쩌고!"

"포기할 수밖에 없겠지."

"포기라니……. 어떻게 그걸 포기해."

"아니면 다리를 절단하는 대신 회복 마법을 걸고 신께 기도하 겠나? 말리진 않겠네만 살아남을 기대는 말게. 자네 같은 상처를 가진 사람을 지금까지 몇 명이나 봐왔다네."

"아……."

"어떻게 할지는 스스로 결정하게. 오늘 일몰까지 시간을 주지. 그 이상 지체하면 목숨이 위험해."

사제가 진지한 얼굴로 말했다.

"그게 뭐야……. 농담이지?"

쥬가가 허탈하게 웃으며 말했다. 마음의 정리가 되지 않은 모 양이었다.

외다리로 살아남을 것인가. 모험가로서 죽을 것인가.

정말로 하드한 선택지다. 당장 선택하려니 더욱 어려울 것이다. 내가 이래라 저래라 할 수 있는 문제도 아니었다.

"혼자서 정하게 놔두자. 혹시 물어볼 게 있다면, 피아나, 네가 상담해 줘."

쥬가가 현명한 선택을 내릴 수 있도록 당부해 두었다.

"네."

우리는 신전을 뒤로했다.

"알렉, 외과의인 코지마 선생님한테 봐달라고 하면 어떨까?"

세리나가 말했다. 나도 비슷한 생각을 해봤지만, 현대의 약품 과 기구가 없으니 코지마로서도 어려울 것이다.

게다가 더욱 커다란 문제가 있었다.

"어쩌면 수술을 도와줄지도 모르지만 데려오려면 시간이 걸려. 오늘이 고비라고 숙련된 사제가 말했잖아. 아마도 늦을 거야."

"그렇구나……. 그렇겠네……. 마차로도 여기까지 오는 데 닷새나 걸렸으니까."

코지마는 옆 나라에 머물고 있기 때문에 이곳으로 오려면 시간이 걸렸다.

"레티 스승님, 방법이 없을까요?"

네네가 매달리듯 물었다.

"음, 부상자를 치료하는 건 내 전문이 아니야. 생각나는 거라고 해봤자 엘릭서나 에릭실 정도일까."

레티가 언급한 엘릭서와 에릭실은 시중에서 찾아볼 수 없는 약이었다. 왕성에서나 보관하고 있는 약을 노예인 쥬가에게 양도해 줄 리 만무했다.

결국 우리가 해줄 수 있는 것은 아무것도 없었다.

회복 마법의 스페셜리스트인 사제가 포기했을 정도니, 지금의 현실을 받아들여야 했다.

이날은 던전에 들어갈 마음이 들지 않아서 여관으로 되돌아왔다.

"나, 뭔가 방법이 없는지 찾아보고 올게."

"그래. 소매치기당하지 않게 조심해."

"응."

세리나를 보낸 뒤, 나는 치료계 스킬을 열람해 보았다.

하지만 [힐]로도 치료할 수 없는 상처를 [응급처치]나 [간호]로 어떻게 할 수 있을 것 같지는 않았다.

지금 깨달은 사실인데, 내가 습득 가능한 스킬 중에서 치료에 관련된 스킬은 거의 없다시피 했다.

캐릭터 메이킹 당시에는 성직자의 고위 스킬을 고를 수 있었지만, 지금은 불가능했다.

일단 성직자로 클래스 체인지 한 다음 직업 레벨을 올리면 되지 않을까. 하지만 당장 실행할 수 있는 방법은 아니었다.

애초에 그럴 바에는 파티원 중 한 명을 성직자로 전직켜 계획적으로 육성하는 편이 나을 것이다.

이번에는 쥬가였지만, 다음에는 내가 부상을 입을 수도 있다.

저녁이 되면 일행들과 진지하게 의논해 봐야겠다.

그렇게 생각하고 있는데, 시간이 오후로 넘어갈 즈음 피아나가 여관으로 찾아왔다. 쥬가가 마침내 다리를 절단하기로 결심한 모양이었다.

"그랬군."

"그래서, 저⋯⋯."

피아나가 말끝을 흐렸다.

"응? 뭐지?"

"저기, 돈이⋯⋯."

"아아. 얼마라고?"

그러고 보니 쥬가의 치료비를 대신 지불해 주기로 했었다.

"수술비와 현재 치료비, 한 달 입원비까지 해서 총 3천 골드가……."

"알았어. 지불할게."

"부탁드려요! 신께서 지켜보고 계실 거예요. 정 곤란하시면 수술비만이라도 좋아요! 나머지는 제가 어떻게든……."

"진정해. 지불한다고 했잖아. 자, 은화 세 장이면 충분하지?"

"아, 앗. 감사합니다. 그런데 괜찮으시겠어요? 쥬가 씨가 곧바로 갚아드리지는 못할 텐데."

"그렇겠지. 하지만 나하고 파티를 맺었던 녀석이 죽어가는데 모른 체하고 싶지는 않거든. 잠자리가 뒤숭숭할 테니까. 그리고 돈도 여유가 있으니까 지불하는 거야. 걱정하지 마."

"그러시군요. 다른 사람을 위해 3천 골드라는 거금을 흔쾌히 내놓으시다니. 정말로 훌륭한 분이세요. 그러면 곧바로 수술 준비를…… 참, 과자도 사 가야 되는데."

"과자? 과자가 치료랑 무슨 관계가 있는데?"

나는 이해가 되지 않아서 피아나에게 물었다.

"저, 직접적인 관계는 없지만, 사제님께서 단 음식을 좋아하셔서요."

"성의 표시인가. 뭐, 그렇게 해. 자잘한 비용은 이걸로 해결하고."

내가 대동화 한 닢을 쥐여주며 말했다.

"감사합니다. 그렇지만 과자는 제 돈으로 지불할 테니, 이 돈은 환자복과 약초 구입에 쓰도록 할게요."

"그래. 네가 잘 판단해서 사용해 줘."

"네, 알겠습니다."

피아나는 정중히 인사한 뒤 종종걸음으로 떠나갔다.

보아하니 피아나도 조금씩 주변 상황이 눈에 들어오기 시작한 모양이다. 너무 걱정하지 않아도 되겠군.

제6화

야나타의 응원

용의 안식처.

그랑소드 왕국에서 우리가 거점으로 삼고 있는 여관이었다.

4층짜리 커다란 여관으로, 모험가를 대상으로 영업하고 있어 거친 손님들이 많았다.

나는 1층의 테이블에 앉아 한가해 보이는 숙박객과 카드 게임을 즐기는 중이었다.

하지만…… 쳇. 손패가 최악이다.

"영 시원찮다는 얼굴이구만, 알렉."

내 맞은편에 앉은 남자가 히죽거리며 말했다.

"시끄러워, 머피. 이건 내 평소 얼굴이다."

"미안하게 됐는걸. ……올인이다."

"뭐? 교환도 안 하고?"

"그래. 남자로서 일생일대의 승부를 걸어야 할 때가 있잖아. 지금 나한테 그 순간이 찾아온 거다. 얼마전의 빚은 톡톡히 되갚아 주겠어."

……허세로군.

이 녀석은 때때로 이런 식의 블러핑을 걸어 온다. 일생일대라니, 지나가던 개가 웃겠다.

허세에는 허세로 받아쳐야겠지.

여기서는 노 페어라도 올인을…….

바로 그때, 밖에서 리리가 당황하며 뛰어 들어왔다.

"큰일이야, 큰일! 알렉! 얼른 와봐!"

"무슨 일인데. 쥬가 수술에 실패한 거라면 내가 가봤자 의미 없어."

"수술은 성공했대. 하지만 야나타의 부하 녀석들이 와서 피아나를 억지로 끌고 가려고 했어! 그러다 신전 사람들하고 싸움이 났고!"

그렇게 된 거군.

노예가 된 피아나는 현재 야나타의 소유물이었다. 야나타가 던전에 들어가라고 지시하면 피아나는 여기에 따를 의무가 있었다. 적어도 법적으로는 그랬다.

다만, 쥬가를 치료하고 간호하려면 피아나가 필요했다.

지금은 내가 주당 1500골드로 피아나를 고용하고 있으니 내가 현장으로 가면 부하 녀석들도 납득할 것이다.

"좋아, 나한테 맡겨."

"그렇게 나와야지!"

"들었지, 머피. 이 승부는 나가리다."

나는 속으로 음흉한 미소를 지으면서 카드를 테이블에 내던졌다.

"뭣이?! 이 자식, 제기랄! 나의 인생 첫 로열 스트레이트 플래시가아아아! 기다려! 알렉! 적어도 이 승부를 끝내고 나서 가줘! 이렇게 빌게! 알렉!"

용서해라, 머피. 이건 한 사람의 인생을 구하기 위한 결정이다. 너라면 분명 이해해 주겠지. 푸풉.

나는 분노에 찬 절규를 등으로 느끼며 신전으로 달려갔다.

"이 방이야."

리리가 안내해 준 장소는 복도 끄트머리의 응접실이었다. 사제
와 피아나도 그곳에 있었다. 야나타의 부하들도 두 명 있었는데,
그 중의 한 명은 황당하게도 검을 움켜쥐고 있었다.

신전 안에서 검을 뽑다니.

억지로라도 데려오라는 명령을 받은 것이리라. 피아나 신전
관계자에게 상처라도 입혔다가는 절대로 곱게 넘어가지 못할 텐
데. 머리가 나쁜 녀석들이다.

내가 조금만 늦었으면 어떻게 됐을지.

"거기까지다. 검을 집어넣어."

"아앙? 뭐야, 넌!"

검을 움켜쥔 수염 난 노예가 예상했던 반응을 보였다.

"그 피아나의 현재 고용주다. 주당 1500골드로 고용하고 있지.
안 그래?"

야나타의 가게에서 보았던 점원도 이 자리에 있었기 때문에 그
녀석에게 말했다.

"예. 허나 계약상 근무 시간 외에는 저희 쪽에서 관리하기로 되
어 있습니다."

"그래. 하지만 지금은 대낮이야. 나는 이 녀석한테 쥬가를 간호
하라고 명령해 뒀거든. 그렇지, 피아나?"

"맞아요!"

"글쎄요. 노예한테 간호를 붙일 필요는 없을 텐데요."

"나는 그렇게 생각하지 않는데? 아니면 그건가? 너희 가게는 고객이 계약한 노예한테 멋대로 다른 일을 시키는 건가? 세상 사람들은 그걸 사기라고 부르거든. '노예알선'이라고 했지? 평판이 떨어질 각오를 하는 게 좋을걸."

"맞아, 맞아! 노예알선은 사기꾼이 운영하는 가게라고 주점 사람들한테 떠벌리고 다녀야지!"

리리가 손가락질을 하며 말했다. 건방진 꼬맹이지만 이럴 때는 도움이 되는군.

"그건 곤란한데요, 알렉 씨. 그리고 이런 말씀을 드리고 싶지는 않았지만, 저희 상품을 파손시킨 책임은 손님께 있다고 생각합니다."

"뭐라고?"

상품이라는 건 쥬가를 두고 하는 말이겠군. 내가 고용한 노예가 모험 도중에 부상을 입은 것은 사실이다.

"물론 배상금을 지불하라고 말씀드릴 생각은 없습니다. 모험가가 모험에서 상처를 입거나 죽는 건 당연한 일이니까요. 저희 가게의 경우에는 상황을 고려해서 책임의 정도에 따른 변상을 요구하고 있습니다."

으음. 쥬가가 부상을 당했으니 추가 요금을 내라는 뜻인가?

하지만 납득이 안 되는걸.

"다만, 손님께 책임은 있을지언정 과실은 없는 것으로 보입니다. 쥬가가 온전한 상태로 검을 소지하고 있었고, 충분한 주의를 기울였음에도 사고가 발생했으니까요. 불가항력이었죠. 그러니 선금을 환불해 드릴 수는 없지만 더 이상의 요금은 받지 않기로 결정했습니다."

"호오."

이런 시스템이라면 노예알선도 나름 쓸만한걸.

"따라서, 알렉 님께서 고용하신 노예들의 계약을 일단 해지하고 새로운 노예를 소개해 드릴 예정입니다. 그러니 모험에 나가시기 전에 일정을 말씀해 주셨으면 합니다."

"아니, 마음이 변했어. 지금 바로 모험에 나갈 거다. 그러니 계약 해제는 없는 걸로 하지. 쥬가도 포함해서 말이야."

"예? 이거 난처하군요……. 알렉 씨, 쥬가는 도저히 모험에 나갈 상태가 아닙니다."

"그건 네 견해겠지. 한 시간 뒤에는 다 나을지도 모르잖아."

"농담도. 다리가 새로 자라나기라도 한답니까?"

"물론이지. 신께서 기적을 내려주실 테니까. 나는 신앙심이 깊거든."

"푸풉."

"하하."

내 말을 들은 리리와 신관들이 웃음을 터트렸다.

"후우. 어쩔 수 없군요. 오너를 모셔오겠습니다."

"그러던가. 이야기 정도는 들어주지."

"예. 너는 여기서 피아나를 감시하고 있어. 어째서인지 노예의 문장이 발동하지 않아서 달아날 우려가 있거든."

"알겠습니다!"

점원이 응접실을 나갔다.

"피아나. 험한 짓을 당하진 않았지?"

피아나의 겉모습은 멀쩡했지만, 이곳에는 성직자가 잔뜩 있다. 만약 상처를 입었더라도 성직자들이 순식간에 고쳐 주었을 것이다.

그래서 만약을 위해 물어보았다.

"네. 상대가 검을 뽑았을 때 알렉 씨가 와주셨거든요."

피아나가 웃으며 말했다.

"그렇군."

늦지 않아서 다행이다.

나는 이대로 응접실에서 기다리기로 했다.

"차 좀 드세요."

이곳의 신관이 차를 끓여다 주었다.

"미안하게 됐어. 우리 일행의 트러블에 말려들게 만들어서."

나는 응접실에 있는 늙은 사제에게 사과를 건넸다. 이 사제의 기분을 상하게 하고 싶지는 않았다. 쥬가가 이곳에 입원 중이기도 하고.

"괜찮네. 피아나에게서 이야기는 들었다네. 요즘 보기 힘든 청년이더군. 나도 최대한 협력해 주겠네. 다만, 우리도 여러모로 지출할 곳이 많아서 그러니 헌금을 마다하기는 힘든 점 양해해 주게."

늙은 사제가 미소를 지으며 말했다. 덥수룩한 눈썹 밑으로 눈동자가 흘끔 엿보였다.

"저놈들의 요구를 들어달라고 할 생각은 없으니까 피아나만 잘 지켜줘. 나머지는 내가 알아서 해결할 테니."

"뭐라고!"

옆에서 감시하던 노예가 버럭 소리를 질렀지만 검은 이미 칼집에 집어넣은 상태였다. 쪽수에 장사 없다더니, 그 정도 판단할 머리는 있는 모양이었다.

"나는 너희 가게에 돈을 지불한 고객이야. 방금 전의 점원도 판단이 안 서니까 오너를 부르러 간 거야. 너는 섣부른 짓 말고 얌전히 앉아서 기다리는 게 좋아. 야나타는 정중한 태도로 고개를 대하는 녀석이니 너한테 따끔한 벌을 내릴지도 몰라. 노예의 문장을 발동시킨다거나."

"으으……."

노예는 얼굴을 창백하게 물들였다. 노예의 문장이 어지간히도 무서운 모양이었다. 머리가 나쁜 건 그렇다 쳐도, 노예를 다루는 방식이 좀 과하다는 생각이 들었다. 내가 노예알선의 노예가 아니길 망정이지.

"기다리게 해드려 죄송합니다, 알렉 씨."

이윽고 노예알선의 주인, 야나타가 찾아왔다. 험상궂은 노예를 여섯 명이나 대동하고서.

교섭이 결렬되면 힘으로 해결할 심산인가?

재밌군.

너의 도전을 받아주마.

"리리, 멤버들을 전부 모아 와."

"알았어!"

하지만 우선은 신사답게 대화가 먼저다.

검은색 갑옷 차림의 야나타가 내 맞은편 자리에 앉았다.

"알렉 씨, 구구절절한 얘기는 빼기로 하죠."

"그래, 좋아."

"당신은 저희 노예가 마음에 드신 모양이더군요. 피아나를 20만 골드에 팔도록 하겠습니다."

"부족한걸."

"부족하다뇨. 저도 꽤 오랫동안 노예상을 해온 몸입니다. 상품을 보는 눈은 정확해요. 저 아가씨는 옥션에 내놓으면 30만은 기본입니다. 제 딴에는 양심적인 가격에 내어드리겠다고 말씀드리는 겁니다만……."

"그런 뜻이 아니야. 쥬가는 어쩔 생각이야."

"어쩔 생각이라 하심은? 다리를 절단했다더군요. 아쉽지만 모험가는 폐업해야죠. 저희는 어차피 해고할 생각이니, 알렉 씨가 원하신다면 공짜로 얹어드릴게요."

"뭐야 그게! 나는 아직 팔팔하다고!"

어느샌가 쥬가가 지팡이를 짚고 다가와 외쳤다. 수술을 끝낸 지 얼마 되지도 않았을 텐데. 무리하기는.

야나타도 고개를 절레절레 내저었다.

"포기하세요, 쥬가 씨. 억지로 모험가를 계속하지 않아도 할 수 있는 일은 많아요. 도구 장인은 어떤가요? 지인을 소개해 드리죠."

"난 섬세한 작업은 젬병이야. 그리고 너도 말했잖아? 투기장에서 우승하는 꿈을 응원해 주겠다고."

"그랬죠. 하지만 그 다리로는 어렵지 않을까요."

"뭐, 일단 진정해, 쥬가."

야나타의 말은 타당했다. 노예를 취급하는 방식이 건조하기는 하지만, 지팡이를 짚은 녀석이 투기장에서 우승하기란 불가능에 가까운 게 사실이었다.

멀쩡하게 싸울 수 있을지조차 의문이었다.

제7화
거래

야나타는 쥬가에게 전직을 권했다.

하지만 쥬가는 여전히 투기장과 모험가에 집착하는 모양이었다. 본인이 계속하고 싶다면 퇴원하는 대로 도전해 보면 될 일이다.

자신의 한계를 직면하기 전까지는 받아들일 수 없는 일들도 있는 법이니까.

그보다 중요한 것은 이 상황을 어떻게 수습하는가이다.

야나타는 여섯 명의 우락부락한 노예들을 대동해 왔다. 교섭이 결렬되면 이 녀석들을 시켜서 힘으로 해결할 작정일 것이다.

어쩌면 교섭을 유리하게 이끌고 갈 협박용으로 데려온 것일지도 몰랐다. 하지만 그건 자신의 교섭 능력이 형편없다고 광고하는 꼴이거니와, 애초에 야나타는 그런 타입의 인간이 아니었다.

대동한 노예들은 교섭이 결렬됐을 때를 대비한 보험일 것이다.

처음부터 협박이나 폭력으로 문제를 해결할 인간이라면 일찌감치 저지르고도 남았을 테니까.

늙은 사제를 바라보니 기다란 눈썹이 축 처져있었다. 대놓고 불만을 토하지는 않았지만 제발 폭력 사태만큼은 참아달라고 애원하는 것처럼 보였다.

만약 내가 모범적인 용사라면 야나타를 악으로 규정하고 일도양단해 버렸을 것이다. 하지만 그런 방식으로는 학대당하는 수많은 노예들을 구해줄 수 없었다. 자유의 몸이 되어도 길거리에 나앉을 뿐이다.

한두 명 정도라면 약초 수집이라도 하면서 먹고살 수 있다. 하지만 수십 명에 달하는 인원이 일제히 직장을 잃으면 이야기가 달라진다. 아무리 도구점이라도 수십 명에 달하는 인원이 약초를 가져오면 환금을 거절할 테니까.

게다가 나한테도 계획이 하나 생겼다.

예전부터 막연하게 구상해 왔는데, 지금 이 자리에서 전체적인 그림이 완성되었다.

이 계획을 실행하려면 야나타와의 교섭을 무사히 마무리 지어야 했다.

"지금 이게 진정할 상황이냐고!"

쥬가는 신경이 날카로워져 있는지 사납게 소리쳤다. 발이 절단되어 버렸으니 분노가 치솟는 건 오히려 당연했다.

쥬가에게도 발의 상처를 우습게 본 책임은 있을 테지만, 그렇다고 다리 하나와 맞바꿀 만한 잘못은 아니었다.

물론 조심한다면 피할 수 있는 병이나 상처도 있을 것이다. 그러나 기본적으로 인간이란 상처와 병을 달고 사는 생물이다.

이것은 단순한 확률의 문제지, 인과응보나 평소의 행실로 결정되는 부분이 아니었다. 그런 논리라면 불치병에 걸린 사람은 천인공노할 악당이었다.

"쥬가. 네가 모험가로 활동했던 이유는 던전에서 힘을 길러서 투기장에서 우승하고 싶다는 꿈을 가지고 있었기 때문이지?"

내가 쥬가에게 확인차 질문했다.

"그래! 내가 어렸을 적부터 간직해 온 꿈이니까! 다리 하나 정도로 포기할 성싶냐고!"

"알겠다. 그러면 네가 너를 고용해서 모험가로 계속 활동하게 해주지. 그러니까 지금은 침대에 누워서 치료에 전념해."

"뭐? 그게 무슨……."

"이야, 잘됐네요. 쥬가 씨. 친절한 주인님 밑에서 꿈을 이루시면 되겠어요. 뭐, 이룰 수 있다면 말이지만요."

야나타가 웃으며 말했다. 이 녀석도 쓸데없이 한마디가 많다니까. 쥬가를 진심으로 깔보고 있다는 증거다.

"이 자식……. 쳇, 내가 널 잘못 봤어. 야나타."

쥬가는 야나타가 자신을 응원해 주리라고 기대했던 모양이다.

노예를 상품으로만 판단하는 야나타지만 그건 단순히 노예를 기계적으로 대한다는 뜻이 아니었다. 노예의 의욕을 부추기기 위해서는 가벼운 립 서비스도 개의치 않을 인간이었다.

하지만 마지막까지 돌봐 줄 남자는 결코 아니었다.

상품에 하자가 생기면 갈아치울 뿐.

여기에 양심이나 감정이 끼어들 여지는 없다.

쥬가는 그 현실을 깨달은 것만으로도 다행으로 여겨야 했다.

"그러면 쥬가는 내가 공짜로 받아가겠어. 피오나도 네가 제시한 20만 골드에 매입하지. 그리고 야나타, 하나 더 얹어줬으면 하는 게 있는데."

"뭔가요? 지나친 욕심을 화를 부른다더군요."

"그렇게 경계할 거 없어. 너한테는 불량 재고를 한꺼번에 처리할 수 있는 좋은 기회일 테니까."

"……들어보죠."

이 녀석은 피도 눈물도 없는 상인이다. 돈을 벌 수만 있다면 악마와도 거래를 할 것이고, 부모가 살해당한 직후에도 교섭에 응할 것이다.

모든 것을 돈을 위해.

그런 녀석이다.

"네가 버리려 했던 노예, 또는 장래성이 없어서 어떻게 돼도 좋은 노예들을 전부 나한테 넘겨줘. 물론 가격은 네가 정해도 좋아."

"……무슨 속셈이신가요, 알렉 씨. 그런 짓을 해봤자 당신한테는 1골드의 이득도 없을 텐데요."

"이득을 보려고 이러는 게 아니야. 이건 감정 문제니까. 딱히 너한테 내 마음을 이해해 달라고 부탁할 생각은 없어. 예스야, 노야. 그것만 대답해."

"알겠습니다. 저에 대한 모욕은 이번 거래로 없었던 셈 쳐드리죠. 다만, 앞으로 제 장사를 조금이라도 방해하신다면 망설이지 않고 밟아드리겠습니다. 이건 노예상 선배로서 드리는 충고입니다."

"즉, 방해하지 않으면 먼저 손을 대지는 않겠다는 뜻인가?"

"예."

언질은 잡았다.

"들었지? 사제 할아범."

"들었네. 내가 이 거래의 증인일세."

내일이라도 꼴까닥 할 것 같은 노인이지만 옆에는 젊은 신관들도 여럿 있으니 괜찮을 것이다.

"마음에 들었다! 나도 이 거래의 증인이 되지!"

바로 그때, 처음 보는 인물이 우렁차게 외치며 손을 들었다. 신전에서 지원하는 모험가인가? 보아하니 부상자 같지는 않은데.

그런데 이 남자…… 장비는 낡아빠진 주제에 묘하게 범상치 않은 분위기가 느껴진다.

뭐, 됐어.

어느샌가 복도에는 구경꾼들이 몰려와 인파를 이루고 있었다.

"노예 리스트와 가격 교섭은 다음에 따로 하자고. 20만 안에서 가능할까? 부족하면 조금 더 기다려 줘야겠는데."

"아뇨, 충분합니다. 인원수는 30명에 가격은 5만 골드 정도겠군요. 다만, 저와 똑같은 장사를 생각하고 계신다면 관두는 게 신상에 이로울 겁니다."

야나타가 말했다.

"그럴 생각 없으니 안심해. 뭐, 노예를 데리고 던전에 들어갈 생각이긴 하지만."

"네. 그러면 거래 성립이군요. 나중에 자세한 사항이 적힌 리스트와 상품을 보내겠습니다. 용의 안식처로 보내드리면 되는지요."

"맞아. 그렇게 해 줘. 그리고 상품을 보낼 때는 깨끗하게 부탁해. 알몸으로 와도 곤란하고."

이 녀석이라면 장비는 물론 옷까지 압수해 갈 가능성이 있었다. 나는 확실하게 못을 박아두었다.

"그렇게까지 하진 않습니다. 어차피 노예들이 착용한 장비는 팔지도 못할 중고품들뿐이니까요."

하긴, 팔릴만한 장비는 진작에 다 벗겨먹었겠지. 나 원.

"참, 알렉 씨. 이번에 거래한 노예들의 가격은 다른 곳에 발설하지 말아주세요. 점포를 운영하려면 비용이 많이 들거든요. 렌탈 가격이 판매가에 비해 높게 책정될 수밖에 없더라고요."

"알겠다. 걱정하지 마."

지금으로서는 야나타의 장사를 방해하거나 망칠 생각이 없었다.

"그러면 나도 이만 실례함세. 부상당한 노예가 있거든 언제든지 데리고 오게나. 적절한 헌금과 함께 찾아오면 치료해 주겠네."

이 할아버지도 보통이 아니군. 헌금에 적절한 게 어딨다고. 하긴, 신전이 돈을 벌어야 신관들이 먹고사니 공짜로 해줄 수는 없겠지.

아무리 신앙심이 두텁고, 신을 경애하더라도 인간은 밥을 먹어야 살아갈 수 있다.

사람은 살아있는 것만으로도 많은 비용이 들어간다는 뜻이다.

"알렉 씨, 앞으로 잘 부탁드립니다."

피아나도 자신의 처지에 불만은 없는 눈치였다.

언젠가 성적인 봉사도 받을 예정이지만, 본인은 예상하고 있을까? 아마도 모르겠지. 당장은 비밀로 해두기로 했다. 헤헤.

"그나저나 알렉. 너 무슨 귀족이라도 돼? 돈이 얼마나 많길래."

쥬가가 아직 옆에 있었다.

"피아나. 이 죽다 살아난 멍청이를 침대에 묶어놔 줘."

"네."

"아니지, 잠깐만. 이러는 게 더 빠르겠군. 쥬가, 왼팔을 내밀어 봐."

"이렇게?"

나는 나이프로 손가락을 베어 노예의 문장에 피를 흘려 넣었다. 소유권을 이전하기 위해서였다.

문제없이 성공했다.

"쥬가, 새로운 주인님의 명령이다. 수술 자국이 나을 때까지 얌전히 침대에 누워있어. 알겠지."

"하지만 지루하단…… 아야야야얏! 어엉?! 대체 뭐야?!"

전부 지켜봐 놓고 내가 무슨 행동을 했는지도 모르는 건가. 바보로군.

"자, 쥬가 씨. 침대로 가요."

피아나가 빙그레 웃으며 쥬가의 손을 잡고 데려갔다.

나도 여관으로 가서 에이다에게 미리 준비를 부탁야겠다. 30인분의 침대가 필요했다. 인원수는 많지만 여태껏 헛간에서 자던 녀석들이니 커다란 방에 몰아넣으면 될 것이다.

신전을 나온 나는 황급히 달려온 파티원들과 맞닥트렸다. 다들 검을 뽑아 들고 있었다.

"알렉, 야나타는 어디야?!"

"아아. 그 문제라면 이미 정리됐어."

"어? 벌써? 보스를 혼자서 쓰러트려 버리다니. 멋진 장면을 혼자서 독식해 버리면 어떡해."

"누가 보스야, 누가. 너는 상인 길드의 간부이자 마을의 명사인 인간을 베어 죽일 심산이냐."

"뭐? 명사라니? 그 녀석, 평판이 엄청 나쁘던데."

하긴 그렇겠지. 돈을 버는 방식에 자비가 없으니.

야나타가 운영하는 가게의 간판에는 '상식을 뒤집는'이라는 문구가 적혀있었다. 하지만 상식이란 인간이 사회 속에서 집단 생활을 이어나가기 위한 대전제다.

반대로 나는 상식을 건드리지 않는 선에서 계획을 실행시켜 나갈 생각이었다. 순수한 장사를 하려는 게 아니므로 그러는 편이 바람직할 것이다.

에필로그
아침의 목격자

일주일 후. 용의 안식처 뒤뜰에 쥬가의 활발한 목소리가 울려 퍼졌다.

"좋아, 너희들! 아침 훈련이다! 기합을 넣어서 휘둘러!"

""예!""

남자들의 우렁찬 고함 소리에 잠을 깬 나는 침대에서 몸을 일으켰다.

"뭐야, 저건."

"쥬가 씨가 신입분들을 단련시키고 있는가 봐요."

나와 같은 침대에서 자고 있던 미나가 대답했다.

"아무리 그래도 그렇지. 아침 댓바람부터 저게 뭐 하는 짓이람. 그것도 여관 근처에서. 미나, 아니지. 리리! 잠깐 와봐!"

미나는 알몸이라서 옷을 입혀 내려보내려면 시간이 걸렸다. 그래서 리리를 불렀지만, 리리도 아직 자는지 방으로 올 기미가 없었다.

쓸모없는 녀석.

"세리나! 네네! 아무라도 좋으니까 잠깐 와봐!"

"저, 주인님. 제가 다녀올까요?"

미나가 내 의도를 알아채고 물었다.

"여기에 있어. 너는 내 전용 노예니까."

나는 몸을 일으키려는 미나를 억지로 끌어안았다.

"하앙! 아, 알겠습니다."

손이 가슴에 닿았는지 달콤한 교성을 내지르는 미나. 나하고 그렇게 뒹굴고도 부끄러움이 남아있다니. 매우 바람직했다.

한숨 자고 일어나서 미나와 대낮부터 질펀하게 놀아볼까? 모험을 쉬기로 하고.

머릿속으로 그런 생각을 하고 있는데, 누군가가 급하게 방문을 열었다.

"알렉 씨, 혹시 부르셨나요?"

피아나였다. 마침 새로 장만한 성직자용 로브를 입고 있었다.

물론 내가 선물한 옷이었다. 처음에 피아나는 사양했지만, 위생 문제와 파티원으로서의 마음가짐 등의 이유를 갖다붙여 어떻게든 떠넘겼다.

"잘 왔어, 피아나. 밑에서 훈련하는 녀석들한테 전해줘. 훈련을 할 거면 다른 데서 하던가, 조용히 하라고 말야. 시끄러워서 참을 수가 있어야지."

"…………!"

"피아나?"

피아나는 나를 보더니 그대로 굳어져 버렸다.

"저, 주인님. 저희들 알몸이라서……."

미나가 옆에서 조심스럽게 설명했다. 나도 그제야 정신을 차리고 상황을 이해했다. 피아나는 아직 남녀 관계에 대해서 잘 몰랐던 것이다.

"아아, 미안하게 됐어. 우선은 뒤로 돌아서 진정부터 해."

"네, 네에⋯⋯."

귀까지 새빨갛게 물들어 버린 피아나. 후후, 침대로 끌어들일 날이 기대되는군. 지금은 신사다운 척하고 있지만 말이지.

피아나에게 나는 쥬가의 치료비를 흔쾌히 지불해 준 선량한 사람이자, 자신을 구입하여 야나타의 마수로부터 구해준 왕자님이기도 했다.

적어도 지금은.

"불렀어, 알렉? 아앗!"

이번에는 세리나가 문을 열고 들어왔다. 하지만 세리나는 피아나의 상태를 보고 무언가 오해를 한 모양이었다.

"자, 잠깐. 오해하지 마."

나도 살짝 당황하고 말았다. 알몸으로 변사체가 되고 싶지는 않았다. 세리나는 늘 허리에 칼을 차고 다녔고, 심지어 착각이 심한 성격이었다.

"이 변태! 아무리 노예가 됐다지만 벌써부터 손을 대다니! 그것도 성직자인 애를! 억지로 하면 안 된다고 그렇게 신신당부를 했는데!"

"시끄러워. 나는 아직 아무 짓도 하지 않았어."

"피아나의 얼굴이 저렇게 빨간 건 어떻게 설명할 건데? 이제 안심해, 피아나. 보나 마나 저 변태 아저씨가 엉덩이나 다른 이상한 데를 만졌겠지만, 내 눈에 흙이 들어가기 전까지는 네게 손가락 하나 까딱하지 못하게 할 테니까."

"아뇨, 그게."

"아니에요. 세리나 씨. 주인님은……."

"미나는 조용히 해. 너도 맨날 알렉을 감싸려고만 들잖아."

"네……."

"저, 저기, 세리나 씨. 알렉 씨의 말이 사실이에요. 알렉 씨는 저한테 아무 짓도……."

피아나가 스스로 나서서 설명했다.

"입막음을 당한 건 아니고? 솔직하게 말해도 돼. 여차하면 내가 돈을 지불해서라도 구해줄 테니까. 알렉이 힘으로 나와도 내가 진심으로 싸우면 필살기로 어떻게든 물리칠 수 있어."

그건 인정한다. 가끔씩 바보 짓을 하는 점만 빼면 실력 하나는 대단하니까.

"아, 아뇨. 정말이에요. 다만, 두 분이 그런 관계일 줄은 몰라서……."

피아나가 제대로 설명을 마쳤다. 그러자 세리나는 침대에 알몸으로 누워있는 나와 미나를 번갈아 쳐다보았고, 마침내 납득한 모양이었다.

"아아. 뭐야, 그렇게 된 거구나. 맞아. 저 둘은 보시다시피 러브러브한 관계거든. 하지만 별로 상처받을 거 없어. 어차피 더는 다른 여자가 끼어들 여지도 없으니까."

세리나가 나와 미나를 보면서 손바닥을 휙휙 휘저었다.

"어이, 모르는 소리 마. 나는 아직 여자를 늘릴 예정이라고."

"어휴……. 모험에도 돈을 좀 투자해 봐."

"네가 걱정하지 않아도 제대로 투자하는 중이야."

피아나와 다른 노예들을 구입하는 바람에 내 소지금은 상당히 줄어든 상태다. 그래도 수중에는 아직 17만 골드나 되는 금액이 있었다.

그래도 높은 레벨의 노예를 구입하려면 슬슬 돈을 모아야겠지.

"소리가 그것밖에 안 돼?! 더 크게! 뱃속에서 우러나도록!"

""예!""

"아무래도 좋으니까 저 바보들 좀 조용히시키고 와, 세리나. 이웃들한테 민폐다."

"알았어. 자, 피아나. 여기에 있으면 너도 범해질 거야. 얼른 가자."

"아, 네."

"잠깐. 나는 그런 짓 안 해. 신사니까."

"웃기시네. 나도 억지로 범했으면서."

"네에?!"

피아나가 화들짝 놀라서 외쳤다. 쳇, 쓸데없는 소리를 하기는.

"오해다. 실제로는 세리나가 나를 베어 죽이려고 한 게 원인이니까. 아직 공소시효가 끝나지 않았다는 걸 잊지 마. 버니어 왕국에 신고해 버릴 테다."

"그건…… 사소한 착각이었을 뿐이야. 자, 내려가자. 네가 꼭 알아야 할 사실을 가르쳐 줄게."

저 녀석이! 오늘 밤쯤에 피아나를 회유하지 말라고 단단히 못을 박아줄 필요가 있겠군. 침대 위에서.

"주인님, 문을 닫을게요."

"그래."

미나는 침대에서 내려와 세리나가 열어놓고 간 문을 닫고 열쇠로 잠갔다.

"이리 와."

"네."

나는 알몸으로 다가온 미나를 끌어안았다.

"한 발 뽑고 자자."

"아, 알겠습니다……."

미나가 몸을 움츠리며 대답했다. 하지만 미나는 부끄러워하기는 해도 싫어하지는 않았다. 그 증거로 입술을 들이대자 적극적으로 키스해 왔다.

"음, 으음, 앗, 아앙, 으음, 하앗, 주인님, 음으읍!"

미나의 하얀 피부가 파르르 경련했다. 몇 번을 만져도 질리지 않았다.

아담한 엉덩이를 주무를 때 느껴지는 감촉도 만족스러웠다.

나는 미나의 민감한 부위들을 정성껏 핥아 확실하게 풀어주었다.

"주, 주인님, 저, 더는 못 참겠어요. 그러니 어서……."

미나가 글썽거리는 눈으로 애원해 왔다.

"좋아."

나 역시 준비가 끝난 상태였기에 천천히 삽입해 주었다.

"하윽, 주, 주인니임, 아앙!"

미나는 기쁨과 수치심이 뒤섞인 표정으로 신음했고, 나는 그런 미나를 상냥하고 집요하게 몰여붙여 나갔다.

"아, 더, 더는! 가버릴 것 같아요!"

"그래, 가도 좋아."

타이밍을 맞춰서 미나의 배 속 깊숙이 찔러 넣은 나는, 그대로 미나를 향한 애정을 듬뿍 쏟아넣어 주었다.

어느새 바깥의 소리도 조용해져 있었다. 만족한 나는 미나를 끌어안은 채로 다시 늦잠을 즐기기로 했다.

슬슬 새로 들어온 노예들도 파티를 편성해 줘야 할 텐데. 뭐, 나중에 해도 문제없겠지.

돈이라면 얼마든지 있다. 전혀 서두를 필요가 없었다.

제5장 (숨겨진 루트) 왕의 자식

프롤로그

10만골드 퀘스트

우리는 2층의 좀비를 처치하면서 '돌아올 수 없는' 미궁의 공략을 진행하고 있었다.

성의 복도를 연상시키는 미궁의 통로를 일직선으로 나아가자 머리 위에서 밝은 빛이 내려왔다.

지상으로 통하는 계단이었다. 미궁에 감도는 안개가 아침 햇살을 받아 아름다운 빛의 커튼을 자아냈다.

"좋아, 지상이다."

"후우."

"끝났다."

최대한 여유롭게 던전을 공략해 나가고는 있지만, 쥬가가 큰 사고를 당해서인지 우리는 알게 모르게 긴장하고 있었던 모양이다. 지상에 도착하자마자 모두들 안도의 한숨을 내쉬었다.

"오, 알렉이군. 수고했다."

낯익은 얼굴의 문지기가 싹싹하게 웃으며 우리를 맞아주었다.

"알렉, 뭔가 좋은 보물이라도 찾았나?"

다른 한 명의 병사가 물었다.

"대화는 나중에."

피곤해서 상대해 줄 마음이 들지 않았다. 졸려서 하품이 나올

지경이었다.

"그러냐. 철야는 관두는 게 좋아. 그런 파티는 꼭 문제가 생겨서 전멸하던가 해산하더군."

"알고 있어. 쓸데없는 참견이다."

병사들과 잡담을 나눌 생각은 없었으므로 나는 곧바로 자리를 떴다.

"알렉, 병사들이 모처럼 조언해 줬는데 그런 태도를 보일 건 없잖아."

다른 병사들과 인사를 나눈 세리나가 나를 쫓아와 쓴소리를 했다.

"도움이 되는 조언이라면 그렇겠지. 누구나 아는 정보는 쓰레기나 마찬가지야."

"그런가?"

"그러면 알렉이 맨날 하는 '방심하지 마'라는 말도 들을 필요 없겠네?"

리리가 건방지게 내 말을 물고 늘어졌다.

"아니. 나는 너희가 방심하고 있는 것 같으니까 주의를 주는 거야. 그거랑 이건 경우가 달라."

"뭐어?"

"후후. 리더도 큰일이네."

"흥."

나는 세리나에게 한마디 해주기 위해 뒤를 돌아보았다. 그런데

어째서일까. 미궁의 입구에 세워져 있는 기둥이 묘하게 마음에
걸렸다.

뭐지……?

"알렉, 왜 그래?"

"아니. 기분 탓이야. 아무것도 아냐."

평소와 다른 점은 없었다. 특히나 저곳에서는 네 명이나 되는
병사가 주변을 감시하고 있었다. 변화가 있었다면 저 병사들이
먼저 눈치챘을 것이다.

"지쳤나 보네. 여관으로 돌아가서 쉬자."

"그래야겠어."

여관으로 향하는 우리들. 그러던 도중, 좁은 길 맞은편에서 몇
명의 전사들로 이루어진 파티가 다가왔다. 상당히 불량해 보이는
파티였다. 여기서 길을 양보해 줘봤자 얕보이기만 할 뿐이다. 그
래서 우리는 똑바로 나아갔다.

"헤헤."

근처까지 다가온 전사가 음흉한 미소를 짓더니 비틀거리며 우
리 쪽으로 넘어지는 시늉을 했다. 누가 봐도 고의였다.

"아얏!"

그런데 어째서인지 전사는 부딪치기 전에 비명을 지르며 자세
를 바로잡았다.

"왜 저래?"

세리나도 의아한 얼굴로 그 전사를 쳐다보았다.

"이오네, 손대지 마."

"알겠습니다."

허리의 칼집에 손을 얹고 있던 이오네에게 내가 지시를 내렸다. 우리에게 실질적인 피해가 없는 상황에서 먼저 손을 댄다면 PK니 뭐니 하며 시끄러워질 수 있었다.

"이, 이 자식! 갑자기 무슨 짓이야!"

머리를 움켜쥔 전사가 바닥에 떨어진 단검을 (아니, 쿠나이인가?) 주워 들고는 소리치기 시작했다.

"그건 우리 게 아냐."

내가 냉정할 말투로 말했다. 우리 파티에 저런 무기를 사용하는 멤버는 없었다. 하지만 분노할 대로 분노한 전사들은 듣는 체도 하지 않고 흉악한 얼굴로 무기를 꺼내 들었다.

"웃기지 마! 이게 정면에서 날아왔단 말이다! 여기에 너희 말고 누가 있는데!"

"이 자식들, 해보자는 거냐? 우리를 얕보다니. 이곳의 법도를 가르쳐 주자고."

""오우!""

상대는…… 도끼가 두 명, 창이 한 명, 그리고 검이 한 명인가.

창은 리치가 길어서 좀 성가시겠지만 전사들밖에 없는 상대라면 우리가 더 유리하다. 전사직이라면 우리도 미나, 세리나, 이오네로 세 명이나 있었고, 장비도 더 위였다. 게다가 후방에는 마법사와 성직자까지 있으니 머릿수로도 앞서고 있었다. 이제 적들의 레벨을 [감정]해서…….

"미안, 미안. 하하. 그걸 던진 건 나다."

한창 대치 중이던 그때, 우리 뒤쪽에서 한 명의 병사가 웃으며 달려왔다.

"뭐라고?! 이 자식, 무슨 수작이냐!"

"아하하, 새로 얻은 무기를 시험해 보려다가 손이 미끄러져 버렸거든. 약초와 위자료다. 이걸로 너그럽게 넘어가 주지 않겠어?"

병사는 돈과 약초를 전사의 손에 쥐여주었다.

"흥, 동화 한 닢 정도로…… 오오? 은화인가. 뭐, 좋아. 다음부터 조심하도록 해."

"알았어, 형제."

병사는 한 손을 들고 미궁의 입구로 되돌아갔다.

"세리나. 방금 전의 병사, 한 번이라도 본 적이 있어?"

네기 세리나에게 물었다. 이 녀석은 사람의 얼굴을 외우는 게 특기였다.

"아니, 처음 보는 얼굴이었어. 그나저나 이상하네. 미궁의 입구에서 여기까지는 거리가 꽤 멀잖아. 위쪽을 향해서 던졌던 걸까?"

"글쎄. 다들 방금 전의 녀석을 경계하도록 해."

약간의 위화감을 느낀 나는 파티원들에게 주의를 주었다.

""알겠어.""

""알겠어요.""

"알렉은 뭐만 보이면 맨날 경계하래. 상대는 병사잖아."

리리가 투덜거렸다. 뭐, 이 녀석은 경계를 하든 말든 큰 차이가 없으니 넘어가자.

한동안 걸어가자 4층짜리 건물이 보였다. 우리가 머물고 있는 여관 '용의 안식처'였다.

"왔구나, 알렉. 어서 오세요! 우리는 식사 포함 1박에 10골드……
응?"

여관 주인이 손님이라도 맞이하듯이 말했다. 하지만 우리 뒤쪽
에 새로운 손님은 없었다.

"뭐야, 에이다. 잠이 덜 깼나?"

"농담은 관두렴. 너랑은 다르게 아침부터 쌩쌩하거든. 내가 착
각했나? 한 명이 더 들어온 것처럼 보였는데."

여관 주인이 고개를 갸웃하자 옆에서 머피가 말했다.

"핫, 무슨 소리야, 에이다. 맨날 보던 녀석들밖에 없잖아. 잠꼬
대야, 잠꼬대. 세수라도 하고 오지 그래."

"시끄러워. 세수라면 일찌감치 했어."

"그나저나 알렉, 들었어? 10만골드짜리 퀘스트가 나왔다는 이
야기."

테이블에 앉아있는 머피가 혼자서 카드를 섞고 놀면서 내게 물
었다.

"자세히 들려줘."

금액이 금액이다 보니 나도 관심이 갔다.

"어이쿠, 공짜로는 안 되지."

머피가 씨익 웃으며 말했다.

"그럼 됐어."

어차피 내일쯤 모험가 길드에 들러서 확인해 보면 된다.

"쳇, 재미없는 녀석 같으니. 알았어, 가르쳐 줄게. 어제 모험가

길드에 벽보가 붙었어. 사람을 찾는 의뢰더군. 찾는 사람은 전 발렌시아 왕국의 왕족이라나. 윤기 있는 핑크색 머리의 소녀라네."

"뭐……?"

"그거 설마……."

우리는 무심코 리리를 쳐다보았다. 리리는 지금 이런 몰골을 하고 있지만, 원래는 왕녀였다. 왕가에 전해지는 유품도 남작한테서 되찾아 준 상태다.

"머피 아저씨. 그걸 의뢰한 게 누군데?"

리리가 물었다.

"응? 누구였더라……? 기억이 가물가물하네."

"우와, 바보."

"시, 시끄러워. 건방진 꼬맹이 같으니. 응? 그러고 보니 너도 머리가 핑크색이군……."

"윽."

위험하다.

"푸…… 푸하하핫! 그럴 리가. 리리가 왕족이란다, 우헤헤!"

머피는 테이블을 쾅쾅 두드리며 배를 잡고 웃기 시작했다. 뭐, 아무것도 눈치채지 못한 모양이다.

"으으……."

"내버려 둬. 방으로 돌아가자, 리리."

"알았어."

우리는 곧장 방으로 올라가 집합했다. 세리나, 미나, 리리, 이오네, 네네, 리리, 피아나. 쥬가가 자리에 없지만 녀석은 거짓말

을 잘하는 타입이 아니니 모르는 편이 나았다. 참고로 쥬가는 뒤
뜰에서 재활을 겸한 검술 수련에 매진하고 있었다.

"방금 전의 이야기 말인데."

일행들과 함께 이후의 대책을 의논하기로 했다.

제1화
미묘한 위화감

누군가가 모험가 길드에 의뢰를 넣어 리리를 찾으려 하고 있었다.

"먼저 세리나. 너는 모험가 길드에서 누가 의뢰를 넣었는지 확인하고 와. 지금 바로."

"알았어."

세리나는 고개를 끄덕이고 방을 나섰다.

의뢰인의 출신이 '기란 제국'이라면 위험했다. 리리의 고향 '발렌시아 왕국'을 멸망시켜 합병해 버린 제국으로서는 반란의 싹을 확실하게 제거해 두고 싶을 것이다. 그러니 찾아내서 처형하던가, 귀족한테 포상으로 내려 첩이나 노리개로 삼을 것이다. 운이 좋더라도 수도원에 유폐되는 결말을 맞이하겠지. 만약 그렇게 되면 리리가 우리와 모험을 하거나, 나와 러브러브한 생활을 보내기란 불가능해진다.

또 하나의 가능성은 살아남은 발렌시아 왕국의 중신들이 '왕녀 리리아나'를 추대하기 위해 찾고 있을 경우였다. 하지만 결국 이것도 비슷한 결말로 이어질 테니 환영하기 힘들었다.

그래서 나는 본인에게 당부해 두었다.

"리리. 너는 한동안 후드가 달린 로브를 쓰고 다니도록 해. 사람들이 '왕녀로 착각'하면 곤란하니까."

"응."

정보가 어디에서 새어나갈지 모른다. 진실을 아는 사람은 적으면 적을수록 좋았다. 리리가 왕족이라는 사실을 알고 있는 것은 리리 본인과, 나, 세리나, 미나뿐이었다. 설령 리리가 왕족이 아니더라도 우리는 리리를 보호할 생각이므로 굳이 다른 파티원들에게 알려줄 필요는 없을 것이다. 어차피 우리와 함께하는 것은 모험가 리리지 왕녀 리리아나가 아니다.

"있잖아, 알렉. 나 좋은 아이디어가 떠올랐어!"

레티가 손가락으로 나를 찌르며 말했다.

"뭔데? 말해봐, 레티."

"응. 리리를 왕녀라고 속여서 10만 골드를 받아가는 게 어떨까?"

무슨 소리를 하는가 했더니. 글러먹은 녀석이다. 눈이 골드로 변했군.

"안 돼요, 레티 씨."

피아나가 레티를 타일렀다.

"가짜를 준비했다는 이유로 리리도, 우리도 벌을 받을걸요."

"들키지 않게 하면 문제없을 거야…… 우헤헤."

"기각! 돈이라면 모험으로 얼마든지 벌게 해주마. 그러니 이상한 방법을 시도할 생각은 관둬. 애초에 10만 골드라는 금액을 정말로 준다는 보장도 없잖아."

당첨이 없는 복권은 아무리 뽑아봤자 헛수고였다. 위험 부담까지 있다면 더더욱 멀리해야 했다.

"뭐어? 알렉이 언제부터 그렇게 정직한 사람이 되셨을까. 우리 평소처럼 와일드하고 대범하게 가자고, 응? 리더."

레티가 천박하게 웃으며 팔꿈치로 나를 쿡쿡 찔렀다. 리더의 자질을 시험받는 대목이로군. 여기서 똑같은 표정을 지어버리면 내 패배다.

그래서 나는 굳이 부정하지 않고 이렇게 말했다.

"알았어, 레티. 아무래도 너는 우리와 방침이 다른 모양이다. 이 파티를 나가서 네 뜻을 펼치도록 해. 말리진 않을게."

"앗! 자, 잠깐만. 방향성은 비슷하다고 생각해. 부탁드립니다, 버리지 말아주세요. 알렉 님!"

"더우니까 매달리지 마."

나는 레티를 뿌리쳤다.

"아앙!"

레티의 로브가 뒤집히면서 의외로 과감한 레오타드가 엿보였다. 하지만 이런 상황에서는 전혀 꼴리지 않는군.

"어쨌든, 앞으로 한동안은 리리를 혼자 두지 마. 항상 누군가가 옆에 붙어있어 줘."

"네, 주인님!"

"네, 알겠습니다."

미나와 이오네가 주의를 기울인다면 큰 문제는 없을 것이다.

멤버들을 방으로 돌려보낸 뒤, 나는 세리나가 오기만을 기다렸다.

"알렉, 알아냈어."

돌아왔군.

"말해봐."

"의뢰인은 기란 제국의 '도우 데 모이야' 백작이야. 이름이 워낙 이상해서 상인 길드에도 확인해 봤는데, 실재하는 인물인가 봐."

"네가 이름으로 다른 사람을 평가하다니."

"어휴, 놀리지 마. 난 내 이름이 마음에 들거든? 어쨌든 이 모이야 백작은 북쪽으로 멀리 떨어진 곳에 사는 변경백인데, 이렇다 할 관직은 없다나 봐. 조금 이상하지 않아?"

"확실히 그렇군. 왕녀 수색을 맡기기에는 애매한 인선이야."

만약에 내가 기란 제국의 황제라면 그랑소드 왕국에서 외교관을 맡고 있는 귀족이나, 주변 상황을 잘 아는 귀족에게 왕녀의 수색을 명령할 것이다. 아니면 직속 부대를 부려서 귀족들 모르게 일을 진행시키거나.

"길드 직원과 접수원한테 의뢰인이 어떤 사람인지도 물어봤는데, 갑옷을 입은 평범한 기사였대."

여기서 잠시 뜸을 들인 세리나는 의미심장한 말투로 말했다.

"단, 가문의 문장은 칼자국 때문에 알아볼 수가 없었다나 봐."

이 짧은 시간에 거기까지 조사하다니. 대단한 녀석이다.

"그렇다면 문장이 가짜던가, 신분을 숨기려 했다고 봐야겠지."

이 세계에서 귀족의 문장은 엄연한 신분 증명서였다. 세공사들도 함부로 의뢰를 맡지 않아서 간단히 위조할 수도 없었다. 리리의 하얀 반지의 경우에는 세리나가 세공사를 잘 설득해서 위조할 수 있었지만. 틀림없이 저 파렴치한 가슴을 보여주고 꼬드겼을 것이다.

세리나가 내 말에 동의를 표했다.

"나도 그렇게 생각해. 그러니 이건 기란 제국이 아니라 발렌시아 왕국에서 내건 의뢰일 거야. 의뢰인을 만나서 이야기해 보는 건 어떨까?"

"그래서? 저쪽에서 왕녀를 넘겨달라고 부탁하면 리리를 넘겨주려고?"

내가 물었다.

"따, 딱히 넘겨줄 생각은……."

"한참 멀었구나, 세리나. 상대방한테 리리는 10만골드를 내서라도 찾고 싶은 중요 인물이야. 나나 네가 어떻게 생각하든 리리를 보여준 시점에서 결과는 정해져 있어."

"……그렇네. 미안. 내 생각이 짧았어. 대화를 하면 우호적으로 해결될 줄 알고……."

"가능성이 없지는 않겠지. 하지만 동료로 도박을 하고 싶지는 않아. 동료는 상품도, 장기말도 아니야. 무엇으로도 대체할 수 없으니까. 안 그래?"

나는 중요한 부분이라고 생각해서 진지하게 말했다.

"응, 맞아. 알렉 말대로야."

세리나도 진지한 얼굴로 고개를 끄덕였다.

"다른 멤버들한테도 설명했지만, 리리는 한동안 후드를 쓰고 다닐 거야. 너도 그녀석이 혼자 다니지 않도록 옆에서 지켜봐 줘."

"알았어. 그러는 게 좋겠네. 그나저나…… 후후. 알렉도 동료들을 걱정하고 있구나."

당연하지.

내 하렘의 멤버를 놓아줄 리 없잖아. 로리 만만세!

히죽히죽 웃으면서 리리의 교육 방침을 생각하고 있자니, 밖에서 노크 소리가 들려왔다.

"알렉 씨, 세리나 씨. 아침 식사가 준비됐대요."

"고마워, 이오네. 얼른 내려가자, 알렉. 먹을 거지?"

"그래."

기본적으로 나는 제시간에 아침 식사를 하는 경우가 드물었다. 하지만 이번에는 미궁 탐색으로 일정이 어긋나면서 우연찮게 타이밍이 맞아떨어진 모양이다.

1층의 식당으로 향하자 다른 얼굴들이 보였다. 안쪽 테이블에 우락부락한 남자들이 빼곡히 앉아있었던 것이다. 그러고 보니 야타아에게서 대량의 노예를 구입했었다. 숨이 턱 막히지만 어쩔 수 없지.

"'오셨습니까, 보스!'"

남자들이 우렁찬 목소리로 내게 인사해 왔다. 괜한 짓을.

"너희들, 목소리 좀 줄여라. 다른 숙박객들이 무서워하잖아."

"핫, 신경 쓰지 마. 알렉. 우리도 비슷한 놈들이니까."

식당에 자리가 없어서 입구 근처의 둥근 테이블에 앉아있던 머피가 파티원들과 함께 웃어 넘겼다.

"어이, 네놈들. 두목이 숟가락을 뜨기 전까지는 먹으면 안 된다."

쥬가였다. 방금 전의 인사도 이 녀석이 가르쳤겠지. 그나저나 두목이라니……. 누가 보면 도적단이라도 되는 줄 알겠군. 실제로 주변 사람들은 긴장하며 나를 쳐다보고 있었다. 나는 한숨을 내쉬며 당부해 두었다.

"쥬가, 그렇게까지 빡빡하게 굴 필요는 없어. 편하게들 먹어."

"좋아, 허락이 떨어졌다! 식사 개시!"

""예!""

"수프라면 얼마든지 있으니 잔뜩 먹으렴!"

여주인도 호탕하게 외쳤다. 그러자 다들 기다렸다는 듯이 일제히 숟가락을 뜨기 시작했다.

그런데 그때, 세리나가 다급히 외쳤다.

"자, 잠깐만 기다려 봐!"

제2화
침입자

여관 '용의 안식처'의 식당에서 아침 식사를 시작하려던 우리들.

"무슨 일입니까, 누님."

"누님이라고 부르지 마. 세리나면 돼. 그보다 리리. 네 수프, 뭔가 이상하지 않아?"

"응? 이거? 어, 정말이네."

나도 리리의 수프를 확인해 보았다. 그릇이 나무 대신 은으로 되어 있었고, 수프의 색깔도 묘하게 하얬다.

무언가 잘못됐음을 느낀 나는 즉시 말했다.

"다들 움직이지 마. 에이다, 어떻게 된 건지 설명해 줘."

"설명이고 자시고, 너희가 따로 준비한 거 아니었어? 나는 나무 그릇에 담긴 수프밖에 안 내왔어."

여주인이 어깨를 으쓱이며 말했다. 실없는 장난을 칠 인물도 아니니 사실일 것이다.

"그러면 미나인가?"

멋대로 요리를 했을 것 같은 미나에게 확인했지만, 미나는 당황하며 고개를 절레절레 내저었다.

"아, 아뇨, 주인님. 전 아니에요."

"그러면 누구지?"

아닐 거라고 생각하면서도 우락부락한 남자들에게도 일단은 확인을 해봤자.

"난 아니야." "나도." "저렇게 맛있어 보이는 수프가 있으면 내가 먹어치웠을걸." "만드는 방법도 몰라."

서로의 얼굴을 마주보며 한마디씩 하는 남자들. 역시 아닌 모양이었다. 애초에 요리를 했더라도 리리가 아니라 내 수프를 만들어 왔을 것이다.

"다들 자기 옆에 있는 사람의 얼굴을 확인해 봐. 처음 보는 녀석인지 말야. 혹시 이곳에서 모르는 얼굴을 본 사람 있어?"

다음으로 수상한 사람이 있는지 확인했다. 머릿수가 많아서 나도 한눈에 알아보기 힘들었다. 야나타에게서 구입한 서른 명의 얼굴도 제대로 외우지 못한 상태였다.

"걱정할 거 없어, 알렉. 다들 아는 얼굴이야. 확실해!"

쥬가가 자신만만한 태도로 말했다. 이 녀석이 노예들을 가장 잘 파악하고 있는 모양이군. 이전부터 같은 가게에서 일하던 동료였으니 얼굴도 제대로 기억하고 있을 것이다.

"그러면 뭐야. 아무도 모르게 수프만 바꿨다는 거야?"

세리나가 턱을 짚고 생각에 빠졌다. 수프를 교체하려면 싫어도 눈에 띌 수밖에 없었을 것이다.

그래서 더더욱 이해가 되지 않았다.

"알렉, 나 배고파. 이제 됐잖아. 오, 맛있다!"

"앗, 이 바보가!"

"리리!"

리리가 은수저로 수상하기 짝이 없는 수프를 떠서 입으로 가져갔다. 우리가 말릴 새도 없었다. 암살자가 독이라도 넣었으면 어쩌려고.

나는 황급히 [감정] 스킬을 사용했다.

〈명칭〉 발렌시아 왕궁 특제 포타주 수프

〈종류〉 요리

〈재료〉 최고급 밀가루, 최고급 버터, 최고급 생크림, 최고급 조미료, 최고급 양파, 최고급 화이트 아스파라거스, 최고급 파셀리

〈중량〉 1

[해설]

발레시아 왕국 비전의 최고급 수프.

일반적인 수프와 달리 눈송이를 연상시키는 유백색.

엄격한 수행을 쌓은 최고의 요리사만이 만들 수 있다.

……범인이 누구인지 대충 감이 왔다.

"괜찮아. [감정]으로 확인했어. 마저 먹어도 돼."

"뭐야, 괜히 겁먹었잖아. 리리, 나한테도 한 숟가락만 주라. 이유는 모르겠는데 엄청 맛있어 보이네."

"아앗, 쥬가! 뺏어먹지 마!"

"관두는 게 좋을걸, 쥬가."

내가 주의를 주었지만 쥬가는 이미 리리의 그릇에 숟가락을 집어넣은 상태였다.

"아얏! 으아악?! 이, 이게 뭐야?! 내 손에 뭔가가 꽂혀있어!"

쥬가가 오른손을 감싸며 고통을 호소했다. 쥬가의 손에는 검은

색의 날카로운 무기가 꽂혀있었다.

"쿠나이네. 빼줄 테니까 이쪽으로 와, 쥬가."

세리나도 [감정]을 했는지 허둥대지 않았다.

"사, 살살 부탁해."

"아프지 않으려면 한 번에 뽑아야 해. 자, 복근에 힘 주고. 어금니 꽉 깨물어. 하나, 둘! 자, 빠졌어."

"히익! 셋은 어디로 갔어! 어째서 둘에 뽑는 건데!"

"피아나. 미안한데 쥬가한테 [힐]을 사용해 줘."

"네. 쥬가 씨, 이쪽으로 오세요."

"빠, 빨리 좀 부탁해, 피아나. 급해."

"네. 여신 에일이시여, 제 기도를 들어주소서. 힐! ……이 정도면 될 거예요. 약초를 발라두기로 하죠."

대단한 상처는 아니었다. '녀석'도 어디에 있는지는 불명이지만 이 이상 공격할 생각은 없는 모양이었다.

그나저나 리리를 발견했으면서 어째서 행동에 나서지 않는 거지?

상황을 지켜보려는 건가?

"푸풉. 뺏어먹더니 꼴 좋다, 쥬가!"

리리는 자신이 처한 상황을 아는지 모르는지 속 편하게 히죽히죽 웃고 있었다.

"흐암……. 잠이나 자련다."

아침을 먹었더니 잠기운이 몰려왔다. 나는 방으로 돌아가서 눈이나 붙이기로 했다. 누가 내 식사에 수면약을 타서가 아니라 던전에서 제대로 숙면을 취하지 못했기 때문이다. 돌바닥 위에 모포를 깔고 잤지만 내게는 영 불편했다.

갑옷을 벗고 침대에 드러누운 나는 그 푹신한 감촉을 느끼며 곯아떨어졌다.

"후우."

푹 자고 일어나 창밖을 보니 노을이 지고 있었다. 밤낮이 바뀌어 버린 모양이다. 뭐, 밤에 일어난다고 딱히 문제될 건 없었다. 나는 아무것도 하지 않고 멍하니 앉아있었다.

"주인님, 실례할게요."

이윽고 노크 소리와 함께 미나가 주전자를 들고 방으로 들어왔다.

"일어나 계셨네요."

"그래, 방금 막 일어난 참이야."

"물을 따를게요."

"고마워."

나는 미나가 컵에 따라준 물을 꿀꺽꿀꺽 들이켰다. 그렇게 수분 보충 마친 뒤, 나는 미나에게 물었다.

"리리는 좀 어때?"

"네, 지금 방에서 잠들어 있어요. 제가 쭉 호위를 맡다가, 방금 전에 이오네 씨가 교대해 주셨어요."

"그럼 됐어. 뭐, 우리가 호위까지 할 일은 아닐지도 모르지만."

"그런가요?"

나는 창문을 열고 밖을 내려다보았다. 골목을 오가는 모험가와 상인들, 그리고 농사를 마치고 집으로 돌아가는 농부가 보였다.

딱히 수상한 인물은 찾아볼 수 없었다.

"죄송해요, 주인님. 냄새로 수색해 봤지만 수상한 침입자는 발견할 수 없었어요."

미나가 등 뒤에서 내게 사과해 왔다.

"네가 사과할 거 없어, 미나. 상대도 우리 쪽에 견인족이 있다는 것쯤은 고려했겠지. 마도구나 탈취제를 준비해 왔을 거야."

"알겠습니다."

최고급 식재료로 수프를 만드는 녀석들이다. 이 정도는 간단히 준비할 수 있을 것이다.

다만, 상대방이 어떻게 나올지가 문제였다.

이대로 아무 짓도 해 오지 않을 수도 있었고, 어쩌면 상황을 지켜보다가 교섭을 시도해 올지도 몰랐다.

어느 쪽이든 성가신 상황이었다.

머릿속으로 이런저런 고민을 하던 나는 중요한 사실을 떠올리고 미나에게 말했다.

"참, 그렇지. 다른 녀석들한테 전해 둬. 리리한테 이상한 짓을 하지 말라고 말야."

발렌시아 왕국의 호위…… 아마도 닌자로 추측되는 그 녀석이 진심을 발휘하면 우리 쪽에 사망자가 나올지도 모른다.

"네. 하지만 괜찮을 거예요. 다들 리리한테는 상냥하거든요."

"흐음. 그건 그렇지."

이 여관에 묵고 있는 이들 중에 리리를 못살게 구는 사람은 없었다. 야나타에게 구입한 노예들한테도 내 여자를 건드리면 패죽여 버리겠다고 단단히 일러두었으니 괜찮을 것이다. 목숨은 아까운 법이니까.

   ……아니, 그래도 역시 걱정이 되는군.

   "미나, 따라와."

   "네, 주인님."

   무엇보다 본거지 안에서까지 타인에게 감시당하고 싶지는 않았다.

   나는 침입자 대책을 세우기 위해 아래층으로 향했다.

제3화
영광과 죽음

우선은 '용의 안식처'의 주인인 에이다와 대화를 나눠 볼 생각이었다.

에이다는 한때 전설의 A랭크 파티에 소속되어 있었다고 한다.

그렇다면 무언가 좋은 방법을 떠올리거나, 침입자를 내쫓아 줄지도 몰랐다.

하지만 내 기대는 처참하게 배신당하고 말았다.

"여관비를 10골드 인상하겠어, 알렉."

"어째서?!"

"침입자도 결국에는 네 손님이잖아? 뭐가 목적인지는 내가 알 바 아니지만, 우리 여관을 침범한 이상 돈은 받아야지."

"본인한테 직접 청구해 줘. 우리 파티원이 아니잖아."

"그러고 싶지만 나조차 눈치채지 못했을 정도의 실력자야. 붙잡기는 어렵겠지."

"포기하긴 일러, 에이다. 외눈의 독수리라는 전설의 파티 이름이 울겠다."

"전설이라니. 과장이 지나쳐. 그리고, 알렉⋯⋯."

거기까지 말한 에이다는 두꺼운 팔뚝으로 내 목덜미를 잡아당겼다. 그리고 무서운 얼굴로 속삭였다.

"이래 봬도 아수라장을 거쳐 온 몸이거든. 상대가 얼마나 위험한지 정도는 이해할 수 있어. 이 책임에 대한 대가는 제대로 지불해 줘야겠어."

"큭, 이거 놔. 젠장."

리세마라 용사인 내 근력으로도 꼼짝도 하지 않다니. 나는 죽음의 공포를 느꼈다.

"주인님!"

미나가 나를 부축하며 에이다를 노려봤지만, 에이다는 신경도 쓰지 않고 주방으로 걸어가 버렸다.

"난 저녁 준비나 하련다. 오늘 저녁은 부추간볶음이야."

"간은 싫어. 다른 고기로 해줘."

"싫으면 주점에 가서 먹던가."

"흥. 제멋대로인 여관이구만. 손님의 요구 정도는 들어달라고."

"손님이 너만 있는 게 아니거든. 그리고 알렉. 모험가는 몸 관리가 중요해. 강해지고 싶으면 영양가가 풍부한 고기를 먹으렴."

"쳇. 미나, 주점으로 가자."

"네, 주인님."

미나도 간 요리는 부담스러워하는 편이었기에 나는 미나를 데리고 밖으로 향했다.

"킁킁."

대로를 걷고 있자니 미나가 틈틈이 주변의 냄새를 맡았다. 미행을 경계하는 모양이었다.

"뭐 좀 알아냈어?"

"아뇨, 아무것도……."

"그럼 됐어. 신경 쓰지 마."

"네."

해가 완전히 저물었지만 대로는 북적거렸다. 가게 안에서 흘러나온 불빛 때문에 어둡지도 않았다.

"저는 주인님께 도움이 되고 있는 걸까요?"

옆에서 걷고 있던 미나가 작은 목소리로 물었다.

"무슨 소리야. 당연히 도움이 되고 있지. 이번 일은 신경 쓰지마. 저 에이다도 두 손 들었을 정도니까."

"네. 그래도 전투원, 아니, 호위로서는…….."

성실한 녀석 같으니. 나는 머리를 쥐어짜 미나에게 말했다.

"미나, 네가 나를 호위할 정도로 강하다는 거냐? 결국 내가 약하다는 뜻이로군. 이세계 용사인 이 몸이 말이야."

"아, 아뇨! 그렇지 않아요. 주인님은 강하세요."

"그러면 내가 널 지켜줄 테니까 쓸데없는 걱정은 하지 마."

"네, 네에……. 고맙습니다……."

젠장, 왠지 부끄럽군. 팔자에도 없는 소리를 하는 게 아니었다.

"오우, 알렉이잖아. 뭐야, 그 차림은. 빈털털이가 된 거라면 우리 파티에서 주워 가줄까?"

던전에서 수차례 마주친 전사가 아는 체를 해 왔다.

"돈이라면 있어. 괜한 걱정이다."

"그러냐. 방해해서 미안하다."

전사는 그렇게만 말하고 떠나갔다.

"……그러고 보니, 어느새 저희를 바보 취급하는 사람이 부쩍 줄어들었네요."

미나가 말했다.

"그러게. 뭐, 이 나라에도 익숙해지기 시작했다는 뜻이겠지."

"그렇군요."

'돌아올 수 없는 미궁'은 멀리 떨어진 나라에서도 모험가가 찾아올 정도로 유명한 던전이다. 그래서인지 이 던전에 도전하는 모험가들은 묘한 프라이드를 가지고 있었고, 이런 프라이드는 외부에서 찾아오는 신입들에게 이곳을 얕보지 말라고 위협하는 행동으로 이어졌다. 유명한 모험가조차 간단히 목숨을 잃을 수 있는 던전이다 보니, 어쩌면 걱정되는 마음에 경고를 해주려는 걸지도 몰랐다.

그런 모험가들이 하루의 피로를 풀기 위해서 술을 마시고, 동료들과 함께 오늘의 수확과 승리를 자축하고, 벌이가 시원찮으면 불평을 늘어놓고, 혼자서 쓸쓸하게 마시기도 하고, 때로는 서로 드잡이질을 하는 장소. 주점에 도착했다.

"들어가자."

"네."

나는 미나를 데리고 밝고 떠들썩한 주점 안으로 발을 들였다.

"건배!"

"우오오!"

"해냈다!"

무슨 일인지는 모르겠지만 주점은 평상시보다 활기찼다. 모험가들의 상기된 분위기를 느낄 수 있었다.

"카운터에 앉자."

"네, 주인님."

웨이트리스가 있기는 했지만 술집은 지금 한창 바쁠 때였다. 자리를 안내해 주길 기다렸다간 한나절이 걸릴 것이다. 비어있는 자리로 가서 앉은 우리는 주방에 직접 주문을 넣었다.

"빵과 치즈. 그리고 야채 스프 2인분."

"주문 받았습니다!"

"미나, 원하는 게 있으면 더 시켜."

"아뇨. 지금 걸로 충분해요."

"자, 손님들. 이거 비싼 술이야."

도적처럼 험상궂게 요리사가 걸어 나와 우리들 앞에 술잔을 텅! 하고 내려놓았다.

"이봐, 우리는 와인을 시킨 적 없는데?"

내가 요리사를 노려보며 나지막이 말했다.

"안심해. 오늘은 '성배의 탐색자' 클랜의 축하연이 있는 날이거든. 이 술은 녀석들이 쏘는 거야."

"호오. 그런가."

나는 고개를 돌려 안쪽의 테이블을 보았다. 그곳에서는 좋은 장비를 착용한 모험가들이 밝은 얼굴로 웃고 떠들고 있었다. 아마도 '성배의 탐색자' 본인들일 것이다.

그때, 중앙에 앉아있던 하얀 갑옷의 남자가 자리에서 벌떡 일어났다. 나이는 아직 젊었다. 붉은색 머리의 미남이었다.

"잠깐 실례합니다. 들어주세요, 여러분. 저는 '성배의 탐색자' 클랜의 리더, 갈라드입니다."

"""당연히 알고 있어!"""

"오오, 기다렸다구!"

"어이, 너희들! 조용히 해. 갈라드가 이야기하잖아. 파티 리더도 아니고 클랜의 리더라고!"

"꺄악! 갈라드 님!"

"멋있어……!"

……왠지 짜증 나는 녀석이군. 성원을 보내는 여자들에게 일일이 손을 들어서 웃어주는 점이 특히 거슬렸다.

"고맙습니다. 고마워요. 하하, 고마워요. 이미 많은 분들이 아시겠지만, 저희 '성배의 탐색자'는 마침내! 7층의 보스 레드 드래곤을 쓰러트리고 8층으로 내려가는 계단을 발견했습니다."

"""오오!"""

"굉장해! 드래곤 슬레이어 탄생인가!"

"젠장! 우리를 앞지르다니!"

"제기랄!"

휘파람 소리가 난무하고, 환성과 감탄, 선망, 질투, 분노, 체념과 같은 다양한 감정들이 주점 안에 소용돌이쳤다.

"저희에게는 행운의 여신이 미소 지어 주었습니다만, 안타깝게도 지난달 전멸당해 이 자리에 참석하지 못한 파티가 있습니다. 굳이 7층이 아니더라도 매일같이 누군가가 던전 안에서 죽음을 맞이합니다."

갈라드가 입을 열자 환성이 가라앉고 무거운 분위기가 감돌았다. 저마다 머릿속에 떠오르는 얼굴이 있는 모양이었다.

"그들에게 애도를."

갈라드를 시작으로 모두가 눈을 감고 애도했다. 나 역시 마찬가지였다.

같은 모험가로서 이 술집, 이 의자에 앉아있었을 누군가에게 명복을 빌었다.

"이제 충분하잖아, 갈라드. 술집에서 울적한 이야기는 하는 게 아니라고! 그러니 그쯤 해 둬! 오늘은 네 축하연이잖아!"

"하하. 알았어, 제이크. 자, 오늘은 제가 한턱 쏘겠습니다! 코가 삐뚤어지도록 마셔봅시다!"

"얏호우!"

"그렇게 나와야지!"

"마시자! 죽을 정도로 마셔 보자고!"

"술통 어딨어! 술통을 들고 와!"

이윽고 본격적인 술판이 벌어지기 시작했다. 하지만 이건 갈라드 클랜의 축하연이다. 내가 저기에 낄 이유는 없었다.

"나가자, 미나."

"네, 주인님."

우리는 식사를 마치고 술집을 나왔다.

클랜이라…….

나의 게임 상식대로라면 클랜이란 다수의 파티로 구성된 집단을 일컫는 용어다. 곰곰이 생각해 보니, 야나타에게 구입한 노예들로 파티를 꾸리면 나도 클랜 비슷한 것을 운영할 수 있겠다는 느낌이 들었다.

"한번 해볼까."

나는 고요한 밤하늘을 올려다보며 나지막이 중얼거렸다.

"네, 저도 주인님과 함께할게요."

내가 뭘 하려는지 듣지도 않은 주제에. 아니, 나와 함께 축하연을 지켜본 미나는 내가 무슨 생각을 하는지 알아챈 것일지도 몰랐다.

"여관으로 돌아가자."

"네."

그래. 못 할 것도 없지.

이세계 용사의 능력과, 지금의 동료들이 있다면…….

그렇게 마음을 정하자 신기하게도 발걸음이 가벼워졌다.

제4화

교섭

여관으로 돌아온 나는 더 이상 타인에게 기대지 않고 스스로 행동하기로 했다.

클랜의 리더가 되고자 한다면 남들과 교섭을 하는 능력은 필수였다.

그러니 이것은 일종의 전초전이다.

"미나. 지금 바로 세리나와 이오네, 그리고 리리를 불러다 줘."

"알겠습니다."

이윽고 미나가 세 사람을 방으로 데려왔다. 나는 세리나에게 지시를 내렸다.

"세리나. 여기서 [에너미 인카운터]를 사용해 줘. 파티원이 아닌 녀석은 전부 적으로 간주해서."

"알렉…… 정말로 괜찮겠어?"

이 스킬을 사용하면 근처에 '침입자'가 있는지 명확해진다. 만약 침입자가 이곳에 있을 경우 즉시 전투가 벌어질 가능성도 있었다.

"괜찮아. 날 믿어."

"알았어."

비록 모습은 보이지 않지만 상대의 정체는 대충 짐작하고 있었다. 상대 발렌시아 왕국의 잔당이자, 리리를 왕녀로 추대하려 하고 있었다. 물론 잔당은 여러 명일 것이고, 이곳에는 그들의 호위가 이곳에 침입해 있다고 보는 게 자연스러웠다. 다만 그 호위도 한 명이라는 보장이 없었다.

하지만 한 가지는 분명했다. 바로 상대를 적으로 돌려서는 안 된다는 점이다.

한때 A랭크 파티 '외눈의 독수리'에 소속되어 있었던 에이다가 내게 경고했을 정도다. 에이다의 실력은 레드 드래곤을 물리친 갈라드와 비슷하거나 그 이상일 것이다. 예전에 에이다를 [감정] 했을 때, 그녀가 드래곤 슬레이어 칭호를 보유하고 있는 것을 보았다.

그런데 그 에이다가 항복을 선언한 것이다.

"앗, 1명! 이 방에 있어!"

[에너미 카운터]를 사용한 세리나가 주변을 둘러보았다. 나도 주변을 두리번거렸지만 모습은 보이지 않았다.

"이봐, 여기에 있다는 건 알고 있어. 그만 나오는 게 어때. 모습을 감춘다고 의미가 있는 것 같지는 않은데."

내가 말했다. 이대로 무시당한다면 다른 방법을 강구해야겠지만, 내게는 확신이 있었다.

발렌시아 왕국 측에도 약점은 있다.

그건 바로 리리의 의사다.

이들이 리리의 의견을 무시하고 행동했다면 일찌감치 리리를 납치해 왕녀로 추대했을 것이다.

하지만 이들은 리리를 왕녀로서 섬기고 있었다. 따라서 리리의 의견을 함부로 할 수 없었다.

발렌시아 왕국이 멸망한 현재 저들의 최고 권력자는 리리이며, 파티 리더로서 리리를 좌지우지할 수 있는 내 의견을 저들은 무시하지 못할 것이다.

"그렇다면 묻겠다. 모습을 보이면 어떻게 할 생각인가?"

천장 쪽에서 남자의 목소리가 들려왔다. 위인가.

"스타라이트 어택!"

"바, 바보야, 그만둬!"

"머, 멈춰요!"

나와 이오네가 식은땀을 흘렸다. 하지만 다행히도 세리나의 일격은 천장에 흠집을 내는 데서 그쳤다.

"웅? 해치우려는 거 아니었어?"

"멍청아. 상대는 우리보다 훨씬 강하다고. 게다가 녀석은 우리의 적이 아니야. 적으로 간주하라는 말은 어디까지나 에너미 카운터의 대상으로 삼으라는 뜻이었을 뿐이다."

"그러면 그렇다고 말을 하던가……."

"하긴. 설명이 부족하긴 했군. 내 실수다. 미안해."

"좋다. 적이 아니라면 모습을 드러내도록 하지."

이윽고 천장의 나무 판자가 뒤집히며 안에서 사람이 나타났다. 세리나가 검으로 공격한 장소 바로 옆이었다. ……아니, 잠깐. 저건 판자가 아니라 천이잖아?!

새까만 옷차림의 닌자가 바닥으로 척 뛰어내렸다.

"우와, 저기에 있었을 줄이야……."

"어? 방금 전까지는 평평해 보였는데. 어째서?"

"이것도 인술······이라고 말씀드리고 싶지만, 마도구입니다."

"오오, 인술!"

보통은 비밀로 간직했을 진실이지만, 리리가 물어봤기 때문인지 닌자는 성실하게 대답했다.

자, 드디어 교섭이 가능해졌군.

"나는 파티의 리더인 알렉이다. 리리, 너도 우리 파티의 일원이고. 맞지?"

"응. 맞아."

"그럼 이 녀석한테 내가 교섭을 원하고 있다고 말해."

"알렉이 직접 말하면 되잖아."

네가 왕녀니까 그렇지. 하지만 닌자는 우리의 대화를 듣고 수긍한 모양이다.

"좋다. 그러면 교섭 내용을 말해라."

"리리가 어른이 되기 전까지는 우리 파티원으로서 모험을 계속할 거다. 너도 그게 좋지? 리리."

"응. 그치만 난 앞으로도 쭉 동료로 남을 생각인데······ 그럼 안 돼?"

"당연히 되지. 네가 원한다면 앞으로도 계속 함께다."

"응! 함께할래!"

리리가 환하게 웃으며 말했다.

"그렇다는군."

"으음······. 리리아나 님, 신중하게 생각하고 내리신 결정이십니까?"

"물론이야. 우리 파티원들이랑은 잘 아는 사이야. 아저씨보다 대화도 훨씬 잘 통하고. 밥도 잘 챙겨주는걸."

"식사라면 저희가 대령해 드리겠습니다."

"안 돼! 이오네가 모르는 사람이 주는 음식은 먹지 말라고 그랬 거든."

리리가 말했다. 평소에 잘 지키지도 않더만. 가게 주인이 주는 경단을 받아 먹는 거 다 봤다고. 뭐, 아무래도 좋지만.

리리는 계속해서 말했다.

"애초에 몰래 숨어서 사람들을 괴롭히는 건 악당들이나 하는 짓이잖아!"

리리가 그렇게 말하며 닌자를 척 가리켰다. 리리도 누군가가 자기 주변을 맴돌고 있다는 사실을 알아채고 있었던 모양이다.

"그 점에 대해서는 죄송하다는 말씀밖에 못 드리겠군요. 면목 이 없습니다. 리리아나 님의 의견, 똑똑히 새겨들었습니다. 윗선 에도 그리 전달하도록 하겠습니다. 그러면 저는 이만!"

"우왓!"

"꺄악!"

닌자가 연기와 함께 모습을 감추었다. 평범하게 문으로 나가란 말이다.

다음 날, 우리 방에 칠흑의 집사복을 입은 노인이 찾아왔다. 아 니, 얼굴의 주름과 흰 머리카락을 보면 분명히 나이가 지긋한 노 인이었지만, 기골과 근육이 심상치 않았다.

이 녀석도 상당한 실력자인가 보군.

나는 [감정]을 시도해 보았다.

Caution!
스킬에 의해 열람을 방해받았습니다.

이럴 줄 알았다. 닌자보다 높으신 분이니 당연했다.

"당신이 어제 그 닌자의 리더인가? 아니면 배후에 있는 녀석의 심부름꾼이야?"

내가 물었다.

"아니요. 저보다 위에 있는 자는 없습니다. 그러니 허심탄회한 대화를 나눠볼까 합니다."

집사가 온화하게 웃으며 말했다. 집사는 한쪽 눈에 모노클을 착용하고 있었다.

"좋아. 우리는 앞으로도 리리를 파티 멤버로 삼고 싶다. 물론 그 동안 발렌시아 왕가의 부흥을 도울 일은 없을 거야."

일단은 '그 동안'이라는 조건을 걸기는 했지만, 상대가 이를 받아들일지는 불명이었다. 이미 교섭은 시작되었다.

"그건 발렌시아 왕가의 가신으로서 무척 유감이군요……. 허나 리리아님 님이 아직 젊으신 것도 사실. 마음이 바뀌시길 기대하면서 그쪽의 제안을 받아들이도록 하겠습니다."

"호오."

생각보다 쉽게 수락했군. 아니, 그게 아닌가.

발렌시아 왕국 측에서도 아직 기란 제국에 대항할 준비가 갖춰지지 않은 것이리라.

"단."

큰일이군……. 이런 식으로 내거는 조건이 제일 무서운 법인데.

"뭔데."

"호위에 한해서는 저희에게 일임해 주셨으면 합니다."

"좋아, 받아들이지. 하지만 사생활은 지켜줘. 남의 침실을 엿본다거나 하는 건 사양이야."

"안심하시길. 공주님의 안전만 확보된다면 알렉 님께 민폐를 끼쳐드릴 생각은 없습니다. 최대한 배려하도록 하겠습니다."

"호오? 만약 내가 자금을 지원해 달라고 말하면?"

"그 요청은 들어드리기 어렵겠군요. 저희도 돈이 나갈 구석이 많은지라."

"하긴, 그렇겠지. 좋아. 서로 간섭하지 않는 방향으로 가자고. 리리의 호위는 너희한테 맡기겠어. 대신에 모험에 관해서는 이래라 저래라 하지 마."

"알겠습니다."

순식간에 교섭이 성립되었다.

이제 상대방이 약속을 지킬지가 관건이지만 발렌시아가 리리를 섬기고 있는 동안에는 문제없을 것이다.

"저, 그런데 성함이……."

대화를 마쳤다고 생각한 그때, 어째서인지 미나가 노집사에게 말을 걸었다.

"예, 제 이름 말씀인가요. 소개가 늦었습니다. 세바스찬이라 합니다."

"세바스찬 씨, 저, 어제의 닌자분과 잠시 대화를 하고 싶은데."

"사스케 말씀이시군요. 알겠습니다. 함께 가시지요. 그리고 저는 세바스라고 부르시면 됩니다."

"네, 세바스 씨. 주인님, 잠시 사스케 씨에게 다녀올게요."

"그래라."

무슨 대화를 나누려는 건지는 모르겠지만 미나가 원하는 대로 하게 두기로 했다. 쓸데없는 짓을 할 아이는 아니니까.

제5화

호화로운 다과회

"제길, 리세마라 용사는 도박에 강한 거 아니었냐고. 운 능력치는 포커에만 적용되는 건가?"

며칠 뒤. 투기장에서 돈을 잃은 나는 불평을 늘어놓으며 '용의 안식처'로 돌아왔다.

하지만 여관에 발을 들이자 평소와 다른 광경이 펼쳐졌다.

"응? 뭐야, 이 융단은."

바닥에 붉은색의 융단이 깔려 있었던 것이다. 융단은 위로 올라가는 계단까지 이어져 있었다.

"에이다, 여관을 새로 개장했어?"

"안 했어."

"안 했다고?"

여관의 주인인 에이다의 대답을 들으니 더더욱 의아해졌다.

"앗, 알렉. 얼른 이쪽으로 와 봐."

계단에서 내려온 세리나가 내게 손짓했다.

"뭔데? 용건이 있으면 말로 해."

"그러고는 싶은데, 직접 보는 게 빠를 것 같아서……."

"무슨 문제라도 생겼어?"

"문제라고 할 정도는 아니지만……."

답답한 녀석 같으니.

"알았다. 그런데 세리나, 이 융단은 누가 깔았는지 알아?"

"아마도 그 사람일 거야."

세리나가 위층을 눈짓하며 말했다.

"그 사람? 아아……."

한 가지 짚이는 바가 있었다. 나는 계단을 따라 이어진 융단을 바라보며 한숨을 내쉬었다.

어쨌든 확인은 해두기로 했다. 자칫하면 파티원을 잃게 될지도 모르니까. 내 하렘에서 로리의 숫자가 줄어드는 건 중대한 문제다.

3층으로 올라간 나는 융단의 종착지인 방 앞에 도달했다.

문에 노크를 했다.

"누구십니까."

방문이 열리며 모노클을 낀 세바스찬이 모습을 드러냈다.

"리리와 대화를 나누려고 왔어."

"난 괜찮아. 알렉을 들여보내 줘."

"예."

보아하니 세바스찬이 리리를 꼭두각시로 만들어 버린 것 같지는 않았다. 다행이다. 기란 제국을 상대로 왕가를 부흥시키려면 리리에게도 많은 역할이 요구될 것이다. 아무리 왕족이라지만 리리에게는 짐이 너무 무거웠다.

"그럼 실례."

방으로 들어간 나는 호화로운 인테리어에 압도되고 말았다. 도대체 돈이 얼마나 많은 거야. 침대까지 천장이 달린 공주님 침대로 바뀌어 있었다. 여관 주인에게 허락은 받았는지 모르겠군. 다른 여관이라면 쫓아내거나 비용을 청구했을 것이다.

"공주님, 차를 따를까요?"

메이드가 도자기로 된 주전자를 들고 와 리리에게 물었다.

"응. 마실래."

"공주님. 이런 때는 '따라 줘'나 '따라 주세요'라고 대답하셔야 합니다."

"으으. 따라 줘."

"알렉 님도 한 잔 드시지요."

"흠."

테이블에 앉으려고 하니 세바스찬이 의자를 끌어다 주었다. 이런 대접은 익숙하지 않은데.

"그러고 보니 이 방에는 미나도 있었을 텐데. 미나의 침대는 어쨌어."

미나의 침대가 보이질 않아서 수상함을 느낀 내가 물었다.

"방해가 돼서 창고로 옮겼습니다. 물론 미나 님께는 새로운 방을 마련해 드렸습니다. 여관비도 저희가 지불했으니 안심하시길. 관계자 분들께도 전부 허락을 받았습니다."

세바스찬이 공손하게 말했다. 에이다에게 허락을 받아서 방의 배치를 바꾼 모양이었다. 그런데 클랜의 리더인 내 허락은? 뭐, 미나가 승낙했다면 딱히 상관없지만.

"그랬군."

"알렉도 메론 먹을래? 한 조각이라면 양보해 줄게."

리리가 말했다. 테이블에 메론을 한가득 쌓아놓고 한 조각이라니. 쪼잔한 녀석.

"나는 메론을 안 좋아해. 이 쿠키나 먹을게."

"알았어."

나는 테이블에 놓여있던 쿠키를 집어 입으로 가져갔다. 예상했던 대로 맛있군. 이 정도면 지구의 편의점에서 파는 과자와도 호각으로 겨룰 수 있겠다. 현대의 파티시에와 겨루면 누가 이길까. 나랑은 상관없는 얘기지만.

"자, 그래서? 너희는 앞으로 어떻게 하려고?"

내가 본론을 꺼냈다. 만약 리리를 발렌시아 왕국으로 데려가겠다고 말한다면 리더로서 거부권을 행사할 생각이다.

"안심해 주시길. 알렉 님의 의견은 충분히 숙지하였고, 공주님도 이곳이 좋다고 말씀하고 계십니다. 한동안은 모험을 계속하시게 둘 생각입니다."

"하지만 위험할 텐데?"

내가 제시한 조건이지만 나중에 불평하면 곤란하니 제대로 확인해 두기로 했다.

"문제없다."

바로 그때, 등 뒤에서 목소리가 들려왔다. 닌자가 천장에서 뛰어내린 것이다. 깜짝 놀랐네. 등 뒤에서 나타나지 말란 말이다.

"8층까지는 이 사스케로도 충분할 겁니다."

"흐음, 글쎄."

리리를 호위해 주는 건 우리로서도 환영이지만, 보나 마나 이녀석은 '리리만' 호위할 게 분명했다. 평소에는 보이지도 않으니 처음부터 없는 사람이라 생각하고 행동하는 편이 좋을 것이다.

내 명령을 듣지 않으므로 전투에도 쓸모가 없었다.

"메론, 완전 대박!"

"공주님, 거기서는 '맛있네'라고 하셔야죠."

"으으, 맛있네."

테이블 매너 교육 중인 모양이었다. 리리가 교육에 질려서 달아나지 않으면 좋으련만. 리더로서 한마디 해두기로 할까.

"테이블 매너 교육은 하루에 1시간씩만 해둬. 한꺼번에 가르쳐 봤자 못 배울걸."

"알렉 말이 맞아……."

"어쩔 수 없군요. 그러면 하루에 2시간으로 하지요. 그 뒤는 자유시간을 드리는 걸로 하겠습니다."

집사는 1시간을 추가해서 대답해 왔다. 흥정 한번 터프하게 하는군.

"뭐어?"

"흠, 그 정도면 되겠지. 리리, 너무 힘들면 나한테 말해."

"응. 힘들어."

"너무 빠르잖아. 오늘은 교육을 시작한 지 얼마나 됐지?"

내가 집사에게 물었다.

"마침 2시간이 지난 참입니다."

"알았어. 리리, 다 먹거든 내 방으로 와."

"응!"

나와 리리가 무엇을 하려는지는 집사도 알고 있을 테지만, 여기에 참견할 생각은 없는 모양이었다.

"피임의 열매를 잊지 마시길."

메이드가 검은색의 작은 열매를 접시 위에 올려놓았다.

"완전 꿀맛! 아니지, 맛있네."

피임의 열매가 그렇게 맛있나? 뭐, 됐어.

나는 리리와 함께 방을 나왔다.

"리리, 저런 방에 있으면 정신 사납지 않아?"

리리의 방은 벽지마저도 화려한 색으로 도배되어 있었다.

"딱히. 어렸을 때부터 저런 방에서 자랐거든."

"아아. 그랬었군."

"대신에 치렁치렁한 옷은 입지 않겠다고 그랬어. 움직이기도
힘들고, 스커트를 더럽히면 안 된다고 맨날 뭐라고 하니까."

"하긴, 그러는 편이 좋겠지."

치마를 입히면 테이블 매너에는 도움이 되겠지만 모험에는 아
무런 쓸모가 없었다. 그렇다면 억지로 입힐 이유는 없었다. 다만,
집사가 준비한 흰색의 니삭스는 리리도 마음에 들었는지 지금도
신고 있었다.

내 방으로 돌아가니 세리나와 미나가 있었다. 상황을 확인하려
고 온 모양이었다.

"앗, 알렉. 어떻게 됐어?"

"잘 풀렸어. 리리는 앞으로도 우리 파티에서 모험을 할 거다."

"다행이다."

"후후, 당연하지! 일하지 않는 자 먹지도 말라잖아!"

리리가 가슴을 펴고 말했다. 기특한 생각이다. 왕족인 이 녀석

이라면 굳이 던전에 들어가지 않아도 맛있는 음식을 잔뜩 먹을 수 있을 테지만. 본인에게는 비밀로 해 두자.

"굳이 일하지 않아도……."

"세리나, 리더 명령이다. 쓸데없는 말은 하지 마."

"아, 알았어. 조용히 할게."

"자, 그럼. 오늘은 리리랑 하겠어."

"네, 주인님."

"그 사람들이 화내지 않을까?"

세리나가 걱정이 되었는지 물었다. 하지만 피임의 열매까지 건네받았다. 적어도 하지 말라는 뜻은 아닐 것이다.

"우리 앞에 피임의 약을 내놓더군. 허락은 받은 셈이지."

"허락받았어~."

리리도 씨익 웃으며 말했다.

"으음, 본인이 동의했으니 된 건가……."

"당연하지. 알았으면 빨리들 나가."

"나, 나가면 되잖아."

자, 공주님과의 섹스 타임이다.

에필로그
짓궂은 공주님

드디어 리리와 둘만 남게 되었다.

"자, 시작하자."

"응!"

나는 리리를 번쩍 안아서 침대로 옮겼다.

자수가 새겨진 고급 니삭스를 벗기고 있어서일까. 신기하게도 리리가 공주님처럼 보이기 시작했다. 옷이 날개라더니.

"호오, 질감이 상당한걸."

리리의 하얀 니삭스를 어루만져 보니 무척 매끄러웠다.

"응. 신고 있으면 부드러워서 기분 좋아. 아, 그렇지! 히히. 좋은 생각이 떠올랐다."

"좋은 생각? 뭔지 설명해 봐."

이 녀석은 가끔씩 짓궂은 장난을 치기 때문에 나는 경계하며 물었다.

"보면 알아. 알렉은 저기에 앉아서 고추를 꺼내봐."

"발로 차면 안 된다."

"안 찬대도. 됐으니까 빨리!"

나는 경계하면서도 옷을 벗고 침대에 올라가 앉았다. 그러자 리리가 발바닥을 이용해 나의 물건을 만지작거리기 시작했다. 흔히들 말하는 풋잡이군.

"어때, 알렉? 이렇게 하니까 기분 좋지?"

"그래. 나쁘지 않은걸."

온기를 머금은 니삭스가 내 민감한 부위를 어루만지자 뭐라고 표현하기 힘든 자극이 전해져 왔다.

"우훗, 단단해지기 시작했다. 에잇, 엣잇."

"크윽. 리리, 이번에는 양쪽 발로 감싸듯이 문질러 봐."

내가 리리에게 개선점을 제안했다.

"뭐어? 어려울 거 같은데. 영차, 영차."

리리는 투덜거리면서도 내 요구에 응해주었다. 허리를 들고 양쪽 발바닥을 한데 모으는 리리. 다리를 벌리고 있어서 스커트 안쪽의 팬티가 고스란히 보였다.

"좋아, 리리. 잘하고 있어."

나는 리리의 팬티를 감상하면서 리리의 작은 발바닥이 내 물건을 문질러 주기만을 기다렸다.

"크윽."

"우후후. 아직 싸면 안 된다? 얍, 얍."

리리의 발이 내 물건을 거칠게 문질러 왔다. 때때로 실패해서 미끄러지고 말았지만, 그 불규칙한 움직임이 내 예측을 뛰어넘어 강렬한 쾌락을 발생시켰다.

"큭, 슬슬 싸겠어."

"응. 언제든지 괜찮아."

리리도 내 상황을 알아챘는지 다리를 더욱 빠르게 움직여 라스트 스퍼트를 가해 왔다.

나를 위해서 열심히 음란한 봉사를 해주는 소녀. 그 사실만으로도 흥분이 되었다.

"크윽!"

"꺄악! 아하핫! 나왔다, 나왔어."

하얀 백탁액이 물대포처럼 리리의 얼굴을 강타했다. 수컷의 욕망으로 범벅이 된 리리는 요염한 미소를 짓더니, 스스로 옷을 벗기 시작했다.

"니삭스는 그대로 입고 있어도 괜찮아."

"응. 얼른 와, 알렉."

침대에 드러누워 다리를 펼치고 유혹해 오는 소녀. 손가락으로는 소중한 곳까지 벌려 보였다. 이쯤 되면 요녀라고 불러야 마땅했다.

"잠깐만. 급할 거 없잖아."

하지만 나는 서두르지 않았다.

"뭐어?"

"먼저 입으로 핥아줄게. 내 얼굴에 앉아봐. 엉덩이가 이쪽으로 오게."

리리가 뒤로 돌아서 내 얼굴에 걸터앉았다. 나는 코끝으로 다가온 통통한 균열을 혀로 만끽하기 시작했다.

"으응!"

리리가 민감하게 몸을 떨면서 두 다리를 조여왔다. 한편 균열 끝에서 자그만 돌기를 찾아낸 나는 그곳을 중점적으로 공략해 나갔다.

"아앗, 거, 거기, 너무 좋아!"

리리가 달콤한 신음 소리를 냈다. 계속해서 혀로 핥아주자 리리는 참지 못했는지 허리를 숙여 내 물건을 입으로 가져갔다.

"하웁, 추릅, 알렉, 얼른 해줘. 리리, 더는 못 참겠어."

"좋아. 그럼 넣어주마."

"에헷!"

리리가 다시 한번 침대에 드러누웠다. 나는 리리의 몸을 뒤덮어 자그만 꽃잎에 굵고 단단한 꽃술을 삽입해 주었다.

"흐아아…… 하윽."

황홀한 표정으로 쾌락을 만끽하는 리리. 나는 리리의 입술에 입을 맞추고 혀를 집어넣었다.

"음, 추웁, 으음, 푸하!"

리리는 짧은 혀로 열심히 키스에 응했다. 하지만 내가 본격적으로 허리를 움직이자 여유가 없어졌는지 버티는 게 고작이었다.

"앗, 앗, 앗, 끄윽, 알렉, 알렉!"

리리는 앙탈을 부리듯이 머리를 좌우로 흔들었다. 반면에 리리의 두 팔은 내 등을 단단히 끌어안고 놔주질 않았다.(#삽화09)

"쌀게, 리리."

"응, 응. 리리도, 가버려, 아아아앗……!"

감전이라도 된 것처럼 온몸을 경련한 리리는 등을 활처럼 젖히며 기절해 버렸다.

리리의 몸을 수건으로 정성스럽게 닦아주고 있자니, 리리가 정신을 차렸다.

"후훗."

"어때, 리리. 기분 좋았어?"

"응. 엄~청 좋았어!"

"다행이네."

나는 리리의 핑크색 머리카락을 쓰다듬어 주었다.

"에헤."

행복한 얼굴로 빙그레 미소 짓는 리리.

이 녀석이 앞으로 어떤 길을 선택할지는 알 수 없지만, 지금은 이대로도 괜찮을 것이다.

다음 날. 우두둑거리는 몸을 가볍게 풀어주고 계단을 내려가자, 챙모자를 쓴 네네가 사람들에게 둘러싸여 있었다.

무슨 문제가 발생한 모양이다.

어라……?

네네의 배가 묘하게 부풀어 있었다. 마치 임신이라도 한 것처럼……. 저 녀석한테도 피임의 열매를 먹였을 텐데?

"자, 네네. 숨기지 말고 보여줘."

세리나가 팔짱을 낀 채로 네네에게 말했다.

"아, 아무것도 숨기지 않았어요……. 아으으…… 앗! 나오면 안 돼!"

네네의 로브에서 무언가가 얼굴을 빼꼼히 내밀었다. 새하얀 털에 동그란 머리, 그리고 거위처럼 평평한 부리.

커다란 병아리? 아니다. 저건 분명……

"쿠보를 키우려면 헛간에서 키우렴. 방에 냄새라도 배면 큰일이야."

여관 주인도 팔짱을 끼고 난처한 표정을 지었다.

참고로 쿠보는 말 대신 이용되는 대형 조류였다. 인간을 태우고 달리는 것도 가능했다. 나도 마을에서 수차례 본 적이 있었다.

"꾸엑, 꾸엑!"

하다 못해 삐약삐약 울었다면 귀엽기라도 했을 텐데. 쿠보 새끼의 울음소리는 주정뱅이를 발로 밟았을 때 나는 소리 같았다. 네네는 이런 녀석을 어디에서 주워 온 것일까.

"버리고 와."

내가 바깥을 가리키며 말했다.

"으으……."

"알렉, 그럼 너무 불쌍하잖아."

세리나가 나를 나무랐다. 자기도 방금 전까지 네네를 몰아세우고 있었던 주제에.

"맞아. 구워서 먹으면 맛있을 거야."

레티가 말했다. 그러자 쿠보와 네네가 동시에 움찔하고 몸을 떨었다.

"꾸엑?!"

"네에?! 잡아먹으면 안 돼요, 레티 스승님!"

"포기하는 게 좋을걸. 쿠보는 질기고 써서 먹을 게 못 돼. 삶든 굽든 소용이 없단다."

여관 주인의 말에 따르면 식용으로 쓰기는 어려운 모양이었다.

"저, 알렉 씨. 사람을 따르는 쿠보는 짐 운반도 가능해요. 파티에 도움이 되지 않을까 싶어요. 한번 길러보시는 게 어떨까요."

피아나가 말했다. 흐음……. 공략 대상인 미소녀 클레릭이 하는 말이다. 호감도를 올릴 찬스였다.

"좋아. 대신에 끝까지 책임을 져야 한다? 네네."

나는 책임감을 갖게 할 생각으로 네네에게 말했다.

"네!"

"꾸엑!"

그런데 쿠보까지 내 말에 대답해 왔다. 인간의 언어를 이해하는 건가. 의외로 똑똑한 동물일지도 몰랐다.

"잘 됐네요, 네네."

이오네가 흐뭇한 미소를 지었다.

"네."

네네도 행복하게 웃어 보였다.

"그러면 이제 그만 헛간으로 데려가."

"앗, 저기, 씻기면 괜찮을지도 몰라요. 지금도 냄새가 그렇게 심하진 않은걸요."

함께 지내고 싶은지 네네가 쿠보를 끌어안으며 말했다.

"하, 쿠보를 씻기겠다고? 동물를 얼마나 좋아하는 거니."

여주인이 황당하다는 듯이 말했다. 실내에서 쿠보를 기르는 사람은 없는 모양이다.

"엄청난 아이디어가 떠올랐어! 먹이로 허브를 주면 잡내를 제거할 수 있을 거야!"

레티가 말했다. 정말로 잡아먹을 생각인가 보다. 제자가 우는 꼴을 보기 싫으면 관둬.

"그러면 한번 씻겨볼까요? 그래도 냄새가 심하면 헛간으로 보내는 걸로."

이오네가 상냥한 말투로 제안했다.

"그럴게요."

"꾸엑!"

쿠보 새끼는 자신에 관한 일이라는 걸 알았는지 네네와 함께 기운차게 대답했다.

"그러면 씻으러 가자, 마츠카제."

"꾸엑."

마츠카제? 특이한 이름을 지어줬군…….

"네네. 그 아이의 이름이 마츠카제야?"

세리나도 신경이 쓰였는지 물었다.

"네! 바람이 부는 소나무 밑에서 벌벌 떨고 있었거든요!"

"으음, 이왕이면 좀 더 귀여운 이름이 낫지 않을까?"

"글쎄요……."

"꾸엑……."

"세리나. 네네가 모처럼 지어준 이름이잖아. 동물 이름 정도는 마음대로 짓게 해줘."

"맞는 말이네. 알았어. 그럼 뒤뜰에 있는 우물로 가서 씻겨주자."

"네! 가자, 마츠카제!"

"꾸엑, 꾸엑!"

네네와 마츠카제는 씩씩하게 여관을 뛰쳐나갔다.

일단은 두고 보는 게 좋겠군.

제6장 바람의 검은 고양이

프롤로그
모험가의 발

"자, 오늘이야말로 모험을 떠나는 거야!"

세리나가 내 침대 앞에 서서 당당하게 외쳤다. 세리나는 새로 장만한 은색 갑옷을 걸치고 있었다.

"돈 갚는 것도 잊지 말고."

"쳇, 알았다니까."

나는 내게 껴안겨 잠들어 있는 이오네의 팔을 조심스럽게 치운 뒤 침대에서 내려왔다.

어제까지만 해도 나와 세리나는 기분이 좋았다. 5라운드나 해치웠으니 그럴 만도 했다.

하지만 그 후에 내가 깜빡하고 있던 중요한…… 아니, 사소한 문제를 발각당하고 말았다.

그래서 나의 소지금은 현재 제로였다.

심지어는 빚까지 있었다.

……야나타에게 지불한 25만 골드를 제외하더라도 내게는 아직 17만 골드라는 자금이 남아있었다. 하지만 어제, 세리나가 파티원들의 몫을 요구해 왔다.

보주 같은 레어 아이템은 전부 내가 관리했기 때문에 완전히 내

돈이라고 착각하고 있었다. 세리나는 장부까지 작성하고 있었고, 그 장부에는 6명의 파티원에게 돌아갈 금액이 적혀있었다. 그 금액은 1인당 10만골드에 달했다.

미나, 세리나, 이오네, 리리, 네네까지 다섯 명. 합계 50만 골드.

쥬가와 피아나, 레티는 예외였다.

쥬가와 피아나는 야나타의 가게에 계약금을 지불해 데려왔고, 레티에게도 네네의 스승이 되는 조건으로 선금 1만 골드를 지불했다.

즉, 계약에 의한 용병 개념이지 동료는 아니었다.

이 이상 빚이 늘어나면 큰일이므로 그런 셈 치기로 했다.

미나와 네네는 돈을 받지 않겠다고 말했지만, 세리나의 완강한 만류로 무산되었다. 뭐, 나도 이 부분은 세리나와 같은 의견이다.

그리하여 현재, 나는 35만 골드의 빚이 생기게 되었다.

파티의 수입은 모험이라는 공동 작업으로 성립하는 것이다. 따라서 파티원들이 자신의 몫을 요구하는 것은 당연한 권리였다.

두고두고 발생할 문제를 미연에 방지하기 위해서라도 이 부분은 확실하게 인지하고 넘어가는 게 좋았다. 파티원을 구워삶아 헐값으로 부려먹는 짓은 바람직하지 않았다.

노예와 용병, 동료를 어떻게 구분 지어야 할지는 나도 아직 고민 중이다. 다만, 야나타처럼 레어 아이템을 전부 몰수하는 방식으로 파티를 운영할 생각은 없었다.

내가 생각하는 대등한 관계란 그런 것이다.

아침 식사를 마친 뒤, 나도 갑옷을 착용했다.

슬슬 나갈 준비를 하려는데, 목발을 짚은 쥬가 갑옷 차림으로 내 앞에 다가왔다. 더 의욕만큼은 높게 평가하고 싶다.

"그럼 출발하자고, 알렉! 돌아올 수 없는 미궁으로!"

쥬가가 해맑게 웃으며 말했다. 다른 일행들이 난처한 얼굴로 나를 바라보았다.

"좋아. 그런데 너, 검은 휘두를 수 있겠어?"

"당연하지. 이거 보라고! 비기, 외다리 검술!"

그렇게 말한 쥬가는 오른손의 목발을 던져버리고 허리에서 검을 뽑았다. 절단한 다리가 그나마 왼발이라서 다행이었다. 적어도 무게 중심을 잃고 쓰러지진 않았다.

본인 나름대로 연습도 한 모양이다.

"좋아. 그러면 나랑 대련해 볼까. 시작하자."

나는 검을 뽑으며 말했다.

"으으, 해보자 이거야."

쥬가는 멀쩡한 오른쪽 다리와 왼손의 목발을 이용해 내게 접근해 왔다.

하지만 내가 뒤로 돌아 들어가자 방향 전환에 애를 먹었다.

"제길! 알렉, 얼른 덤벼!"

"기세는 좋다만, 내가 활잡이였다면 접근하기 전에 쏴서 쓰러트렸을 거다."

내가 나지막이 말했다.

"비겁해!"

"아니, 전술이다. 몬스터한테 비겁하다고 외쳐봤자 놈들은 친절하게 다가와 주지 않아."

"크윽, 그럼 나더러 어쩌란 거야……."

쥬가가 고개를 푹 숙이며 말했다. 비정한 현실 앞에서 입술을 깨무는 쥬가.

"머리를 써야지. 쥬가, 도구점으로 가자."

"뭐?"

그렇게 우리는 쥬가를 데리고 도구점으로 향했다. 바닥에 떨어져 있던 목발은 피아나가 대신 주워주었다.

"동그란 통이랑 벨트가 있으면 되려나."

세리나도 내가 사려는 물건이 무엇인지 눈치를 챈 모양이었다.

"그런 걸 어디다 쓰려고."

"의족을 만들 거다."

"의족?"

이 세계에서는 일반적인 물건이 아닌지 쥬가뿐만 아니라 피아나도 고개를 갸웃했다.

"목발 대신에 사용하는 물건이야. 다리에 끼워서 잃어버린 발을 대신하는 도구지."

"아아, 키높이 구두 같은 건가! 쓸만하겠는데!"

쥬가도 원리를 이해했는지 눈을 반짝였다.

"하지만 발목이 움직이지 않아서 행동이 제한되고, 밸런스를 잡기도 쉽지 않아. 다리가 있을 때와 똑같을 거라고 생각하면 곤란해."

기대가 지나치면 실망만 커질 뿐이므로 단점도 가르쳐 주었다.

"상관없어. 주인 아저씨, 내 다리에 끼울 만한 부츠가 있을까?"

"글쎄다……."

도구점의 주인은 쥬가의 다리를 보더니 턱을 짚고 생각에 빠졌다.

"부탁해. 돈이라면 반드시 낼 테니까, 방법을 생각해 줘."

"알았으니까 진정해라. 그러면 쓸만한 게 있는지 한번 찾아보마."

우리는 점장과 함께 가게를 뒤져봤지만 이렇다 할 물건은 발견할 수 없었다.

쥬가가 다리에 억지로 물건을 끼워봤지만, 결국 비명을 지르며 넘어지고 말았다.

이대로는 어렵겠군.

"목공 장인한테 가보자. 주문 제작으로 만드는 게 낫겠어."

내가 말했다.

"오오, 그 방법이 있었군!"

도구점에서 목공에 일가견이 있는 사람을 소개받은 뒤, 우리는 목공소로 향했다.

"흐음, 그러니까……. 원통이나 밥그릇 같은 모양이면 되는 건가?"

설명을 들은 목공소의 장인이 손짓으로 형태를 제시하며 말했다. 나는 고개를 끄덕였다.

"맞아. 전투도 치러야 되니 무릎까지 올 정도로 길어야 해. 쉽게 벗겨지면 의미가 없거든."

"차라리 나무를 덧대서 벨트로 묶는 게 낫지 않겠나? 만들기도 쉬울 텐데."

목공 장인이 제안해 왔다.

"아니. 그러면 도중에 벗겨지거나 아플 수 있어. 다리 전체를 지탱해서 무게를 분산시켜야 돼."

"호오, 일리가 있군."

"기한은 얼마나 걸리지?"

"글쎄. 직접 깎으려면 꽤나 걸리겠지. 게다가 이 청년의 다리에 맞춰야 되잖나? 그렇다면 2주 동안은 내내 매달려야 하는데……. 다른 일도 있으니……."

목공소의 장인이 떨떠름한 얼굴로 말했다. 별로 의욕이 나지 않는 모양이었다.

"세리나, 돈을 지불해 줘."

"알았어. 여기 선금이에요."

"허엇, 1만 골드라니! 간 떨어지는 줄 알았군. 아니, 은화 한 닢이면 충분해. 아무리 그래도 이건 너무 많아. 알겠네. 2주, 아니, 열흘만 주게. 이 청년도 모험을 떠나고 싶어서 안달인 것 같으니."

"오오! 고마워, 아저씨!"

"감사는 됐어. 이렇게 희귀한 물건을 만들어 볼 기회는 흔치 않거든. 앞으로 이 물건을 필요로 하는 사람이 나타날지도 모르잖나. 장사에 도움이 될지도 모르고 말이야."

역시 숙련된 장인이다. 계산이 빠른걸.

"그러면 치수를 잴 테니 저 의자에 앉아주게."

"알겠어!"

"쥬가, 오늘은 여기서 아저씨를 도와드려. 그래야 한시라도 빨리 모험에 나갈 수 있으니까. 그리고 만약 의족으로도 안 되면 목공 장인으로 먹고사는 게 좋을 거야."

내가 말했다.

"농담 마. 나는 손재주가 나쁘다고. 가만히 앉아서 뭘 할 수 있는 성격도 아니고."

누가 봐도 그렇긴 하지.

"결정하는 건 네 자유야. 단, 나한테 고용된 이상 오늘은 여기서 얌전히 견학하도록 해. 어느 쪽이든 의족을 만들려면 다리의 치수를 재야 하니까."

"알았대도. 아저씨, 얼른얼른 부탁해."

"아니, 쥬가. 아저씨가 아니라 스승님이라고 불러."

나는 쥬가의 태도가 마음에 걸려서 주의를 주었다.

"뭐?"

"목공 장인까지는 아니더라도, 전투에 도움이 되려면 자기 의족 정도는 스스로 관리할 줄 알아야 해. 그러려면 최소한 의족을 제작할 정도의 기량이 필요하겠지. 손재주가 나쁘다느니 하는 변명은 접어두고, 모험가를 계속할 수 있는 방법을 진지하게 모색하는 게 좋아."

"모험가를 계속할 수 있는 방법이라……. 알았어."

물론 쥬가가 당장 모험에 나서기는 어려울 것이다. 하지만 까놓고 말해서, 의욕만 가지고 던전에 들어가 봤자 파티의 걸림돌일 뿐이다.

안 되는 건 안 되는 것이다. 이것만큼은 확실하게 선을 그어놓아야 했다.

함께 던전을 공략한다 하더라도 그건 의족이 완성된 다음의 이야기다.

우리는 얌전해진 쥬가를 공방에 놔두고 던전으로 향했다.

제1화

파티 편성

'돌아올 수 없는 미궁'의 입구는 오늘도 던전에 들어갈 준비를 하는 모험가들로 활기가 넘쳤다.

"좋아, 너희들. 다른 사람한테 폐가 되지 않도록 2열로 걸어라. 거기, 싸우지 말고!"

어떻게 하면 이동한 지 5분도 되지 않아서 싸움을 시작할 수 있지?

나는 속으로 한숨을 내쉬었다.

32명의 밑바닥 인생들을 모아놓으니 이동하는 것만도 고생이었다. 차라리 일본의 초등학생들이 인솔하기 쉬웠다.

노예의 문장마저 없었다면 도저히 수습할 수 없었을 것이다.

"두목, 오늘은 몇 층까지 갑니까?"

얼굴에 흉터가 있는 노예가 내게 물었다. 누가 보면 진짜로 도적인 줄 오해하겠군.

"두목이라고 부르지 마. 내 이름은 알렉이다. 알렉 님이라고 불러."

"예. 그래서, 알렉 님. 몇 층까지?"

"오늘은 1층까지다. 실력에 안 맞는 계층으로 보낼 생각은 없으니까 걱정하지 마."

"오오."

다른 노예들도 그 점이 걱정이었는지 안심한 표정을 지었다.

"단, 여관비와 식비 정도는 벌어 오도록 해."

"귀찮은데……."

"그래서 얼마나 벌면 되는 겁니까?"

"저는 지병으로 허리가 아파서…… 아야야."

어째서 쥬가한테는 매번 우렁차게 대답하면서 나한테는 이 모양이지?

허리가 아프다는 녀석을 [감정 LV5]로 확인해 봤더니 꾀병이었다. 못된 녀석 같으니.

야나타에게 양도받은 노예들은 피아나와 세리나를 시켜서 전부 치료시켜 놓았다. 치료가 불가능한 요통에 시달리는 노예도 있어서 최대한 배려하고는 있지만, 꾀병이라면 이야기가 달랐다.

이렇게 된 이상 스킬을 배우기로 하자.

[통솔 LV5] New!

[귀신 교관 LV5] New!

합계 403포인트를 투자해 쓸만해 보이는 스킬을 배웠다.

"똑똑히 들어라! 이 굼벵이 자식들! 너희가 이대로 노예로서 부려먹힐지, 한 명의 모험가로서 자유를 쟁취할지는 너희가 행동하기 나름이다!

하루 숙박비 10골드, 식비 6골드, 합계 16골드 이상의 수익을 올리면 그만큼의 금액을 따로 기재해 두겠다!

그 금액이 1만 골드에 도달하면 나와의 계약은 종료된다. 너희는 무엇을 하든 자유다! 낮잠을 자고 싶으면 자도 되고, 싸우고 싶을 때 싸워도 된다. 던전에 들어갈 필요도 없다!"

32명의 노예가 정적에 휩싸였다.

"1만 골드는 무리 같은데."

한 명이 중얼거렸다.

"당장은 힘들겠지만, 나는 1년 안에 너희들 중에서 달성자가 나오리라 생각하고 있다. 아니, 설령 달성자가 나오지 않더라도 가장 많은 수익을 낸 녀석에게는 1년 후에 1만 골드의 보너스를 지급하겠다. 당연히 그 녀석은 자유의 몸이 된다."

"정말일까?"

"글쎄."

"날 믿는 건 1년 뒤라도 상관없다. 그때까지 동료의 얼굴과 이름 정도는 똑바로 외워놓도록 해. 참고로 특별 보너스를 받는 건 처음으로 달성한 한 명뿐이다."

일단 당근은 충분히 제시했다. 하지만 노예들이 이 정도로 열심히 할지는 의문이었다. 열심히 하려면 동기 부여가 되어야 하는데, 이들 중에는 불가항력으로 노예가 되어버린 자들도 많을 것이다. 어쨌든 한동안은 상황을 지켜보기로 하자.

나는 다음 주제로 넘어가기로 했다.

"지금부터 조를 정할 거다. 한 조당 6명씩 다섯 조로 구성할 예정이다. 단, 2명이 남으니 두개 조는 7명이 되겠지. 각각의 조는 하나의 파티로 취급한다. 알겠나!"

32명을 아무런 계획도 없이 던전에 던져 넣으면 머릿수라는 장점을 살릴 수 없었다. 좁은 통로에서는 전위가 3명만 되어도 머리를 부딪치기 일쑤다. 게다가 이 녀석들 중에는 후위가 없다시피 했다. 야나타도 후방 지원이 가능한 인재들은 버리는 말로 여기지 않은 모양이었다.

예외도 몇 명 존재하지만, 대부분은 야나타로부터 쓸모없는 노예 판정을 받은 녀석들이다. 리더를 맡을 만한 녀석이 있을지 불안했다.

게다가 지금 내게는 [감정] 스킬 외에는 판단 재료가 없었다.

32명이나 되는 인원이다. 일일이 면접을 보기도 뭣했다.

"각 조의 리더는 레벨이 높은 순으로 결정했다. 단, 언젠가 주변의 평과와 본인의 의사를 고려해서 적절한 인물로 바꿀 예정이다. 마테우스, 클라이드, 아이잭, 지드, 앗슈. 앞으로 나와서 손을 들어라."

호명된 사람들이 앞으로 나와 손을 들었다. 의욕이 없어 보이는군. 몇 명은 어깨를 으쓱이기까지 했다.

백발의 드워프인 마테우스는 이들 중에서 가장 레벨이 높았다.

심지어 나보다도 높은 31레벨이었다. 하지만 나이도 많은 데다, 만성적인 요통까지 보유하고 있었다. 앞으로 몇 년이면 전사를 관두고 은퇴해야 할 나이였다. 아마도 레벨만큼의 실력은 발휘하지 못할 것이다.

하지만 나이가 많은 만큼 리더로 적합했다.

장비도 제대로 갖춰 입었고, 성격도 침착했다. 모험에도 익숙해 보였다. 그러니 일일이 지시를 내리지 않아도 괜찮을 것이다.

각 리더는 나와 별도로 움직여야 하기 때문에 경험이 중요했다.

두 번째부터는 나이도 젊고 레벨도 24보다 아래였다. 성미가 급해 보이는 녀석, 장비에 위화감이 있는 녀석 등등이 포함되어 있었다.

뭐, 그놈이 그놈일 테니 지금은 이대로 만족하기로 했다.

어차피 오늘은 1층까지만 들어가게 할 예정이었다.

"자, 그러면 마음에 드는 리더가 있는 곳으로 집합! 빠른 사람이 임자다. 인원이 넘치면 내가 조정하겠다."

의외로 마테우스 밑에는 별로 사람이 모이지 않았다. 가장 많은 사람이 모인 것은 지드가 리더로 있는 4번째 조였다. 명랑하게 웃고 있는 녀석으로, 열 명 이상의 인원이 모였다. 인망도 판단 재료에 넣어야겠지.

"좋아. 조정을 시작하지. 너와 너는 마테우스 밑으로 들어가."

"네?"

"이럴 수가."

"분명히 말했을 텐데. 빠른 사람이 임자라고. 내 지시를 제대로 듣지 않으면 이렇게 된다. 손해를 보기 싫으면 다음부터는 빠릿빠릿하게 움직여."

이것으로 파티의 모습은 얼추 갖춰졌다.

장비도 쓸만한 것으로 바꿔주었으니, 1층에서 사망자가 속출하는 일은 없을 것이다.

"가자."

여섯 개의 파티가 이동을 시작했다.

"알렉, 이야기는 들었어. 야나타의 노예를 잔뜩 구입했다면서."

입구를 지키고 있던 병사가 말을 걸었다. 던전에 들락날락하면서 얼굴을 익힌 사이다.

"맞아. 딱히 문제될 건 없잖아?"

"물론이야. 그런데 이 녀석들을 데리고 뭘 하려고?"

"글쎄."

딱히 뭘 하려고 구입한 건 아니었다. 다만, 다른 형태의 노예상도 괜찮을 것 같다는 생각이 들었다.

만약 내 사업이 궤도에 오른다면 야나타도 가만히 있지 않을 것이다.

물론 일이 제대로 풀렸을 경우의 이야기지만.

뭐, 내가 거둬들인 노예들은 끼니도 제대로 때우지 못하고 부려먹히던 녀석들이다. 숙소도 없어서 헛간에서 잠을 청해야 했다. 옆에서 그 모습을 지켜보던 사람들도 기분이 편치는 않았을 것이다. 주변 사람들이 좋게 봐주면 그걸로 충분했다.

1층에 들어가서 각 파티를 고블린 무리와 싸우게 해 보았다. 비록 연계가 완벽하지는 않지만 원래부터 이곳에서 싸우던 모험가들인 만큼 고블린 정도는 문제없이 쓰러트렸다.

"좋아. 그러면 각 조는 리더의 지시를 따라서 1층에서 사냥을 시작해. 날이 저물면 여관으로 돌아가도 좋아. 이상."

나머지 자잘한 부분은 일부러 말하지 않았다. 이 녀석들한테도 머리가 있으니 파티원들과 의논을 하든 뭘 하든 알아서 판단할 것이다.

노예 파티는 그대로 방치해 놓고, 우리는 3층으로 향했다.

"괜찮을까?"

세리나가 걱정하며 뒤를 돌아보았다. 약초도 따로 챙겨주었고, 이 미궁에는 약초가 자라나는 장소도 있으니까 괜찮을 것이다.

파티에 인원수는 충분히 채워 넣었으니 문제가 생길 가능성은 낮았다.

고작해야 1층인 데다, 모험을 처음 하는 녀석들도 아니었다.

제2화
3층

3층도 이전 층들처럼 석벽과 석재 타일로 이루어진 미궁이었다.

우리 파티에게는 처음 도전하는 장소였다.

"정신 단단히 차리고 가자."

""네!""

""응!""

후각이 뛰어난 미나가 선두에 서고, 세리나와 이오네가 뒤를 이었다. 랜턴을 소지한 리리가 중간. 바로 뒤에는 마법사 콤비인 네네와 레티. 다시 그 뒤에는 클레릭인 피아나가 섰다. 나는 최후미다.

"잠깐만. 저게 뭐지?"

세리나가 손가락으로 한 장소를 가리켰다. 통로에 새하얀 물체가 보였다. 요구르트처럼 희멀건 무언가가 그물망처럼 한쪽 벽을 뒤덮고 있었다.

"누가 여기서 섹스라도 했나?"

리리가 말했다. 하지만 저게 다 정액일 리가 없었다. 양동이로 세 통은 나오겠다.

"알렉도 깜짝 놀랄 양이네."

"그러게. 우후후."

"아뇨! 주인님도 분발하면 이 정도는 가능하세요!"

가능하겠냐. 바보야.

"나를 이상한 예시에 동원하지 마. 밟지 않도록 조심하면서 나아가자."

""알았어.""

""알았어요.""

"주인님, 이 통로의 모퉁이 너머에 무언가가 있어요. 인간은 아닌데, 이 냄새는…… 잊어버렸어요. 죄송합니다."

미나가 사과했다. 하지만 적의 위치만 알면 그걸로 충분했다.

"신경 쓰지 마. 보면 생각나겠지. 전원, 전투 준비."

""전투 준비!""

나는 검을 뽑아 들고 천천히 통로를 나아갔다.

리리가 모서리를 돌아 랜턴을 비추었고, 그제야 우리는 적의 정체를 확인할 수 있었다.

"앗, 저건!"

"우와, 징그러워."

"하와와."

여성진들 중 몇 명이 겁을 먹고 움츠러들었다. 나도 이 몬스터는 상대하기 쉽지 않았다.

우선은 침착하게 [감정]부터 하기로 했다.

〈명칭〉 빅 스파이더 〈레벨〉 28
〈HP〉 166/166   〈상태〉 보통
[해설]

신장이 1미터에 달하는 거대한 거미.

다소 사나운 성격으로, 가까이 접근한 자들에게 공격적.

끈적거리는 실을 뿜어 사냥감을 속박한 뒤 포식한다.

얼음과 화염 마법이 효과적. 단, 화상을 입으면 날뛰기 시작하므로 위험함.

레벨이 우리 파티의 평균보다 높다는 점이 살짝 거슬렸지만, 2마리밖에 없으니 충분히 처치할 수 있을 것이다.

"거미줄을 조심해! 당하면 움직이지 못하니까. 레티는 얼음 마법으로 공격해."

"네, 주인님!"

"갑니다!"

"맡겨 줘!"

미나, 이오네, 세리나가 앞으로 달려가 검을 휘둘렀다.

그러자 거미는 재빠르게 뒤로 도약했고, 그대로 입에서 하얀 액체를 뿜어냈다.

"앗!"

"꺄악! 이게 뭐야!"

미나는 가볍게 피했지만 세리나는 피하지 못하고 반투명한 흰색의 액체를 뒤집어썼다.

"세리나!"

"세리나 씨!"

공중에 표시된 HP에 주목했지만, 세리나의 HP는 하나도 줄어

들지 않았다.

대신 끈적한 거미줄이 온몸에 달라붙어 움직이지 못하고 있었다.

방금 전에 통로에서 보았던 물체도 이 거미줄이었던 모양이다.

"납득 못 해! 거미는 엉덩이에서 실을 뿜는 거 아니었어?!"

몸부림치며 소리치는 세리나.

딱히 방심한 건 아닌 모양이었다. 피하기 어려운 공격이었나 보군.

"헤헤헤, 잡았다. 신선하고 맛있는 암컷 고기다, 우헤헤."

"네네. 이상한 중계는 관둬."

"죄, 죄송합니다. 저도 모르게. 거미 씨가 엄청 기뻐해서요."

[공감력☆] 스킬이 발동한 모양이다.

이런 몬스터의 생각까지 듣고 싶진 않지만, 네네가 겁을 먹고 패닉을 일으키는 것보다는 나았다.

미나와 이오네가 공격을 감행해 거미 한 마리를 쓰러트리고, 다른 한 마리는 레티의 빙결 주문으로 정리했다. 일격에 쓰러트리지는 못했지만 이 정도면 무난했다.

"이 거미줄은 왜 없어지지 않는 거야."

몬스터를 쓰러트리면 연기가 되어 사라지는 게 이 세계의 섭리지만, 거미줄은 예외인 모양이었다.

"온몸이 끈적끈적하네요……."

"그러게. 왠지 야하네요……."

"우와……. 엄청 에로해, 세리나."

몬스터를 해치운 뒤, 일행들은 세리나를 둘러싸고 관찰했다.

"어떻게 좀 해줘. 떼지지도 않아. 끄응!"

"다들 뒤로 물러나 있어."

레티는 그렇게 말하더니 화염의 주문을 영창했다.

그러자 거미줄은 순식간에 불타서 사라져 버렸다.

"다, 다행이다."

세리나가 안도의 한숨을 내쉬며 몸을 일으켰다.

"앞으로 거미줄은 조심하는 편이 좋겠군. 그런데……."

마법사가 없는 파티는 어떻게 이 거미에 대처하고 있는 걸까.

나는 그 점이 궁금했다.

"주인님, 다른 파티가 와요."

한창 생각에 빠져 있는데 미나가 보고를 해 왔다.

"저쪽의 넓은 장소에서 대기하자. 묵묵히 있지는 마. PK로 의심받을 수 있으니까."

"그렇네요."

우리는 적당히 커다란 소리로 대화를 나누며 대기했다.

"오, 친구들."

건너편에서 다섯 명으로 구성된 전사 계열의 파티가 다가왔다. 그들 중의 두 명은 횃불을 들고 있었다. 그렇군. 저 횃불로 거미줄을 태워버리면 되는 모양이다.

"횃불이 꺼진 거라면 하나 양보해 줄까?"

전사가 말했다. 그것을 본 다른 전사가 고개를 가로저었다.

"관둬. 저 녀석들, 마법사가 2명이나 있어."

"아하. 그거 편리하겠군. 부러운걸."

네네는 아직 견습이지만 우리 파티는 전위가 많아서 마법사가 2명은 되어야 밸런스가 맞는다. 그래도 저들처럼 전사로만 파티를 구성하면 내구력 하나는 끝내줄 것이다. 파티마다 다양한 스타일이 있는 법이다.

모험가들이 지나간 뒤, 뾰루퉁한 얼굴을 하고 있던 세리나가 입을 열었다.

"제안. 알렉과 포지션을 바꾸고 싶습니다."

"기각. 남자인 내가 거미줄을 뒤집어써 봤자 시청자들은 기뻐하지 않아."

"시청자는 또 누군데…… 에휴."

시청자는 주로 나였다.

"나는 알렉이 거미줄에 당해서 끙끙대는 걸 보고 싶어!"

리리가 히죽히죽 웃으며 말했다. 나는 사양이다.

"안 돼, 리리. 알렉 씨의 머리카락은 소중하니까."

이오네가 작은 목소리로 말했다. 아니, 그 정도로 소중하진 않은데 말이지.

이오네의 말을 들은 리리가 헉 하는 얼굴로 고개를 끄덕였다. 왠지 열받네.

"어쩔 수 없지. 네 머리카락을 봐서 참기로 할게. 이건 빚으로 달아두겠어, 알렉."

"흥. 알았어. 말투는 영 마음에 들지 않지만."

실제로 전위인 세리나가 곤란을 겪으면 내가 포지션을 바꿔주는 게 옳았다. 지금처럼 차마 바꿔주지 못할 상황이라면 이야기는 별개지만.

그 이후로도 거미는 잔뜩 등장했고, 그때마다 전방의 누군가가 거미줄에 속박당했다. 다행인 건 전투에 지장이 생길 정도는 아니라는 점이었다.

고작해야 전투 시간이 1분 정도 길어질 뿐이었다.

"좋아. 오늘은 일찍 들어가겠어."

스킬로 시간을 확인한 내가 귀환을 선언했다.

"아악! 씻고 싶다! 오늘은 무조건 목욕할 거야!"

머리가 엉망이 된 세리나가 신경질을 부렸다. 뭐, 목욕 비용 정도는 대신 내주마. 다만 우리가 묵는 여관에 목욕탕 같은 대단한 시설은 없었다. 수조에 물을 받아놓고 씻는 게 다였다.

하지만 여관으로 돌아온 뒤 진짜 문제가 판명되었다.

오늘은 일부러 일찍 모험을 마쳤건만, 지상으로 나오자 하늘이 까맣게 물들어 있었다. 평소보다 1시간이나 귀환이 늦어져 버린 것이다.

"아무래도 3층부터는 캠핑을 해야되겠는걸."

늦은 저녁을 먹으며 내가 일행들에게 말했다.

"그러게. 나도 매일같이 돌아오는 건 시간 낭비라는 생각이 들던 참이었어."

목욕을 끝내고 식사 중이던 세리나가 말했다. 반대할 줄 알았는데 예상 밖이군.

"괜찮겠어? 머리도 못 감을 텐데."

"그 정도로 예민하진 않으니까 괜찮아. 그래도 3일이 한계겠네."

3일이면 캠핑을 하더라도 5층이 고작일 텐데. 어쨌든 당장은 3층에 대해서만 생각하기로 했다.

다른 일행들도 반대하지 않았기에 일단은 던전에서 하룻밤을 지내보기로 했다.

네네가 걱정스러운 얼굴을 했지만, 불침번을 세워놓으면 큰 문제는 없을 것이다.

제3화
군단의 이름

방으로 돌아간 나는 리리와의 섹스를 기대하며 기대감을 부풀리고 있었다. 그런데 그때 방해꾼이 찾아왔다.

그것도 하필이면 남자였다.

"알렉 씨, 잠깐 괜찮을까요."

"클라이드였나? 무슨 용건이지?"

재고 떨이로 구입한 32명의 노예들 중 한 명인 클라이드였다. 리더를 맡겼던 녀석으로, 덩치는 크지만 마른 편이었다. 무기는 등에 맨 활이었다.

"저희 파티에 관한 일입니다. 내일부터는 아래층에서 사냥하고 싶어서요. 3층 정도면 어떨까 하는데."

"너희 조에서 레벨이 가장 낮은 녀석이 몇이지?"

"8입니다."

"그러면 안 되겠는걸. 그 녀석의 레벨이 11로 오르면 2층까지는 허가해 주지."

"네? 그렇게까지 하지 않아도 어지간하면 죽을 일은 없어요."

"어지간한 일이 있어도 죽으면 안 돼. 말해두지만, 파티 멤버를 죽게 만들면 평가가 내려갈 거야. 벌금이다."

"그러면 다른 사람으로 리더를 바꿔주실 수 있나요?"

"서두르지 마. 메리트도 추가할 테니까. 리더 수당을 얹어주지. 하루에 10골드. 조건 없이."

"겨우 10골드인가요. 적어도 100골드는 되어야 한다고 보는데."

"잘 생각해. 하루에 다른 녀석들보다 10골드씩이나 이득을 보는 거야. 1년이면 합계 3천 골드가 넘어."

"어렵겠네요. 메리트가 너무 적어요. 10골드를 버는 건 어렵지 않아요. 조원들을 돌보는 수고를 생각하면 너무 적습니다."

"그러면 2골드로 해주지. 1년이면 7천 골드에 달하는 금액이다. 이외에도 리더로서 평판이 좋다면 특별 보너스를 지급해 주지. 네가 거절하면 다른 멤버가 자리를 채갈지도 몰라. 그래도 싫다면 리더에 입후보할 사람이 있는지 조원들한테 물어봐 줘."

내 말을 들은 클라이드는 잠시 생각하더니 입을 열었다.

"아뇨, 마음이 바뀌었습니다. 2골드에 수락하겠습니다."

"좋아. 그런데 오늘은 얼마를 벌었지?"

"저희 조는 합계 252골드입니다."

여기서 6명분의 생활비를 제외하면 하루 수확은 약 150골드가되는 건가. 새로운 장비를 마련해 주려면 한참 멀었지만, 유지비자체는 나오고 있었다.

노예 파티의 가치가 어느 정도인지는 아직 파악되지 않았지만, 야나타에게서 32명을 구입하는 데 5만 골드가 들었고, 장비를 마련하는 데 든 비용이 1만 골드 정도였다. 합계 6만 골드를 초기비용으로 친다면, 본전을 찾기 위해서는 치료비를 제외하고 2년정도 굴려야 한다는 계산이 나온다.

"잘했어. 무리를 하지는 않았고?"

"전혀요. 이제 막 시작한 단계인 데다, 리더도 바뀔 수 있다고 들었으니까요."

"야나타의 가게와 비교하면 어때?"

"간단히 비교하긴 어렵군요. 다른 멤버들이 얼마나 벌고 있는지도 모르고 말이죠."

"네가 아는 범위에서 적당히 대답해 줘. 설령 야타나가 열 배를 더 번다고 해도 너희를 닦달할 생각은 없으니까."

"제 감각으로는 절반 정도? 아니, 그보다도 차이가 적었던 걸로 기억합니다. 저희를 고용한 모험가 파티도 무리를 하지는 않았거든요."

야나타는 일반 모험가에게 노예를 렌탈하는 방식으로 장사를 하고 있었다. 그래서 노예들이 돈을 벌어 오는 속도 자체는 우리와 별 차이가 없는 듯했다. 아니면 노예로만 파티를 구성한 게 원인인 걸까? 감시하는 사람이 없어서 목표치를 달성하고 나면 그이상의 이윤이 나오지 않는 걸지도 몰랐다.

"알겠어. 그러면 내일부터도 지금처럼 잘 부탁해. 아, 그리고 3일 일하면 하루는 휴일이다. 다른 조원들한테도 전달해 줘."

휴식은 반드시 필요했다.

"알겠습니다. 그리고…… 약초 구입 비용을 제가 관리해도 될까요? 저희 조원들 몫까지요."

"다른 멤버가 동의하면 상관없어. 별다른 반대가 없으면 결정권은 리더가 갖는다. 단, 멤버들과 충분히 의논하는 게 좋아. 그래야 불만이 쌓이지 않거든."

"네, 맞는 말씀입니다."

"다툼이 벌어지면 나한테 상담하고. 더 있어?"

"아뇨……. 당장은 없습니다."

"무슨 일이 생기거든 식사 때 보고해."

"예."

클라이드가 용건을 마치고 돌아갔다. 리더로서 자질이 있어 보이는 남자였다.

누구보다 먼저 상사에게 자신의 요구를 전달했고, 교섭을 통해 리더 수당을 얻는 데도 성공했다.

숫자 계산에도 능해 보였다. 교육을 받았기 때문일까, 아니면 스킬을 보유하고 있는 것일까.

"알렉, 저 남자는……."

방으로 들어온 리리가 복도를 바라보며 물었다.

"클라이드가 왜?"

"저 사람도 침대로 끌어들였어?"

"끌어들이겠냐, 바보야."

"휴, 다행이다. 나는 또 알렉이 그쪽 취향인가 했지. 푸풉."

"시끄러워. 바로 시작하자."

"에헤헤. 알았어."

나는 아무도 들어오지 못하도록 방문을 잠근 뒤, 리리의 옷을 벗겼다.

"그러고 보니, 리리. 가슴이 조금 부풀지 않았어?"

"응. 조금 커졌어. 누가 마구 주물러서 그래."

"아니. 자주 먹어서 살찐 거겠지."

"그럴지도 몰라. 쪘다기보다는 지금까지 말랐던 거지만."

"네 말이 맞다. 그러면 오늘 밤도 듬뿍 귀여워해 주마."

"후훗♪ 아앙!"

내가 리리의 자그만 몸을 밀어 넘어뜨리자, 리리는 흥분을 주체하지 못하고 웃음을 터트렸다.

다음 날. 식사 도중, 이오네가 노예 파티의 장부를 만드는 게 어떻겠냐고 제안해 왔다.

"어제 아이잭이란 분이 저한테 여쭤보셨거든요. 수익 보고는 누구한테 하면 되냐고 말이죠."

"뭐라고? 내가 아니라 이오네한테?"

그 자식, 설마 내 이오네한테 눈독을 들인 건 아니겠지. 모처럼 내가 리더로 임명시켜 줬거늘.

"네. 알렉 씨의 방 앞까지 갔다가 포기하고 돌아가려 하셨나 봐요. 그러다 저와 마주쳤고요. 다른 의도는 없었을 거예요."

리리와 하는 도중에 찾아왔던 걸까. 방문이 잠겨있어서 눈치를 보고 돌아간 모양이다.

"알겠어. 그러면 만들기로 할까, 장부. 하지만 귀찮은데……."

"제가 관리할 테니까 맡겨주세요. 아버지 도장에서도 장부 관리는 제가 했거든요."

"그래? 지금은 누가 맡고 있는데?"

"프리츠에게 부탁하고 왔으니 잘 하고 있을 거예요."

프리츠라. 귀찮다고 생각하면서도 첫사랑의 부탁을 거절하지 못하고 수락한 게 분명했다. 불쌍하다, 프리츠여.

"바람의 검은고양이 군단은 먹으면서 들어라. 각 리더는 여관에 돌아와서 그날의 수익을 이오네에게 보고할 것. 그리고 3일 일하면 하루는 쉰다. 알겠지."

""오오! 휴일이라니!""

맞은편 테이블에서 식사를 하고 있던 우락부락한 사내들이 환성을 내질렀다.

"클라이드가 한 말이 사실이었네."

"그러게 내가 뭐랬어."

뭐, 쉬는 날이란 좋은 것이다.

"그런데 바람의 검은고양이가 뭐야?"

리리가 내게 물었다.

"벌써 잊어버린 거냐? 이곳의 던전에 처음 들어올 때 병사가 파티명을 지어줬잖아."

"아아, 기억났다. 나는 다른 이름이 좋은데. 하나도 안 강해 보이는걸."

"나도 그렇게 생각하지만, 저 녀석들을 부르려면 이름이 필요하거든."

식별만 가능하면 무슨 이름이든 상관없었다. 남들한테 파티명을 밝히고 다닐 일도 없고.

"푸, 푸풉! 바람의, 검은고양이, 히익, 나 살려, 안 어울리는 이름에도, 정도가 있지!"

눈앞의 소녀가 부들부들 떨면서 웃기 시작했다.

"레티. 너한테 스킬 포인트 선물은 평생 없을 줄 알아."

"에엑! 자, 잠깐만. 지금 건 취소. 미안합니다. 잘못했어요!"

사과에도 진정성이 전혀 없었다.

"앗, 불쌍해라. 그렇잖아도 알렉한테 부탁하려던 참이었는데. 레티도 우리 파티원이나 마찬가지잖아."

세리나가 말했다. 하지만 레티가 내 기분을 풀어주기 전에는 어림없었다. 나를 보고 웃은 벌이다.

애초에 이 녀석은 정식 멤버도 아니거니와, 설령 정식 멤버라도 스킬 포인트를 선물해 줄 의무는 없었다.

내가 고생해서 번 포인트니까.

"좋아. 정비가 끝나면 출발하자."

식사를 마친 나는 울면서 매달리는 레티를 뿌리치고 자리에서 일어났다.

""알았어!""

""알겠어요!""

평소와 다름없는 아침이었다.

……이날, 우리 파티에서 사망자가 나오리라곤 상상조차 하지 못했다.

2권 끝

Now Loading……
3권 제6장 바람의 검은고양이
제4화 3층에서

EXTRA

외전 여자 용사, 세리나가 간다

※이 에피소드는 1권 제1장 '용사 세리나와의 대결' 이후 시간 대를 다루고 있습니다.

프롤로그

"그만둬!"

뒷골목에서 여성의 비명 소리가 들려왔다.

「이 목소리는! 세리나 씨!」

헬프코가 내게만 들리는 목소리로 외쳤다. 헬프코는 내 모험을 도와주는 시스템 도우미로, 굳이 따지면 요정이나 정령에 해당하는 존재에 가까웠다.

"알았어!"

확신이 들었다. [에너미 카운터]를 사용할 것까지도 없었다. 나는 비명이 들려온 방향으로 달려갔다.

하지만 골목으로 들어가자 건물이 가로막고 있었다.

"어? 막다른 길이네?! 왜 하필!"

[오토 매핑]으로 지도를 표시한 뒤, 이번에는 반대 방향으로 돌아 들어갔다. 그러는 와중에도 건물 안에서는 남자의 비명이 들려오는 등 심각한 상황이 이어지고 있었다. 나는 초조함을 느끼며 발걸음을 서둘렀다.

그 건물 앞에 알렉이 있었다.

"헉!"

뒤를 돌아본 알렉이 나를 발견하고는 당황하며 소리쳤다.

"응? 당신, 이 집에서 뭘 하고 있었던 거야?"

나는 알렉을 추궁했다. 도적단이 왕국을 어지럽히고 있다고 들었는데, 혹시 이 남자가?

"잠깐만, 오해하면 곤란해. 앗, 이봐!"

나는 대답을 얼버무리는 알렉을 밀치고 건물 안으로 들어섰다.

"아앗!"

건물 안에는 피를 흘리며 쓰러진 남성과, 옷이 찢어진 채 흐느끼는 여성이 있었다.

설마 이 여성을 덮친 거야……?

나는 화가 치밀어 오르는 것을 느꼈다. 같은 일본인이, 심지어 용사라는 인간이 이런 악행을 벌이다니. 절대로 용서할 수 없어!

"그만둬! 우와앗!"

나는 검을 뽑아 알렉에게 휘둘렀다.

알렉도 검을 뽑아서 방어하려 했지만, 내 공격이 한발 앞섰다.

"아악!"

"이 쓰레기!"

나는 추가타를 가하려 했다. 하지만 이번에는 알렉의 검에 막히고 말았다.

"그러니까 오해라고! 크윽! 사람 말을 들어!"

"듣고 싶지 않아!"

나는 분노에 몸을 맡긴 채 연속 공격을 감행했다. 알렉은 파워도, 스피드도 나보다 아래였다. 이대로 간다면 승리는 예정되어 있지만, 나의 [직감] 스킬에 따르면 알렉은 도망갈 준비를 하고 있었다. 나는 골목의 입구 쪽으로 이동해 알렉의 도주로를 차단했다.

"놓치지 않을 거야."

"우왓! 젠장! 이봐요! 울지만 말고 이 녀석한테 설명을, 윽!"

알렉이 울고 있는 여성에게 말을 걸었다. 이런 상황에서까지 변명을 하려고 하다니. 나도 얕보고 있다는 증거다.

"협박하는 거야? 그럴 순 없을걸!"

나는 검을 휘둘러 알렉의 행동을 견제했다.

"에이잇! 네 동료들은 어디에 있어!"

알렉이 주변을 둘러보며 외쳤다.

"걔, 걔네들이랑은 상관없잖아."

파티가 해산했다는 사실을 알리고 싶지는 않았다. 그렇잖아도 알렉과는 솔로니 동료니 하면서 다퉜기 때문에 괜히 지는 기분이 들었다.

"응? 나는 범인이 아니야. 지금 미나가 병사들을 부르러 갔다. 조금만 기다려."

알렉이 부상당한 왼팔을 억누른 채로 말했다. 꽤 아픈지 얼굴을 찌푸리고 있었다.

"어디서 거짓말을……."

"거짓말이 아니야. 일단 기다려 봐. 도망가지도 숨지도 않을 테니까."

"그럼 처음 봤을 때는 어째서 달아나려고 한 거야?"

"잠깐 물러났을 뿐이야. 저 여성의 알몸을 쳐다보기 미안했거든."

"뭐? 저기요, 이 녀석이 범인이죠?"

하지만 건물 안의 여성은 비탄에 빠졌는지 대답해 주지 않았다.

"이쪽이에요! 앗!"

견인족 소녀인 미나가 병사들을 데리고 다가왔다.

"으."

"머, 멈추세요! 저분은 범인이 아니에요!"

병사도 알렉을 범인이라 판단하고 공격하려 했지만, 미나가 그를 말렸다.

뭐? 범인이 아니라고?

제1화

교섭

"미안해."

나는 알렉에게 머리를 숙였다. 이곳은 알렉이 묵고 있는 여관 방이었다.

상황이 정리된 후, 나는 미나에게 자세한 상황을 전해 들었다. 그 건물의 여성을 덮치고, 남성을 살해한 것은 알렉이 아니라 다른 도적이라는 모양이었다.

즉, 전부 내 착각이었다. 알렉은 범인이 아니었다.

알렉의 팔은 내가 가지고 있던 포션으로 회복되었지만, 이 정도로 수습될 문제가 아니었다.

"후우. 미안하다는 말로 끝나면 경찰이나 재판소가 필요하진 않겠지. 상해죄에 살인 미수라고."

팔짱을 끼고 침대에 앉아있던 알렉이 지긋지긋하다는 얼굴로 말했다.

"그, 그건 당신이……."

"네가 멋대로 착각한 게 내 잘못이라고?"

"아뇨. 제 잘못입니다……."

"그렇지. 물론 그 자리에서 나를 범인으로 의심하는 건 이상한 일이 아니야. 추궁을 하든, 여성을 보호하기 위해 애쓰든 행동을 해야겠지. 하지만 먼저 상황부터 확인하는 게 정상 아닌가?"

"윽……."

"내 말이 틀려? 너는 용의자로 보이는 사람을 발견하면 경찰에 신고도 하지 않고 다짜고짜 날붙이를 휘두르는 게 맞다고 생각해?"

알렉이 내게 물었다. 다만, 이 세계에서 자기 몸은 스스로 지켜야 한다. 그러니 과잉 대응은 불가피하다는 생각이 들었다. 하지만 어쨌든 내 확인이 부족했던 것이 사실이고, 무엇보다 알렉에게는 잘못이 없었다.

"일본이라면 당신 말이 맞지만……."

"그래. 이 세계의 법도로 따지자 이거지. 미나, 여기서는 이런 경우에 보통 어떻게 하지? 나는 살해당할 뻔했는데."

"영주님께 호소를 하셔도 되고, 모험가 길드에 진정서를 내서 처벌을 요구할 수도 있을 거예요. 하지만 눈에는 눈, 이에는 이. 그냥 단칼에 베어버리시죠. 저한테 명령만 내려주세요."

미나도 주인인 알렉이 부상을 입어서 상당히 화가 난 눈치였다.

단칼에 베어버리라니. 살짝 충격이다.

나는 고개를 푹 숙이고 바닥을 쳐다보았다.

"목숨까지 뺏지는 않을게. 나는 이유도 없이 사람을 죽이는 야만인이 아니거든."

"큭."

"하지만 병사들은 이 이야기를 듣고 어떻게 하려나. 아마 감옥에 들어가겠지?"

"어?"

감옥이라니……. 나는 불안해졌다.

"어떻게 할까 고민되네."

"알았어. 사과의 표시로 가진 돈을 전부……."

"와, 들었어, 미나? 이 녀석, 돈으로 해결할 생각인가 봐."

"양심이 없네요. 목숨을 노린 주제에."

"으윽."

반박할 수가 없었다.

"……어떻게 해야 용서해 줄 건데?"

나는 알렉에게 물었다.

"어디 보자. 그러면 네 몸으로 때워 주실까."

그 한마디에 등골이 서늘해졌다. 여자인 나더러 몸으로 때우라는 말인즉…….

"어? 몸으로 때우라니……. 큭, 내가 파티에 들어가는 걸로 대신할 수는……."

"그래, 좋아. 어째서인지는 모르지만 너는 지금 혼자인 것 같으니까. 내 파티에 넣어주도록 하지. 단, 리더는 나다."

"으, 으윽. 그건 좀……."

이 남자가 파티에 합류하는 정도로 용서해 줄 거라는 생각은 들지 않았다.

"뭐, 강요할 생각은 없어. 하지만 시라이시. 너 혹시 나를 착한 사람으로 착각하는 건 아니겠지? 파티에 들어가면 조금 부려먹히다 말겠지, 같은 속 편한 생각이라면 접어둬."

"나도 그럴 가능성은 적다고 생각하지만……."

"정답이야. 난 하마터면 죽을 뻔했어. 웬만한 성의로는 용서하지 않을 거야."

"그래서 어떻게 하라는 건데……."

"섹스다. 한 번만 범하게 해줘. 그걸로 봐줄게."

터무니없는 말을 꺼내는 알렉. 나는 전율을 금치 못했다.

"뭐, 뭐어? 웃기지 마! 어째서 내가 그런 짓을 당해야 되는데! 사과하는 건 당연하지만 그렇게까지 할 이유는 없어."

"난 충분히 있다고 보는데. 뭐, 살인 미수로 잡혀가고 싶으면 마음대로 하고."

"으……."

나는 이 세계의 규칙이나 법률에 대해서 별로 아는 게 없었다. 살인미수로 신고당하면 무슨 처벌을 받게 될까. 양손에 수갑을 차고서 알몸으로 채찍질을 당하는 건 아닐까? 어쩌면 병사들에게 돌아가면서 범해질지도 몰랐다. 울고불며 외치는 자신의 모습이 머릿속을 스치고 지나갔다. 나는 무심코 몸을 떨었다.

「아무리 그래도 세리나 씨의 상상만큼 심하지는 않을 거예요. 국가에 따라서는 차이는 있겠지만요. 아, 변호사는 기대하기 힘들걸요.」

헬프코도 무책임한 소리나 하고 있었다.

"미나, 살인 미수는 이 나라의 법률로 얼마나 무거운 죄지?"

"중죄예요. 평민이라면 채찍질을 당하거나 감옥에 들어가죠. 전과가 있으면 사형에 처해지기도 해요."

"호오."

"뭐……?"

"들었잖아. 관대하게 섹스 정도로 봐주겠다는 거야."

"잠깐만. 아무리 그래도, 으으, 섹스라니. 지나치잖아."

도저히 납득하기 힘든 거래였기에 내가 말했다.

"그래? 그러면 내가 납득할 만한 합의안을 제시할 수 있겠어?"

내가 알렉을 다치게 한 건 사실이다. 이건 범죄라고 인정하는 수밖에 없었다. 문제는 이걸 어떻게 사과받느냐인데……. 알렉이 납득할 만한 조건을 생각해 내야 했다.

"끄응……. 그러면 파티에 들어가서 며칠간 무보수로 일할게. 단, 성적인 행위나 범죄 행위에는 가담하지 않겠어."

"들었어, 미나? 마치 나를 범죄자 취급하듯이 말하고 있어, 이 녀석."

"반성이 부족하네요. 주인님은 훌륭한 분이세요."

훌륭해? 이 남자의 어디가 훌륭하다는 건지 도무지 이해할 수가 없었다.

"뭐어? 미나, 혹시 쟤한테 속고 있는 거 아냐?"

"속지 않았어요!"

"속인 적 없어. 무례한 녀석이네. 명예훼손감이야."

"으, 미안합니다……."

"네 제안이 얼마나 뻔뻔한지 모르나 본데. 시라이시, 너는 자기를 습격한 남자가 실실 웃으면서 친구가 되자고 다가오면 수락할 거냐?"

"누가 실실 웃었다고 그래……요."

알렉의 말대로였다. 동료가 되면 용서받을 수 있다고 여기는 건 이기적인 생각이다.

"알아들었으면 내가 수락할 가치가 있는 보상을 해줘."

"물론 노력은 할 거야. 하지만 성행위를 요구하는 건 범죄잖아."

"범죄를 저지를 땐 언제고 정작 자신이 불리해지니까 도덕과 법률을 방패로 삼는거 봐. 상종 못 할 녀석이군."

"상종 못 할 녀석이네요."

미나는 그렇게 말하며 적극적으로 알렉을 옹호했다.

"으윽…… 정말로 미안해. 하지만 나쁜 뜻이 있었던 건……."

"참 나. 나쁜 뜻이 없으면 다 용서받는 건가? 만약 내가 그때 방어에 실패했더라면 돌이킬 수 없는 일이 벌어졌을걸?"

"그, 그건 그렇지만 죽일 생각까지는……."

"뭐, 됐어. 나도 너를 죽일 생각은 없어. 같은 일본인이니까. 살인 미수로 고소하는 것도 관두겠어."

"……고마워."

"단, 살해당할 뻔한 공포와 나를 모욕한 대가는 제대로 받아낼 생각이야. 나도 성인군자가 아니라서 이대로는 분이 안 풀려. 섹스가 안 된다면 알몸 정도는 보여줘야겠어."

"왜 자꾸 그런 방향으로……."

내가 알몸을 보여줘야 한다니. 상상하는 것만으로도 가슴속 깊은 곳에서 수치심이 밀려 올라왔다.

"네가 싫어하는 짓이니까. 말해두지만 나한테는 미나가 있어. 너보다 훨씬 야한 몸을 가지고 있지."

알렉이 당당하게 말했다. 미나도 자랑스럽다는 듯이 가슴을 폈다. 그 말인즉…….

"뭐? 설마 노예한테 손을 댄 거야?"

"합의하의 관계다. 그렇지, 미나?"

"네. 그게 제 역할인걸요."

알렉은 자신의 입장을 이용해서 노예에게 성행위를 명령한 모양이었다. 지독한 남자다.

나는 분노를 느끼며 알렉을 노려보았다. 하지만 알렉은 잘못한 기색도 없이 말했다.

"나는 이 세계의 룰을 지켰을 뿐이야. 시라이시, 네 말대로 일본의 법대로 일을 해결한다면, 원래 세계로 돌아가서 살인 미수로 재판을 받아야겠지? 하지만 경찰은 아무런 증거도 확보할 수 없을 거야. 피해자인 나한테는 지극히 불리한 상황이지. 안 그래?"

"그건 그렇지만……. 잠깐, 결국 나한테는 유리한 상황이란 거잖아."

"그럴지도 모르지. 하지만 어찌 됐든 현재로서는 불가능한 이야기야. 너 설마, 원래 세계로 돌아갈 때까지 사건을 보류해 달라고 부탁하려는 건 아니겠지?"

"뭐…… 가능하다면 그러고는 싶지. 하지만 네가 납득하지 않을 거잖아?"

"물론이야. 나도 질질 끌기는 싫거든. 빨리 해결하고 쉬고 싶어. 오늘 중으로."

"그건 너무 빠르지 않아?"

"그래서 불만이라도?"

"아뇨, 없습니다……."

"그러니 오늘 중으로 해결할 방법을 찾아보자는 거야. 섹스는 절대로 싫다 이거지?"

"당연하지. 그러니까 그건 범죄…… 으으."

"맞아. 범죄지. 살인 미수와 성관계 강요 중에서 뭐가 더 중범죄인지는 생각해 볼 문제겠지만……. 뭐, 범죄자는 자신의 죄보다 타인의 죄를 과장해서 말하는 법이니까."

"크윽."

"나도 피도 눈물도 없는 인간은 아니야. 조금 타협해 주지. 섹스는 하지 않을 테니까, 대신에 네 몸을 마음대로 만지게 해줘."

알렉이 내 몸을 만진다니. 나는 내 몸을 집요하게 더듬는 알렉의 손길을 상상하고는 혐오감인지 기대감인지 모를 감정에 엄습당했다.

"뭐? 그게 그거잖아."

나는 그렇게 말하면서도 얼굴이 후끈거리는 것을 느꼈다. 집요하고 끈질기게 나를 구워삶으려 드는 중년의 남성. 심지어 알렉은 내 몸에 흥미가 있는 모양이었다.

"아니. 삽입이 없잖아. 제일 중요한 부분을 양보해 주겠다는 거야. 네가 저항하지 않더라도 말야. 누구는 저항하지 않았다면 그대로 살해당하고 말았겠지만."

이걸로 용서받을 수 있다면…… 아니, 그래도 안 돼. 여자의 몸을 목적으로 하는 요구는 절대로 들어주면 안 된다.

「세리나 씨, 절대로 제안을 수락하시면 안 돼요. 당신한테는 [쾌락의 절정☆] 스킬이 있으니까요. 본인의 몸이 얼마나 민감한

지는 자위를 해봐서 알고 계시죠? 남자의 손길을 허락하면 정말로 어떻게 될지 몰라요. 이 남자가 도중에 그만둬 준다는 보장도 없고요!」

그랬다. 하지만 만약 알렉이 내 몸을 만지면 어떻게 될까. 나는 궁금증을 억누를 수가 없었다. 남자의 손은 어떤 느낌일까…….

"으……. 그러면 키스는 하지 않을 것. 시간은 1시간. 너는 알몸이 되지 않을 것. 깨물거나 때리지 않을 것. 나도 알몸이 되지 않을 것……."

"잠깐, 잠깐. 조건이 너무 많잖아. 그리고 네가 알몸이 되는 건 기정사실이야. 이 정도는 감수해 줘야겠어."

"큭, 알았어."

결국 타협해 버렸다!

「세, 세리나 씨……?」

제2화
거래

"좋아. 그러면 네 조건대로 하지. 단, 도중에 나를 습격할 생각은 마. 만약 나를 공격하면 즉각 사살하라고 미나한테 말해둘 테니까. 알겠지?"

알렉이 말했다.

"약속할게. 대신 당신도 약속해. 내 처녀를 빼앗지 않겠다고."

"응? 너 처녀였어?"

"윽. 마, 맞아……."

쓸데없는 말을 해버리고 말았다. 실수다.

"뭐야. 처녀 딱지는 중학교 때 떼버린 줄 알았는데. 세리나라는 이름부터 절조가 없잖아."

"뭐?! 이, 이름이랑 무슨 상관이야!"

어째서 이름을 걸고 넘어지는 거람.

"그런가? 엘빈이나 케이지도 이름으로 막 부르던데."

"파티 동료니까 그렇지. 게다가 두 사람이 먼저 이름으로 부르라고 했는걸."

"크큭, 그러면 나도 이름으로 부르겠어. 괜찮겠지, 세리나?"

"그건 안 돼."

"어째서?"

"왠지 징그러워……."

이름으로 부르면 꼭 사귀는 사이 같잖아. 그나저나 이상했다.

케이지나 엘빈에게는 이름으로 불려도 별로 저항감이 없었는데. 이 부끄러움이 무엇을 뜻하는지는 나도 잘 모르겠다.

「어라라? 그건 혹시…….」

"흥. 그래도 한 시간 동안은 이름으로 부르겠어. 이참에 연인 흉내라도 내볼까?"

"연인?! 우, 웃기지 마!"

얼굴이 확 달아오르는 기분이었다.

"내가 봐도 무리기는 하네. 이 부분은 적당히 타협하기로 할까."

"엄청나게 어려운 조건을 내걸고서 양보해 준다는 듯이 말하는 거 그만둬."

"애초부터 네가 나를 베어 죽이려 들지만 않았으면 나도 이렇게 귀찮은 짓을 하지는 않았겠지. 이 세계에 경찰이 없는 걸 다행으로 알아."

"윽……."

그 부분을 지적받으면 할 말이 없었다.

"아무래도 대충 합의점에 도달한 것 같군. 네가 굳이 처녀라고 주장한다면 존중은 해주겠어. 처녀막에는 손대지 않을게."

설마 비처녀로 여겨질 줄은 몰랐다. 그렇게 내가 노는 애처럼 보이는 건가?

"진짜래도! 내가 뭐가 아쉬워서 거짓말을……."

"글쎄? 처녀인 척해서 동정심을 사려는 교활한 계획일지도 모르잖아. 나한테는 네 본심이 보이지 않으니까 무턱대고 믿기는 힘들어."

"그렇겠지. 후우……."

"그러면 슬슬 시작한다."

"어, 어어? 지금 바로?"

"당연하지. 너도 후딱 끝내고 돌아가고 싶잖아."

"그건 그렇지만……. 으으, 어디서부터 잘못된 거람……."

"나를 눈엣가시로 봤을 때부터야."

"딱히 그런 적은…… 끄응."

부정할 수가 없었다.

"얼른 벗어. 뭣하면 내가 벗겨줄까?"

"윽. 내가 벗겠어."

벌써부터 알렉의 손길을 허락하기에는 너무 부끄러웠다. 그래서 나는 스스로 갑옷과 옷을 벗기 시작했다. 그사이에 알렉은 방문을 잠그고 돌아왔다. 드디어 시작인가. 긴장감과 중압감이 방안을 가득 메웠다.

"이, 있잖아. 정말로 전부 벗어야 돼?"

"물론이야. 여태껏 너나 나나 전라를 전제로 이야기했을 텐데."

"그렇긴 하지만……."

"살인 미수! 벗어라! 벗어라!"

내가 벗기를 망설이자 알렉이 박자에 맞춰 외쳤다. 그러자 어느새 미나도 알렉의 구호를 따라하기 시작했다. 너무 싫다.

"'벗어라! 벗어라!'"

"그, 그만들 해! 유치하게."

"그러면 발가벗지 않아도 좋으니까 다음에 한 시간 더 만지게 해줄래?"

"싫어."

어차피 만지는 건 마찬가지다. 그렇다면 시간이 짧은 편이 차라리 안전했다.

"그렇군."

"당연하지. 맨날 짓궂은 요구나 하고…… . 일부러 날 괴롭히려는 건가…… ."

"됐으니까 얼른 벗기나 해. 벗는 시간은 카운트하지 않을 거다."

"시간은 어떻게 재려고?"

"그렇군. 따로 스킬이 존재할 거야. [시계] 스킬을 배워봐."

알렉이 말했다. 필요한 포인트는 1포인트였다.

[시계 LV1] New!

"배웠어."

"좋아. 그러면 네가 다 벗은 시점부터 한 시간이다."

"알았어. 4시 25분까지네."

"그래. 가리지 말고."

"어, 어어? 큭, 알았어."

나는 각오를 다지고 가슴을 가리고 있던 손을 치웠다.

"으으…… ."

알렉과 미나가 내 몸을 빤히 쳐다보고 있었다. 윽…… 부끄러워서 당장이라도 도망치고 싶었다.

"좋아. 지금부터 네 빈약한 몸을 가지고 놀 거니까 침대로 와서 앉아."

"뭐? 딱히 빈약하지는…….."

빈약하다는 말을 들은 건 처음이다. 충격이다. 투덜거리며 침대에 걸터앉자 내 가슴이 출렁거렸다. 반에서도 큰 편에 속하는 가슴이라구.

"그러면 만진다."

"아프지 않게 해."

"안심해. 나한테 그쪽 취향은 없거든."

"흥. ……큭, 으읗!"

의외로 가슴을 만지는 알렉의 손길은 부드러웠다. 하지만 그러거나 말거나 내 입에서는 이상한 소리가 새어나왔다.

"호오."

"뭐, 뭐가."

"아냐. 그냥 민감하다고 생각했을 뿐이야. 나쁘지 않아."

"윽. 일일이 감상을 늘어놓지 마."

내가 [쾌락의 절정☆] 스킬을 보유하고 있다는 사실을 들키지 않았으면 좋으련만. 굳이 그런 이유가 아니더라도 감상을 들으면 부끄러운 게 당연했다.

"싫어. 그건 약속한 조건에 없으니까 내 마음이야. 너도 어느 정도는 자유롭게 말해도 좋아. 단, 이건 나에 대한 사죄 행위라는 걸 명심해."

"그건 맞지만 딱히 원해서 하는 건 아니야."

"그래. 하여튼 원래 목적을 잊지는 마."

"네가 이상한 짓만 하지 않으면 그럴 생각이야."

"그럼 다행이고. 설마 깨물거나 하지는 않겠지?"

"네가 물지 않는다면."

"안 물어."

알렉이 다시 가슴을 만지기 시작했다. 힘줄이 불거진 남자의 손이 나의 가슴을 감싸듯이 어루만졌다.

"으응, 앗, 끄윽! 어, 어째서……."

나는 충격을 받았다. 어째서 이렇게 기분 좋은 거지? 스스로 가슴을 만질 때와는 느낌이 전혀 달랐다.

"왜 그래?"

"만진 부위가…… 아, 아무것도 아냐."

"뭐, 스스로 주물러대는 것보다는 훨씬 기분 좋잖아?"

"나, 나는 자위 같은 거 안 해!"

무심코 큰 소리로 외치며 부정해 버렸다. 설마 이 인간, 내가 자위하는 모습을 훔쳐본 건 아니겠지? 만약 그랬다면 부끄러워서 죽을 거야…….

"흐음? 딱히 자위를 했다고 말한 적은 없는데. 하지만 거짓말은 못써, 세리나."

알렉은 내 거짓말을 꿰뚫어 본 모양이었다. 가슴에서 느껴지는 강렬한 쾌락과 수치심은 나를 표현하기 힘든 흥분과 당혹감 속으로 몰아넣었다.

"으으……. 앗, 아앙, 잠깐만! 잠깐만 기다려 줘!"

"이번엔 또 왜?"

알렉이 몹시 불쾌한 목소리로 말했다.

"이, 이런 건 처음이라⋯⋯. 펴, 평범하게 만지면 안 될까⋯⋯."

"안 돼. 만지는 방식에 관해서는 교섭할 생각 없어. 네 몸을 다치게 하지는 않아. 이건 검에 베여서 죽을 뻔했던 나의 최대한의 양보야. 그 사실을 잊지 마."

"아, 알고 있어⋯⋯. 그래. 칼에 베이는 것보다는 훨씬 낫겠⋯⋯ 흐윽!"

나는 필사적으로 참았다. 알렉의 손가락이 움직일 때마다 새로운 쾌락이 피부를 타고 질주했다.

"잘 아네. 뭐, 음란한 몸을 가진 어느 분께서는 만지는 쪽이 더 괴로울지도 모르지만."

"누, 누구 몸이 음란하다는 거야, 크윽! 음란한 건 네 손놀림이야."

"그럴지도 모르지. 그런데 너, 민감하긴 민감하구나."

"무슨, 큭⋯⋯. 앗, 아앙!"

알렉의 손길이 닿을 때마다 내 몸은 자신의 의지와 무관하게 반응해 버렸다. 도저히 참지 못하겠다는 생각이 들기 시작했을 즈음, 알렉이 잠깐의 휴식 시간을 주었다. 이미 알렉은 손을 뗀 상태건만 내 가슴에는 아직도 저릿저릿한 감각이 남아있었다. 옆에서는 미나가 숨을 집어삼킨 채 흥미진진한 얼굴로 내 모습을 쳐다보고 있었다.

"하아, 하아. 이 정도일 줄은⋯⋯."

"어쩔 수 없지. 중간중간 쉬는 시간을 줄게. 대신에 그만큼 늦게 끝나겠지만. 시간은 네가 재도 좋아."

"어? 내가 알아서 시간을 더하라는 거야?"

"그래. 일일이 재는 것도 귀찮으니까. 너도 납득하기 쉬울 테고."

"용서받고 싶으면 한 시간 더 연장하라고 강요한다거나……. 그런 식으로 악용하지 않겠다고 약속해 줘."

"알겠어. 들었지, 미나."

"네. 저희 주인님은 그런 비겁한 수법을 사용할 분이 아니세요."

"후우. 그러면 얼른 끝내줘."

얼른 끝내지 않으면 내 쪽에서 천박하게 애원해 버릴 것만 같았다. 아니, 그때까지 이성이 남아있을지도 의문이었다.

"그래. 1시간이 지나려면 한참 남았지만."

"큭. 앗, 으응, 응, 아앗, 그렇게 만지면, 흐윽!"

이번에는 알렉이 이상한 방식으로 내 몸을 만져대기 시작했다. 그런데 어째서인지 점점 기분이 좋아지기 시작했다. 설마, 나의 민감한 포인트를 파악한 건가……?

"잠깐! 스, 스톱!"

"또야? 어쩔 수 없군."

"이런 식으로 만지면 내 몸이 버티질 못해……."

쾌감에 노출된 가슴은 이미 한계였다.

"난 가급적이면 오늘 안으로 끝내고 싶은데."

"아, 알았대도. 큭…… 이제 괜찮아."

한숨을 돌리고 나서 내가 말했다.

"좋아."

그러자 알렉은 젖꼭지를 붙잡고 만지작거리기 시작했다.

"꺄악! 아아앗! 히익! 자, 잠깐만!"

나는 참지 못하고 비명을 내질렀다.

"또야?"

"하, 하지만 지금, 젖꼭지를……."

"네 몸의 어디를 만지겠다고 정한 적은 없잖아. 다음에 한 시간 더 어울려 준다면 젖꼭지를 만지지 않고 넘어가 줄 수는 있어."

"그러면 그렇게 해줘."

"응?"

"50분 동안 버틸 자신이 없어."

"그래? 그럼 다음에도 잘 부탁해. 잊었다느니, 두 번은 싫다느니 하면서 떼먹지 않기다."

"알았다니까."

"그러면 저쪽에 네발로 서봐."

알렉이 나지막이 말했다.

"윽. 서, 설마."

처녀를 빼앗을 생각인가?!

"허둥대지 마. 삽입은 안 할 거니까. 만지기만 할게."

"아, 알았어."

나는 알렉의 말대로 네발 자세를 취했다.

"엉덩이를 더 들어."

"으윽."

"좀 더."

"이제 됐잖아."

"어쩔 수 없지. 그럼 만진다."

"큭, 앗, 히익! 설마 여기도?!"

알렉이 만질 때마다 엉덩이가 들려 올라갈 정도의 쾌감이 엄습해 왔다.

"호오? 엉덩이도 민감한 모양이네."

"저, 전혀, 아앙, 기분 좋지, 히윽, 않거든! 민감하기는 누가, 아아앗!"

말은 그렇게 했지만, 내가 느끼고 있다는 것은 누가 보더라도 명백한 사실이었다.

알렉은 내 허벅지와 배를 마음대로 어루만졌다. 하지만 정작 중요한 부분은 만지지 않았다. 그 점이 오히려 견디기 힘들었다.

"하아, 하아, 하아……."

"이제 천장을 보고 드러누워 봐. 얼른."

"기, 기다려……. 몸이 말을 안 들어."

"너는 내가 기다려달라고 부탁했을 때 기다려주지 않았잖아. 자, 빨리."

"꺄악!"

알렉이 나를 억지로 드러눕혔다.

"크윽."

이대로는 범해져도 저항하지 못할 것이다. 애초에 몸에 힘이 들어가질 않았다.

"이번엔 여기야."

"잠깐…… 으으. 마음대로 해."

"좋아. 언제까지 버티는지 보자고. 여기가 가장 느끼기 쉬운 부위야."

"거기는, 으앗, 앗, 흭! 아아앙!"

알렉이 내 균열을 손가락으로 슥 문질렀다. 나는 뭍에 올라온 물고기처럼 몸을 비틀었다.

"봐, 이렇게나 젖었어."

알렉이 끈적거리는 손가락을 내게 보여주었다. 내 애액이 저기에……. 부끄러워!

"보, 보여주지 마. 이건, 그러니까, 오해야."

"뭐가 오해인데? 아니다, 굳이 캐묻진 않을게. 이제 40분 정도 남았으려나."

"어? 아직도 그렇게나……."

나는 경악했다. 느낌상으로는 벌써 몇 시간은 흘렀는데…….

"약속은 약속이잖아. 평생 내 노예가 되겠다고 맹세하면 이쯤에서 용서해 줄 수도 있어."

"됐네요! 누가 넘어갈 줄 알고? 어차피 노예로 만든 다음에 범할 거면서."

"잘 아네."

"큭, 바보 취급이나 하고…… 앗, 멈춰!"

"응? 또 휴식 시간을 가지려고? 너무 기다리기만 하면 지루한데."

"약속했잖아……. 하아, 하아……. 이, 이제 됐어."

"오케이."

"으앗! 자, 잠깐!"

"이보셔. 그런 식으로 아예 만지지도 못하게 할 작정이야?"

"그건 아니지만, 윽, 하아, 하아…… 버겁단 말야……."

현재 내 몸은 슬쩍 만지는 것만으로도 가버릴 만큼 달아오른 상태였다. 더는 무리였다.

"그러면 한 가지 제안을 할게. 10분 정도 단축시켜 줄 테니까, 휴식 시간 없이 참아봐."

"어? 참으면 10분을 깎아주겠다는 거야?"

"그래."

"으으. 그러면 1분, 아니, 30초만."

"근성이 부족한 녀석이네. 좋아, 그렇게 하자."

"큭. 그것도 힘들단 말야……."

"우는 소리는 나중에 하고. 30초 동안은 휴식하지 않기다. 참아내면 남은 시간을 10분 차감해 주겠어."

"알았어."

알렉이 내 몸을 만지기 시작했다.

"으앗! 자, 잠깐만, 아앗! 안 돼! 끄윽, 더, 더는, 아, 아아앗! 히극!"

내 몸이 크게 경련하더니 눈앞이 새하얗게 물들었다.

"일어나."

누군가가 내 몸을 거칠게 흔들었다.

"음…… 핫! 바, 방금 뭐였지?"

"안심해. 네가 기분 좋아서 멋대로 가버렸을 뿐이니까. 기절한

동안에는 아무 짓도 안 했어."

"저, 정말로?"

"넣었다면 네가 이물감을 느꼈겠지."

"온몸이 저려서 잘······. 윽, 아무것도 아냐."

"뭐, 됐어. 오늘은 이쯤에서 용서해 줄게. 원래는 아직 30분이나 남아있지만······."

"아, 알았어. 다음에 다시 하자."

"그래. 내일 여기로 와."

"어? 내일?"

"무슨 용무라도 있어?"

"그건 아니지만······. 좀 더 나중으로 미뤄줬으면 좋겠어."

"이유는?"

"으······."

"왕도에서 달아나기라도 하려고?"

"그런 생각은 안 했어."

"그러면 됐네. 볼일 다 끝났으니 옷 입고 나가."

"아, 알았다고. 윽, 몸이······."

"귀찮게 하기는. 미나, 옷을 입혀서 내쫓아 버려."

"네."

"앗! 잠깐만!"

"재수 없으면 지나가던 불량배한테 걸려서 몹쓸 꼴을 당할지도 모르겠네."

"그, 그만둬!"

무서웠다. 모르는 사람한테 처녀를 빼앗길지도 모른다니. 최악이다.

내게 옷을 입힌 미나는 여관의 식당으로 데려가 의자에 앉혀 주었다.

"여기라면 사람을 기다리는 걸로 보일 테니 괜찮을 거예요."

"고, 고마워."

나는 다시 움직일 수 있게 될 때까지 몸을 움찔거리며 기다려야만 했다.

제3화
빼앗긴 처녀

절대로 알렉이 머무는 여관으로 돌아가선 안 된다.

그곳에 가면 나는 틀림없이 그 남자의 여자가 되어버릴 것이다.

만약 이 이상의 쾌락이 새겨져 버린다면…….

"으윽."

그날의 쾌락을 상상하는 것만으로도 몸이 부들부들 떨렸다. 가버릴 것만 같았다.

어쨌든 지금 바로 버니어 왕국을 떠나야 했다.

알렉은 화가 나서 나를 찾겠지만, 다른 나라까지 도망가면 간단히 찾아내지는 못할 것이다. 알렉이 왕성에 신고해도 다른 나라까지 지명수배가 효력을 갖지는 못할 것이다.

그래, 정했다.

도망치자. 도망쳐 버리자.

하지만 잠시 후. 나는 알렉의 여관 앞에 서 있었다.

어째서……? 아니, 이유는 알고 있었다. 그날의 흥분이 잊혀지지 않기 때문이다.

불가항력이었다. 그렇게 거칠게 가슴을 주물러댔는걸. 남자의 손으로…….

나는 가슴으로 올라가려는 자신의 손을 황급히 원래의 위치로 되돌렸다.

이런 곳에서 자위라도 했다가는 지나가던 행인에게 범해질지도 몰랐다.

알지도 못하는 상대한테.

그것만큼은 나도 싫었다.

"호오, 놀랐어. 약속을 지킬 줄이야. 범죄자 주제에."

등골을 흠칫하게 만드는 목소리가 들려왔다. 알렉과 미나가 여관으로 돌아온 모양이다.

"큭, 뭐라고 말하든 상관없어. 오늘로 끝내줘."

나는 얼굴의 홍조를, 아니, 환희의 표정을 들키지 않기 위해서 알렉에게서 고개를 돌렸다.

"그럴 생각이야. 하지만 억울한 사람처럼 굴지는 마."

"잘도 말하네. 그런 짓까지 해놓고……."

온몸을 더듬던 알렉의 손길이 떠올라 버린 나는 몸을 부르르 떨었다. 이건 공포일까, 아니면 기대감일까.

"주인님을 해칠 생각이라면 제가 상대해 드릴게요."

미나가 앞으로 한 걸음 나오며 말했다.

"후. 딱히 무슨 짓을 하겠다는 건 아니니까 안심해. 단지 크게 실망했을 뿐이야."

내가 고개를 돌리며 말했다.

그랬다. 알렉에게는 미나가 있다. 나 같은 건 없어도 상관없는 존재인 것이다. 그 사실이 마음을 욱신거리게 했다.

"흥. 이 세계로 넘어오자마자 주먹을 날린 범죄자가 뚫린 입이라고."

"크윽."

알렉은 그날 일을 마음에 담아두고 있었던 모양이다. 하지만 이미 사과하기에는 늦었다. 완전히 미운털이 박혀버리고 말았다. 후우……. 자업자득인가.

방으로 들어간 나는 알렉에게 등을 돌린 채로 옷을 벗었다.

"이리 와."

"아앗!"

알렉이 나를 침대에 밀어 넘어트렸다. 그리고 가슴을 만지기 시작했다.

"응, 앗, 하앗!"

저절로 음란한 목소리가 흘러나왔다. 나는 황급히 자신의 입을 틀어막았다.

"지금부터는 어제 못 채운 시간을 사용하겠어. 시간 계산은 네가 알아서 해."

알렉이 말했다. 처음부터 그럴 생각이었다. 남은 시간은 30분 정도.

"아, 알고 있어, 응, 아앙!"

알렉이라는 남자가 나의 몸을 마음대로 더듬고 있다.

그 사실을 인식하자 쾌락과 함께 전율이 찾아왔다.

이 상태로 이 남자를 방치하면 나는 어떻게 되는 걸까.

이런, 머리가 이상해진 모양이다. 알렉의 손길은 굉장히 기분 좋았다. 계속 이대로 알렉의 애무를 받고 싶을 정도다.

지금 나는 어떤 얼굴을 하고 있을까. 문득 궁금해진 나는 [거울 시야] 스킬을 사용했다.

"……!"

그러자 혀를 늘어트리고 기쁨에 몸서리치는 한 마리의 암컷이 보였다.

뭐야, 이건.

저게 나라고?

싫어!

인정하고 싶지 않아.

그곳에는 내가 모르는 시라이시 세리나가 있었다.

"하아, 하아, 아앗! 끄윽!"

알렉의 손가락이 유방을 주무를 때마다 내 몸은 쾌락을 견디지 못하고 공중으로 튀어 올랐다.

"아앙!"

나는 어느새 소리를 억누르는 것도, 입을 틀어막는 것도 잊어 버리고 말았다.

어쩔 수 없었다. 기분이 너무 좋은걸. 참을 수 없을 정도로.

뜨겁게 달아오른 내 몸이 그러기를 원하고 있었다.

"이제 충분해. 넣어주마."

알렉의 목소리가 들렸다. 뭘를? 그렇게 생각한 순간, 무언가가 뒤쪽에서 내 뱃속으로 파고들어 왔다.

굵고 단단한 막대기. 이건 알렉의……!

"앗! 잠깐! 이야기가 다르잖아!"

내가 당황하며 말했다.

"영차."

하지만 알렉은 듣는 척도 하지 않고 내 뱃속을 거칠게 휘저어 댔다. 그때마다 거대한 쾌락이 파도처럼 내 몸을 엄습해 왔다. 눈앞에서 불꽃이 튈 정도로 무시무시한 쾌락. 미지의 쾌락.

"움직이지 말라고 했잖, 하윽!"

"미안. 내가 착각했나 보네."

알렉이 움직일 때마다 내 몸이 튀어오르며 움찔움찔 경련했다. 뭐야, 이거! 굉장해!

좁은 구멍을 비집고 들어온 물건이 배 속 깊숙한 곳을 쿡쿡 들쑤셨고, 그 진동만으로도 금세 가버릴 것만 같았다.

"윽, 그러니까, 아앙, 움지, 움직이지 말래도! 나중에 죽을 줄 알아, 아앗!"

이제 말투 같은 건 아무래도 좋았다. 처음에는 더 찔러달라고 말하려 했지만, 이 남자에게 굴복하는 것이 분한 나머지 마음에도 없는 소리를 하고 말았다.

"아이고 무서워라. 하지만 봐봐. 내가 움직이는 게 아니라 스스로 움직이고 있잖아?"

"그, 그럴 리가, 아앙, 잠깐, 어째서, 저절로!"

알렉의 말대로 나는 허리를 흔들고 있었다. 스스로 움직이고 있었다. 하지만 기분 좋은걸!

눈앞이 깜빡거리고, 머릿속이 어지러웠다. 내 몸에서는 생식기가 마찰하면서 나는 질척하고 음란한 소리가 끊임없이 들려왔다.

"그러면 슬슬 쌀게."

알렉이 지나가는 듯한 말투로 말했다. 하지만 나는 무서웠다.

임신?

아직 학생인데?

심지어 상대는 사귀는 사람도 아니었다.

사랑이 없는 섹스.

언젠가 상상해 본 적이 있었다. 크리스마스 이브, 호텔의 침대에서 사랑하는 사람과 관계를 나누는 내 모습을……. 하지만 전혀 달랐다. 이 관계가 끝나면 알렉은 나를 버릴 것이다.

"뭐?! 아, 안 돼, 그건 안 돼! 아아앗!"

그것은 엄청난 비극이었다. 나는 이미 알렉의 몸 없이는 살아갈 수 없었다.

이런 쾌감을 연속으로 경험해 놓고 평범한 일상으로 돌아가기란 무리였다.

"간다. 잔뜩 쏟아부어 주지."

알렉이 그렇게 말한 직후, 내 뱃속에 뜨거운 액체가 쏟아져 들어왔다.

"으윽, 아아, 뜨거운 게…… 자, 잔뜩……. 크윽, 안 돼애……!"

임신이라니. 안 되는데……. 어째서 이렇게 기분이 좋은 거야. 그것도 최고로 좋았다. 온몸이 하늘에 떠있는 느낌이었다.

"으음? 너, 피임약은 먹고 왔을 거 아냐."

"먹고 오기는 했지만 어디까지나 보험이야. 정말로 안에다 싸다니, 이 짐승. 약이 얼마나 효과가 있을지도 모르는데."

"괜찮을 거야."

"신뢰가 안 가. 어, 어쨌든 이제 됐잖아. 빨리 빼."

나는 정신을 잃을까 봐 무서워서 애원하듯 말했다.

"그래. 미안하게 됐다. 나하고 하고 싶은 것처럼 보였거든."

알렉이 드디어 내게서 물러나는가 싶더니 밉상맞은 소리를 했다.

"어, 어째서 그렇게 되는 건데! 이 바보!"

혹시 나의 음란한 표정을 들켜버린 걸까? 으으.

"남은 시간이 10분이나 넘었는데도 멈추라고 하질 않았으니까."

"앗, 그, 그렇게나 지났었구나. 시, 시간을 보는 걸 깜빡했어."

알렉의 말은 사실이었다. 전혀 깨닫지 못했다.

"그래? 어쨌든 미안하게 됐어."

"얌전히 사과하는 척하면서 사실은 일부러 넣은 거지? 곧바로 빼지도 않았잖아."

솔직히 말하면 아무래도 좋았지만, 나는 수치심을 얼버무리기 위해서 알렉을 추궁했다.

"네가 워낙 미인인 데다 명기라서 불가항력이었어."

미인……. 정말로 그렇게 생각하는 걸까. 거짓말일지도 모르는데 왠지 기뻤다. 아니지. 이 인간이 하는 말을 곧이곧대로 믿으면 안 돼, 세리나. 응. 속아넘어가지 말자.

"잘도 말하네……. 그만 나가라고 명령해 주면 고맙겠는데."

몸을 가리고 싶지만 다리에 힘이 풀려서 움직일 수가 없었다.

"내 방이지만, 뭐, 됐어. 미나. 목욕물을 준비해 줘."

알렉은 그 말을 남기고 방을 나갔다.

에필로그
애절한 마음

다음 날. 나는 다시 알렉이 머무는 여관으로 향했다.

어제의 장절한 첫경험을 떠올리면 얼굴에서 불이 뿜어져 나올 것만 같았다.

사실상 레이프나 다름없는 강압적인 섹스. 아니, 나는 이렇게 되리라는 것을 예상하고 이 여관을 찾아왔다. 결국에는 스스로 바란 일이다. 그리고 오늘도……

알렉은 내가 올 것을 예상하지 못했는지 다소 놀란 표정을 지었다. 미나도 긴장한 얼굴로 나를 경계하고 있었다.

"하고 싶은 이야기가 있어."

"그래. 이야기란 게 뭔데?"

"나를 한동안 네 파티에 넣어줘."

나는 단도직입적으로 용건을 말했다.

"어째서? 엘빈이나 케이지는 어쩌고."

"실은……"

나는 의견의 차이로 두 사람과 다투고 파티가 해산되었다는 것을 알렉에게 솔직하게 털어놓았다.

"그랬군."

알레은 납득했는지 고개를 끄덕일 뿐이었다.

"나 때문일 거라고 말할 줄 알았는데."

"딱히. 너도 파티의 일원이니 어느 정도 원인을 제공했겠지만,

같은 세계에서 소환된 인간일 뿐 결국에는 생판 남이잖아?"

"뭐, 그렇긴 하지만. 그래도 같은 용사로서……."

"본인이 용사라는 의식은 얼른 버리는 게 좋아. 이 세계에서는 아무런 쓸모도 없어."

"으……."

짚이는 바가 있었기 때문에 나는 입을 다물 수밖에 없었다.

"파티에 넣어줄 수는 있지만 리더는 어디까지나 나야. 그래도 괜찮겠어?"

"응. 어차피 나는 리더에 어울리지 않는 것 같고."

내게는 파티를 이끌 능력이 없었다. 실제로 기존에 속해있던 파티도 해산하고 말았다.

"글쎄."

"사람들의 의견을 하나로 모은다는 건 생각보다 어려운 일이야."

"케이지라면 확실히 힘들겠지만…… 엘빈도 그래?"

"엘빈은 말이 통하는 편이지만 불만이 쌓인 눈치였어. 신중하게 가고 싶은가 봐."

"뭐, 당연하지. 나도 그러니까."

"하지만 엘빈은 너무 신중하다고나 할까……. 반대로 케이지는 계속 앞장서려 들고. 그러다가 엘빈이 마법을 배우고 싶다고 말하면서 파티를 해산하자는 쪽으로 이야기가 흘러갔어."

"사정은 대강 알겠어. 좋아, 상황을 봐서 괜찮겠다 싶으면 너도 우리 파티에 넣어줄게."

"정말로?"

"처음부터 그럴 목적으로 찾아온 거 아니었어?"

"반쯤은 거절당할 각오로 오긴 했지만 말이지……. 그리고 이상한 조건은 내걸기 없다? 매일 섹스를 한다거나."

"그런 말은 꺼낸 적도 없잖아. 그렇게 하고 싶었어?"

마, 마음을 읽히고 말았다!

"이 바보! 웃기시네! 내가 뭐가 아쉬워서……."

최근에는 매일 밤마다 나도 모르게 알렉에게 후배위로 박히는 상상을 하고 있었다. 그 상상만으로도 엉덩이와 등줄기가 흠칫거렸다.

「세리나 씨, 그냥 솔직히 말해버리지 그래요? 이제는 너 없이 살아갈 수 없어! 섹스하고 싶어! 라고요.」

「시, 시끄러워.」

최악이다. 헬프코한테까지 들켜버리다니. 나는 입술을 깨물며 폭주해 버릴 것 같은 수치심을 억눌렀다.

"훗. 그 이야기는 이쯤 하고. 우선 스테이터스를 확인하겠어."

알렉이 말했다. 하지만 알렉은 곧 미간을 찌푸리며 고개를 갸웃했다.

"어라?"

내 스테이터스를 열람하려고 한 모양이다. 하지만 내게는 열람 방해용 레어 스킬인 [숙녀의 몸가짐☆]이 있었다.

"미안하지만 남의 스테이터스를 엿보지 말아 주겠어? 파티원으로서 제 역할은 하겠지만, 아직 너를 전폭적으로 신뢰하고 있는 건 아니야. 그러니 내 손패를 보여줄 생각은 없어."

"쳇. 서로의 능력을 파악해야 팀원 간의 연계가 제대로 이뤄질 거 아냐."

"실전에서 합을 맞춰보면 되잖아."

"그렇게 말해놓고 실전에서 내 목을 따려는 거지?"

"아니. 내가 더 강하기는 하지만 미나가 있는 한 무리일걸. 그리고 너도 약속은 지키는 사람 같으니까…… 아니지. 마지막에는 결국 약속을 어겼는걸. 그냥 관둘까……."

조금 망설여졌다. 물론, 알렉이 정말로 구제 불능의 악당이었다면 일찌감치 미나를 시켜서 나를 죽였을 것이다. 하지만 그렇다고 이 남자가 약속을 지킨다는 보장은 없었다.

"뭐든 좋으니 마음대로 해. 그러면 이 이야기는 이걸로 끝이군. 우리는 모험을 마치고 돌아오는 길이라 오늘은 이만 쉬겠어. 파티에 들어올 생각이 있으면 내일 오후에 마을 입구로 집합해."

"오전에는, 아아, 도장에 다닌다고 했지."

알렉이 웰버드 검술 도장에 다니고 있다는 사실은 들어서 알고 있었다.

"정보 수집이 빠르네."

"맞아. 같은 용사로서 뭘 하고 있는지 신경이 쓰였거든……."

"헤에. 내가 또 누구를 습격할까 봐 의심한 건 아니고?"

"그, 그럴 리 없잖아!"

처음에는 충분히 그러고도 남을 사람이라고 생각했다. 하지만 지금까지의 행적을 보면 전부 나의 착각이었다. 풀숲에서 여성이 겁탈당한 사건도, 마을의 주택가에서 여성이 겁탈당한 사건도 전부 알렉이 아닌 다른 사람의 소행이었다. 윽…… 왠지 죄책감이 밀려온다.

"억지로 믿으라고는 안 하겠지만 나한테 먼저 폭력을 행사한 건 네 쪽이야. 미나한테도 봉사를 강요한 적은 없어."

그러자 미나가 고개를 힘껏 끄덕였다.

"정말로?"

"끈질기네. 나중에 미나한테 직접 물어봐. 우리는 지금부터 합의하에 러브러브 섹스를 할 예정이니 얼른 나가주실까."

"미나한테 못 물어보게 하려고 내쫓는 거 같은데."

"귀찮은 녀석일세. 그러면 15분 줄게."

"더 줘."

"뭐? 됐어. 다음에 저녁 식사 때라도 물어보던가. 나중에 봐."

"앗, 잠깐!"

미나가 나를 밀어서 방 밖으로 쫓아내려 들었다. 이 행동을 보니 미나가 억지로 알렉의 명령을 수행하고 있는 것 같지는 않았다. 미나 스스로 알렉을 따르고 있는 모양이었다. 결국 나는 체념하고 알렉의 방을 뒤로했다.

다음 날. 나는 도장에 다녀온 알렉 일행과 합류하여 필드로 향했다. 이오네도 함께였다.

"하압!"

"좋아. 대충 알았어."

알렉이 내가 싸우는 모습을 보며 말했다. 팀워크를 확인하기 위한 전투였다. 별문제 없는 모양이다.

"실력이 제법이시네요, 세리나 씨."

이오네가 나를 칭찬해 주었다. 이오네는 검술 도장의 딸인 만큼 실력이 상당했다. 장비도 나보다 뛰어났는데, 번쩍이는 강철 갑옷을 입고 있었다.

"후후, 고마워. 이오네 씨도 대단하던걸. 역시 검술 도장의 따님이야."

나도 미소 지으며 이오네를 칭찬했다. 연계도 문제없었다.

그 이후로도 우리는 사냥을 계속했고, 날이 저물기 시작하자 마을로 귀환했다.

"있잖아."

여관으로 돌아가려는 알렉에게 내가 말을 걸었다.

"뭔데?"

"나도 그쪽으로 여관을 옮길까 해서. 일단은 파티원이잖아."

"원한다면 그렇게 해. 빈방도 남아있을 거야."

"알았어. 고마워."

파티원과 같은 여관을 쓴다면 연락을 주고받기 쉬울 것이다.

따, 딱히 섹스를 하고 싶은 건 아니거든!

「으응? 지금 츤데레 흉내를 내는 건가요?」

헬프코가 옆에서 시끄럽게 굴었지만 무시하기로 했다.

이오네는 도장으로 돌아갔지만 나는 여관에서 알렉, 미나와 함께 저녁을 먹었다.

저녁 식사를 마친 뒤, 나는 알렉을 따라 방으로 들어갔다.

"무슨 용건인데?"

"그냥 친목을 다질 겸 이야기나 하려고."

"안 돼. 나는 미나와 섹스를 할 거야. 얼른 나가."

"그러지 말고."

이렇게 쌀쌀맞은 대응을 해 올 줄은 예상하지 못했던 나는 납득하지 못하고 쫓겨나지 않게 저항했다. 그러자 알렉은 나를 무시하고 미나를 안기 시작했다.

"저, 저기, 주인님. 세리나 씨가 보고 있어요, 아앙!"

"저 엿보기범은 네가 나한테 억지로 안긴다고 의심하고 있어. 미나, 네가 나를 사랑한다는 걸 확실하게 보여줘."

"알겠습니다. 그럼 실례할게요…… 으응."

알렉의 몸 위에 걸터앉아 허리를 흔들기 시작하는 미나.

"어? 어어? 자, 자진해서……."

굉장해……. 여자가 스스로 움직일 수도 있는 거구나……. 나는 당황하면서도 미나의 움직임을 뚫어져라 주시했다.

알렉은 태연하게 미나의 가슴으로 입을 가져갔고, 동시에 허리를 강하게 올려쳤다.

"아앙! 주인님, 주인니임!"

미나가 견디지 못하고 헐떡이기 시작했다.

나도, 넣고 싶어……. 손가락이 축축해진 팬티 안으로 슬그머니 이동했다.

"으응, 하앙, 으으, 앞으로 조금이었는데……."

어느새인가 나는 하염없이 자신의 성기를 문질러대고 있었다. 입에서 음란한 소리가 새어나왔지만 이제는 수치심도 느껴지지 않았다. 더는 자위만으로 만족할 수 없는 몸이 되어버린 모양이다.

"이쪽으로 와."

알렉이 나를 안아 들고 침대로 향했다.

"꺄악! 머, 멈춰. 나는 그럴 생각이……!"

"유혹하는 걸로밖에 안 보였는데?"

"아, 아니야. 앗, 잠깐, 정말로, 안 되는데……. 흐앙, 지금 만지면, 끄으응!"

저항할 수가 없었다. 그대로 애무를 시작한 알렉은 이윽고 내 안에 삽입해 왔다.

"흐윽, 아아아…… 다시, 끄윽, 두꺼운 게, 하윽, 안으로 들어왔어."

몸 안으로 침입해 들어온 뜨거운 육봉은 나의 민감한 부분을 문질러 터무니없는 쾌락을 발생시켰다. 이거야! 바로 이게……!

"그리웠나 보네."

알렉이 등 뒤에서 나지막이 속삭였다. 마치 악마처럼……. 나는 그 목소리만으로도 가버릴 것만 같았다.

"그, 그렇지 않아. 그렇지 않은데, 흐응, 아앙, 이거, 안 돼앳."

허리를 움직일 때마다 뱃속이 움찔움찔 경련했다. 당장이라도 의식이 날아가 버릴 것만 같았다. 나는 필사적으로 정신을 붙들며 온몸에서 흘러넘치는 쾌락을 탐닉했다.

"말은 잘해요. 자기 스스로 허리를 흔들고 있으면서."

"흐앙, 아, 아니야, 이거, 기분이 너무 좋아서, 하앗! 뭔가가, 하앙, 잘못됐어, 좋아하지도 않는 상대한테, 아앗, 빼줘어!"

나는 이 이상으로 쾌락에 빠져버릴까 봐 두려웠다.

그때 알렉이 내게 입을 맞췄다. 키스다. 나는 사막 한복판에서 오아시스를 발견한 사람처럼 알렉의 입술에 매달렸다.

"좋아하지도 않는 상대한테 느끼다니. 음란한 녀석이네. 자, 가버려. 내가 여자의 기쁨을 가르쳐 주지."

후배위로 박히면서 느껴지는 굴욕과 쾌감. 내 몸이 앞뒤로 사정없이 흔들렸다. 마치 이 남자의 장난감이 되어버린 것만 같았다. 그런데도 내 몸은 주체할 수 없는 기쁨에 사로잡혔다. 이해가 되지 않았다. 하지만 그 이유를 생각할 여유 같은 건 없었다. 나는 악마 같은 남자에게 범해지면서도 스스로 허리를 흔들어 암컷으로서 최후의 절정을 맞이했다.

"아니야, 절대로, 절대로 가버린 게, 아앙, 안 되는데, 어째서 기분 좋은 거야, 아앗, 흐아아앗!"

알렉이 내 얼굴에 정액을 쏟아부었다. 나는 저렇게 되지는 말아야겠다고 다짐했던 AV 배우처럼 매도당하고, 능욕당하면서…… 진심으로 기뻐하고 있었다.

아침 식사를 위해 여관의 식당으로 향하자 이오네와 세리나가 심각한 얼굴로 대화를 나누고 있었다. 아니, 심각한 건 세리나뿐이었다. 이오네의 경우 그 정도는 아니었다.

"무슨 일 있었어?"

나는 테이블에 앉아있는 두 사람에게 물었다.

"으, 알렉……."

세리나는 내 얼굴을 보더니 미간을 찌푸렸다.

"나한테 말하지 못할 내용이면 말할 필요 없어. 하지만 난 지금부터 아침 식사를 해야 돼."

내가 다른 테이블에 앉으며 말했다.

"아뇨. 말하지 못할 이야기는 아니에요. 최근에 왠지 가슴이 당기는 것 같아서요……."

이오네가 난처한 얼굴로 설명했다.

"몸 상태가 나쁜 거야? 의사한테는 가 봤어?"

"아뇨, 몸 상태는 괜찮아요. 다만, 그게……. 가끔 브래지어가 축축해져 있더라고요."

"응?"

"분명 임신한 걸 거야. 누가 이상한 짓을 하는 바람에."

세리나가 나를 뚫어져라 노려보며 말했다.

"잠깐. 임신은 둘째 치고, 이상한 짓은 뭔데. 섹스를 나쁘게 말하는 건 옳지 않아."

"그건…… 그럴지도 모르지만. 임신한 거라면 한동안 이오네는 모험에 나갈 수 없겠네."

"죄송해요."

"아니. 사과할 일이 아니야, 이오네."

하지만 부모인 웰버드에게는 뭐라고 전해야 할까. 그 양반이 싱글벙글 웃으며 검을 뽑을까 봐 두렵다.

"아아, 어쩌지! 아기가 태어나면 뭐부터 준비해야 한담. 우선 기저귀겠지? 그리고…… 분유병!"

세리나가 말했다. 이 세계에 분유병이라는 게 존재하기는 하나? 여기서 우리가 고민하느니 베테랑 유모에게 물어보는 게 나을 것이다.

"후후. 그렇게 당황하실 거 없어요, 세리나 씨. 당장 배가 부풀기 시작한 것도 아닌걸요. 태어나려면 한참 있어야 해요."

이오네가 자신의 배를 어루만지며 미소 지었다. 이오네는 이 마당에도 침착하구나.

"그, 그랬지. 그런데 남자애일까? 아니면 여자애? 아, [감정]해 보면 되겠다."

"이보셔."

아이의 성별은 민감한 문제다. 부부가 아이의 성별을 확인할지 의논한 다음에 알아봐도 늦지 않았다. 적어도 친모도 아닌 세리나가 옆에서 가타부타 할 내용은 아니었다.

"어라? ……임신이 아닌가 봐."

"응?"

"어머나."

만약을 위해 나도 이오네의 배를 [감정]해 보았지만 별다른 이상은 없었다. 아마도 임신을 했다면 [감정]으로 판별이 가능했을 것이다. 아기는 새로운 하나의 생명이니까.

"우리의 착각이었나 보네. 병도 아닌가 봐. 다행이야."

세리나가 웃으며 말했다. 병이 아니라면 안심이다.

"저는 옷을 갈아입고 올게요."

이오네가 자리에서 일어났다.

"응. 알렉, 엿보면 안 된다?"

세리나가 나를 쳐다보며 말했다.

"내가 엿볼지 말지는 네가 결정할 사항이 아니야, 세리나. 내 여자니까 엿보고 싶을 때 엿볼 거다."

나는 다리를 꼰 채로 잔뜩 거드름을 피우며 말했다.

"최악의 남자네……."

"저는 괜찮아요."

"어?"

"후후."

세리나를 놀리듯이 키득거리는 이오네. 이오네의 허락도 떨어졌겠다, 밥이나 먹고 있을 때가 아니로군.

나는 자리에서 일어났다.

"뭔가 하고 싶은 말이 있나 보군? 세리나."

"딱히. 이오네가 괜찮다면 된 거지."

살짝 삐진 모양이었다. 이런 부분은 또 귀여운걸. 세리나는 다음에 안아주기로 하자.

"알렉 씨의 방으로 갈까요?"

"그래."

나와 이오네는 방으로 들어가 옷을 벗었다. 이오네도 부끄러움을 느끼지 않게 됐는지 망설이는 모습은 찾아볼 수 없었다.

"오오. 정말로 젖어있네."

"맞아요……."

이오네의 브래지어 가운데가 축축하게 젖어서 젖꼭지에 달라붙어 있었다. 모유인 것일까? 반투명해진 브래지어 너머로 젖꼭지가 엿보였다.

"어디, 맛을 볼까."

"아앙!"

나는 손가락으로 젖어있는 부분을 찍어서 액체의 맛을 확인했다.

"모유가 맞네."

"네……."

"뭐, 몸 상태에 이상이 없다면 다음에 방법을 찾아보자. 그럼 시작해 볼까."

"알겠어요."

이오네는 고개를 끄덕이고 브래지어를 풀었다. 브래지어에서 해방된 큼지막한 열매가 출렁, 하고 압도적인 흔들림을 과시했다. 거유, 아니, 이 정도면 폭유라고 불러야 할지도 몰랐다. 대단한 가슴이다.

"이제 어떻게 할까요?"

"뭐, 서두르지 마."

"앗……."

이오네의 입술을 빼앗은 나는 그녀의 거대한 가슴을 주물러 나갔다.

"으음, 하아……."

이오네는 어깨를 움츠리면서도 내 키스에 적극적으로 어울려 주었다.

나는 오른손을 이오네의 등을 끌어안았다. 그리고 손을 밑으로 내려 부드러운 엉덩이를 더듬기 시작했다.

"응! 아앗, 응……."

작은 소리로 헐떡인 이오네는 슬슬 달아오르기 시작했는지 그 풍만한 육체를 떠맡기듯 내게 기댔다. 나는 사양하지 않고 이오네의 새하얀 살결을 탐닉했다. 그리고 마침내 이오네의 몸을 난폭하게 밀어 넘어트렸다.

"꺄악."

이오네가 넘어지면서 가벼운 비명을 질렀다. 하지만 뒤쪽에는 침대가 있으니 문제될 건 없었다.

나는 이오네의 흉부에 달려있는 두 개의 커다란 열매에 얼굴을 파묻었다. 적당한 탄력과 부드러움이 내 마음을 편안하게 해주었다. 계속해서 열매의 꼭대기에 달린 분홍빛의 돌기를 혓바닥으로 핥아주자, 참지 못한 이오네가 요염한 소리를 토해내며 내 머리를 강하게 끌어안았다.

"아아앙! 안, 안 돼요! 거기를 핥으면, 저는…… 아아앗!"

젖꼭지가 상당히 민감하군. 바람직한 일이다.

기분이 좋아진 나는 본격적으로 젖꼭지를 빨기 시작했다. 그러자 달콤한 모유가 끊임없이 흘러나왔다.

"아, 안 돼……. 빨지 마세요…… 으으응!"

이마저도 쾌락인지 이오네는 머리를 좌우로 흔들었고, 그때마다 그녀의 금발이 이리저리 휘날렸다.

"상당히 맛있는 가슴인걸. 이오네, 두 손으로 가슴을 모아볼래?"

"이렇게요?"

나는 이오네가 모아놓은 가슴 사이에 임전 태세로 돌입한 나의 물건을 끼워 넣었다.

"으응!"

"호오, 충분히 가능하겠는걸. 좀 더 강하게 모아봐."

"아, 알겠어요. 아앙!"

가슴을 모으는 것만으로도 느끼다니. 이오네도 난감한 여자다.

"그 음란한 몸으로 잘도 처녀로 살아왔구만."

"제 몸은 스스로 지킬 수 있으니까요."

"그것도 나를 만나기 전까지였지만 말이지."

내가 허리를 거칠게 움직이자 이오네의 가슴이 흔들렸다.

"아앙! 앗, 앗, 알렉 씨한테 처녀를 바친 건, 제 의지였는걸요, 으응!"

"모르지. [매료] 스킬에 당해버린 걸지도."

"그래도, 으응, 상관없어요. 제가 남자를, 알렉 씨를 원했으니

까요. 하앙!"

"소꿉친구인 프리츠가 들으면 뭐라고 말할런지."

"프, 프리츠는, 관계, 으응! 없어요, 앗, 앗, 하윽!"

이오네는 가슴의 자극만으로 가버리기 직전인 모양이었다. 나도 한계가 가까웠기에 더욱 거세게 움직여 라스트 스퍼트에 돌입했다.

"아앙, 앗, 앗, 안 돼요, 더는…… 가버릴, 가버릴 것 같아요! 알렉 씨! 안에다…… 안에다 알렉 씨의, 하윽, 씨앗을, 뿌려 주세요, 하응!"

이오네가 외쳤다. 아기를 원하고 있는 걸까?

"좋아. 그렇게 원한다면 잔뜩 주겠어."

"아앗, 응으으윗!"

이윽고 최고조에 달한 나와 이오네는 동시에 '하얀 액체'를 쏟아냈다.

"후우. 대단한걸, 이오네. 모유로 시오후키를 하는 줄 알았어."

"으으. 말하지 말아 주세요, 알렉 씨. 창피해요……."

평소에는 태연하기만 한 이오네가 얼굴을 붉히며 야릇한 미소를 지어 보였다.

"이오네. 우리도 할만큼 한 사이잖아. 이제 존댓말은 필요 없지 않을까?"

"이건 그냥 말버릇 같은 거라서요."

"한번 알렉이라고 불러봐."

"아, 알렉…… 으으, 안 돼요. 부끄러워요."

입가를 가리고 시선을 회피하는 이오네. 다이너마이트 바디를 가진 실력파 검사인 주제에 이런 부분은 순진했다.

"뭐, 힘들면 무리할 필요는 없어."

"네. 그래도 둘만 있을 때는 응석을 부리려고 노력해 볼게요."

이오네가 수줍은 얼굴로 나를 올려다보며 말했다.

"그래. 하지만 일단은 기승위부터다. 진짜 시작은 지금부터야, 이오네."

"아, 알겠어요. 으."

방금 막 가버린 탓인지 몸이 말을 듣지 않는 모양이었다. 나는 이오네에게 손을 내밀어 내 몸에 걸터앉을 수 있도록 도와주었다.

"아아아아아앙!"

나는 경련하는 이오네의 허리를 단단히 붙잡아 뱃속 깊숙히 뜨거운 액체를 쏟아부어 주었다.

"어이쿠."

이오네가 의식을 잃자 거대한 가슴이 내 얼굴로 낙하했다. 뭐, 이대로 잠시 쉬도록 할까.

나는 이오네의 부드러운 가슴을 머리에 얹은 채로 잠을 청했다.

단편2 집사의 갈등. 마음 약해지지 말지어다

고급 여관의 한 숙소. 나는 모노클을 움켜쥔 채 감격에 몸을 떨고 있었다.

살아계셨다니!

기란 제국의 침공으로 나라아 혼란에 빠졌을 당시의 일이다. 국왕 폐하는 왕녀의 안전을 우선하라는 명령을 내리셨고, 그 명에 따라 리리아나 왕녀님은 소수 인원의 호위 속에서 발렌시아 왕도를 탈출했다. 얼마 후, 왕도의 함락이 목전으로 다가왔기에 나는 국왕 폐하와 왕비 전하를 피신시키려 했다. 하지만 두 분은 "나라와 운명을 함께하겠다."라고 말씀하시며 옥좌를 지켰다.

"세바스여. 이곳은 이제 됐다. 딸을, 리리아나를 부탁한다."

"하지만, 폐하……."

"짐의 마지막 고집이다. 이곳 발렌시아의 함락은 더 이상 피할 수 없다. 죽음을 각오했지만, 리리아나만큼은 걱정이 되는구나. 늦둥이로 태어난 외동딸이라고 너무 오냐오냐하며 키운 탓이다."

"예……."

폐하 부부는 왕녀님을 무척 애지중지하게 키우셨다. 그래서인지는 모르겠으나, 왕녀님이 나이에 비해서 다소 천진난만한 성격을 지닌 채 성장하신 건 사실이었다.

"짐을 데리고 달아난다면 힘들겠지만, 그대 혼자라면 이 성에서 빠져나가는 것도 어려운 일이 아니겠지. 발렌시아의 핏줄만 무사한다면 기란 제국을 몰아내고 국가의 재흥을 꿈꿀 수도 있을 것이다."

"말씀하신 대로일지도 모릅니다."

나는 철저하게 국왕을 섬기는 집사다. 하지만 발렌시아의 재흥 또한 거부하기 힘든 국왕 폐하와 나의 소망이었다.

"그 아이를 부탁드려요, 세바스찬."

"예, 왕비 전하. 제게 맡겨주십시오. 목숨과 바꿔서라도 반드시 구해내겠습니다."

"자. 가거라, 세바스여."

"존명."

차마 발걸음이 떨어지지 않았지만 시간은 촌각을 다투었다.

이미 복도에서는 검이 부딪치는 소리가 들려오기 시작했다. 내 기량을 총동원해도 도주할 수 있을지 확신할 수 없는 상황이었다.

"좋아, 옥좌는 이 앞이다! 이대로 밀고 들어가라! 국왕의 목을 쳐라!"

기란 제국의 기사가 복도 반대편에서 부하들을 부추겼다.

"초대받지 않은 손님을 이대로 들여보낼 수는 없지요. [집사류 접객술, 오모테나시]."

공중으로 뛰어오른 나는 소매에서 가느다란 철실을 날려 기사의 몸을 갑옷째로 절단했다.

"어?"

자신이 베였다는 사실을 깨닫지 못한 것이리라. 기사는 어리둥절한 표정을 지으며 선 채로 명을 달리했다.

"웨, 웬 놈이냐!"

"어, 어떻게 공중에 떠있는 거지?!"

밑창에 붙여놓은 용의 비늘로 철실을 밟고 있기 때문이지만, 이곳에 그 사실을 간파할 만한 기량을 가진 전사는 없어 보였다.

"이것으로 한동안은 알현실이 봉쇄되겠지요. 폐하, 왕비 전하. 부디 무사하시길."

나는 그것이 이뤄지지 않을 바람임을 알면서도 발걸음을 재촉했다.

폐하 부부로부터 부탁받은 마지막 희망. 리리아나 왕녀를 지키기 위해.

하지만 세상 일이란 마음대로 되지 않는 법.

리리아나 왕녀님 일행은 적들의 포위망을 벗어나 발렌시아의 남쪽 국경을 넘어가는 데 성공했다. 여기까지는 부하를 통해서 밝혀낼 수 있었다. 하지만 그 이후로 왕녀님 일행의 발자취가 뚝 끊어지고 말았다.

"사스케. 네게는 공주님을 따라가라고 명령했을 텐데. 어째서 일이 이렇게 되었나?"

나는 모습을 숨기고 있는 닌자를 추궁했다.

"죄송합니다. 국경을 넘어 버니어 왕국 국경에 다다랐을 때였습니다. 근위기사님께서 '이곳은 걱정하지 말고 폐하를 부탁한다.'라고 말씀하셨고, 저 또한 신분을 들키지만 않는다면 괜찮을 것이라고 섣부른 판단을 내리고 말았습니다."

결과적으로는 잘못된 판단이 되고 말았지만, 그만한 이유가 있었다면 사스케를 탓할 수는 없었다. 기란 제국의 추격자에게 붙잡힌 것만 아니라면 근위기사들도 공주님의 호위를 무사히 해낼 수 있을 것이다.

"어쨌든 수색을 계속하도록. 이번 일로 공주님께 무슨 일이라도 생겼다면…… 으음."

폐하의 명령을 어기는 것은 물론이고 발렌시아 재흥의 기반마저 잃고 만다.

"알겠습니다. 이 실태는 반드시 성과로 만회하겠습니다. 그럼 이만!"

사스케라면 공주님이 살아계신 이상 틀림없이 발견해 줄 것이라 믿었다. 그리하여 기다리던 보고가 올라왔을 때는 새해의 일출이 떠오르는 환상을 보았을 정도로 눈부신 희망을 느꼈다.

"하지만 집사님. 공주님과 동행하고 있는 파티 멤버에 수상한 남자가 포함되어 있었습니다."

신께 감사의 말씀을 올리던 나에게 사스케가 걱정스러운 투로 말했다.

"남자? 어떤 인물인가?"

기란 제국의 수하라면 큰일이지만, 그랬다면 사스케가 이곳으로 돌아오기 전에 손을 썼을 것이다.

"주변에 여러 명의 여자를 데리고 다니는…… 뭐라고 말씀드리면 좋을지……. 어쨌든 묘하게 의욕이 없어 보이는 남자였습니다."

"호색가인가. 하지만 여자의 환심을 사려는 건 남자의 본성 아닌가. 그렇게 깎아내릴 일은 아니지 않겠나."

"후우, 집사님. 그 여자들 중에 공주님이 포함되어 있다고 해도 똑같은 말씀을 하실 수 있겠습니까?"

"뭣이?!"

무심코 눈을 부릅뜨며 천장의 사스케를 노려보았지만, 그는 미동도 하지 않았다. 닌자로서 심리적인 수행을 쌓았기 때문이겠지. 하지만 이 늙은이로서는 받아들이기 힘든 말이었다.

공주님께 파리가 꼬여 있었다니. 아아! 무슨 일이란 말인가!

"어째서 곧바로 처리하지 않았는가, 사스케."

"공주님께서는 그 남자가 마음에 드신 모양입니다. 폐하께서 돌아가신 지금, 저희의 주인은 공주님이십니다. 그 주인의 의향을 무시하고 함부로 행동해 분노를 산다면…… 추후에 일이 복잡해지지 않을까 염려됩니다."

"그것도 그렇군……. 으음."

듣고 보니 일리가 있었다. 아니, 이미 복잡한 일이 되어있었다.

"어찌할까요?"

"잠시 상황을 지켜보겠다. 만약 그 남자가 공주님께 위해를 가한다면 처리해도 좋다. 내가 책임지고 공주님께 사과드리지."

"존명."

그로부터 며칠이 지났을 때였다. 수상한 남자…… 알렉이 먼저 교섭을 제안해 왔다.

대화를 해보고 알게 된 사실이지만, 이 남자는 생각보다 머리가 잘 돌아가는 자였다. 공주님의 반려로서는 절대로 인정할 수 없는 상대지만, 우리보다 알렉을 의지할 수 있다는 공주님의 말씀에는 차마 반박할 수가 없었다. 우리의 패배였다.

"공주님은 아직 젊으시다. 또한 발렌시아 재흥에는 시간이 필요하지……. 그렇다면 '일시적'으로 공주님의 안전을 알렉에게 맡기는 것도 하나의 방법인가……."

불경한 말일지도 모르지만, 세상 일에는 우선 순위라는 것이 있다. 리리아나 왕녀님이 왕의 자리에 오르기 위해서는 다스릴 나라와, 앉을 옥좌가 필요했다.

하지만 그 대신…….

"저 세바스찬, 마음을 독하게 먹고 단련시켜 드리겠습니다. 이건 모두 공주님을 어엿한 왕녀로 만들어 드리기 위함입니다."

나는 선언했다.

"뭐어? 그런 것보다 메론이 먹고 싶은데."

"으음. 곧바로 준비해 오겠습니다."

"……세바스 님. 공주님의 어리광을 너무 받아주시는 게 아닌지?"

메이드가 의문을 표했다.

"무슨 말인가. 얼마 전까지 공주님은 큰일을 겪고 마음고생을 하셨다. 그렇고말고. 원래는 식사도 우리가 차려드렸어야 하는데 디저트 한두 개쯤이 대수겠나. 무럭무럭 자라실 나이니 원하시는 만큼 준비해 드려야지."

"알겠습니다."

"앗싸! 메론이다~!"

공주님의 행복한 웃음을 보니 나까지 절로 미소가 지어졌다.
곧바로 표정을 추스린 나는 헛기침을 한 뒤 말했다.

"어흠. 그러면 예절 교육을 시작하겠습니다."

"으으, 그런 것보다 쿠키가 먹고 싶어."

"사스케, 준비해 드려라."

"존명!"

"앗싸! 쿠키다~!"

역시 명군의 핏줄을 이어받았기 때문인가. 공주님은 만만치 않
은 상대였다.

앞으로 헤쳐나가야 할 일은 산더미 같지만 내 마음속은 맑게 개
여있었다. 의욕이 마구 샘솟는 것이 느껴졌다.

에로 스킬로
Record of Erotic Warrior
이세계 무쌍

 미나

스테이터스

〈레벨〉 27 〈클래스〉 수조검사
〈종족〉 견인족 〈성별〉 여자 〈연령〉 18
〈HP〉 338/338 〈MP〉 54/54
〈TP〉 142/142 〈상태〉 보통
〈EXP〉 68342 〈NEXT〉 2956
〈소지금〉 98011

기본 능력치

〈근력〉 12+20 〈민첩〉 14 〈체력〉 10
〈마력〉 2 〈손재주〉 7 〈운〉 34

스킬_현재 스킬 포인트 : 802

[삼키기 LV1] [애원하기 LV1] [날카로운 후각☆ LV4] [인내 LV4] [시계 LVMAX] [청결
선호 LV4] [헌신적 LV3] [얌전함 LV3] [배짱 LV2] [직감 LV3] [운동신경 LV4]
[동체시력 LV3] [기적 탐지 LV3] [아이템 가방 LV1] [약초 식별 LV1] [약초 채집 LV1]
[음식 제공 LV1] [검술 LV3] [상황 판단 LV3] [민첩UP LV3] [행운 LV5] [아군 보호
LV3] [펠라치오 LV3] [파티 스테이터스 열람 LVMAX] [후각 : 함정 LV3] [독침 회피
LV3] [함정 해체 LV3] [점프 LV1] [수조검술 LV5] [암시 LV1] [악취 내성 LV1] [오토
매핑 LV1]

H 스테이터스

〈성교 횟수〉 33 〈자위 횟수〉 26 〈감도〉 78 〈음란 지수〉 13
〈좋아하는 체위〉 정상위
〈플레이 내용〉 3P, 스트립, 멍멍 플레이

 알렉

스테이터스

〈레벨〉 27   〈클래스〉 용사/수조검사
〈종족〉 인간   〈성별〉 남자   〈연령〉 42
〈HP〉 296/296 〈MP〉 133/133
〈TP〉 247/247 〈상태〉 보통
〈EXP〉 70841   〈NEXT〉 3159
〈소지금〉 1000

기본 능력치

〈근력〉 24 〈민첩〉 23 〈체력〉 24
〈마력〉 23 〈손재주〉 23 〈운〉 23

스킬_현재 스킬 포인트 : 10639

(※2페이지)
[수조검술 LV5] [화술 LV5] [파이어 볼 LV1] [화살 방어 LV5] [냉정 LV1] [오토 매핑 LV5] [독 내성 LV5] [마비 내성 LV5] [정신 내성 LV5] [석화 내성 LV2] [즉사 내성 LV1] [포인트 양도 LV5] [통솔 LV5] [귀신 교관 LV5]

파티 공유 스킬

[획득 스킬 포인트 상승 LV5] [획득 경험치 상승 LV5] [레어 아이템 확률 업 LV5] [선제 공격 찬스 확대 LV5] [백 어택 감소 LV5]

리리

스테이터스

〈레벨〉 26　　〈클래스〉 왕족/시프
〈종족〉 인간　〈성별〉 여자　〈연령〉 ??
〈HP〉 121/121　〈MP〉 62/62
〈TP〉 60/60　〈상태〉 보통
〈EXP〉 69246　〈NEXT〉 1754
〈소지금〉 102150

기본 능력치

〈근력〉 6 〈민첩〉 8 〈체력〉 3
〈마력〉 4 〈손재주〉 3 〈운〉 5

스킬_현재 스킬 포인트 : 1162

[고귀한 혈족☆ LV5] [자기중심적 LV3] [매너 LV1] [쓰레기 뒤지기 LV2] [소매치기 LV2] [도주 LV2] [슬링 LV3] [아이템 가방 LV1] [회피 LV2] [어그로 감소 LV5] [체력 상승 LV5] [게으름 피우기 LV3] [놀기 LV3] [지켜보기 LV1] [숨바꼭질 LV5] [떠맡기기 LV5] [오토 매핑 LV1]

H 스테이터스

〈성교 횟수〉 25 〈자위 횟수〉 0 〈감도〉 76 〈음란 지수〉 42
〈좋아하는 체위〉 ???
〈플레이 내용〉 풋잡, 태닝 플레이, 펠라치오, 안면 기승위

세리나

스테이터스

〈레벨〉 28　　〈클래스〉 용사/검사
〈종족〉 인간　〈성별〉 여자　〈연령〉 18
〈HP〉 366/366 〈MP〉 175/175
〈TP〉 294/294 〈상태〉 보통
〈EXP〉 72130 〈NEXT〉 10870
〈소지금〉 224150

기본 능력치

〈근력〉 26 〈민첩〉 26 〈체력〉 26
〈마력〉 25 〈손재주〉 25 〈운〉 25

스킬_현재 스킬 포인트 : 910

Caution!

* 스킬에 의해 열람을 방해받았습니다.

H 스테이터스

〈성교 횟수〉 25 〈자위 횟수〉 2607 〈감도〉 99 〈음란 지수〉 87
〈좋아하는 체위〉 후배위
〈플레이 내용〉 야외 플레이, 엿보기 플레이, 긴박 플레이, 방치 플레이

네네

스테이터스

〈레벨〉19 〈클래스〉마법사
〈종족〉견인족 〈성별〉여자 〈연령〉??
〈HP〉115/115 〈MP〉202/202
〈TP〉72/72 〈상태〉보통
〈EXP〉57735 〈NEXT〉765
〈소지금〉102150

기본 능력치

〈근력〉5 〈민첩〉5 〈체력〉4
〈마력〉7+1 〈손재주〉9 〈운〉19

스킬_현재 스킬 포인트 : 865

[공감력☆ LV4] [상냥함 LV3] [악취 내성 LV1] [파이어 볼 LV2] [어그로 감소 LV1]
[체력 상승 LV5] [화살 방어 LV1] [아이템 가방 LV1] [행운 LV5] [자위 LV1] [고통 경감
LV1] [오토 매핑 LV1] [블라인드 폴 LV1] [승마 LV1]

▼

H 스테이터스

〈성교 횟수〉15 〈자위 횟수〉3 〈감도〉64 〈음란 지수〉11
〈좋아하는 체위〉좌위
〈플레이 내용〉노멀, 펠라치오, 버터견, 발성 금지 플레이

▼

이오네

스테이터스

〈레벨〉 27 　〈클래스〉 수조검사
〈종족〉 인간 　〈성별〉 여자 　〈연령〉 20
〈HP〉 279/279 〈MP〉 104/104
〈TP〉 276/276 〈상태〉 보통
〈EXP〉 70407 　〈NEXT〉 3393
〈소지금〉 101740

기본 능력치

〈근력〉 17 〈민첩〉 17 〈체력〉 14
〈마력〉 8 〈손재주〉 19 〈운〉 18

스킬_현재 스킬 포인트 : 562

[모서리 자위 LV4] [민첩성UP LV3] [배려 LV4] [상냥함 LV4] [이성 LV2] [정의로운 마음 LV2] [직감 LV3] [반사신경 LV4] [운동신경 LV3] [기척 탐지 LV3] [수조검술 LV5] [음식 제공 LV3] [간파 LV3] [카운터 LV3] [아이템 가방 LV1] [행운 LV5] [모험가의 마음가짐 LV1] [여자의 매력 LV1] [심안 LV1] [유혹 LV5] [파이즈리 LV1] [파후파후 LV1] [무릎 베개 LV5] [수조검 오의 스완리브즈 LV5] [수조검 오의 카이츠부리 LV5] [오토 매핑 LV1]

H 스테이터스

〈성교 횟수〉 22 〈자위 횟수〉 59 〈감도〉 73 〈음란 지수〉 22
〈좋아하는 체위〉 정상위
〈플레이 내용〉 기승위, 모유 플레이, 파후파후

후기

수영복 편, 어떠셨나요?

오랜만입니다. 마사난입니다.

다시 이곳에서 여러분들과 인사하게 되어 정말 다행입니다. 마치 꿈을 꾸는 기분입니다. 이 책을 구입해 주셔서 정말로 감사드립니다.

고증에 진심인 분들이 "중세 판타지에 수영복 같은 현대 소재가 등장하는 건 이상해!"라고 리뷰를 다실까 봐 불안하긴 합니다만…… . 결론부터 말하자면 1권 초반에 등장한 안경 여신이 던전의 보물상자를 경유해서 적절한 조치를 취했다는 설정입니다. 이세계의 신이 인지를 초월한 놀라운 기적을 행사했다! 정도로 받아들여 주셨으면 좋겠네요.

이세계물뿐만 아니라 만화나 소설, 애니메이션 등에서도 고증은 뜨거운 감자죠. 작가와 독자들 사이에서도 의견이 갈리는 부분인 것 같습니다. 그러니 하나의 작품이나 시리즈로 어느 것이 옳다고 결론을 내리기는 어렵지 않을까 싶습니다.

다만, 이야기가 재밌다면 약간의 의문점 정도는 날려버릴 수 있지 않을까요. 한 명의 작가로서 독자분들과 그러한 기대감을 공유하면 좋겠다는 생각을 해봅니다.

1권에 이어서 아름다운 일러스트를 그려주신 B-은하 선생님. 진지하게 사소한 작업을 해주신 K 편집자님. 화려한 디자인으로 문장을 꾸며주신 디자이너 님. 이외에도 이 책을 지원해 주신 모든 분들께 깊이 감사드립니다.

그리고 리뷰와 감상을 남겨주신 많은 분들께도 감사의 말씀을 드립니다. 처음으로 별 다섯 개를 받았을 때는 감동한 나머지 오열해 버렸습니다.

제2권은 새로운 장과 더불어 웹소설 판에서 묘사하지 못했던 중요한 부분들을 만족스러운 형태로 담아낼 수 있었던 것 같습니다. 예를 들자면 알렉이 클랜에 동경심을 갖게 된 계기라던가 말이죠. 포커 대결은 정말로 즐겁게 집필한 장면이었습니다.

트위터에서도 조금씩 언급을 했습니다만, 야쿠미 베니쇼가 선생님께서 작업하신 코믹판 '에로 스킬로 이세계 무쌍'이 드디어 올해 10월에 발매된다고 합니다!

귀여운 캐릭터와 상세한 배경 묘사. 이해하기 쉬운 소도구의 사용법과, 박력 넘치는 액션 신, 재구성된 시나리오까지. 만화가라는 직업에 좋은 의미로 놀랐습니다.

상당히 야하기도 하고요.

게재처인 코믹라이드 AdV와 더불어 저희 에로 무쌍 시리즈도 잘 부탁드립니다.

세부섬의 별장에서 와인잔을 기울이며……. 라고 마무리할 수 있는 날이 오기를 바라면서 후기를 마칩니다.

EROI SKILL DE ISEKAI MUSOU Vol.2

©2020 by Masanan / B—Ginga

All rights reserved.

First published in Japan in 2020 by MICRO MAGAZINE, INC.

Korean translation rights reserved by Somy Media, Inc.

에로 스킬로 이세계 무쌍 2

2023년 8월 15일 1판 1쇄 발행

저   자 마사난
일러스트 B-은하
옮 긴 이 마한길
발 행 인 유재옥
본 부 장 조병권
담당편집 정영길
편 집 1 팀 김준균 김혜연
편 집 2 팀 정영길 조찬희 박치우 정지원
편 집 3 팀 오준영 이해빈 이소의
편 집 3 팀 전태영 박소연
미   술 김보라 박민솔
라이츠담당 김정미 맹미영 이윤서
디 지 털 박상섭 김지연
발 행 처 ㈜소미미디어
인쇄제작처 코리아피앤피
등   록 제2015-000008호
주   소 서울 마포구 토정로 222, 403호(신수동, 한국출판콘텐츠센터)
판   매 ㈜소미미디어
마 케 팅 한민지 최정연 박종욱 최원석
물   류 허석용
전   화 편집부 (070)4164-3962, 3963 기획실 (02)567-3388
           판매 및 마케팅 (070)4165-6888, Fax (02)322-7665

ISBN 979-11-384-2024-2 (04830)
ISBN 979-11-384-1759-4 (세트)